有爱的青春陪伴者

浪潮
康城 著
江苏凤凰文艺出版社
JIANGSU PHOENIX LITERATURE AND ART PUBLISHING

图书在版编目（CIP）数据
浪潮 / 康城著. -- 南京 : 江苏凤凰文艺出版社, 2025. 11. -- ISBN 978-7-5594-9889-2
Ⅰ. I247.5
中国国家版本馆CIP数据核字第2025W6E894号

浪潮

康城 著

责任编辑	王昕宁
特约编辑	廖 妍
责任印制	杨 丹
出版发行	江苏凤凰文艺出版社
	南京市中央路165号，邮编：210009
网 址	http://www.jswenyi.com
印 刷	天津睿和印艺科技有限公司
开 本	880mm×1230mm 1/32
印 张	9.5
字 数	361千字
版 次	2025年11月第1版
印 次	2025年11月第1次印刷
书 号	ISBN 978-7-5594-9889-2
定 价	45.80元

目录

CONTENTS

目录

CONTENTS

第一章 / 初入警校 /

陌生的校徽，金属质感冰凉。
万佳云手心灼热，不知道该拿它怎么办。

操场上挂着横幅，一个个新生方阵在教官的指挥下，向操场外走去。

艳阳高照，所有人都身穿黑色的作训服，步伐整齐，肩背挺拔，被晒成小麦色的面孔透着青春活力。

今天是个特殊的日子。

就在刚刚，本届新生军训会操圆满结束。

这意味着，为期整整一个月的魔鬼军训，终于画上了句号。

恰逢周五，全中队破例放假一天。

走到宿舍楼附近，整齐的队列像蚂蚁一样分散着进入各栋宿舍楼。

转瞬，宿舍区上空爆出一阵沸腾声。

刚刚还有模有样的新生们一进宿舍就开始骂天骂地骂学校，狠狠发泄这一个月来的辛酸苦楚。骂到一半，一个个又迫不及待地拿起洗漱用品冲向澡堂，准备拾掇拾掇自己，然后出校好好玩乐一番。

说起来全是泪，这个“破学校”每周只有周末两天允许学生出校，入校一个多月以来，大家连学校外面的地形都还没搞清。

相比男生的速度，女生这边就慢多了。

万佳云在澡堂里等了两三个人，才等到一个淋浴头。等她自认为很迅猛地洗完澡、吹干头发回来，宿舍里的人都已快她一步，个个都在忙着捯饬化妆，平日里整洁的床和桌面乱成一团。

“佳云，你怎么这么慢？动作快点。”306 宿舍内，坐在窗边描着眉毛的路为心朝万佳云看了一眼，注意力又立即回到自己细长的眉毛上。

“你们的动作好快啊。”万佳云边说边从水池下拿出一个塑料盆，抱去阳台。

几个女孩见万佳云还要去阳台晾衣服，忍不住齐声催促起来：

“喂……佳云，你快一点好不好？回来再晾吧。我们下午还要去看电影，时间超级赶的……”

“对啊，佳云，你快点啦！”

“就是啊，我等不及要出校了！”

“好了好了，就来了！”万佳云在阳台上匆匆地晾好作训服。

宿舍楼楼下，大批男生正往校外走。

一阵折腾后，四个女孩快快乐乐地出门。

白色衬衫、蓝色牛仔裙，万佳云的一身行头是最普通的女大学生打扮。她身旁的几个女孩的穿着也差不多。

这是一所全国知名的公安院校。

行走在路上的学生们看上去都普普通通、天真稚气，可他们无一不是在高考和体测中披荆斩棘、拔得头筹的佼佼者。

尽管一个月的魔鬼军训让他们对警校怨声载道，可当他们此刻悠闲地穿梭在校园的小道上，与身穿制服、整齐列队去上课的师兄师姐们擦肩而过时，心中还是忍不住会泛起一丝骄傲——他们已成为全国最优秀的警校生，将来还会成为一名优秀的人民警察。

在这所男女比例高达 7:1 的高等院校，比男生更骄傲的是女生。她们人数稀少，入校时的选拔条件也比男生严苛，录取分数都高出一本线一大截。

她们其实有很多更好的选择，却还是剪掉一头长发来到这里，梦想成为一名潇洒帅气的女警。

“万佳云，我发现你这一个月都没怎么晒黑，我真是不想跟你走在一起了，你也太白了吧。”林荫道上，挽着万佳云胳膊的路为心看着两人相差两个色号的胳膊，夸张地嚷嚷起来。

万佳云低头看看：“你不黑啊！可能是我用的那个防晒霜特别好吧？”

路为心睡在万佳云的下铺，和她关系最好，忍不住朝她翻白眼，说：“行了，你别谦虚了，哪里是防晒霜的问题，我看你就是汗白皮肤，越晒越白的那种……”

听到美白的话题，走在后面的两个女孩也忍不住凑过来。

“真的，佳云，我第一天看见你，就觉得你超级白，结果军训也没有晒黑，神了。”

“不过你看晶晶好像也没有晒黑，你们两个是我们宿舍最白的。”

“完了，就我最黑，应该是我不要跟你们走在一起！”

几个女孩正热烈地讨论着。路为心往旁边看看，忽然提醒道：“哎，不要靠在一起走，你们当心督察队。”

一听到“督察队”三个字，女孩们仿佛听到什么魔咒，瞬间呈散沙状，个个都左右张望。

万佳云也忍不住跟着大伙儿一起往两旁看看。

刺眼的阳光、笔直的绿树、正正经经的同学……

几秒后，确认四周并没有督察队队员，几个女孩都因为自己刚刚那贼头贼脑的样子，傻傻地笑起来。

不怪她们疑神疑鬼，所有新生一入校就被科普：督查队是警校内最“特殊”的存在。队里的成员是从全校各中队选拔出来的学生，他们专门负责在路上监督大家的违纪行为、集队情况，抓到稍有差错的学生，就现场开“罚单”。

而警校的规矩是：校园内行走需做到两人成行、三人成列。所以平时只要多人出行，大家都会自动两两行走，防止被督察队“突然袭击”。

类似这种“变态”规矩还有很多很多，起初大家还觉得不可思议，可一场魔鬼军训下来，大家对任何要求、任何惩罚都已见怪不怪。

大太阳下，走出校门的警校新生们如同脱缰的野马。

男生们三五成群地冲进饭馆里，勾肩搭背地走进网吧里；女生们则欢欢喜喜地扫街逛店、熟悉地盘。

人群中，还有那么几对男女生亲密地走在一起，散发着和单身狗不一样的气味。

无数人感到艳羡的同时也好奇：入校才一个月时间，这是怎么勾搭上的？学校不是明令禁止谈恋爱吗？

万佳云跟在舍友们身边，跟大家一起四处探店，直到肚子开始“咕咕”叫。

一看时间，居然都快十二点半了。稍稍挑选后，大家进了一家物美价廉的小餐馆。

也是巧，一进去就看到自己班上的几个男生坐在角落里，性格开朗的路为心和其中一个熟悉的男生打了招呼。

“咦，你们怎么也在这儿？”

女生在警校是像宝贝一样的存在，全班一共只有面前这四位，男生们的眼睛自然而然地亮了起来：“你们也来了啊，真巧！”

男生们很热情地张罗着大家换个大包厢一起坐。几个女孩互相征求了下意见，倒也不拿乔，很爽朗地和男生们拼了桌。

一边坐男生，一边坐女生，一张十个人的大圆桌被挤得满满当当。

就这么安安稳稳地坐下后，一桌人你看我、我看你，场面出现了一丝尴尬。一个多月下来，大家同甘共苦，虽然都大概知道名字，但是好像……还不能准确地对上号。

万佳云入座后发现，坐在她对面的这个男生长得浓眉大眼，很眼熟，正是不久前因为紧急集队时没有穿袜子而被教官罚光脚跑操场的“赤脚男孩”。他的事迹现已成为新生口中的“佳话”，几乎整个中队都知道他的外号是“赤脚男孩”。前几天临睡前，她们还在宿舍里讨论过他。

“赤脚男孩”似乎很开朗健谈，是饭桌上话最多、最会活跃气氛的。

“路为心，我看这样吧，你做女生代表，我做男生代表，我们一起把在座的都介绍一遍，怎么样？”

路为心故意和他唱反调：“凭什么我做代表啊？男生又凭什么由你来代表？大家同意了吗？”

大家很给面子：“我们同意啊。鼓掌同意！”

一桌人“哈哈”大笑。

“赤脚男孩”说：“你看，所有人都同意，少数服从多数。女士优先，你快点先来一个。”

就这样，在服务员上菜的时候，一男一女轮流介绍了在座的每一个人。每介绍完一个，大家都傻傻地轻轻拍手，以示友好。

等所有人都介绍完，“赤脚男孩”举起茶杯：“来来来，大家先共同敬一下我们班的四朵金花啊！以后，金花们的安全就由我们刑侦二区队的警察叔叔来守候！”

警察叔叔嘞……

虽然他油嘴滑舌的，但几个女孩还是被逗乐了。一桌人纷纷跟着举起手中的茶杯：“干杯！”

一时间，小包厢内的氛围欢快无比。

万佳云看了一圈桌上的人，觉得自己班上的男同学真有意思。

警校的男生辨识度都太高了，全是一米八左右的高个子，留着长度不超过两厘米的短寸头，身板壮实，看上去简直就是人们常说的“四肢发达、头脑简单”的类型。

可只要想到军训时，教官一声令下，他们能一口气围着操场跑上十来公里不哼一声，就让人打从心底佩服。

聚餐结束，没有做好安排的男生们听说女生们要去看电影，便买了同场次的票跟着一起。看完电影，几个男生又在路为心的起哄下，请四个女生吃了甜点。一帮人一直玩到天黑，才开心地往学校走。

大家一路走一路闲聊着报社团的事。

新学校、新同学、新生活，万佳云听大家说得绘声绘色，感觉一切都充满新意。

“我已经打听过了，我们学校最好的社团有两个，其他都是骗钱的，一年到头没什么活动，千万不要报。”“赤脚男孩”的手插在裤兜里，语气显得颇为老到。

路为心好奇地问："哪两个？"

"你们先猜猜看。"

"嘁，爱说不说，还不知道真的假的。"女孩们不买账。

相熟的男生们更不买账，嚷嚷着："顾星华，你有话快说，有屁快放，好吧！"

一片"哈哈"的笑声。

"好吧，好吧，我告诉你们，一个就是……"顾星华转过身，对着往前走的几个同学打出几个空拳，"散打社！"

"这要你说？"大家像是齐齐被耍了，在叫嚷声中，投去一片嫌弃的目光。

入学第一天，班主任在给他们开班会时，就介绍了学校的散打队，让大家有机会都去报名。

据说学校散打队的教练是退役的全国散打冠军，里面的队员全是"体能狂魔"，每年都代表学校南征北战，获奖无数。

"还有一个呢？"骂归骂，骂完了大家忍不住又问。

"还有一个那就更好了，加入者，每天早上都可以不参加队列训练……"

听到"可以不参加队列训练"，少男少女们的眼睛都亮了。

看大家终于感兴趣了，顾星华微扬下巴，卖关子地扫视面前的四个短发女孩，问："你们几个有会乐器的吗？"

路为心问："琵琶行不行？"

顾星华表情遗憾地咂嘴摇头："还有没有其他的？"

"吉他？"另一个女孩问。

顾星华还是摇头。

"大提琴呢？"一道细润的声音响起来。

"你学的大提琴？"顾星华看向万佳云。

天已经黑了，路灯的黄光投射下来，照着女孩干净的脸。

万佳云点头。

"你学了多久？"

"从小学二年级开始到……"万佳云想了想，"初三。"

顾星华咧嘴一笑："那你倒是可以试一试。"

"你到底说不说？别一看见美女就忙着搭讪好不好？"路为心一把拉过万佳云。

"你一个弹琵琶的急什么？"顾星华冲着路为心翻了个白眼，看回万佳云，模仿电视节目主持人字正腔圆的发音道，"恭喜你，万佳云同学，你已经取得资格报贵校最好的社团——警乐团。"

啥？警乐团？警乐团是干什么的？

众人正在疑惑中，不远处的大树旁，一个黑影忽地从围墙上一跃而下。

这里是学校西面，墙里头就是学校，旁边没什么商铺，相对僻静。

大家几乎是同时看见了那道影子，心里都“咯噔”一下。

什么情况?

大晚上的，不会是贼吧……搞到警校来了?

等到墙头又接连跃下第二个、第三个黑影时，这群看呆了的新生互相看看，终于达成共识：这哪是贼，这是高年级的师兄们在翻墙出校啊。

万佳云以前总听说别人“翻墙出校”的光辉事迹，这还是头一回真正看见。

几秒钟的时间，墙头先后跳下了四个人。他们身手矫健，落地时，动作幅度很小，一看就是老手。只有最后一个跳下来时，不知道踩了什么，压着声音骂了一句脏话。

这一声不大不小，却把这头的人都惊了一下。大一新生们就这么停在原地，不知道是该装作没看见，还是继续往前走。

借着夜色，四个翻墙而出的人悠闲地拍着身上的灰，间或朝这边看过来，像是也发现了这群大一的“小嫩鸡”。

天黑，万佳云看不清他们的五官，只能分辨出他们身上穿的都是学校里的黑色作训服。其中有一个还是警服和便服混穿，上身是黑色的作训服短袖，下身是一条松垮的短裤。那人跟同伴说了两句话后，便朝着这头看来。

紧接着，安静的空气里响起一道声音。

“顾星华！”

顾星华被叫得一愣，眯着眼仔细看过去。

几个同学小声地问他：“认识你？”

顾星华没出声，皱着眉头，朝那边看，像在仔细辨认。

那头的几个人静静地等了两秒，见顾星华没有动静，远远地冲他招了下手，厉声道：“过来！”

这一声叫喊短促有力，带着一股不容拒绝的气势，一群新生被吓得一抖。

众人还在费解之际，只听顾星华暗暗地骂了一句脏话，便屁颠屁颠地小跑了过去。

远远地，万佳云看到他跑到那四个人面前，站定后，屃屃地朝人家敬了个礼。

夜色朦胧，那几人和顾星华站在树旁。

黑黢黢的树影下，警服和便服混穿的男生，将一只手搭在顾星华的肩上，歪着脑袋跟他说话。顾星华看起来很乖巧，一个劲地点头。

顾星华已经算是高个子了，那男生比他还要高一点。

正看得云里雾里，只见旁边那人最后拍了下顾星华的脑袋，然后，几人穿过马路而去。

很快，顾星华屁颠屁颠地跑回来。

大家好奇地询问："他们几个是什么人？认识你？"

"他们是大三的师兄，以后你们就认识了。"

"你怎么看起来这么怕他们？"

所有人都看见了顾星华刚刚的尿样，只觉得全班的脸都被他丢光了，不禁投去嫌弃的目光。

"什么怕不怕？说得多难听。我这是尊敬，你要是碰到师兄，你不尊敬？"

顾星华摸摸鼻子，看看那几个人远去的背影，又跟大伙儿嘱咐："师兄们说了，今晚大家就当什么都没看见，谁要是搞事情，让队长什么的知道了，不要怪他们没提醒。"

大家看不惯顾星华的狗腿样，齐齐地"嘁"了一声。

小插曲结束后，众人加速回到学校。

晚上八点不到，整栋宿舍楼的人差不多都回来了。

楼道里再次热闹起来。

几个女孩轮流在洗漱台卸妆。万佳云洗脸的时候，旁边几个人不禁讨论起了今天遇到的班上那几个男生，觉得他们很有绅士风度，除了顾星华。

"我本来觉得那个顾星华还蛮不错，谁知道他这么怕师兄，你看他那个样子，简直了。"

舍友晶晶穿着一条卡通睡裙，用两个大夹子分别夹着两侧头发，形象可爱。

"干什么？你看上他啦？"路为心把床上的"豆腐块"小心翼翼地抱回柜子里，又从里面拿出另一床被子来盖。

叠好的被子可是宝贝，军训的时候，大伙儿没少因为叠的被子不合格而挨骂。现在大家有经验了，直接拿一床"豆腐块"出来装样子。

"我看上他？我都要吐了……"晶晶扶着墙做呕吐状。

洗漱好的万佳云笑着把位置让给晶晶，去阳台晾好毛巾，也学着路为心替换好睡觉盖的被子，然后第一个上了床。

女孩们还在下面叽叽喳喳，万佳云把脸贴着床上的栏杆，听着她们谈论。

晶晶洗完脸后，说："我看顾星华对我们云云同学很有好感，你们没有发现吗？"

"你又在乱说。"万佳云轻声反驳。

没再继续拿她开玩笑，大家聊着聊着，话题又转到了那几个翻墙出校的师兄身上，好奇他们到底是什么人、翻墙出去干什么。

"叽里咕噜"一阵后，女孩们发现万佳云好久都没插话，于是问她的意见。

结果叫了两声没人应，睡在对床的人探头一看，万佳云居然就这样睡着了。

路为心难以置信地下床，伸长脖子看。只见万佳云侧躺在床上，睡熟的小脸歪靠着铁栏杆，睫毛一动不动。

“我的天！这样也能睡着。

“我就没见过睡眠比她还规律的。”

306 是个特别和谐的宿舍，全宿舍的人最照顾的就是万佳云。

万佳云长相干净温润，漂亮却没有攻击性，是个看第一眼就很讨人喜欢的女孩。

接触久了，大家发现万佳云跟别人的节奏有些不一样，常常反应慢半拍。

她最大的特点就是作息规律，在大家都因为学校晚上十点半熄灯而感到痛苦时，万佳云差不多每晚十点就已经进入梦乡，无论此时宿舍里的动静有多大、灯开得有多亮。

这一晚，万佳云起初也在听大家聊天，听着听着，她就睡着了。

和平时一样，第二天一早她是全宿舍第一个醒的。

虽说今天是周末，但早上大家还是得迅速洗漱、整理内务，下楼集队出早操。

校园的小道上，一个个蓝色的方阵队伍正往前走着，操场上突然传来响亮的口号声：

“刻苦训练，自律自强！

“勇往直前，不懈追求！”

大家纷纷循着声音望去。

天气晴好，蓝天下的操场空旷干净。

四个男生正在跑圈，他们排成一列，不知道已经跑了多久了，脚下穿的是黑色制式皮鞋，后背淡蓝色的制式衬衫全部湿成了深蓝色。

显然是被罚跑。

眼尖的路为心戳了戳万佳云的胳膊：“佳云，你看，他们是不是昨天翻墙出校的那几个？”

万佳云后知后觉地望向那几个移动的人影。

晨光下，跑在最前头的男生忽然脱掉衬衫，团成一团抓在手里，扯开嗓子继续大喊口号：

“爱祖国、爱人民！

“勇往直前，不懈追求！”

后面三个人跟着他学起来，也纷纷脱掉衣服，大喊口号。

奔放而叛逆的场面把新生们看呆了，大伙儿看热闹不怕事大地跟着兴奋起来。可刚开始骚动，带队区队长的目光已经瞪过来，吓得大家立即噤声。

“陈翼然！”

操场那头瞬间炸起一道暴躁的狮吼。

那声音直直地穿透过来，无数双眼睛齐刷刷地循声望去，这才看到一个队长模样的中年男人背着手一直站在操场边。

他正快步地朝那几个男生走去，脚下的每一步仿佛都燃着愤怒之焰。

已经跑到操场对面的半裸男生们断断续续地停下来，懒懒散散地站着，用手里的衬衫擦着脸上、身上的汗。

高年级的队长要训话了。

真是太刺激了！

为了给人家留出空间，大一的队长掉转方向，适时地把队伍带去了教学楼方向，以至于一帮想看好戏的大一新生还没看到精彩的部分就被迫远离了操场。

万佳云忍不住回头看了一眼，只看见那几个男生逆光的高大剪影。

好事不出门，坏事传千里。

大家很快就辗转得知，那天早晨操场上被罚跑的男生们是他们刑侦专业的嫡系师兄。

这四个人都是学校散打队的主力队员，也是学校里最不服管教的几个学生。

以陈翼然为首，对上爱挑衅区队长和组织纪律，对下爱戏弄师弟师妹，整个是一个浑不吝，关于他在学校的各类传奇故事，据说三天三夜也说不完。

大四生要专心忙考试，这学期陈翼然升大三，被选为散打队副队长，更是收获一票迷弟迷妹。

其中就包括一心一意想进散打队的顾星华。

至于那天一早被罚跑步，没错，正是因为他们几个人前一晚为庆祝陈翼然升任副队长，一起翻墙去网吧打游戏。

周末过后，学校各个社团的招新工作正式开始了。

这天中午，各式各样的展台占据了食堂门口的位置，在一切都井然有序的警校里，这样凌乱而生动的场面，万佳云还是第一次见。

吃完午饭，万佳云和舍友们连续咨询了多个社团，拿了一堆宣传单。

师兄师姐们个个口若悬河，把各个团队吹上天，大家一时都有些拿不定主意。

四个女生正围在树下，叽叽喳喳地讨论着，被太阳晒得微微出汗。

忽然有人轻拍了一下万佳云的肩膀。

“同学，你好。”

万佳云回头，身后站着一个个子很高的女生。最显眼的是，她的手臂上戴着红袖章。

这是警校里最可怕的存在——督察队队员的标志。

万佳云转过身站好，看着她。旁边的几个女孩见状，都吓了一跳，拿好乱七八糟的资料，纷纷调整自己的站姿。

几个女孩自动站成一排。

“学姐好，请问有什么事吗？”

女生高高瘦瘦的，脸有点长，严肃地打量了万佳云一遍，目光回到她的脸上：“学生手册规定，学生应按规定着装，并保持警容严整。”

万佳云看看自己，又瞄瞄路为心她们。

大家穿的都是制服，没错。

女生面无表情地继续说：“穿着制式警服时，要严格按照规定佩戴警衔标志、领带、领花、胸徽号牌、校徽、臂章。

“这位同学，你的校徽呢？”

万佳云低头看向左胸，自己的校徽呢？

不等她有所回答，女生继续说道：“同学，请告诉我一下你的警号是多少？”

她边问边掏出随身携带的小本子，目光往万佳云的胸口瞄。

路为心反应极快地用手帮万佳云遮挡住胸前的警号，软软地求情道：“学姐，我们刚刚进校，还不清楚规矩。出门前，我们都检查好了的，一定是在路上掉了。你通融下，好不好……”

“通融？这位同学，希望你能配合督察队的工作，把手拿开。”

路为心的手没有动。

万佳云不想路为心被连累，对她摇摇头，拨开她的手。

面前的女生正要抄下万佳云的警号，背后突然传来一道懒散的声音：“干什么呢，彭丽娟？你们‘城管’大中午的也开张？”

两个男生朝她们走来。

彭丽娟一回头，看见了两张熟悉的痞子脸。

开腔的叫杨园，他笑着对身旁的人说：“你看我们娟娟，真是一刻都闲不下来，刚开学就来折磨人家小师妹。”

“杨园，请注意你的措辞。”

“我好怕啊，我等会儿就去找钱勇说理。”

一听到“钱勇”这个名字，彭丽娟的脸忽地红了，想骂的话没有骂出来，气势很弱地回了一句：“你给我等着。”

两个男生几乎是同时笑了出来，顺带扫了眼一直站在面前的小女生们。

杨园拍了下彭丽娟的肩膀：“走吧，别在这儿干站着，让翼然请我们喝奶茶去。”

彭丽娟说：“你们玩你们的，我这边还有事。”

经他们一闹，彭丽娟的威信丧失大半。她看回万佳云，坚持地说：“没戴校徽，按规定是要开单子……”

“等等。”一直站在旁边微微笑着的陈翼然开口了。

他看看彭丽娟，又看向她身后的女孩。

一道陌生的目光自上而下地打量了万佳云一遍，问：“你哪个专业的？”

万佳云：“刑侦。”

一旁的杨园咧嘴笑了：“原来是小师妹啊，我说怎么有点眼熟。”

陈翼然也笑了下。

紧接着，在众目睽睽之下，陈翼然把自己的校徽摘了下来，递过去。

男生的手掌粗糙，掌心里躺着一只蓝色的校徽。

万佳云有一瞬间怔然，目光从面前的校徽缓缓上移，定在他阳光英俊的面孔上。

“陈翼然！”一旁的彭丽娟抗议地叫起来。

陈翼然置若罔闻，对着面前傻愣着没有动作的女孩挑了下眉，催促她：“拿啊。”

路为心知道万佳云那慢半拍的毛病在这关键时刻又犯了，立即帮她接过校徽，顺带嘴甜地说：“谢谢师哥。”

说完，她又碰碰万佳云的胳膊。

万佳云这才轻轻地说了声“谢谢”。

看她这副傻傻的模样，陈翼然只是轻笑了下。

和他一伙的男生倒是调皮地在旁边说：“不用谢，保护师妹和除暴安良是我们安大的光荣传统！”

路为心险些被逗笑了，可又不敢笑。

两个大男生闹完了就准备离去。

彭丽娟气不过地在后面喊：“陈翼然，你把校徽给别人，自己不戴，我照样会记你的名字！”

陈翼然只是背对着对她挥挥手，他身旁的调皮男生转过身，对着彭丽娟做出一个逗她的敬礼动作。

彭丽娟气得牙痒痒，不甘心地喊道：“你们两个都给我等着！”

食堂门口，人头攒动，两个蓝色的背影很快淹没在了人群中。

小插曲过后，彭丽娟转过脸，再次把关注点放回眼前。

陌生的校徽，金属质感冰凉。万佳云手心灼热，不知道该拿它怎么办。

彭丽娟看着女孩白嫩的脸：“不要以为他们是在给你们撑腰，他俩可不是什么好人。”

一道目光在万佳云身上慢慢扫着，像是X射线一样，想再扫出一些不合要求的地方。

过了两秒，彭丽娟实在挑不出碴儿，终于放她们一马：“走吧，下次再犯，不要怪我不客气。”

“谢谢学姐！”

“等等！”

几个女孩正要离开，彭丽娟又把她们叫住。

“开学的时候，老师没教过你们吗？”

彭丽娟眼眸低垂，看着面前几个小女生：“这里不许叫‘学长学姐’，只能叫‘师哥师姐’。我看你们刚才叫‘师哥’怎么叫得挺顺的？”

“我刚刚没有叫师哥。”万佳云说。

一旁的路为心知道万佳云一根筋，脑回路跟别人不同，怕她又把面前这“母老虎”惹怒，赶忙乖乖地对彭丽娟说：“对不起师姐，我们知道了，下次不会了！师姐再见！”

说完，不等彭丽娟反应过来，几个女孩便把万佳云拽跑了。

当天中午，四个女生气愤地回到宿舍，忍不住将趾高气扬的彭丽娟吐槽一通，完了，又想到拔刀相助的师哥们，心动地想尖叫。

女孩们的情绪一来一回，比海浪起伏得还大。

路为心靠在书桌旁，拿起那枚校徽端详：“真是太帅了！怎么会有这么帅的师哥，连在操场被罚跑都那么帅……”

路为心眉眼细细的，表情认真起来时，有种莫名的喜感。万佳云一只手托着头，微笑地看着她。

“你开心了哦，被英雄救美哎……”路为心对万佳云眨眨眼，“我跟你说，这事可不能就这么完了，你得找个机会把校徽还给咱们师兄，不然真是浪费了这个美丽的邂逅。”

几个女生凑过来，纷纷起哄：“对啊！佳云你想，那两个师哥绝对有问题，特别是那个陈翼然，为什么自己被罚也不怕，非要来帮你？还把自己的校徽给你。这绝对是图谋不轨！”

大家当即展开各种偶像剧式的联想，提出各种还校徽的方案。

万佳云静静地听着，当她们开始无厘头地说要在食堂故意把汤泼到陈翼然身上制造第二次偶遇时，她实在忍不住，“扑哧”笑了出来。

几个女孩“哈哈”笑作一团，似乎只有各种青春的幻想，才能为枯燥的警校生活增添一些色彩。

万佳云非常喜欢自己的三位舍友，她们有点八卦，喜欢幻想，但是贴心又友好，总是格外照顾她。

一中午的坏心情在女孩们的插科打诨中远去了。

也不知道消息是怎么传出去的，万佳云没戴校徽差点被督察队抓到这件小事很快也被班上的男生知晓。

这天中午，最后一节课下课，全班都冲向食堂吃饭。

几个女孩刚打好菜坐下来，远远就见顾星华端着一个餐盘走来，不害臊地要和她们一起吃饭。

顾星华一屁股坐到万佳云边上，看向她的餐盘：“你怎么打这么少的菜？”

坐在对面的晶晶瞥了他一眼：“你坐得靠佳云那么近干吗？也不怕督察队抓你。”

“抓我？我又没犯法，凭什么抓我？”顾星华兀自说着，一双大眼睛转得滴溜溜的，问万佳云，“我听说前两天你在食堂门口碰到督察队，是大三的师哥帮忙的？”

万佳云很奇怪：“你怎么知道？”

“咱们班是什么专业出身？我自然有知道消息的渠道。我是想提醒你们，他们大三那帮人不是什么好人，”他左右看看，降低声音，“出了名的喜欢逗女生，而且那位交了很多女朋友，你们当心点，不要被看上了。到时别说我没提醒你们。”

路为心嫌弃地斜眼看他：“上次是谁说对师兄要尊敬的？这会儿在背后说人家的坏话？缺德不缺德？你到别处吃饭去，看着就倒胃口。”

“咦……”顾星华鬼头鬼脑地左右看看，声音低得都快成气音了，“真是好心没好报，我图什么？还不是怕你们吃亏，一个班就你们四朵金花……”

几个女孩憋住笑，又故意冲他骂道：“狗拿耗子，多管闲事。”

顾星华皱眉，朝她们一个个看过去，目光定在万佳云的脸上：“她们不听我的算了。佳云，你是最单纯的，你听进去就行了啊，保护好自己。她们几个的死活，我是不打算管了，让她们自生自灭去。”

说完，顾星华端着盘子站起来，冲着怼他最凶的路为心瞪了一眼，去别处吃饭了。

路为心也冲着他的后脑勺干瞪一眼，对万佳云说：“你可别听他的，我看他才是不怀好意。”

这边万佳云还没来得及说话，路为心像是突然看见了什么，目光忽地亮起来，冲大家使眼色。

一食堂是学校最大的食堂，菜式多、选择多，门口人来人往。

进进出出的人头里，几个男生走了进来。

他们正说说笑笑时，一个女生朝他们走了过去。

尽管是短发，女生笑盈盈的面孔却有着警校女生少有的明媚、洋气，隔得远远的，也能看到她眼睛里满溢的甜意。

女生一直靠着其中一个男生站着，没有肢体接触，但从身体的距离和言谈间的表情来看，这两个人并不是普通关系。

食堂里人声嘈杂，埋头吃着饭的学生频频朝他们注目。

稍稍有点眼力见的都知道，这几个都是校散打队的主力队员。正和漂亮女生成对站着的就是新任副队长陈翼然。

中途，女生不知道说了什么，把自己的手机页面给陈翼然看。陈翼然边跟男生聊天，边接过来看了两眼，笑了笑，又把手机还给她。

几个人旁若无人地站着聊了一会儿，没有找位子坐下来吃饭，而是一起走了，像是打算换个地方。那女生跟着他们一起离开。

这头，306 宿舍的三个女孩你看我、我看你，最终又齐齐地看向万佳云。

万佳云表情茫然，不知道她们为何看自己。

“咱们的邂逅梦，碎了！”路为心气愤地暗暗骂道，“有女朋友还做那种英雄救美的事，无聊。我男朋友以后要是这样，我就把他的头扭断！”她做出卡脖子的手势。

万佳云的嘴角扬了起来，微微笑着没说话，继续安静地吃饭。

看来，她可以从“英雄救美”的八卦里脱身了。

新学期开学后，大一新生们慢慢体验到了警校里的所有课程。

大一都是基础课，总体来说，万佳云感觉除了一些体能课要努力练习，文化课都很简单。

她给自己制定了一个体能提升计划——从每晚夜跑一小时开始。

路为心几个都劝万佳云不要折磨自己，学校里的教官对女生很爱护，不会在体能上过于苛刻，只要能过关就行。

可万佳云是个一根筋，自从定了夜跑计划，她每晚都坚持一个人夜跑，直到跑得满头大汗才回来。

这晚，万佳云在操场跑到一半的时候，母亲方静忽然打来电话，在大西洋彼岸询问女儿的学习近况。

万佳云停下，边擦汗边跟方静聊天。

“怎么这么喘？叮叮，你在干什么呢？”

“我在跑步。妈，你怎么现在打电话来了？”这不是她们的固定通话时间。

“想你了呗，想听听我宝贝女儿的声音。”

夜色深浓，万佳云心里软软的，看着地上长长的影子，沿着被路灯照亮的校园小道慢慢走。

方静询问了万佳云这两天的校园生活，又问到她之前和自己提起的报社团的事。女儿和她在电话里说过的点点滴滴，她全部记在心上。

“所以你是报了警乐团和马拉松社团吗？”

万佳云“嗯”了一声：“对了，妈，你能帮我把琴寄过来吗？面试的时候需要拉琴，但我在这儿找不到借琴的地方。”

“可以，我来想办法。你哪天面试？”

“13 号，下周。”

“OK，我找人帮你把琴送到学校。”

晚风轻轻吹来，吹动夏夜里的树梢，吹开女孩被汗打湿的短刘海。

万佳云挂了电话，才发现自己已经离开操场，走到了教学楼旁的僻静处。

时间已不早，她准备回头往宿舍方向走，就在这时，前面的拐角处隐约传来男生和女生的说话声。

“你先别哭行不行？有话好好说……”

低沉的男声带着一丝不耐烦，经他这么一说，安静的夜色中，女生的哭声反而更大了。

万佳云有些尴尬地站在原地，屏住呼吸。

“我就问你，那你之前约我看电影是什么意思？”

女生的声音细细的，因为哭泣让人有种心疼的感觉。

沉默。

“你说句话行不行？你这样到底是什么意思？”

还是沉默。

两三秒后，女生的哭声又大了，成了抽泣。

“没什么意思啊。”男生终于开口，“大家本来就都是朋友，何必搞成这样？你觉得这样有意思吗？”

“朋友？”女生止住哭声，像是再也无法克制情绪，提高音量，“那你上次逃课帮我去图书馆借书，这也是为普通朋友做的事？”

校园的上空星光满天，一头汗的万佳云抿着唇，觉得自己不应该再在这儿待下去，却又怕脚步声惊扰到他们。

男生冷漠的声音再次传来：“我不是为了帮你借书才逃课，是为了逃课才去帮你借书。”

万佳云有些无语。

像是用完了最后的耐心，陈翼然看了眼面前哭得梨花带雨的女生，一心想着赶快结束这场闹剧。

女生哭得泪眼模糊，听到这话，还是难以置信地抬起头看他，满脸愤怒。

别人都说他是个对待女孩没长性的人，起初她还不信，这下才知道谣言不假。

陈翼然沉默地看了一会儿夜色：“你要是这样，以后大家连朋友都没得做。”

“浑蛋，你滚！”女生愤怒地骂出声，伤心坏了。

趁着他们的争吵声加大时，万佳云准备趁机溜走，赶回去集合。

可就在她要离开之际，一道人影忽然从拐角处大步走出来，直接和她撞了个正着。

没想到这里还躲着一位，刚脱身的陈翼然顿住步子，诧异地皱起眉。

女生的个子不算高，矮他大半个头，像是同样被惊到，一双如小鹿般懵懂惊惶的眼睛直直地看着他。

目光短暂轻触，万佳云屏住呼吸，快速转过脸，装作一副单纯路过的样子，一边抬手擦额头上的汗，一边稳稳地往旁边走去。

站在原地的陈翼然追望一眼，只见女孩漆黑的短发在晚风里飘扬，很快便融进了夜色里。

他还没来得及多想什么，拐角处的哭声再次传来，陈翼然赶紧加快离去的步伐。

晚风凉爽，万佳云一路跑回宿舍，却全身火热，整个人像是要烧起来一样。

宿舍里的三个女孩正在看书、玩手机，看着万佳云跑得满头大汗的样子，忍不住纷纷问她："佳云，你参加比赛去了？跑得这么认真？"

万佳云站在自己的书桌旁倒水喝，一杯凉水灌下去，脸颊还是热的。

路为心看她喝得这么豪迈，忍不住笑："你是老黄牛啊，喝这么多水？"

万佳云擦擦脸上的汗："我跑得太渴了。"

几个人调侃了她几句后，路为心一看时间，大叫一声："都快九点了，快点换衣服，又要下楼集队了。"

女孩们同时发出扫兴的叹气声。

开学以来，他们专业每晚九点都要雷打不动地在广场集队，迟到者都要受罚。

集队，警校永恒的主题。

路为心边换装边对万佳云说："都不知道你哪来这么大的劲头，晚上还要一个人出去夜跑。"

"我也不想，可体能太差了。"

正在穿鞋的魏清说："不过你的体能确实有点差，都不知道你当时怎么考进来的。"

扣着衬衫扣子的晶晶说："我看，女孩子就不该来上警校，像我们这种都是脑子进了水的。"

四个女孩匆匆换好衣服冲下楼，踏着月色来到指定的小广场集合。

此时，广场上站满了学生。等人到齐后，大家便自觉地开始排队，边聊天边等待队长的到来。

九点差五分的时候，角落里的昏黄路灯下，终于出现了队长笔直的身影。

大家的声音小了下去。

永远板着一张脸的队长看着每个班自动排好队后，在九点钟的时候，抬起手看了一眼表，让各区队长点名报班。

小小的广场上开始陆续响起嘹亮清晰的点名声。

万佳云站在队伍的末尾，看着区队长从班级出列后，走到队长身前敬礼，扯着嗓子朗声道："公安刑侦二区队，应到四十四人，实到四十四人，报告完毕！”

正式开学后，这些十八岁的少男少女已渐渐进入角色，快速地适应了警校生活。

各班区队长一一上前报告，一道道铿锵有力的声音令这寂静的夜充满蓬勃朝气。

穿着一身学警制服的万佳云笔挺地站着，大脑变得空白一片。

望着亮在广场中央的那盏老旧路灯，望着那不足以照亮黑夜的昏黄光晕，万佳云心中渐渐潮湿，纯净的眼眸中透出一抹不寻常的坚毅。

我会努力的。

她在心底轻声说。

与普通大学相比，警校最不同的是有体能课、射击课、警务训练课这些特殊课程。对于所有大一新生而言，它们都是新奇的体验。

安大校内有一栋建筑十分特别，名为“警务训练馆”，里面有靶场、机房、指挥中心等。最神秘的是一楼的训练馆，平时都关着门，只能从玻璃门外往里窥见一二。

师哥师姐们早已剧透，那里面是警务战术训练场地，是为各专业实战训练准备的仿真环境。

这天上午，刑侦二区队的新生终于迎来了开学后的第一节警务训练课。

大家早早就在期待，等排着整齐的队伍，喊着口号来到训练馆一楼后，老师早已在那儿等候。

第一节课的任务是参观熟悉。

“哎，你看这个，是个冷饮店……”

不怪大伙儿觉得新奇，训练馆一楼很有意思，里面光线明亮，商铺林立，有花园、车站、道路，完全是个仿真的小世界。万佳云看得目不暇接，觉得特别像电影中的画面。

“你们大一的时候最关键是要做好战术基础训练，等到大二再进行团队协同战术技巧训练，还有建筑物搜索，”慈眉善目的老师带领着大家往前走，“以及 CQB、CQC、近身战术训练，慢慢都要掌握。我们刑侦警察是最一线的，将来一定要学会如何在复杂的环境中应对多变的情况，学会用一种合法的方式行使自己的职权……”

老师带着点口音，声音有些含糊，大家的注意力早已被眼前的花花世界吸引，听得云里雾里，叽叽喳喳地讨论着。

“这位大眼睛男生，你重复一下我刚刚说的话。”一路都温和的老师忽然指着队伍一角，笑眯眯地说。

顾星华正跟人说得眉飞色舞，整个人瞬间僵化。

老师没有为难他，慈祥地说道："听我说啊，你们一定要认真听，将来在关键时刻都是能帮你们保命的。"

噪声渐渐变小，大家不再躁动。

简单地参观了一圈后，老师把大家带到一处空旷的场地，让两个同学去器材室拿仿真枪，让大家感受一下。

一听要拿枪，所有人又兴奋起来。

枪。

万佳云左右看看周围的模拟街道，和大伙儿一样，眼中亮光闪闪，心中有隐隐的期待。

过了五分钟，两个去拿枪的同学抱着几个黑盒子回来了。与他们一同回来的，还有一列短队伍，手里同样抱着几个黑盒子。

万佳云的目光不由自主地定在了队伍打头的那个人身上，心里"咯噔"一下。

大伙儿的目光很快便被吸引。

陈翼然身形挺拔，一头刺刺的黑发，五官精致舒展，统一的黑色作训服穿在他身上极为合身，英俊潇洒。

因为刚刚上的是战术训练课，他们身上还套着背心，上面印着粗体的白色英文，很有香港电影里警察的劲酷派头。

面前的老师看起来和这一队人马很熟悉，在他们站定敬礼后，眼睛一亮，笑着问道："你们几个怎么过来了？"

男生们放下枪盒。

"马老师说他们两个拿不了，让我们帮忙。"

"你们今天在这边上课？"

"这不刚结束就被叫来抓差。"陈翼然看起来跟这位老师关系不错，说话的语气并不拘谨。

老师笑得眼睛都要眯起来，不客气地说："来来来，正好，教师弟师妹们拿枪。"

"不是吧，刘老师……"陈翼然音调懒倦。

"什么不是？你们这些师兄是怎么当的？"老师又看看面前的一群新生说，"还不快点向师哥们问好。"

"小嫩鸡"们立即齐齐敬礼，朗声道："师哥好！"

警校是个层级分明的地方。在这里，低年级学生要叫高年级学生最传统的"师哥师姐"，这个一代代传下来的规矩为的就是增进彼此间的感情。将来大家毕业后散作满天星，天南海北，一声"师哥"很有可能会为工作带来意想不到的方便。

这届新生共有四个刑侦班，陈翼然跟其中不少男生已经打过照面，面前的队伍里有不少熟面孔。

目光匆匆扫过，他发现，这里面还有一张面孔似乎也有点眼熟。

比这群男生矮大半个头的万佳云身形单薄，她脊背挺直，目视前方，握在手中的黑色仿真枪垂在身侧。

今年的四个刑侦班新生里一共只有十九个女孩，这是男生们在军训时就统计出来的数据。

开学以来一直忙着散打队的事，陈翼然还没来得及好好认识一下这些新鲜面孔。

面前的女孩个头不高，面容清秀灵气，眉眼间流转着一抹江南水韵。

陈翼然的眼神别有深意地在万佳云身上流转了两秒，又不动声色地滑走了。

队伍重新站好，双手背在身后的陈翼然站在自己的队伍前，被大一新生们三面围绕，架势十足。

站在圈外的老师指示道："开始吧，第一节课重在体验，先教他们持枪的基础动作。"

陈翼然点头。

只见他朝大家看了看，整个人忽然一改之前的散漫，立正站好，向队伍敬了一个标准的举手礼，随即下令："报数！"

大一新生们迅速报数，微调队伍。

站在队尾的万佳云朝右边的晶晶看齐，脚下调整位置，手中紧握枪支。

整个过程训练有素。

报数完毕后，陈翼然向前走了两步，自腰间的警用腰带中拔出枪，举在半空向大家展示。

"这是仿真的 95 式警用转轮手枪，全枪的重量为 840g，容弹量六发，有效射程为 50 米。大家可以先看一看自己手中的枪，了解它的结构。"

大家安静地低头观察。

纯黑色的枪托、枪管，中间凸起的弹匣，结构简单，质感冷沉。

尽管造型老派复古，年轻的警校生们还是感受到了来自武器的天然威慑力。

陈翼然走在队伍前，边走边说："很快你们就会有实弹射击课，到时可以亲身体验。今天我们先进行战术训练中一个最基础的内容——持枪练习。"

所谓持枪练习，就是掌握最基础的持枪动作。

为了让大家掌握动作要领，陈翼然站到大三学生的队伍前，边讲解边示范。

"高姿持枪！"

随着他一声令下，身后的大三生和他同步拔枪、持枪、瞄准，动作统一帅气。

隐隐而生的战斗力看得新生们心潮澎湃。

"好帅……"站在万佳云身旁的晶晶忍不住发出赞叹。

旁边立即有男生小声说："矜持点，别给我们班丢人啊。"

动作要领讲完后，大家自行体会要领，空旷的训练馆里响起一阵“嗡嗡”的讨论声。

万佳云刚刚看得很仔细，可真正做起来时，发现自己的动作并不和谐。

几个女生互相学习交流着，路为心忽然“扑哧”一笑：“佳云，你的动作好难看……”

万佳云的耳尖红了，她知道自己在肢体协调能力上一直有欠缺。小时候方静想培养她跳舞，她多次学习都没成功。

重新在脑海中整理了一遍动作要领，万佳云自喊口号，再次摸索着练习。

“高姿持枪！

“低姿戒备！”

陈翼然正在一旁跟同伴们聊天，余光里不知道看见了什么，似有所感地转过脸，发现一个黑洞洞的枪口正对着自己的方向。

枪口的后面，女孩的短发比金属枪管还要黑亮。

一共就教了两个姿势，一个枪口朝上，一个枪口朝下，怎么被她做出来就变成直直地朝着人了?

陈翼然被逗乐了，歪头望去。

身边几个正在谈笑的大三生也顺着陈翼然的目光看过去。

正在认真练习的万佳云忽然发现几双眼睛在看自己，还笑着，她不好意思地收起枪，转过脸朝着路为心她们的方向。

大家还在练习中，场馆里忽然响起拍掌声。

空气安静下来。

陈翼然拍拍掌，示意大家停止讨论，重新站队。

他要纠正个别同学的错误动作。

大家这时才发现，老师不知道跑去哪儿了，就这样把场子扔给了这帮大三的老油条。

没了老师镇场，这些师哥立即不正经起来，像是换了个人。

陈翼然从队伍这头晃到那头，途中先后点了几个男生出来单独练习，看到做得不标准的，他一句话不说，上来就拍头、踹屁股。

“小嫩鸡”们吓呆了，不敢吱声。

和陈翼然一起的那几个大三的就站在旁边干看着，时不时露出点“同情”的微笑。

顾星华作为最熟悉他们的小跟班，被点出来练习时，铆足了劲想表现，结果反而用力过猛，把简简单单的动作弄得十分做作，那戏剧化的表情直接把全班逗笑了。

连带着女生这边也没忍住，跟着一起“哈哈”笑。

结果，恰好“引火烧身”。

一道目光朝四个女生扫来，伴着漫不经心的声音：“我们再看一看女生们掌握得怎么样。刚刚是谁笑了？”

一听这话，女孩们的面孔如石膏般凝住了。

最靠边的万佳云不自觉地垂下眼，心想，幸好她刚刚没笑。

正在庆幸，面前压下来一道阴影，声音响在她耳边：“就你吧。”

所有人的目光瞬间都朝着这个方向投来。

黑漆漆的长睫毛抬起来，万佳云呆呆地看着他。

陈翼然与她四目相对。

这个场景，让万佳云瞬间想到了那晚教学楼背后的短暂对视。

万佳云有些心虚地赶紧往前跨出一步出列，立正站好。

“到！”她应声道。

“准备好了吗？”

万佳云目视前方：“准备完毕。”

陈翼然点点头，下令：“高姿持枪！”

左手打开枪套，右手迅速拔枪，右大臂紧贴身侧，万佳云抬起小臂，让枪口呈45°。

45°、45°……

万佳云精确地调整了下角度，暗想应该都做对了。

结果，大家都笑了。

视线前方是一个胸膛，再往上是一张看不出喜怒的脸。

陈翼然垂眸看着她，不说话。

万佳云有些窘迫地举着枪，全身紧绷着，血一点点涌上脸颊，不知道自己哪儿错了。

“手放哪儿？”陈翼然问。

他一改刚刚对师弟们的严厉姿态，声音和眼神都很平和。

手放哪儿？

手在举着枪啊……

兴许是太紧张，万佳云反应了一秒，才知道是自己的左手出了问题，本应恢复立正站姿的左手，此时还捂在枪套上。

耳根一红，她赶紧将左手放回身侧。

一连串后知后觉的动作又引得全班人轻笑。

陈翼然也笑，最终还是放她一马：“回队列吧。”

看着万佳云归队，全班男生无一不在内心愤慨：刚刚对男生明明就不是这样，安大里男女生的待遇果真是一个天上一个地下啊。

陈翼然他们没有为这群大一新生完整地上完这节课，老师回来后，这几个人的玩兴也过了，得到师弟师妹们的齐声“感谢”后，便功成身退。

出了训练馆，阳光照得人浑身懒洋洋的。

难得碰上一个没课的下午，也没有训练任务，大家想去网吧来一局。

结果都在翻墙了，陈翼然突然接到散打队的电话。

现在他毕竟是副队长，队里的事务都要管，他二话不说便去了。

因为比赛成绩优秀，学校给散打队单独分了一间训练馆。

散打队队长唐海峰是个四十多岁的中年男人，以前是职业散打选手，早些年退役后就开始教学，后被挖来警校。

这些年他在安大带出了许多学生，陈翼然就是其中之一。

上大学前，陈翼然压根没接触过散打，顶多就是爱打架。经过两年来的刻苦训练，如今他已经为这支队伍取得了不少成绩。

陈翼然到的时候，唐海峰正在里头打扫卫生。他浑身上下只套着一条红裤衩，一身肌肉汗淋淋的，一看就是刚刚练过。

“喂，不要搞赤裸诱惑，行不行……”

唐海峰回头，把手里的抹布往陈翼然身上扔，他在半空中接住。

“少说屁话，快帮忙。”

“急着叫我来就是为了打扫卫生……”嘴上这么抱怨，陈翼然还是懒洋洋地擦起了面前的小木桌。

这些年，唐海峰基本把这个训练馆当成了自己家，一闲下来就打扫卫生，见不得一点不干净。

“今年招新的事，你忙得怎么样了？”唐海峰边翻看着训练记录册边问。

“一直在弄，我让小冉写了个招新启事，回头你看看，可以的话就往外贴。”

“加快点，赶紧练起来，今年还要打联赛。时间一拖下来就影响整个安排了。”

“知道。”

“哦对了，今年再招两个女的。”

“女的？”陈翼然停下来。

“你有意见？”

陈翼然感觉莫名其妙：“好好的，招女的干什么？”

现在全散打队只有一个女生，就是督察队的彭丽娟。以前队里不是没有招过其他女生，但训练量实在太大，三分钟热度过后，女孩子都坚持不了。

“让你招你就招。这次招进来不能像以前那个强度训练，把人都吓跑了。我们队现在女子这一块的成绩太少，要慢慢把这块做起来。”

“你这是强人所难，我到哪儿去给你找女队员？”

“干什么，你这个副队长刚上任就推卸责任？”

“招人没问题，等招来了，人留不下来，不要找我。”这种事有前车之鉴的，陈翼然把丑话说在前面。

正拿起杯子喝水的唐海峰停下动作，看看他："你招来就行了，至于怎么留我负责。"

宿舍里的几个女孩发现，万佳云是个很特别的女孩。

大一课程繁重、规矩多，大家闲下来都爱偷懒，只有万佳云每节课都听得格外认真，像个听话的高中生。

这个从浙江来的小姑娘打从一开始就引人注目，她长得很漂亮，新生开学时亭亭玉立地站在宿舍楼楼下和妈妈说话，像个洋娃娃。路为心亲眼所见，她的家人送她入学时，开的是保时捷，而她平时的衣物、日常用品，也都是没有大 Logo 的奢侈品。

闲下来时，再一回想，刚入校军训时，大家每天都累得哭天喊地，只有体能最差的万佳云一声不吭。

这不，大晚上的，她又一个人出去跑步了。

万佳云是来到警校后，才知道跑步除了100米、400米、800米，还有按公里、按小时跑的算法。

老师平时罚人不是说"你去操场跑几圈"，而是说"你下去跑多少公里"。

今晚月明星稀，万佳云跑得一头热汗，边喘着边给自己打气。

操场上能看见远处教学楼上星星点点的灯光。跑道上除了万佳云，还有其他学生。有人在夜跑，有人在散步，可全场只有她一个女生。

一圈圈跑过这些人身边，万佳云时不时抬手擦脸上的汗珠。

同一时刻，不远处的看台上，几个男生站的站、坐的坐，没正形地边喝着饮料边说说笑笑。

今晚的训练刚刚结束，所有人的头颈都是湿的，身上的警用黑 T 恤也被汗水打得湿透了。

眼看着几个小年轻要脱衣服，唐海峰皱起眉，一掌拍在始作俑者陈翼然身上。

这一掌不轻不重，男孩坚硬的脊背被拍得一声闷响。

陈翼然没好气地看向唐海峰，眉心紧皱。

"我说过多少次了，在室外不要动不动就脱衣服。再不管你们还不把裤子也脱了。被人家女生看见了，像什么样？还有谁敢进我们队？"唐海峰义正词严。

"这儿哪里有女生？"

几个人脱衣服都脱习惯了，嚷嚷着抗议。

衣服不能脱，他们只能乖乖地拎起下摆擦汗。

"没有也不准，一个个死性不改……"唐海峰自己也热得不行，拎着衣领扇着风，被这些狼崽子气得看向操场。

看着看着，唐海峰眼前一亮，下巴一努：“那个……那个不就是个女生？”

零星跑着几个人的操场上，影影绰绰间，确实有个瘦弱的影子在“吭哧吭哧”跑着步。虽然离得远，但男女还是能分辨出来。

本就闲得无聊，几个男生的目光便定在了那个身影上，等着她慢慢跑过来，想看个清楚、辨个究竟。

等到女孩绕过看台前，那速度和身姿，把一群体能狂魔愣是看乐了，感觉像是看着一只刚会飞的小鸽子从眼前扑棱着翅膀飞了过去。

陈翼然也轻轻地笑了。

一群男生继续说说笑笑。

唐海峰脑海中灵光一闪，看向陈翼然：“我让你办的事情怎么样了？”

“什么事？”

唐海峰挑了挑眉：“你说什么事？今年的招新怎么说了？”

陈翼然想要糊弄过去：“办着呢。”

“女生还找不找得到？”

“这不正招着呢……不行，你自己来？”陈翼然一脸痞子无赖的表情，垂着眼睛看唐海峰。

唐海峰扬手就要劈过来。

陈翼然反应极快地抬手遮挡：“知道了，成天就知道动手。”

唐海峰看着远处那个还在跑着的小身板，骂道：“跟你不动手，行吗？臭小子！”

对付这些狼崽子，他早就总结出了经验，玩虚的没用，就是要以暴制暴。

陈翼然不是没把这事放在心上，他近来也被这件事搞得很头疼。

要说让他花言巧语骗两个女孩入队，别说两个，十个他也弄得进来，这不是难事。

难就难在，并不是什么人招进来都有用，万一吃不了苦头又闹事，完了人跑走不说，还会害得集体分心，影响训练节奏。

在这件事上，陈翼然有过认真思考。

这两天，陈翼然让彭丽娟写了个招新公告在朋友圈里转发，把招女生的任务交给了她。

女生跟女生果然好沟通，没多久彭丽娟就筛选出了几个人。

陈翼然正要把人领给唐海峰过目，唐海峰却说已经有了人选。

这天中午，陈翼然正和杨园在食堂吃饭，接到了唐海峰的电话，陈翼然忍不住抱怨：“有人了，还让我找？”

“废话怎么这么多？我把什么都做了，还要你这个副队长干什么？”

“那你说吧，是谁？”

唐海峰在电话那头神神秘秘的：“现在还不知道她叫什么，你去帮我找一下。”

陈翼然几乎想飙脏话：“叫什么都不知道，我去哪儿找？”

“你别急啊，我记了她的学号。”

坐在旁边吃饭的杨园见陈翼然语气不佳，听见他吩咐：“帮我记几个数字。”

不等杨园有所动作，正对面的顾星华立马狗腿地拿起手机：“师哥，你说吧，我记着呢。”

陈翼然边听着电话，边报出一串数字：“327—7—46。”

顾星华欢快地按着手机屏幕，等到他把这六个数字按完，情绪却由快乐变成了暗自震惊。

顾星华看向挂断电话的陈翼然，小心翼翼地问：“师哥，这是……这是学号？”

陈翼然用“你有意见吗”的眼神看向他。

顾星华当即闭嘴，不敢再问，规规矩矩地把号码转发给他。

微信消息跳出，杨园看到陈翼然收到的6位数学号，笑着问：“老唐搞什么啊？这是精准招人啊。”

这天下午上《毛概》课，万佳云发现顾星华总是瞄自己，瞄到其他三个女生都发现了，他也不躲，还传字条来说让她课后等他。

警校上课期间是绝对不能玩手机发消息的，被督查队抓到，命都要去半条。

可看着传到自己手里的字条，万佳云既觉得莫名其妙，又觉得有点搞笑。

下了课，顾星华果然第一时间找了过来。

和万佳云一同坐在座位上的还有三个女孩。她们用防贼一样的眼神看着他：“你想干什么？鬼鬼祟祟地约佳云。”

要知道，他那破字条传过来的时候基本被全班都看遍了。

路为心手揽着万佳云的肩膀，像护着妹妹一样，看着顾星华：“我警告你啊，可别打她的主意。”

顾星华斜着眼睛看路为心，一脸嫌弃：“你们成天瞎想什么？我是有正经事，回头万佳云被人欺负了，都是你们的锅，别说我没提醒。”

“被谁欺负？你把话说清楚。”一旁的晶晶问。

顾星华问万佳云：“最近有没有散打队的找你？”

“你怎么知道……”万佳云诧异万分。

“看来是真的，我现在就是散打队的。是陈翼然，还是杨园来找的你？”

万佳云摇头。

顾星华以为她不认识他说的人是谁：“陈翼然你认识的，就之前帮你的那个，上次还来过我们班，杨园就是成天和他在一块儿的。两个人都高高的，长得是挺帅的……”

路为心打断他："你有竞争压力了吧，师哥那么帅？"

顾星华看向她："路为心，我说你能不能别总打断我的思路。"

两个人又开始拌嘴。

对于这件事，万佳云觉得很蹊跷。

前几天晚上，她正在跑步的时候，有人忽然跑到她旁边，吓了她一跳。

那人问她："小姑娘，你是哪个年级的？怎么每天晚上都来跑步？"

万佳云看他一把年纪了还一身肌肉、一脸笑容，像个不法分子，没有理睬。

那人便自我介绍，说他是学校散打队的教练，连续好几天了，看她每晚都跑步，毅力可嘉。

操场上还有其他人，万佳云看他言语真诚，便放下戒心，和他聊了几句。

唐海峰得知万佳云每晚都在这儿跑步锻炼体能，连声称赞，热情地邀请她加入他们散打队。

他说："想练体能，光靠跑步见效太慢了，没有比安大散打队更好的地方。"

万佳云自然没有答应，只是嘴上说谢谢他，敷衍地说会考虑考虑。

拒绝这人后，万佳云没把这事放在心上，只当是偶遇。结果那人连续三天晚上都在操场等她，吓得她换了夜跑地点。

顾星华顾忌几个师哥的淫威，不敢说出自己得知这个消息的来龙去脉。几个女孩看他说得支支吾吾的，更加不想理他，调戏了他一番后，就出了侦查楼，嬉嬉闹闹着回宿舍。

回到宿舍，万佳云正准备换衣服，却接到了一个陌生电话。

电话那头告诉她，方静送的琴到了。

啊，她的大提琴。

期待已久的万佳云心头雀跃，匆匆地跑下楼，一路飞奔到学校大门口。

琴不是通过快递寄来的，方静不知道从哪儿找了两个人，一路从浙江把她的宝贝琴护送到这里。

傍晚，校园的空气里多了一丝慵懒的气息。

今天课程满，陈翼然一帮人刚下课，老远就看到一个女生背着一个巨大的黑色盒子，正从林荫道的尽头走来。

女孩看起来很愉快，一个人走路嘴角也上扬着，莹白的面孔被夕阳衬得恬淡可爱。

树荫下，陈翼然止住步子，双手插进裤兜，悠闲地看着远处的身影。

几个男生跟着他停在路边，等着女孩从面前这条必经之路走来。

沉浸在喜悦中的万佳云后知后觉地发现路边站着一帮人。

又是他。

在一股说不清楚的强烈压迫感下，万佳云不敢多看，目不斜视地从他们面前走过去。

“喂！”

她还没走出几步，背后有人出声。

万佳云装作没听见，继续向前。

“3、2、7——7、4、6……”

在她走出一段路后，有人在背后报出了一串数字。

一串普通的数字，然而女孩像是听到符咒一般，心跳猛地一停，双脚跟着定在了原地。

两秒后，万佳云回头望过来，望向那个报出她学号的人。

第二章 / 师哥 /

“你给我敬个礼，算是诚心诚意道歉，这事就翻篇了。”

皱着一张脸的万佳云抓着琴盒的背带，看着几个男生朝自己走近。

逆光下，黄昏的光线给他们的身形轮廓镀上了一层碎金。

最中间的陈翼然穿着淡蓝色的警用长袖衬衣，胸前正经地打着领带，英俊阳光。

站在他身后的几个高大男生也是一样的着装，对她微笑着。

“你是刑侦二区队的万佳云？”

陈翼然走过来。

万佳云的眉头皱得更深了。

“上回我去给你们班上过课，你还记不记得？就在训练馆里。”

万佳云没出声。

“不记得？”陈翼然看她呆呆的反应，微微皱眉，“你被督察队抓到的那次，我帮了你的忙，这个你肯定有印象吧？”

万佳云还是没出声，继续装作一副什么都不知道的样子。

“……一次都不记得？”

吃了瘪的陈翼然故意吓唬她：“你这脑袋瓜子什么做的？我的校徽呢？”

一旁，和他一块儿的几个男生早已勾肩搭背、没个正形地站到了树荫下，脸上露出看戏的戏谑表情。

万佳云完全没有对付这种男生的经验，轻声开口：“对不起师哥，校徽在宿舍，我一直想还给你，却没找到机会。”

“没找到机会？你不认识我？”

“认识，但我不知道你在哪里上课。”

“这样啊，那我马上把我的课表和教室发给你。”

万佳云脸红了。

看她是真的有点胆小，陈翼然严肃的目光放松下来，嘴角露出笑意。他身后的几个男生也跟着笑起来。

万佳云明白过来，他并不是想要校徽，而是在戏耍自己。

“师哥，校徽我明天还给你。没有其他事，我先走了。”

“等等。”

万佳云停住步子。

“校徽不用还了，送你了。加过社团了吗？”陈翼然忽然问。

万佳云露出不解的目光。

“知道校散打队吗？”

万佳云的脑海里想起了夜跑时碰到的那个自称散打队教练的中年男人。

“散打队是安大最好的社团，期末可以加学分，练得好还能得奖。”似乎闹够了，陈翼然言归正传地发出邀请，“欢迎你来我们散打队，你好好考虑一下。”

“抱歉，”万佳云声音软软地说，“我报了警乐团和马拉松社，没有时间再加入别的社团了。谢谢师哥。”

细长的林荫道被夕阳余晖笼上了一层金色，万佳云礼貌地朝陈翼然点了下头，背着巨大的琴盒，快速地走了。

“喂，等一下……”

陈翼然还想叫住她，然而万佳云这回不听话了，不仅不停反而加快步伐，甚至背着琴小跑。

这一串反应把陈翼然逗乐了。

跑什么？他有这么可怕吗？跟见了鬼似的。

全程看戏的几个好哥们儿笑着走过来，揽住陈翼然，调侃他也有失手的时候。

直到彻底跑出他们的视野，万佳云才停下，喘着气回望那几个模糊的身影。

她是怎么招惹到他们这帮人的？

那天之后，又有两个人来游说万佳云：一个是隔壁班的男生，还有一个是上一届的师姐。

他们在她面前把散打队吹得天花乱坠，万佳云听得云里雾里。

接下来几天，万佳云只要走在校园里就会提高警惕，生怕再碰到那帮人。

坦白地说，如果不是那帮男生没个正形，面对教练的热情邀约，一心想要提高体能的万佳云一定会认真考虑。

陈翼然没有吹牛，这个社团确实是学校的王牌社团。

可是，万佳云不喜欢这个社团的风气，总给人一种不正经的感觉。

她目前报的两个社团，马拉松社那边，已经有学姐帮她报名；警乐团这边，她也已经着手准备面试。

宿舍里的三个女孩都对万佳云的这把空降的大提琴感到新奇，得知这琴是派人从浙江送过来的，怕是什么贵重的琴，不敢擅自动它。

万佳云很大方，不像那些非常宝贝自己乐器的学习者，她毫不介意地把琴丢给路为心她们随意玩，还教她们拉。

然而，大提琴这玩意不像钢琴，不会的人一拉，那声音对听的人来说堪比耳膜酷刑，没一会儿就引得隔壁宿舍的来拍门。

等把人好不容易哄走了，路为心赶紧小心翼翼地把琴物归原主。

“我不玩了。佳云，你再拉一首给我们听听。我还是第一次认识拉大提琴的，以前我同学都是学钢琴、小提琴。”

提琴斜躺在万佳云的怀中，她问：“那你们想听什么？”

晶晶歪着脑袋想了想：“一下子还真想不起来了。”

魏清说：“我们也不知道你都会些什么，你就拉一首你自己最喜欢的吧。”

“我最喜欢的？”万佳云想了想，“那你们肯定都听过。”

万佳云坐在下铺路为心的床上。

她拿起琴弓，在提琴上摆放好位置，头微微低下。随着琴弓轻轻扫过琴弦，空气里响起了一阵悠扬而俏皮的旋律。

宿舍里很简陋，四周没有一样杂物。三个女孩坐在同一张床上，认真地听着，痴痴地看着坐在对面床上的拉大提琴的女孩，眼神中透露出一种憧憬和羡慕。

相处越久她们越羡慕这个女孩，感觉她就是电视剧里那种没吃过一点苦头的富家千金，可爱、纯真、大方，集所有美好于一身。

空气里有一种很平静的温柔。

“我知道是什么了，这是宫崎骏动画片里的那首曲子！”

“对对对，我就说也听着耳熟。”

“啊，宫崎骏，我喜欢。”

被打断的万佳云微笑着慢慢停下，头靠着琴弦说：“是《小魔女宅急便》里的《临海小镇》。”

“对，我也超级喜欢这首曲子。”

万佳云有点依恋地摸着琴颈，说起往事：“以前我刚学琴时，不敢登台表演，我爸爸就带我去看别人的演奏会。当时台上有个小女孩拉的就是这首曲子。我就想，以后一定要把这首学会。”

万佳云一直是宿舍里最为安静的存在，路为心很少听她讲心事，捧场地说：“后来呢？后来你就敢登台了吗？”

“学会之后慢慢就敢了，也不知道为什么。”

万佳云暗自吸了口气，露出平时的恬淡笑容：“好啦，今天的表演到此结束，谢谢大家。”

她优雅地张开手臂、低头鞠躬，模拟出一个演奏者的感谢姿势。

大家鼓掌，意犹未尽地散场，各忙各的去了。

路为心一边打开电脑，一边问万佳云：“佳云，你明天什么时候去警乐团面试？”

“下午第三节课课后。”万佳云用软布轻轻擦拭琴身，小心翼翼地把琴放入琴盒。

“那你回来拿了琴再去？”

“嗯。”

路为心对着她做出加油的手势：“你一定没问题的。”

安大警乐团是学校里唯一的交响乐团，共有成员六十多人，从大一到大三均有学生参与，它与散打队并称为全校最好的两个学生社团，常年奔赴各地演出。

这天下午，前来参与面试的大一新生特别多。

警乐团最初只是一个管乐团，这些年越办越好，逐渐变成了一个管弦乐团。

相对来说，这里最需要的还是木管组和铜管组。

万佳云背着琴赶来时，用于面试的小演奏厅里已经汇集了不少人。

大伙儿零零散散地坐着，她在中间找到一个位置坐下。

负责招新的师姐给每个人做了登记，又现场进行抽签，万佳云抽到第八个上台。

看到她带着琴，身材高挑的师姐有点惊讶：“你带了自己的琴？”

万佳云点头。

师姐觉得她认真的样子有点可爱：“待会儿好好发挥哦，看好你。”

“谢谢学姐。”

万佳云今天准备的是一首比较难的曲子，面试开始后，她一会儿看台上的表演，一会儿低头记自己的曲谱。

有点紧张，她很久没有登台表演了。

她正聚精会神时，左边位置传来“咯吱”一声，有人坐下。

中间隔着一个竖立的大琴箱，万佳云起先并没在意。

可等她转过脸看清来人时，眼睛慢慢瞪大。

陈翼然歪坐在隔壁的软椅上，右手握成空拳抵着唇，手肘架在扶手上，静静地看着舞台。

像是过了两秒，他才注意到身旁人的目光，隔着高高的琴箱，他侧过一点脸，露出略微惊讶的眼神，随即微笑：“你怎么在这儿？”

我怎么在这儿？

万佳云被问得愣住。

难道不是应该她问：你怎么在这儿？

陈翼然像是看明白了她的腹诽，下巴朝着舞台努了努：“有个吹小号的师弟来面试，我过来看看。”

万佳云不知道这个人在打什么坏主意，不再理他，转过脸，慢慢地收拾桌上的曲谱。

身旁的人却凑近过来，对她勾勾手指，示意她过来说话。

万佳云不明所以地靠近。

陈翼然把手遮在唇边，压低声音说：“告诉你一个秘密。坐在第一排负责今天面试的那个副团长，跟我一届，挺巧的，她是我舍友的对象，当时还是我介绍他们认识的。你要是想进警乐团，我只要跟她打个招呼就行。”

万佳云不是傻子，听得懂他话里的意思。

她想进团，他只要跟对方打个招呼就行；反过来，他打个招呼，不同样也能刷掉她？

万佳云的目光愤愤不平。

两人无言地对视两秒，陈翼然又说：“算了，看你这么可爱，再告诉你一个秘密。你要报的那个马拉松社，现在的负责人是我的真兄弟。我不去上公共课，都是他帮我点名。我也可以帮你打通关系。”

这一回，万佳云是真的怒了。

这里不是最公平正义的学校吗？怎么会有师哥这么玩劣？

陈翼然轻轻地笑了下，略过身旁那道想要燃烧自己的目光。他转过脸，继续看舞台上的表演。

参加面试的学生们显然都有所准备，大家一一上台，一个接一个演奏，现场秩序井然。

毫无音乐细胞的陈翼然很快便无聊起来，低头玩手机。

身旁“吱呀”一声，屁股下的座椅发出动静，是万佳云站了起来。

轮到她上场了。

陈翼然侧身给她让出空间。

万佳云从他身前擦过，提起琴走向舞台。

第七个人表演的是单簧管，吹完后鞠躬下台。主持人叫号，万佳云拎着大提琴走到台中央。

“各位老师、师哥师姐好，我是第八号选手，刑侦二区队的万佳云。”

她的声音就像她的人一样，轻柔湿润，像一湾江南小桥下的流水。

在工作人员搬来的木椅上坐下，万佳云将琴在腿中间摆好。

她刚定下姿势，下面响起掌声。

声音不大，但因为周围安静，突兀而明显。

大伙儿看向观众席。

陈翼然靠在椅背上，悠然地鼓掌，脸上是招牌式的笑容。

万佳云的脸颊瞬间泛红。

坐在第一排担任评委的师姐很温和，并不受干扰，对着座位前的话筒说："好了，八号选手，请你开始吧。"

万佳云努力屏蔽掉下面的人，深吸一口气，稳住心神，重新进入状态。

她准备的是《贝多芬第三大提琴奏鸣曲》中的一小节，这是她以前最常练习的曲目。

这个小演奏厅有种脱离时代的陈旧感。舞台上没有灯光，只有南面的一扇窗透进来一束日光，打在深色的地板上，照亮台上的人。

这是陈翼然第一次看别人现场演奏大提琴，也许是比较少见这个乐器，演奏没有想象中无聊，相反的，曲调悠扬，画面优美。

拉琴时，万佳云沉浸而投入，面容是安静的，周身却萦绕着飞扬的神采，仿佛琴箱里有一个属于她的小小世界。

陈翼然不清楚，老唐为什么偏偏看上这个女孩，非要他想尽办法把她吸纳到队里。

事实上，作为副队长，他并不觉得她合适，不管是体型还是性格方面，这种小女生压根和散打不沾边。

散打队即便需要女队员，也应该是找有潜能得奖的，真正把奖项撑起来。这才符合招女队员的初衷。

但老唐既然如此安排，他也只能听从，谁让教练最大呢？

一曲拉完，万佳云扶着琴站起来，朝着台下微微鞠躬。

她往下看，中间那一片位置空空荡荡。

那个人已经走了。

警乐团的面试没有当场出成绩，万佳云离开的时候，师姐说一个星期后会发消息通知，没有接到通知的人就算被淘汰。

万佳云感觉自己总体发挥还行，只是陈翼然说的那些话，让她隐隐有些担心。

她相信他真的认识那些人。

可他好歹是高两届的师兄，不至于这么卑鄙吧……

快要入秋，这几天接连飘了些雨。

好不容易等到雨停，这晚，万佳云恢复了夜跑计划。

正在操场跑步的她，接到了方静的电话。

"妈。"

"在干什么呢？叮叮。"

万佳云听那边的声音不怎么稳定，说："我在跑步，你在干什么？"

“我也刚做完瑜伽。”方静时刻关心着女儿的动向，“上次你说的警乐团录取你了没有？”
“还没有，可能还要过两天出通知。”
“这样啊……你也可以看看其他社团，做好两手准备啊。”
“嗯，我还报了马拉松社。”迟疑了下，万佳云想把散打队招揽她的事告诉方静。以前她有任何事都会告诉方静，可是不知道为什么，这一次话到嘴边，却又没有提。
母女两人闲聊了几句，挂了电话，万佳云继续戴上耳机，慢慢跑圈。
跑道宽阔，操场上有三三两两的人。
万佳云跑在中间，跑着跑着，有支队伍与她跑在了一起。
十几个高大的男生匀速跑着，万佳云不知不觉竟混在了队伍中，就像是被围攻了一样。
等她再一看跑在最前面的那个背影……
又是他？
刚有点生气的感觉，身旁多出了一道声音：“佳云！”
万佳云转头，是顾星华。
浓眉大眼的顾星华挺开心的样子：“你怎么在这儿跑步？”
“我在这儿夜跑。你们怎么也在这儿？”
“师哥带我们来训练。”
“顾星华！是喊你来跑步，不是喊你来泡妞的。”
跑在两人身旁的人一声打趣，惹得周围几个男生都笑了。
大家都朝跑在一起的顾星华和万佳云看过来。
“江大头，你瞎说什么呢……”顾星华嘴上撇清的同时，万佳云已经避嫌地跑开了。
万佳云横穿过夜色沉沉的操场，独自走到无人的主席台边，在铁栏杆上压腿放松。
跑不过，她总躲得过。
谁知没过一会儿，远远地，十几个男生也跟了过来。
万佳云将一条腿架在铁栏杆上正压着，有人仿佛没见着她一样，直直地把队伍领到她正前方的空地上，一声令下。
“拳俯卧撑，准备！”
就着一旁的暗淡灯光，人高马大的男生们齐齐趴下，双拳撑地。
架着一条腿的万佳云半转过身，怒视着站在自己身旁的陈翼然。
两人背对着背，距离近到她能感受到他剧烈运动后，周身热烘烘的气流。
陈翼然忽视万佳云的目光，继续训练。
他双手叉腰，习惯性地歪着头，神色淡定地看着地上的“起伏”。看到姿势不标准，他就拖着嗓子提醒一句。

她这是遇上无赖了吗？万佳云又羞又恼，可又觉得不能再次被他气走。

心一横，她转过身，硬生生地把架在铁栏杆上的左腿换成右腿，当他们不存在，继续压腿。

陈翼然微微侧头，笑着朝身后瞄了一眼。

他对着趴在地上的师弟们拍拍手："好了，停！

"压压腿，放松一下！"

转瞬间，主席台前的铁栏杆上架起了一溜男生的大长腿。

在这一排平均身高一米八的队列里，只有中间一处凹陷下去。

万佳云被汗臭味包围着，让自己镇定地不往左右两边看，顶不住两头的人老是偷瞄她。

天上的月亮圆圆的，地上的女孩的鹅蛋脸也被气得圆圆的，像是河豚鼓起了腮帮。

没一会儿，有人把站在她边上的男生支走，站到了她身边。

"又出来跑步？"陈翼然像是这会儿才看到万佳云，搭讪道。

脖子上挂着运动耳机的万佳云转过头，一脸亮晶晶的汗。

"挺巧的，我刚好带队来训练。"目光扫到她搭在栏杆上的细白长腿，陈翼然说，"一个人跑步多无聊，要不要跟我们一起练？我们每天晚上都有训练。"

"不用，谢谢。"

程序化地压完两条腿，万佳云戴起耳机要离开。

陈翼然在她身后说："听说你想练体能，我们队里有一套系统练习方法。"

眯眼看着那道小巧的身影渐渐走远，陈翼然对着对面一列人喊道："重新列队！"

徐徐晚风吹干了脸上的细汗，送来身后队伍的训练声。

走远后，万佳云忍不住回头望了一眼。

主席台下是影影绰绰的高大身影，中间那条亮红色的裤衩有极高的辨识度。

不知道那群人正说着什么话，风里隐约传来爽朗而愉快的笑声。

等回到了宿舍，万佳云发现微信里多出了一个好友申请。

申请人是"CYR"。

申请理由是——陈翼然，通过一下。

万佳云很想直接忽略，可想到警校里尊师敬长的规矩，想到陈翼然平时的行事做派，还是点了通过。

差不多过了半小时，在快熄灯时，陈翼然发来了第一条消息：叮叮，你好。

"叮叮"是万佳云的小名，也是她的微信名。

万佳云看到这条消息后，指尖在手机屏幕上滑动了好一会儿，实在不知道要回什么。

——师哥好。

她还没回话的空当，陈翼然已经连着发来了四五张照片，全部是散打社获得过的奖项，还有众人去年一起赢得大奖杯的合影。

合影里全是光着上身的男生，陈翼然站在最中间，意气风发地举着奖杯。

整个队伍里只有彭丽娟一个女生。

万佳云略敷衍地回了一个“点赞”的表情。

CYR：好好考虑，有空可以来队里看一看。

叮叮：好的，师哥，有空我会去的。

回完消息的万佳云把手机放到一旁，过了会儿，又忍不住拿起来，点开百度，输入“安大散打队”。

认真地看了社团介绍，又看了一些以前的校内新闻，刚刚感受到这支队伍的荣光，她脑海中却又浮现出陈翼然那几个人玩世不恭的脸。

万佳云把手机放到一旁，睁着眼睛望向天花板。

散打队。

系统训练体能法。

会适合她吗？

翌日，傍晚下了一场小雨。

晚上，万佳云再次来到操场时，被雨水洗刷后的操场上一个人也没有。

在一旁做了几项简单的热身运动，万佳云戴上耳机，跑起步来。

跑了一圈后，万佳云的身体微微出汗，脚下的节奏越来越稳。

一个人影忽然从背后蹿上来，从她身旁擦过。

男生身高腿长，轻轻松松便超出她几步，也不跑远，就这么匀速地跑在她前面，恰好堵着她。

天色漆黑，视野里昏昏暗暗的，万佳云从背影分辨不出这人是谁，但心底莫名有种怪异感觉。

过了会儿，她忍不住加快速度。

这人就跟知道她心思似的，只要她一快，他就加快，始终不让她超过。

一口气堵在心头，万佳云还就不信了，他背后又没长眼睛，怎么可能知道她什么时候加速？

于是她故意忽快忽慢，谁知前面的人也跟着她忽快忽慢……

就这么稀里糊涂地较着劲，万佳云跟这人一下子就跑了五六圈，且越跑越快。

最后，万佳云大力迈步，从慢跑变成追赶。

可这人哪会那么容易让她追上，一个猛冲，直接把她甩得老远。

跑道中央，女孩大喘着停下，一手扶着膝盖，一手捂着肚子。

万佳云跑得满头都是汗，斜分的短刘海被捋了一把后，斜翘在脸边。

她弯着腰，一边调整呼吸，一边愤怒地望着那道明明已经远去、却又开始慢慢往回走的身影。

激烈运动后的心脏跳得“怦怦”响。

人影慢慢走近、慢慢走近……

黑夜中，隔着一段距离，陈翼然停下了。

他穿着黑色的作训服 T 恤、一条宽松的休闲短裤，身姿挺拔矫健。

即便光线昏暗，万佳云看不清他的脸，却还是能看见他在笑。

“不跑了？咱们再来一次？”

万佳云忍无可忍，奶声奶气地骂：“你这个人有神经病！”

陈翼然走近了点，看着她汗津津的生气的脸、额角飞起来的一小撮刘海，笑了。

“怎么能骂人呢？”

喉咙里漫上一股长跑后的血腥味，万佳云用手背擦掉脸上的汗，转头往另一个方向走，想着离他越远越好。

陈翼然还是跟了上来。

万佳云脚步不停。

“说好了今天来队里看看，你人呢？”

万佳云说：“我没有答应今天去。”

“今年我们招新十二人，已经报名的就有三百多号。”

万佳云向前走着，不说话。

陈翼然正色道：“给我停下。”

高两届的师哥，多少有些天然的威慑力，万佳云停下来。

“参加什么社团，你有选择的权利，但是散打队的教练和队长对你拿出这么大的诚意，你作为新生，哪来这么大的架子？就算不来，你也应该和教练打声招呼，这是礼貌，你一个大学生不明白？”

陈翼然一改往常吊儿郎当的态度，仿佛认真了。

他的话不无道理，万佳云一时无言，垂下了目光。

“你好好想想吧。”陈翼然一看这招有效，继续说，“别辜负了教练对你的一番好意。”

夜幕低垂，星光璀璨。

风轻轻吹着身上的热汗。

望着逐渐远去的人影，万佳云的脑海里茫然一片。

在警校，每一名学员都有两门必修课：一门是射击，另一门就是散打格斗。

在去年的全国大学生散打锦标赛上，安大的散打队获得了三个单项冠军和团体总分第一。

优秀成绩的取得与队员们的刻苦训练紧密相连。

散打队正式队员每周训练五次，每天三小时，遇上寒暑假通常还有集训。

这里的每一名队员都要为散打耗费大量时间与精力，可他们也在这里收获了快乐与荣誉。

此时正值傍晚的训练时间，夕阳的余光把光线通透的训练馆照得有些昏黄，室内萦绕着年轻男生的训练声。

十几个男生分散在各处，有的在打沙袋，有的在一攻一守互相练习。角落里还有一队新人正在做拳俯卧撑，增强小臂力量和腕关节的稳定性。

“顾星华，你在干什么呢？在这儿东张西望的，买菜呢！”叉着腰站在一旁的唐海峰对着地上的人厉声道。

顾星华练得满头大汗，本来差点坚持不住了，被他这么一吓，赶紧又鼓足干劲，像装了小马达一样在地上快速起伏。

可是，刚刚从窗外闪过的那道人影……让他又忍不住想往外瞄。

“还看？”唐海峰又怒吼了一声。顾星华赶紧收回目光，不敢再分心。

唐海峰顺着顾星华的目光往外扫了一眼，发现窗户外头确实有一张惹人分心的脸。

他忽然对那边几个裸身打拳的队员吼道：“你们几个，把衣服穿起来！”

正练得满头满身汗的队员们一头雾水。

陈翼然手上拿着护具，正弓着腰帮杨园练拳。

两人裸着上身，不禁疑惑地看向唐海峰。

唐海峰冲着窗外，朝陈翼然使了使眼色。

两人朝窗外看去。

万佳云告诉自己，只是正好路过来看一看。

对的，她只是在好奇心的驱使下来看一看。

正站在窗边张望，看着里头的人各种“嘿嘿嚯嚯”地打拳，她的背后突然响起一道声音：“要不要进来看看？”

万佳云一回头，看见了一张挂满汗水的脸。

陈翼然身上套着一条色彩亮丽的裤衩，手上缠着黑色的散打带。

刚出来时，他随手捞了一件不知道谁的黑 T 恤。薄薄的棉质衣料瞬间就被他身上的汗沾湿了，随着尚未从训练中稳定下来的呼吸浅浅地起伏。

万佳云有些窘迫，在这个场景下，又不得不点头。

陈翼然脸色不错，对她笑了下：“来吧。”

看到一个白白净净的女生进来，里面的一群“狼人”都下意识地望过来。

陈翼然边走边喊了句："继续训练！"大家便又集中注意力继续练，只不过多少有些分心。

空气里都是汗味，万佳云被陈翼然带到唐海峰跟前。

万佳云发现，此前在夜跑时显得不太正经的中年教练此时倒是很正经，对着她颇亲切地笑了笑，说道："来啦？"

万佳云只好说："刚好下了课路过，来看一看。"

唐海峰指派陈翼然："翼然，你先带她看看，给她介绍介绍。"

陈翼然递了一瓶矿泉水给万佳云，带着她在散打训练馆里转了一圈，同时简单地介绍队伍的情况。

陈翼然把她带到荣誉展示柜前，里面有各式各样的奖牌和奖杯。

万佳云认真地一个个看着，露出敬佩的目光。

"我们队里还有一个女队员叫彭丽娟，今天不在，你见过的，督察队那个。"陈翼然简单地介绍，"这次本来要招两个女队员，现在已经有几个报名的，到时候会把你们和男队员在一起搞个集训，再选拔，正式入队。"

"还要再选拔？"

"当然。"

万佳云这才知道，也不是她想来就能来这么简单。

在这里，陈翼然显得和平时有些不太一样。

他脸上不再是那副完全吊儿郎当的神情，相反，还有些严肃。即便在和她说话，他的一部分注意力依然集中在队员们身上。

"小许，左摆拳不要拉臂，跟脚配合起来！"陈翼然忽然冲着不远处一个正在练拳的男生喊道。

万佳云往那头看看，什么名堂也看不出来，感觉人家明明打得挺好的。

陈翼然看她一副懵懵懂懂的样子，问："怎么样，你想好了没有？"

"我只是来看一看。"

"看也看完了。"

"我要回去再想一下。"

陈翼然仰头喝了口水，没再说什么。

那头，唐海峰朝他们走了过来。

"看得怎么样了？"

万佳云礼貌地微笑："看完了。"

唐海峰拍了下陈翼然的肩头："你去帮小许练练。"

陈翼然看了眼万佳云，懒洋洋地往那头去了。

万佳云跟唐海峰聊了几句后，唐海峰送她出了训练馆。

训练馆外是一条种满银杏树的校园小道，下了课的学生们走在被阳光照射的树枝旁，一脸欢悦。

“警校的生活总体比较枯燥，在我们这儿，你肯定会比别人多一份体验。”

“教练，我能问一个问题吗？”

“问吧。”

“你为什么想拉我入队？”

唐海峰笑了：“什么人合适，什么人不合适，我看一眼就知道了。我们以前也招过女孩，但都坚持不了。”

“您觉得我能坚持吗？”

“你能。”

万佳云不知道他为什么这么笃定，可这份信任着实让她感动。

“可我从来没接触过散打。”

“来这里的人，开始都是白纸一张。你看看你师兄陈翼然，现在很威风，当初进校的时候，也是啥都不懂。可他去年已经拿到单项冠军了。”

两人都下意识地一起看向角落里的陈翼然，他正在纠正着他人的姿势。

“相信我，大学四年，只要你来了，教练一定让你有质的改变。你的目标不一定是冲奖，咱可以通过学散打成为一个更厉害的小女警，将来能更好地走上工作岗位，对不对？警校总体而言是很按部就班的，在这里，你一定会有更丰富的大学生活。”

这一番话说得诚心诚意，万佳云怔然地看着他，有些心动了。

临走时，唐海峰笑着说：“后天下午四点半，咱们在小广场做新队员集训，你记得来哦！”

开学已经半个多月，和其他社团相比，万众瞩目的散打队在招新速度上落后许多。

这一头，踊跃报名的男生数不胜数；那一头，由于队里今年最想要的是填补空白的女生，还在四处拉人。

这天下午四点半，各专业下午最后一节课都结束了，散打队在校内的小广场上进行新队员动员暨集训启动仪式。

唐海峰早早就到了，不停搜寻队伍里的人。

接近 4 点 25 分的时候，陈翼然才赶到，被唐海峰劈头一顿骂。

陈翼然没回嘴，跟他一起朝着队伍里看，下意识地先看女生。

女生们都是彭丽娟拉来的，人很少，其中有一个格外壮，比旁边的男生还要壮硕一圈，看得大伙儿忍俊不禁。唐海峰尽管也想笑，但还是用眼神提醒大家克制。

目光从壮女孩身上收回后，陈翼然下意识地看了看表。

唐海峰意有所指地问：“没来？”

陈翼然不说话。

唐海峰叹气："算了，人家不愿意来就算了，开始吧。"

现场人太多，十分嘈杂。

陈翼然和一众队员帮着整顿队伍、调整话筒。唐海峰走到台前的大横幅下。

每年新队员动员大会都是差不多的模式，唐海峰没有准备稿子，说了几句开场白后，就让大家报数，快速进入主题。

小小的广场上很快就响起了雄赳赳气昂昂的报数声，先是男声，再是女声，充满青春的力量。

报数完毕后，就在唐海峰正准备再开口说话时，人群中忽地响起一道响亮的"报告"。

一路奔跑而来的女孩很自觉地排到女生队尾处，气喘吁吁，胸口起伏。

所有人都不禁朝她望去。

迟到的万佳云目视前方，站得像一棵笔直的小白杨。

她不知道自己是否赶得及，也不知道万一教练问她为什么迟到，她要怎么答，总不能说是最后一秒才做了决定，未免显得太没有诚意。

站在队尾的这一刻，万佳云才强烈感觉到——她想加入这个集体。

在"怦怦"的心跳声中，万佳云听见台上的人轻咳了两声，用浑厚的嗓音说："好了，现在我们全员到齐，我对大家的到来，表示热烈欢迎！"

掌声如雷。

"接下来，我就简单说一下为期两周的集训选拔。"

万佳云就这样加入了安大散打队预备役，连她自己都说不清这到底是机缘巧合，还是深思熟虑。

集训选拔期，每天下午集中训练两小时，训练内容和军训时差不多，主要项目是跑步、做俯卧撑、站军姿等。

起初，万佳云担心自己无法通过选拔，她的体能明显比大家差，跑得最慢，俯卧撑做得也最少。

谁知，训练了近一个星期后，很多女生都没了兴趣，主动放弃。

到了周五傍晚，十二个女生只剩三个。

等又过了一个周末，大家再次在操场集合，女生队伍这边只剩了她和另外那个壮女孩。

面对这样的结果，万佳云蒙了。

这就是传说中的不战而胜？

整个新人训练均由唐海峰亲自带队，看着仅剩的两个女生，仿佛怕她们再跑了似的，男生跑八公里，只让她们跑两公里。

两个女孩累死累活地跑完，他还十分温柔地递上矿泉水和两个苹果，让她们坐到阴凉处休息。

汗淋淋的女孩们坐在操场边的台阶上，一边喝水一边看男生们跑步。

壮女孩问万佳云："看你弱不禁风的，怎么还留在这儿不走？你喜欢散打？"

万佳云说："我也不知道自己喜不喜欢，试一试。"

那话怎么说的，来都来了。

几天下来，虽然训练辛苦，但万佳云觉得自己能承受，队里的氛围也比想象中正经、有趣。

壮女孩说："看你这样，没想到居然挺能坚持，我都快坚持不了了。"

"那你怎么不走？"

壮女孩看看她，有点不好意思地说："我是想通过这个减肥，所以看你这么瘦还留在这儿，觉得奇怪。"

万佳云有些无语。

临近下午五点，阳光有些疲软。操场那头出现一个人影，慢慢地朝着他们的训练场地走来。

壮女孩撞了撞万佳云的胳膊肘："陈翼然来了。"

新队员集训期间，陈翼然帮着唐海峰顶过一次班，带着他们训练。

就那么一次，他把大家操练得特别猛，结束后，男生的衣服脱下来都能拧出水了。女生的训练量虽然没男生大，但陈翼然对她们也挺严格，也是那次之后好几个女孩才放弃。

大家都有点怕他发疯，这人疯起来没底线。

陈翼然走近后，一眼看到了穿着白 T 恤的万佳云。

她抱着膝坐在操场边，被旁边的人衬托得更娇小。

"今天练得怎么样？"

壮女孩周周说："很好。"

他问万佳云："你呢？"

"没问题。"

陈翼然点点头，走了。

陈翼然确实没想到唐海峰眼光这么毒，一下就认准了万佳云，更没想到她真的能坚持下来。

直到这时他也才明白，原来老唐招人不是看谁能冲奖，而是看谁能坚持。

坚持，本身就是最大的能量。

两周后，经过选拔，五名男生和两名女生正式成为安大散打队新成员。

然而，令万佳云没想到的是，第一天正式训练，她就被摔了个眼冒金星。

摔她的不是别人，正是与她有过一面之缘的督察队学姐彭丽娟。

训练馆内，唐海峰把新队员介绍给老队员后，让老队员向新队员做一些"技术展示”。

彭丽娟作为女生代表和一个男生过了两招，邀请两个新来的女孩体验。

两个女孩不知道怎么体验，彭丽娟就点名万佳云做示范，让她戴上拳击手套。

在众人的目光下，戴上两只正红色的拳击手套的万佳云站上了软垫。

彭丽娟戴了一个简单的护具后，颇有师姐风范地让她先出拳。

万佳云哪会什么出拳，摆动两只戴上拳套后尚未适应的圆圆的手，协调了一下动作，装模作样地轻“嚯”了一声，朝着对方挥去。

彭丽娟避了一下，顺势伸出右脚勾她的左脚。在万佳云重心不稳之际，彭丽娟将她拦腰一抱，万佳云整个人被摔倒在地。

地上虽是软垫，毫无准备的万佳云还是被摔得眼冒金星，十分狼狈地被旁边的人扶起来。

所有人都笑了。

万佳云满脸羞红，觉得自己十分丢脸。

彭丽娟过来看看她，拉她起来，问她有没有事，万佳云摇摇头。

大家的笑声停下后，空气中响起了一道声音：“钱勇，你跟我也来做个示范，让师弟师妹他们感受一下。”

陈翼然看着队伍里的一个壮硕男生，勾勾手。

被点名的男生一蒙，只好出列。

陈翼然向他扔去一套护具，戴上拳套。

被摔得七荤八素的万佳云在旁人的帮助下，卸掉护具和拳击手套。

顾星华不知什么时候凑了过来，问她有没有事，万佳云又摇了摇头。

等她缓过劲来，两个男生已经在场地中央对峙，准备再次上演对抗训练。

陈翼然穿着黑色的背心、亮蓝色的短裤，下颌微收，背脊弓起，两臂左前右后地屈举在身前。

脚下虚晃两下，他对着面前的人挥出一套组合拳。

钱勇对于自己被叫出列，虽感到奇怪，却也没深究，只当是向新人展示。谁知陈翼然一上来就打得又快又狠，毫无心理准备的他将两个手靶牢牢地挡在身前，想稳住重心，却还是被攻击得连连后退。

听着“砰砰”的拳击声，万佳云和其他新队员一样，有点看呆。

不断出拳的陈翼然神情桀骜，动作利落。

他的动作连贯又迅速，大家压根看不清他打的是什么拳法，只觉得姿势好帅，力道好猛。

“哇……”新人们忍不住暗暗惊叹。

原来散打动作可以这么帅。

陈翼然打得又快又猛，钱勇节节后退，最后陈翼然一个鞭腿，男生一个没抵住，直接后背朝下地重摔倒地。

新人们都吓了一跳。

以后训练的时候都会这样被踢吗？

一旁的彭丽娟赶紧过去，把地上的人扶起来。

男友被当众扫了面子，她不服气地看向陈翼然。

钱勇也察觉出了这场“示范”夹带私货，不知道哪里惹了这个人，有气不好发。

陈翼然看了这两人一眼，脱掉手套，放松手掌，意有所指地对大家说：“散打社是一个集体，七个新队员大家以后要多照顾着点，老队员要多带着他们练。我们散打队的传统就是老带新，大家自由组合结对，特别是要帮新来的两个女生快速成长起来。”

停了下，陈翼然看向杨园：“杨园，以后你带周周。万佳云基础最差，我来带。其他的几个，你们自己找师哥结对。明白没有？”

大一的菜鸟们齐声附和：“明白。”

万佳云诧异地看向陈翼然。

陈翼然大力地拍拍手：“好了，走吧，上操场做体能训练！”

随着每天下午的固定训练，万佳云对队员们越发熟悉，她对这支队伍也有了真正的了解。

教练唐海峰被大家喊作老唐，老唐大多数时候都很和蔼，还会给大家买一堆零食补充体力。

副队长陈翼然是这支队伍的核心，也是她名义上的“老师”。

起初，万佳云还很忌惮他做自己的结对师哥。后来几次，她发现陈翼然也只是对她多加指导而已，并不会过多指责她。

尽管在散打的学习上进步缓慢，可万佳云发现，散打队系统的体能训练法十分有效。上一回，她居然一口气跑了三公里，甚至比以前跑两公里时还轻松。

与此同时，由于老唐对她的喜爱和信任，队里很多杂事都交由她打理，比如保管钥匙、做账之类。这也让万佳云在这支队伍里渐渐找到了归属感。

这天下午下了课，万佳云提早来到训练馆开门。刚到门口，就看到一个女孩的背影。

听到动静，手里拿着一把小号的女生转过身，欣喜地看着万佳云：“佳云，你终于到了。”

“学姐，你怎么在这儿？”

这是之前社团迎新时，非常喜欢她的警乐团的学姐。

训练馆的门开着，但是里面没人，万佳云心里奇怪了一下，领着学姐走进去，打开柜子拿矿泉水。

单眼皮的学姐个头很高，脸细窄，皮肤白，整个人显得极为洋气，很有气质。

她和万佳云在更衣室旁边的塑料凳上坐下，好奇地环顾四周。

“怎么样？这里好玩吗？”

万佳云笑着点头。

“我正要找你，路上碰到你们班的朱小亚，她说你会到这里来训练，我就顺路绕过来了。”

“你找我有什么事？”万佳云问。

“是这样的，我们最近排练新曲子了，指挥说想试试一个大提琴手，所以我来问问你，你还有兴趣吗？”

这个四四方方的训练馆很简单，只有东边角落划了一小块地方做更衣室，里面还有一个单间的淋浴间。队员们平时不在这儿洗澡，只有特殊情况时才会冲个凉。

今天陈翼然下课早，和几个哥们儿打了一场篮球，看到差不多到了训练时间，便提前过来冲凉换衣服。

刚开始擦身体，恍惚间就听到了两个女孩说话的声音，他愣了愣，觉得自己这样出去不合适，索性拿出衣服慢慢套上，用干毛巾擦头发。

窗户外面有学生们下课后的嬉闹声。

门外，两个女孩的声音断断续续地飘进来。

万佳云没想到警乐团会再来邀请自己。

看她有些傻愣，学姐说：“我们的训练不密集，每周两次，有时候会外出表演，学期末可以加学分哦。上一次我其实特别想要你来，但那时刚好不需要大提琴了，我也没办法。现在又有机会了，我自然第一个就想到你。”

一片小小的树叶被黄昏的风吹进窗户。

“谢谢学姐，可是我们散打队每天下午都要训练，时间上冲突了。”

“你们每天都要训练吗？这么辛苦。”

“其实也不算辛苦。”

“那是有点冲突了。”学姐看着四周的练习器械，“要不你和教练说说，能不能每周去我们那儿两次？这边少两次训练也没关系嘛，你不要介意，我个人觉得你可能更适合去警乐团。”

“可能不行，我们的纪律很严格。”

“我听说你们的训练强度非常大，有的男生加入后都退出了，万一你最后坚持不了。”

“其实习惯了就还好，”万佳云说，“教练、队长他们都很照顾我们女生。”

学姐看她心意已决的样子，叹气：“这个机会其实是我好不容易才和团长争取过来的，你真的不考虑了？”

万佳云脸上绽开笑容，摇头：“谢谢学姐。”

谈话结束后，万佳云把学姐送到门口。刚好几个男生过来，和万佳云打了招呼便往里去了。

万佳云与学姐在门口道别后，再走进来，男生们已经说说笑笑地在做训练前的准备。

很奇怪的是，陈翼然也在其中。

万佳云心想，刚刚在门口也没看到他进来啊。

虽然上次陈翼然对大伙儿说要带她，做她师父，可他一直没有真的教过她。

今天，陈翼然一直站在她旁边，大有要辅导的架势。

因为有他盯着，万佳云的动作越发僵硬。

“怎么停了？”抱着胳膊站在旁边的“监工”问。

“你盯着我，我紧张。”万佳云如实说。

而且只盯着，还不指导。

“那你还练不练了？”

迫于他是副队长，万佳云只好继续对着沙袋出拳。

陈翼然看她傻乎乎的样子，轻扯嘴角。

经过一阵子的相处，“壮女孩”周周成了万佳云在散打队的好朋友。

周周凭借强健的体魄在散打队混得如鱼得水，新来的几个男生都没她进步得快，老唐非常看中她。

只不过，周周苦恼她的减肥计划非但不成功，巨大的训练量还令她每天结束训练后吃得巨多，体重不减反增。

在散打队，队友们加深感情的方式除了训练，就是约着一起去食堂干饭。刚进校时，万佳云看着这群人在食堂里简直像街溜子，谁想到，现如今自己也成了其中一员。

这天是个周五，训练结束后，大家又习惯性地嚷嚷着一起去食堂。

几个人在路上三五成群地走着，压根不把督察队的要求放在眼里。

在食堂里，大家正说笑着等饭，有一男一女端着打好的饭坐到了这群人附近。

准确地说，是陈翼然和杨园前面一排的座位。

不知道怎么回事，大家忽地全部朝那女孩看，看完又看陈翼然。

女孩显然是跟男友来共进晚餐的。

可这女孩的漂亮脸孔，他们都太过熟悉了，就在不久前，还经常出现在他们的训练馆里，出现在他们副队长的身边。

万佳云不知道聊得正开心的大家怎么安静了许多，直到身边的周周和她耳语：“陈翼然的前女友。”

万佳云看过去，只见那个漂亮女孩被坐在对面的男孩逗得不停地笑出声，显得很快乐。

陈翼然和没事人一样跟杨园聊天。

大家还在盯着那个女孩。

不负众望，精彩镜头来了——女孩用筷子去夹对面男生餐盘里的菜。

几双眼睛像摄像机镜头般“唰”地又看过来，看陈翼然的反应。

而他毫无反应。

没过两分钟，好好吃着饭的女孩突然站起来，端着餐盘决然地走了。她对面的男生只能跟上去。

陈翼然仍然一副淡定的模样。

吃完饭，回宿舍的路上，周周跟万佳云一人手里拿着一杯酸甜的橘子汁。

两个女孩踩着淡淡的夕光，一路闲聊。

“陈翼然这人总体其实不错，对哥们儿很讲义气，就是有点小坏，”周周小声说，“听说很多女孩都被他伤过心。”

万佳云默默听着，想着那些听到的、看到的他的劣迹。

周周继续说：“可是很多女生就喜欢这种有点坏坏的男生。就是上学时那种小痞子，你知道吗？”

看万佳云不出声，周周问：“佳云，你谈过恋爱吗？”

万佳云摇头。

“你长得很漂亮哎，我读高中时，学校里有一个女生长得很像你，有超多人喜欢她。”

万佳云不知道要怎么回应。

她有玩得很好的异性同学，可确实没有谈过所谓的恋爱。

“好吧。”周周觉得这话题聊不下去了。

那聊点什么呢?

周周挠挠脸，想着再和这位新结交的好朋友说点什么共同话题，增进彼此的友谊。

她脑中灵光一现：“对了，老唐说下周兵兵过生日，队里要请大家吃饭，你知道吗？”

“真的吗？”万佳云目光期待。

“嗯。上午我听他提了一句，应该是真的，老唐说正好当作我们新生的欢迎宴。”

大二队员周兵的生日聚会暨新队员欢迎会放在周日中午。

老唐说散打队虽然辛苦，但资金充足，往届师哥师姐们给他们赚了很多血汗钱，难得聚会，一定要吃好玩好。

饭店不在学校附近，各人要自行前往。

万佳云和周周、顾星华三个人约好一起过去。

走出校门后，顾星华忽然来了一句：“别走了，就在这儿等吧，师哥开车接我们一起过去。”

两个女孩皆是一愣：“哪个师哥？”

“然哥啊。”顾星华一副很牛的语气，仿佛是他自己开车。

“开车？”周周问，“他昨天没回学校吗？怎么开车？”

大家都知道陈翼然是本地人，但警校不管是不是周末，都不可以在外过夜。

顾星华说：“这我就不知道了，要不就是有事请假了……”

毕竟，陈翼然做什么出格的事都不会让人惊讶。

万佳云还傻傻地问：“我们不是说好了坐公交车的吗？”

顾星华：“傻啊你，有顺风车坐多好，坐公交车还要转两次，多麻烦，那个店我们又都没去过。”

“好吧。”

正在说话间，一辆黑色的保时捷在马路对面掉了个头，停在了路边。

车子按了两声喇叭，随后，副驾驶座的车窗缓缓降下。

顾星华走过去，弯腰一看，回身对万佳云、周周招手：“走了，师哥来了！”

停在路边的黑色卡宴车漆锃亮，顾星华坐副驾驶座，女生们坐上后排，三个乘客都有些拘谨。

今天的陈翼然穿着黑色衬衫，左手上还戴着一块表，整体感觉和在学校里不太一样，像个翩翩贵公子，还有种介于男孩与男人之间的成熟气质，让三个大一新生都忍不住想瞄他。

大家都知道陈翼然家里有背景，据说家人很多从政，还有做生意的，传得很邪乎。

因此大家对陈翼然这个人是这么理解的：他之所以嚣张跋扈，是因为有本钱。

人全部上车后，陈翼然直接一脚油门将车开上马路。

顾星华一上车就左右看，然后狂拍马屁：“师哥，你今天怎么开车了？你这车真帅，我最喜欢的就是卡宴。”

陈翼然神色淡淡地握着方向盘，不搭理他。

顾星华识趣地闭上嘴。

两个女孩看他吃瘪，忍不住露出微笑。

老唐订的是一个大包间，两桌人。

等他们到达时，大家已快坐齐。一看陈翼然进来，大家纷纷叫“师哥”。

大伙儿很少在校外相聚，也很少聚得这么正式，包间内的氛围放松又惬意。

男生们说的话题都是篮球、游戏、车……万佳云一个也不感兴趣，独自坐着发呆。

坐在旁边的周周正和别人聊微信，闲着没事干的万佳云便默默起身，很乖巧地帮大家添茶加水。

倒到陈翼然面前时，茶壶里刚好没水了。

添满水后，过来重新倒，结果水从没盖紧的壶盖里涌出来，眼疾手快的陈翼然一把拉住万佳云的手腕，同时拿远了自己的车钥匙。

“对不起。”万佳云赶紧小声道歉。

陈翼然瞧了她一眼后松开，摆摆手。

万佳云拿来抹布，帮他擦面前的水渍。

“怎么回事你们？这么好的机会，也不知道跟两个女孩聊天？尽在这儿瞎扯淡，还让人家给你们倒水！”

姗姗来迟的老唐说出现就出现了，胳膊间抱着一只画着龙虎斗的紫红色摩托车头盔。

别看他年纪最大，却比这些二十岁上下的毛头小子穿得还要少，背心加短裤，露出一身拉风的肌肉。

包厢里顿时响起一阵笑声，伴着狼嚎般的起哄声：“哇哦！”

万佳云回头，也忍不住发笑。

这教练真有意思。

重新整编的散打队今年注入了许多新鲜力量，这些新鲜力量体能强、饭量大，酒量也不小。

在老唐的撺掇下，很多男生喝了酒，陈翼然也没逃掉。

喝到酣处，老唐说起自己打比赛时的威风史，又说其实他也当过警察，有次追贼追了二十公里。

大伙儿起哄地“嗷嗷”叫。

原来，老唐年轻时也做过一阵子民警，后来转行做职业拳手，打遍天下无敌手。

喝多了的老唐忽然问这群小孩，为什么想考警校？

“好就业啊，我这个分数，上别的也不会有什么出息。”

“上警校威风，我就喜欢警服。”

“这个嘛，我真的从小就想当警察，可能是有制服情结，喜欢抓贼。”

一群警校生七嘴八舌，又聊到警校的录取分数线高、训练苦，大伙儿产生强烈共鸣。

有人问陈翼然：“翼然，你呢？”

陈翼然抬起眼，很坦率地说：“我从小就想当警察，我爸干这个。”

家里的衣柜里全是警服，耳濡目染，他很难不受影响。

这回答简短而诚实，在座的人都明白了似的点点头。

警校里最多的就是警二代，不奇怪。

万佳云忍不住向陈翼然投去目光。

原来，他爸爸是警察。

喝得微醺的陈翼然转头，与万佳云目光相触。

万佳云今天穿的是休闲的白色牛仔外套，刚上车时，脑袋上还戴了一顶鸭舌帽，衬得面庞比平时白皙清丽，陈翼然第一眼就注意到了。

从外形上来说，万佳云的个头实在不怎么样，估计也就刚刚达到女生的入学线，算不上什么大美女，可不得不说，她有一张青春而娇美的面庞。

除了那双漂亮且水灵的大眼睛，她还有个很大的优点，就是皮肤白皙红润，特别是训练后微微出汗时，整个人粉粉嫩嫩的，就像一颗夏日的水蜜桃，队里好几个男生都在私下讨论过。

可贵的是，万佳云对自己外形上的优点，好像完全不自知，既不像漂亮女孩一样心高气傲，也不像可爱女孩那样卖乖撒娇，她身上没有一点骄矜。就像一朵轻盈纯洁的云，无声地飘到了散打社的天空中，被大家接受和喜爱。

陈翼然有时确实很爱逗她，像逗个小妹妹一样。

可刚刚他捉住她的手腕那一下，滑腻腻的触感，让陈翼然有种被桃子毛沾到了一样的痒痒感觉。

陈翼然说不清那是什么感觉，于是在饭桌上忍不住想看看万佳云。

“佳云，那你呢？”顾星华还在刚刚的话题里。

大伙儿的目光看过来。

像是在课堂上突然被老师点到发言，拿着筷子夹菜的万佳云微微怔住，安静地接住大伙儿的目光。

“怎么想起来上警校了？你的体测怎么过的？”

“我？”万佳云顿了顿，“我……我从小就觉得警察是一个很光荣的职业，可以抓坏人。”

说完，她自己先不好意思地红了脸。

尽管这答案没有一点儿信息量，也没有什么新意，平平淡淡，可大伙儿都看着她笑了。

那是一种很爱护的笑容，像爱护共同的妹妹一样。

顾星华说：“就你这样的，还想抓坏人，不被坏人拐跑就不错了。”

大伙儿“哈哈”笑起来。

吃完饭，所有人都作鸟兽散，陈翼然找了代驾，把车一直开进学校的停车场。

代驾骑着折叠电动车走后，陈翼然又在车上坐了会儿。

之所以再坐一会儿，是因为他在回两个女孩的短信。

这两个女孩最近和他聊得火热，他并不主动，甚至有时只回一两个字，可她们偏偏每晚都挑起新话题，让他不得不敷衍一下。

总体来说，陈翼然并不是一个冷漠的人，面对女孩的示好，他常常是一种如中央空调般、来者不拒的态度，以至于让很多女孩产生错觉。

他正准备下车，后视镜里出现了一抹藏蓝色。

陈翼然顿了顿，侧身伸手去够。

夜色阑珊，车内格外静谧。

陈翼然靠在椅背上，望着手里的这顶鸭舌帽，勾起嘴角。

万佳云是回到宿舍后，经晶晶的提醒，才发现自己的帽子丢了的，她第一反应就是发消息问同去同回的周周。

周周：我也没注意，不过确实记得你出门时戴了帽子，但你进饭店的时候，我就没看见了。

万佳云一回想，不会是落在陈翼然的车上了吧？

想到陈翼然今天喝了酒，她不好意思打扰，特意等到第二天早上才发去消息：师哥，请问我的帽子是不是落在你的车上了？

CYR：什么帽子？

叮叮：一顶藏蓝色的鸭舌帽。如果没有，就算了。

过了一会儿，陈翼然发来一条莫名其妙的消息：你们今天是不是在2号楼上课？刚看到你们区队了。

不知道他为什么会突然这么问，万佳云还是回复了他：对，我们等会儿要上《毛概》课。

今天两个班一起在阶梯教室上大课，这会儿正是下课时间。

陈翼然没再回消息。

万佳云以为他是不想搭理她了，可没过几分钟，阶梯教室的门口出现了陈翼然的身影。

毕竟是大两届的明星人物，陈翼然一出现，很多人都开始往门口看。路过的男生都跟他打招呼。

陈翼然穿着黑色作训服，手插在裤兜里，高高帅帅地站在教室门口，朝里张望。

就在万佳云注意到他的时候，他也像是发现了她。

他拎着安大人手一只的公文包，闲闲地走了过来。

嘈杂的教室里渐渐降低了分贝，不少面孔露出期待好戏的表情。

万佳云看着陈翼然朝自己走来，脑子里“嗡嗡”作响，脸上一片茫然。

他这是……要干吗？

陈翼然走到万佳云的座位旁，从包里掏出一顶藏蓝色的鸭舌帽。不等万佳云反应过来，他便一下将帽子盖在她头上，丢下一句“丢三落四”就又走了。

在他离开之后，教室里一片炸锅。

大三的陈翼然，这是又把目标放在咱们刑侦二区队的小美女身上了？

坐在万佳云身边的三个舍友同样是一脸吃到大瓜的表情。

但三个体贴的女孩顾及万佳云的心情，非但没说什么，还帮着她驱赶来吃瓜的同班男生。

捏着鸭舌帽的指尖微微泛白，万佳云眼睫低垂，嘴唇微张。

此时此刻，她恨不得立即挖个地洞钻进去。

自己又是哪里得罪他了？明明大家不是还好好的？

下午队里训练的时候，陈翼然看到万佳云，和没事人一样，仿佛上午那场恶作剧和他完全没关系。

今天，大一新队员主要的练习项目是踢腿。

学完两个基本动作，大家自由练习踢沙袋。

“你这个踢的什么？”

在一旁独自练习的彭丽娟不知道什么时候走到了万佳云身旁。

一身热汗的万佳云停下。

彭丽娟说：“你再踢两下，我帮你看看。”

空气里满是学员训练的踢打声，万佳云听话地用力踢了两下沙袋。

“人家周周一学就会，为什么你怎么教都教不会？”彭丽娟边说边朝沙袋踢了一脚做示范，“再来。”

万佳云做好准备姿势，使尽全力踢了一脚。

“再来。”

万佳云又用力地踢了一脚。

彭丽娟摆出师姐的派头，面容严肃：“再来。”

万佳云刚要动作，背后传来懒懒的腔调：“别踢了，你先去练别的。”

陈翼然走过来，想把万佳云支走。

夹在两人之间的万佳云杵在原地，没动。

彭丽娟看陈翼然来了，并不示弱地说：“我在帮她纠正基础动作。”

“用不着，”陈翼然说，“我会教她。”

彭丽娟不服气地看向陈翼然。

陈翼然说：“我没记错的话，我提醒过你很多次了，不要把你们督察队那套弄到散打队来，这里不欢迎那套东西。对待大一的师妹，不说多多关心，是不是也应该少一些针对？”

“你这话是什么意思？你说我针对她？”心思被点破，彭丽娟有些恼羞成怒。

“没有吗？”陈翼然反问。

小小的争执引得周围几个队员都看过来，在不远处训练的钱勇赶紧跑过来，哄着彭丽娟往旁边去。

“都看什么？继续练！”陈翼然对着几个看热闹的骂道。

大伙儿赶紧扭过头，生怕受到牵连。

陈翼然看了一眼站在一旁的万佳云，说：“你也继续练习。”

周周悄悄过来，安慰万佳云，与她耳语：“别难过了，虽然她总是针对你，但好在副队长和教练都帮你。你后台这么强大，不怕她。”

心情低落的万佳云说：“我哪里有后台……”

周周笑着捏了一下她的脸：“逗你玩的。”

两名大一的男队员忍不住在角落里嘀咕：“然哥已经不止一次帮佳云出头了，这两个人是不是有点那啥……”

另一个挥着拳头：“据可靠消息，今天上午，他去教室找佳云，去给她送衣服了，所以你懂的……”

男生回头看一眼万佳云，一脸不可思议的表情：“给她送衣服？”

另一人点点头，小声说：“所以，以后有点眼力见，这不是佳云，是你嫂子。”

“喂，你上午去二区队教室了？传得沸沸扬扬的。”

训练结束，陈翼然和杨园一起去食堂吃饭，一起穿过上空飘着喧嚣声的篮球场。

陈翼然不知道杨园想表达什么。

杨园说：“都传开了，说你去给人家送衣服。”

“谁传的？就是去送一顶帽子，那天吃饭落在我的车上了。”

杨园说：“帽子和衣服有差吗？你没事这么逗她干什么？”

陈翼然没有回应。

杨园说：“兔子不吃窝边草啊，别说我没提醒你。”

“你说谁是兔子？”

两人晃悠着到了食堂。吃完饭，陈翼然和杨园都想踢球。杨园负责去叫人抢占球场，陈翼然则返回训练馆去拿球。

走到训练馆门口，里面竟然还有灯光。

陈翼然觉得奇怪，推门进去。空旷的训练场地，只见一个单薄的身影正在角落里踢着沙袋。

一下又一下，沙袋被踢出“砰砰”的闷响。

听到动静的万佳云回头，看到来人，十分诧异，渐渐停下动作。

陈翼然没有打扰她的意思，穿过训练场，去柜子里拿球。

万佳云用余光观察着陈翼然，盼着他快点离开。

拿着球即将跨步出门的时候，陈翼然忽然停下了。

他朝她望过来：“一个人如果把错误的姿势练一百遍后，会怎么样？”

男生的声线低沉清晰，在空旷的训练馆里带出回声。

浑身是汗的万佳云被他问得发蒙。

他是在……鼓励她吗？

哪怕一开始做得不对，只要勤于练习，就一定能进步。

两秒的停顿后，不等她回答，陈翼然再次开口：“只会错得更离谱。”

每个周六都是警校生们最期待的日子，不光可以休息，还可以出校玩耍。

路为心和晶晶几个在宿舍里穿戴化妆，美美地在镜子前做最后的调整。

“佳云，你真的不和我们一起去吗？一个人闷在宿舍里多没意思。”

戴着一顶画家帽的路为心化了淡妆后，青春靓丽。

拿着电子笔的万佳云从Pad前抬起头：“我真的不去，你们玩得开心。”

Pad上是一篇关于中国散打的论文。

“那我们走啦，要是你改变主意了，随时电话联系我们哦。”路为心凑近，看看她，“我看你搞这个散打搞得入魔了。”

几个女孩开心地出门后，宿舍里转瞬变得安静。

过了会儿，万佳云起身穿衣收拾，戴上鸭舌帽、背起包，一个人走出宿舍。

一路上都是初秋的阳光与泛黄的银杏叶，干净明亮。擦身而过的三三两两的同学慵懒闲适，有说有笑。

万佳云没有去别处，而是来到了训练馆。

打开门，训练馆空荡而安静，灰尘轻轻地飞在有阳光的半空中。

万佳云深吸一口气，卸下帽子和包包，去角落拿起扫帚开始扫地。

打扫完卫生，身体也热了起来。

她去柜子里拿出一副拳套，戴好后，对着一个黑色沙袋，连拳带脚投入练习。

会错得更离谱？

万佳云忍不住把面前的沙袋想象成某人，一拳又一脚。

然而万佳云不知道的是，每个周末下午，某人都会雷打不动地来练拳。

这个世界，没有任何人的成功是从天而降的。

这个看起来总是吊儿郎当、看似不羁的青年，正是在一遍又一遍的刻苦练习中慢慢成长起来。

陈翼然走到训练馆时，看到开了锁的大门，有些疑惑。

推门而入，他再次看到了那个“错得离谱”的身影。

万佳云练习得十分投入，一开始没有听到开门的动静。等听到脚步声，她才诧异地回头，慢慢地停下动作。

首先入眼的是男生身上镶着银边的紫色短裤，中间还有一串银色字母的刺绣，然后是他轻薄的黑色外套、流畅而稍窄的脸庞。

万佳云一声不吭地低下头，默默地取下自己的拳套。

陈翼然看了她一眼，往旁边的器材区走去。

他当她不存在似的，丢下身上的运动挎包，脱掉外套，露出里面的黑色短袖，开始热身练习。

陈翼然是穿衣有型、脱衣显型的类型，小麦色的小臂就有腱子肉。

他一来，万佳云自然是不准备练了，把拳套擦干净后，放回柜子，默默地整理自己的物品。

这头，陈翼然抓着杆子做引体向上。

快速做完一组直腿引体向上，他又做了一组难度高点的屈腿引体向上。强劲的拉力下，手臂、肩背和腿部瞬间绷出了流畅的线条。

视线的正前方，是女孩穿着白色卡通T恤和蓝色运动长裤的背影。她正背起藏青色的书包，准备离开。

"你等一下。"

陈翼然从器材上下来，叫住她。

正在套外套的万佳云停住，回头："你是跟我说话？"

"不然呢？跟空气说？"

万佳云沉默。

"你过来，我教教你。"

"啊？"

"拿一副拳套过来。"身上已微微出汗的陈翼然趴在擂台的围绳上，冲她勾手。

"可是我……我回去还有事情……"

"快一点。"

难道他是有些良心发现了？

万佳云迟疑了一下，乖乖地拿出拳击手套，走上擂台。

指导她做完几个基础的热身动作后，陈翼然拿起一个手靶斜挡在身前，整个人离开她一段距离，对她勾手："来，先练直拳。"

直拳？

万佳云呈格斗的姿势站好后，想了想，把两个拳头认真地收在脸侧，两个小跳步，冲着对面的人挥出一拳。

拳头轻轻地打在手靶上，像捶棉花一般，陈翼然几乎感觉不出力道。

"再来。"陈翼然面无表情道。

万佳云抿抿唇，左手打了一拳后，跳了一下，又机械地伸出右手："嚯。"

陈翼然眼神嫌弃："再来。"

万佳云重复了两遍："嚯嚯……"

陈翼然怎么看她的动作怎么不顺眼，眉头一皱："每拳打完的瞬间，要把拳头放松地收回来，发力也是，要快，要突然。"

他边说边扭腰转胯，右拳呈直线迅速出击，打完又将拳头原路收回到下颌边。

一组动作干净帅气。

示范后，陈翼然看着女孩似懂非懂的眼眸："你明白了吗？肩膀不要动，还有，出拳的时候不要发声，让对手大牙都笑掉了。"

万佳云被他说得有点不好意思："知道了。"

"再来。"

陈翼然重新做好准备。

万佳云盯着他手上的靶子，先是虚晃了两下手，寻找力道的感觉，又再跳了两下，对着他快速出拳。

拳头干巴巴地击在手靶上，依然毫无节奏、毫无力道。

陈翼然略无奈，卸下手靶，面容严肃地看着她。

"我问你，训练的时候，你到底听没听？回去练了吗？"

"练了。"

不光练了，她还看了很多视频与文献，只是无法实操。也许她天生在这方面就有欠缺。

意识到自己的态度有些过于严肃，陈翼然稍稍缓和了点语气："你先站好了。"

万佳云听话地站成格斗式，将两个戴着红白相间拳套的拳头放在脸边。

陈翼然摇摇头，站到她身体后侧，拉着她的袖口，帮她微调了一下拳头的位置，掰正她的双肩。

"拳头护住下颌，身体放松。"

万佳云僵硬的身体在指挥下略微放松。

"出左直拳的时候，记住，身体重心要移到左脚上，右脚蹬一点地。"

陈翼然站在万佳云身后，高出她近一个头，空拉着她手臂的袖子，引导她向前伸手，伸完又拽着她收回来。

慢动作教学。

"发拳的时候，手臂不要向后拉，快速出去，快速回来防守。对，就这样，肘关节不要展开，这样动作就好看了。右边也一样。"

他有些低沉的声音响在耳畔上方，万佳云莫名有点紧张，不自觉地屏住呼吸，只觉得心跳开始莫名加速。

运动后散发的微热体温在他们身体间的缝隙里流动着。

万佳云顺着他刚刚纠正好的姿势，再次击出一拳："这样……"

“对。很好。”
陈翼然低头，眼前是一张粘着薄汗的湿润面庞，像桃花的花瓣，红润细腻。
纤长的睫毛颤动着，上面也有汗珠，遮着清澈的眼眸。
陈翼然不自觉地感受着女孩忽近忽远的靠近，她的胳膊一会儿擦到他的衣料，一会儿擦到他的皮肤。
万佳云又动作了两下，看陈翼然不说话，问：“这样？”
一回头她才发现，他们离得太近了，近到她差点贴上他的胸口。
万佳云反应过来，脸“腾”地红了，前进小半步。
两秒的安静与尴尬，空气里的热度也转瞬降下来。
陈翼然轻咳一声，走到一旁，去拿起手靶，然后再次走到万佳云面前。
两人继续训练。
一对一地矫正好后，万佳云的直拳像样了很多。
动作一顺畅，力道便也跟着有了，她越打越起劲，出拳的时候，发丝都随着跳动轻轻地飞起来。
陈翼然感觉她开窍了：“对，就这样。
“对，记住这个节奏。”
打完几个来回，陈翼然点点头：“来，换摆拳。”
摆拳？
刚打出感觉的万佳云停下来，心里想着摆拳又是怎么回事，虚做了几个动作。
直拳、摆拳、勾拳……
摆拳……
万佳云在原地跳了两下，空挥着刚刚学会的直拳，不知道是在找感觉，还是意犹未尽。
手上拿着手靶的陈翼然看着她练习时的认真神态，心里略有松懈。
稍微指导一下，确实像样很多。
她也不是蠢得无可救药。
然而，就在陈翼然开小差的这两秒钟，没有注意到，一阵拳风已向他扫来。
直至下颌被猛烈击打，还没来得及防守，火辣辣的疼痛感已经“嗖”地蹿上来，紧接着整个下颌都麻了。
电光石火之间，陈翼然的整张脸都被打歪了。
随着男生下意识地暗骂，空气凝固了。
一切发生得太突然，罪魁祸首万佳云自己也吓了一跳。
收回手后，才意识到——她把陈翼然打了？
万佳云赶紧上去，想看看陈翼然的伤势。
陈翼然捂着半边脸，一脸难以置信地看着她。

万佳云也不知道怎么回事，也许是刚刚直拳练出了感觉和力量，谁知道他怎么会不挡呢？

散打小白万佳云心里有一万个问号。

她一个劲地慰问加道歉。

“师哥，你还好吗？

“真对不起，我不是故意的……”

被打蒙的陈翼然捏了捏自己的鼻子，又揉了揉下颌，确保脸上的骨头都没什么事。

万佳云更紧张了：“你没事吧？要不要去校医那儿看看？我跟你去看看吧……”

陈翼然发现自己真是小瞧了她，之前的拳头打得跟棉花一样，偏偏这一拳又快又猛，他半张脸火辣辣的，鼻梁骨都泛痛。

陈翼然一直不说话，万佳云只好递来矿泉水。他喝完两口，含着冷水漱了下口，再吐掉。

万佳云手足无措。

这天下午，莫名被打了一拳的陈翼然很快便背着包走了。

走前他也只是对还在不停抱歉的万佳云挥挥手，让她不用跟上来。

万佳云知道陈翼然很生气，想等第二天他冷静些，再问问他的伤势如何。可之后的三天，作为副队长的陈翼然都请假没出现。

到了第三天晚上，陈翼然却主动发来微信，没提那天打拳的事，问万佳云上次聚餐的票据是不是在她那里。

万佳云回复“是的”之后，又发去问候：对不起，师哥，你这几天怎么样了？

CYR：还好。

叮叮：需要我给你买药吗？

CYR：什么药？

万佳云被他问住，也不懂该用什么药。

叮叮：我也不是很清楚，明天去医务室给你配。

这一条陈翼然没有及时回，万佳云只好扒着手机看，一直等到舍友们都洗漱好上床，等待熄灯。

终于，手机再次振动。

CYR：可以。

宿舍里，坐在电脑前，戴着耳机打着游戏的陈翼然看了眼手机屏幕。

一瞬间的分神，耳机里传来一声枪响。

“砰！”

他被人一枪“毙命”了。

GAME OVER。

“翼然，你搞啥呢？”身边的队友兼舍友激动地大叫起来。

陈翼然也低咒一声，卸下耳机。

身边的人飞快地看了他一眼：“你不玩了？”

坐在床边的陈翼然看着手机。

叮叮：师哥，你明天去队里吗？我带给你。

陈翼然盯着屏幕，渐渐忘记了自己下颌角的瘀青。

第二天上午的课结束后，万佳云在药店买好药膏，打算下午去队里训练时带给陈翼然。

下午到了训练馆，陈翼然并没来，老唐说他还在请假。

心有不安的万佳云只好在训练结束后，给他打去电话。

“喂。”清清冷冷的声音。

“你好师哥，我是万佳云。”

万佳云独自站在校园的小道边，周围的同学结伴而行，从她身前穿过。

背景音里有男生们打球的声音，怕陈翼然听不清楚，万佳云提高了一点音量。

“我想把药膏给你，但你今天没来队里。你好点了吗？还需要药吗？”

“哦……”

陈翼然在电话里的反应，像是忘了这事。万佳云以为他不想要了，结果他却说：“我在西苑这边打球，你拿过来吧。”说完便挂了电话。

不训练反而去打篮球……挂了电话的万佳云多少有些不理解，但看看手里的药膏，想到自己理亏，还是决定跑一趟。

学校的西苑有很多篮球架，男生们一下课就喜欢聚过来。万佳云赶到时，几个篮球架下都有人在打球，空气里一会儿响起一阵进球的欢呼声。

万佳云远远地观察一番，没找到陈翼然的影子。

傍晚的霞光自天边漫开，在女孩的愁容上映出一片浅淡的橘色。

他又不在。

万佳云不是傻子，已经知道陈翼然这是在有意刁难。

犹豫了一会儿，她决定再打一通电话试试。

响了好几声，电话总算接通了。

“师哥，我在篮球场，没有找到你，你在吗？”

背景音比刚刚更嘈杂。

“哦，你才到？”陈翼然对她的速度感到不满，“我都在食堂了，你过来吧。”

说完，不等万佳云说话，他又挂了电话。

这头，陈翼然和几个好哥们儿在食堂点了一份大盘鸡和几个炒菜。

这几天，他脸上的青块已经被狐朋狗友打趣了好几回。杨园现在看着他，还是情不自禁地想笑。

拿着一双筷子在手上的陈翼然冷眼扫过他：“别憋着了，小心憋出病来。”

杨园“哈哈”大笑：“你说你是摔的，我怎么越看越不像呢。”

旁边有人搭腔：“从专业角度来看，这伤确实不是摔的。兵兵，要不你来给翼然做个伤痕鉴定？”

低一届的兵兵说：“我可不敢，我怕说出不该说的话来。”

杨园对着陈翼然说：“你老实说，你真不是被女孩扇的？”

陈翼然正要说话，手机却响了，他接起来，说了两句便起身。

几个哥们儿问：“你哪儿去？菜还没上。”

“去讨个债，你们先吃。”

饭点的食堂前人来人往。

陈翼然走出大门，目光寻找一圈。

穿着制服的万佳云站在一棵遒劲的松树下，双手拎着一只鼓鼓囊囊的黑色公文包。

“师哥。”

见到陈翼然的第一眼，万佳云关切的目光就不自觉地转移至他的下颌，看到了那里的一块瘀青。

陈翼然“嗯”了一声。

万佳云从包里掏出一个白色塑料袋，里面是满满一包药。

陈翼然接过来，问：“队里的人要是问起来，我这个伤怎么弄的，你怎么说？”

“什么？”万佳云一开始并没转过弯来，意会到他的意思后，立即说，“我就说不知道，和我没有关系。”

陈翼然认可地点了点头：“倒也不是蠢得无可救药。”

万佳云想着他是“受害者”，不和他计较：“那我不耽误你吃饭了，我先走了，祝你……早日康复。”

“等一下……”陈翼然叫住她。

“还有事吗？”

陈翼然不慌不忙地打开手里的塑料袋看了看，皱起眉，有些挑刺地说：“你这买的都是些什么药？打了人的脸，随随便便乱买一包药就完事了？”

万佳云的嘴唇动了动：“你的脸疼得厉害吗？要不我陪你去医院吧？我可以出全部的医药费。”

陈翼然不屑地轻笑了一声，挑眉：“你看我的样子缺医药费吗？”

万佳云被他说得脸红了。

“那怎么办……”她显然想不出更好的解决办法了。

粉紫色的晚霞映染着天空，身高相差大半个头的男女面对面僵持着。

食堂周围有三三两两的蓝色身影在穿梭。陈翼然手插着裤兜，往旁边看看，摸了摸鼻子，小小的坏劲上来了。

“去医院就算了，我时间宝贵。这样吧，”陈翼然睨了眼万佳云，“你给我敬个礼，算是诚心诚意道歉，这事就翻篇了。”

敬个礼？

有那么一刹那，万佳云怀疑自己听错了，没说话也没动，只是疑惑地皱起眉。

“算了。”陈翼然转身便要走。

“那个……等一下，”万佳云急忙叫住他，“你的意思是，只要给你敬个礼，你就原谅我了？”

陈翼然点头。

“现在？”

陈翼然又点了点头。

真是变态。万佳云忍不住在心里轻声骂了一句。

尽管有些迟疑，可她已经开始左右瞄，观察有无熟人。

这辈子，她一定做不了小偷，什么动作都还没做，脸便开始泛红发烫。

经过几秒的心理挣扎后，趁着人流较少的间隙，万佳云把包转到左手时，端正好自己的站姿。

陈翼然看着她。

两人面对面站着，万佳云从胸前抬起右臂，五指并拢地举至太阳穴处，向面前的人敬了个标准的举手礼。

陈翼然提醒：“三秒。”

规范的举手礼停留三秒。

路过的同学被这异常的画面吸引，朝树下投去好奇的目光。

看着面前的人红得像番茄一样的脸颊，陈翼然的神情渐渐由冷转热。

红着脸的万佳云放下手，本想和他确认这个“道歉”是否有效，可四下里的八卦目光和胸腔内过快的心跳让她实在无法再在这儿停留，下一秒便像一只兔子一样仓皇而逃。

直到人影消失在小道尽头，粲然的笑容才真正爬上陈翼然的嘴角。

拎着装满药的塑料袋，他心情大好地朝食堂走去。

第三章 / 有一种比赛 /

“小白兔碰到大野狼，凶多吉少的。”

万佳云回到宿舍后，整个人沉浸在当众丢脸后的懊悔中。

三个舍友望着万佳云坐在书桌前托着头的背影，互相使眼色。

她们觉得，最近的万佳云有了很多变化。

就拿昨晚来说，一直到熄灯时还在用手机发消息，这完全不是她的风格。

而她的变化是从她加入散打队开始的，再加上上次陈翼然来教室给她送帽子的事……三个女孩似乎感觉到了什么。

一起去水房打水的时候，晶晶悄悄地问路为心：“你说，佳云是真的和陈翼然在接触吗？我听说他这个人超级超级花。”

路为心说：“不知道，我挺担心她，你说她这么单纯，万一被骗了……”

晶晶说：“那我们要不要提醒她一下？”

路为心说：“怎么提醒呢？突然和她说这些，感觉有些突兀啊。”

晶晶说：“也是。”

路为心说：“下次我找顾星华旁敲侧击地问问，他是散打队的，肯定清楚。”

一转眼，陈翼然已经连续大半个月没有来队里参训了。

对于他的消失，队里出现了一些谣言。

做热身运动的时候，顾星华凑近身旁的万佳云，故弄玄虚地问：“你知道然哥前阵子为什么没来吗？”

万佳云趴在地上，做伏地挺身前的准备。

顾星华压低声音：“听说是被他前女友呼巴掌了，脸都青了，所以不好意思来训练。”

万佳云脸上露出一种匪夷所思的表情。

原来外面是这么传的。

她红着脸，不吱声。

顾星华八卦之魂熊熊燃起："就是大二涉外警务那个叫什么倩倩的，据说彭丽娟跟她很熟，是彭丽娟的闺蜜。"

"顾星华！"

"到！"

顾星华还没来得及说完，听到自己的名字，立马回应。

"话这么多，去旁边做一百个俯卧撑，对着墙慢慢说。"杨园对着墙角抬了抬下巴。

顾星华脸一红，不怎么甘心地爬起来，独自去了墙角。

这几天，陈翼然不在，老唐都是让杨园带大家训练。

万佳云以为陈翼然是因为脸上的伤还没好，所以没有出现。

可没过两天，杨园、兵兵几个主力也请假了。

大家开始觉得奇怪，直至老唐揭秘——主力队员们都去秘密集训了。

这次的秘密集训，是为了迎接即将到来的联赛。

不久前，老唐去外地开会，会上几个学校决定搞一场小范围的联赛。老唐回来后，就把陈翼然和杨园几个主力干将弄到其他地方去搞突击训练，他们要作为代表去和其他学校打比赛。

每周五固定的体能课上，老师让所有人围坐成一圈，一个个轮流上软垫进行练习。

练习的内容对万佳云来说，已经不算太难，无非是一些摔、打、踢，他们在队里都已学过。

顾星华还是像往常一样坐在万佳云身边，在老师做示范的时候，悄悄问她："搞联赛的事情，老唐有没有通知你跟着一起去参加？"

"有。"

"真的有你啊！让你参赛？"

"当然不是。"

老唐只是说让万佳云去见识一下，顺便给师哥师姐们帮忙打下手，就像人家俱乐部经理一样。

以前这些事都是彭丽娟干，这次老唐让万佳云边干边学习。

天天困在学校里上课，有外出玩耍的机会自然开心，万佳云满口答应。

万佳云也问顾星华："那他让你去了吗？"

顾星华有点烦恼地说："让是让了，可要我参赛呢。"

"参赛不是挺好的？"万佳云有些不解。

"好个屁，我这个水平上去，不跟你一样，也是被人家打的份。"

"那你去还是不去？"

顾星华狠了狠心："算了，你去我也去吧，跟你一块儿去玩。我到时看情况随机应变，实在不行就临阵推托。他也不能把我怎么样，是吧？”

什么啊。

万佳云有点鄙夷地看了他一眼。

全国大学生散打锦标赛是各学校散打队最重视的赛事，尤其是各大公安院校。而这一次的赛事是华北片区几个大学联合举办的一个新赛事，以后等慢慢扩大了影响，再常态化举办。

安大散打队作为一支老牌队伍，派出了七个主力队员，基本囊括了各个公斤级。此外还有一些候补队员，其中也包括万佳云和顾星华两个菜鸟。

因为赞助商，比赛地点放在临城的体育中心内。

比赛时间安排在周末两天，队伍需提前一天到达当地宾馆进行休整，周五下午坐大巴出发。

万佳云被老唐戏称为此次行程的“经理人”，说白了就是小跟班。

一同来的彭丽娟顺势做起甩手掌柜，所有杂事累活都交给了万佳云。从上车起，万佳云就负责给大家发水、拎日用品、拿衣服。

即便这样，万佳云还是很开心。

她是第一次做这种工作呢！

因为外出训练，许久没露面的陈翼然这天下午也出现了。

他是全队最后一个上车的，穿着一套有些反光的黑色运动服，和平时英气的警服相比，这身衣服更活泼、有腔调，一上车大家就跟他打招呼。

陈翼然没往车后坐，坐在车门边的位置。

万佳云的位置靠窗，和他之间只隔一个走道。

大家难得出去玩，心情都有点美好，后排几个男生一路上都在忘情地聊天。

万佳云注意到，今天的陈翼然异常沉默，在车子刚启动的时候，他就戴上了运动服后的兜帽，一直仰在座椅上闭眼休息。

她悄悄地看了一眼他紧致的下颌，之前的瘀青已经消失。

车子出城、上高速，又进城……从天亮开到天黑。

万佳云不知不觉地靠着窗睡着了，直到老唐叫她提前收大家的身份证，等会儿办酒店入住手续。

得到指令的万佳云离开座位，走到车后排，一个个收身份证。

等收到最前面的座位时，陈翼然还在闭目养神。

车内灯光黄黄的，他合着眼睛，睡得很香。

万佳云轻轻地叫了一声，陈翼然没醒。正要拍他的肩膀，谁想到他却陡然睁开了眼，睡眼惺忪又略带警惕地看着她。

万佳云被他这个眼神弄得有点尴尬：“师哥，麻烦把身份证给我，等会儿住宿要用。”

陈翼然从放在脚边的运动包里掏出一个皮夹，抽出身份证给她。他从头到尾都没出声，万佳云也没再说话，拿了他的身份证就回到自己的座位上坐下。

酒店是组委会提前订好的，车子到了后，直接停在大门口。万佳云很有使命感地拎着大包小包的东西第一个冲进去，在前台帮大家办入住手续。

几个高大健硕的男生零零散散地坐在大堂的牛皮沙发上，都是刚睡醒，还没恢复意识，默默看着万佳云的忙碌背影。

空气里有芬芳的香水味。

万佳云长这么大，还是第一次做这些杂事，不觉得麻烦，反而觉得挺有趣的。

拿到房卡后，她过来分发给大家，想着把身份证也一起还回去。

老唐提醒她："不用了，先放在你那边，明天报到的时候还要用。"

大家身形懒倦地回房间。

万佳云以为自己会跟同行的彭丽娟睡一个标间，本来还有点担心，但老唐为了大家的睡眠质量，居然给每个人都配了标间。

这着实是个大惊喜。

将房间简单打量一圈后，万佳云坐下来，认真地整理大家的物品。

先把身份证检查一遍，确保没漏掉。

看着看着，万佳云下意识地停下了动作。

稍窄的长脸，精致舒展的五官，气质天然清爽，陈翼然的证件照和别人形成了鲜明对比。

万佳云不得不承认，陈翼然确实长得很帅。想起上次在教学楼后面，听到他的"逃课借书"理论，又觉得他对待喜欢他的女生太过恶劣。

床头柜上的电话突兀地响起来，老唐喊她下楼吃饭。

万佳云"哦"了一声，老唐又说："去叫一下陈翼然，就差你们两个，打他电话也没接。"

陈翼然和万佳云之间隔着两个房间，万佳云走去，敲他的房门。

敲了好一会儿，都没有人应。

她正准备再敲一次，门忽地开了。

陈翼然手里拿着一条白色毛巾，正擦着脖子。

他浑身上下只穿着一条松垮的真丝短裤，小麦色的皮肤微微泛红，湿漉漉的，蒸腾着浴后的热气。

看到呆立在门口的万佳云，他一脸寻常地问："什么事？"

平时在队里训练，万佳云不是没见过他们这些男生满身大汗裸着上身，作为一名女生，她过了很久才适应这种画面。

可此时陈翼然显然是刚洗了澡，身上的短裤也不是训练用的正式散打裤，更像是舒适的内裤，柔软的丝质面料沾了水，半湿半干的。

措手不及的万佳云面颊绯红，瞬间就成了一朵“火烧云”。

目光一丝丝也不敢滑动，她直直地看着他的脸，声音机械地说：“师哥，老唐叫你下楼吃饭，就差你了。”

“我换个衣服就来。”

以前队里没什么女队员，陈翼然跟一群小伙子粗放惯了，这会儿看见万佳云的脸红得像一只煮熟的虾一样，才觉得略有不妥。

万佳云镇定地“哦”了一声，视线几乎是从他脸上平移开的，没去看他身体任何一个地方。

直到进了电梯，她才后知后觉地用手心贴了贴自己发烫的脸，一颗心“怦怦”直跳。

万佳云到自助餐厅的时候，大家都已坐定，分散地坐着窗边的四五张小桌子。

老唐把她叫到自己身边坐。

万佳云刚在菜品区夹了两个小甜点，换好衣服的陈翼然从门口进来了。等她端着菜入座时，陈翼然也端着盘子走过来，坐在老唐对面。

洗完澡的陈翼然一扫下午的疲惫，英姿勃发。

因为赛前要控制体重，他吃得很少，盘子里只有一块牛排、一点蔬菜。

老唐跟他说：“今晚早点睡，不要搞得太紧张，明天你帮着石宇他们好好看看，做点记录。后天打完了，我们可以在这里玩一个下午。”

陈翼然切着牛排，腔调懒散：“知道。”

老唐侧过头：“佳云。”

“嗯？”默默听着他们说正经事的万佳云看过来。

老唐也给她分配任务：“明天是比赛第一天，流程衔接上大家都不熟悉，你就跟着你师哥，他让你做什么，你就帮他做，后勤工作就都交给你了。认真仔细一些。”

万佳云点头：“好的，教练，我知道了。”

第一次随队出赛又身兼要职，第二天一早，小助理万佳云五点钟就起来了。

伴着冉冉升起的晨光，她一个人在房间里默默整理好所有队员的物品、证件，确保万无一失。

大巴七点钟准时等在楼下，吃完早饭，老唐带着着装整齐的队伍上了车。一上车，万佳云就给队员发了水和小毛巾，还根据今天的比赛流程对三个要上场的队员做提醒。

大家看她一副紧张的样子，都忍不住逗她，让她歇一歇，不要像一只小蜜蜂一样忙个不停。

坐在前排的陈翼然上车后，还是维持昨天那副闭目养神的样子，万佳云没有打扰他，把属于他的那份水和毛巾放在了他脚边的运动包上。

本次华北片区首届大学生散打联赛一共有十二所院校参加，其中有两所是公安院校。按理说，这个新设的奖项没有很大的含金量，但由于安大是本次大赛的组织方之一，老唐又是牵头人之一，这次安大必须拿到名次，不然会很跌份。

车子即将到达赛事场馆时，一直在睡觉的陈翼然像是醒了，拿起放置在包上的矿泉水，仰头灌了几口。

片刻后，车开到了赛场门口，大家陆续下车。

陈翼然落在最后，目光对上拎着大包小包、同样在等人下车的万佳云，问她："东西带全了？"

万佳云："都带好了。"

陈翼然点点头，先她一步猫腰下车。

体育馆外拉着横幅，屏幕上滚动着字幕，大门两侧分别站着检票人员。

老唐领着一众人马走入绿色通道。

安大的队伍不是最早到赛场的，却备受瞩目。

去年的大学生散打锦标赛上，他们万众瞩目，一举夺得团体第一和多个量级奖项。几个学校的队伍之前多多少少都交过手，转眼几个月过去，大家再次见面，分外眼红。

每个学校的队伍都有自己的队服，安大的队服是一身劲酷的黑色运动服，每个人的胸前除了有统一的飞虎图案队章，还别着校徽。

作为副队长的陈翼然走在队伍最前面，他身上套着宽松的队服，英姿勃勃地走在最前面，扬着的脸上透着一股轻狂劲，和刚刚在车上的萎靡样子判若两人。

场馆内已经有其他学校的队员在走动，看到安大的来了，都忍不住暗暗朝他们瞄。

比所有的人几乎矮大半个头的万佳云也走在队伍中，她跟大家一样，将外套拉链酷酷地拉到下巴，露出一张清透稚嫩的脸，紧跟着他们的步伐。

按照国家级比赛的体重分级，从 52 公斤以下级起至 100 公斤级以上，共分 10 个公斤量级。比赛采取三局两胜制，每局净打两分钟，每局比赛裁判员的一句评点决定每局的胜负。

举行完简单的开赛仪式后，比赛正式开始。

现场灯光明亮，照得擂台近乎刺眼。

坐在观众席上的都是当地在校大学生，拉着横幅为自己学校的队伍加油鼓劲。

呼声热烈。

第一场比赛开始了。对战的是一名安大的队员和一名来自一所军校的队员，两人的实力可谓不相上下。

戴好拳套和护具，参赛选手们上场。

万佳云、老唐和陈翼然、杨园等几个主力队员一起坐在擂台边的教练席上。

万佳云第一次近距离观看散打比赛。

以前这个世界离她十万八千里，现在她忽然成为其中一员，觉得有些恍惚。

蓝色的擂台比地面高，两名选手同时上台，分别站在裁判的身侧。他们身上都只穿着一条散打裤，露出一身肌肉。便于比赛记分，一个戴黑色拳套、一个戴红色拳套。

裁判一声令下，刚刚还十分友好的两个人快速向对方挥拳。而万佳云还没来得及看清，安大的选手就已被逼出了黄色的警戒线外。裁判喊“停”后，把人拉回来，让他们重新开始比赛。

开场就失分，大伙儿都紧皱眉头。

现在的万佳云对散打并非一窍不通，明显的失分点，还算能看明白。她皱着眉，和大家一同叹息了一声。

没过两秒，安大的队员调整了下节奏，攻守间连续出拳击中对方的头部，逼得对方持续后退防守，观众席上发出一阵亢奋的呼喊声。

这一组拳出得又快又好，陈翼然和杨园几个激动地站起来，冲着台上挥拳“鬼叫”，万佳云也忍不住用力鼓掌。

看着擂台上两个赤膊上阵的人，万佳云整颗心都提着。虽然有些为他们担心，可散打实在是一项观赏性很高的竞技运动，在队里待久了，连她这半个门外汉现在也能看出什么是漂亮的动作，什么是好的节奏，甚至会被瞬间的爆发力吸引，心脏像是要炸开一样。

这也许就是竞技运动的天然魅力。

两分钟一局的对抗算起来时间很短，可打起比赛来很长。一局结束，双方选手迅速从擂台上下来休整。万佳云眼疾手快地给队友递上水和毛巾，帮忙擦汗。

满身大汗的男生拿下护齿，用水漱了漱口。陈翼然看了看他挨了几拳的额头，胡乱地揉了一把他满是汗水的头：“还行不行？”

男生目光坚毅地点点头。

老唐迅速和男生讲了点战术，很快，休息时间到，男生又迅速回到场上。

安大今天的开局很漂亮，首位选手顺利取得了第一场胜利，大家高兴得齐齐站起来，鼓掌呐喊。

接下来的第二场、第三场、第四场他们通通赢了。等到陈翼然的那场，他一上台就直接连赢两局，又帅又干脆，赢得满堂彩。

台下的万佳云跟着又激动又骄傲，为他欢呼叫好，此前的所有芥蒂仿佛统统消失了。

她不知道这些平时爱插科打诨、看起来有些不靠谱的师哥怎么一下子都像是变了个人，一上台就又凶又狠，打得对手连气都不带喘的。

陈翼然下来的时候，所有人都围了上去。万佳云同样给他递水递毛巾，平时那么讨厌的人，这时也因为胜利的光环显得顺眼起来。

陈翼然脱下拳套抛给她，被众人围着进入休息室。

上午首轮比赛结束，大家都极其兴奋地回到休息室洗澡、换衣服。

等万佳云领完盒饭回来，大伙儿都洗完澡了，一个个都湿淋淋的，万佳云感觉自己进了男澡堂。

“上来就朝我的头一阵猛敲，我的头都要被他敲爆了……”一个大二的男生兴奋地回味着刚刚的比赛。

大伙儿一阵狂笑，边笑边接过万佳云递来的盒饭。

陈翼然靠墙坐在休息凳上，套着短裤，两条腿大大咧咧地敞开着，肩上披着一条大毛巾，手里的矿泉水被喝得还剩一半。高强度的运动后，他的身体线条更加流畅有力，透着蓬勃的力量感。

万佳云把盒饭递给他时，两个人的手不小心在饭盒底部有一秒的接触。

她感觉到他的手指湿漉漉的，浑身汗毛“唰”地竖了起来，立马抽回自己的手。

陈翼然脸上还留有笑容，像是也感觉到了，看了她一眼，指挥道：“把下午的比赛名单拿来给我看看。”

万佳云乖乖地拿来下午的流程表、对战表。

上午是初赛，经过两轮淘汰，下午便逐渐强强碰头。

陈翼然手里拿着两张薄薄的纸，看了一圈，眉头皱了下，朝坐在角落的石宇说：“石头，下午你要跟科大的那个碰头了，你要多注意。”

石宇正在跟身旁的人说话，不怎么当回事地笑着点点头，说：“放心啦，我有数的。”

万佳云端着自己的盒饭，坐在一旁的小凳子上，久久没有打开，随时准备听候大家的调遣。

顾星华也端着自己的盒饭，坐到她身边，拉了一张凳子当小桌子，和她凑在一起吃。

作为新秀，顾星华上午也打了一场，和他对战的同样是一所学校的大一生。大家都是半吊子，顾星华险胜。

“快吃吧，你都忙了一上午了。怎么这么多胡萝卜？你喜欢吃胡萝卜吗？都给你好不好？我从小一看见胡萝卜就想吐。”

万佳云用手挡住自己的快餐盒：“我不要。”

“多吃点胡萝卜才能长高。”

“我自己的就够了。”

不知道去哪里溜了一圈的老唐恰好回来了，一进门就看见万佳云和顾星华像过家家一样搬着一张小板凳吃饭，画面温馨可爱。

“你俩怎么跟幼儿园的小朋友吃饭一样，还闹起来了。”

大家回头，齐声喊：“教练！”

上午成绩好，大家都等着他来表扬呢。

老唐果然不负众望，乐呵呵地把所有人夸了一遍，人人都笑得跟花一样。

老唐说：“小星，你好好表现，你表现好，回头我还带你去吃烤鸭，一条龙服务。”

顾星华信心满满，拇指与食指圈成“OK”状：“没问题的，老唐。”

旁边的师兄朝着他就是一个栗暴：“老唐也是你喊的？”

全员“哈哈”大笑。

这边大伙儿正热热闹闹地吃饭，门口忽然冒出一个人影，是个高鼻深目的外国人，一张脸跟雕刻出来似的。

这外国人不知道什么情况，先是别别扭扭地朝里看，接着红着脸说了句“你好”，然后又“叽里咕噜”地说了一句大家都听不懂的外语。

“他叽里咕噜说什么？”

众人正面面相觑之际，万佳云朝外面看看，随后起身走到了门口。

大家不知道她要做什么，就听见万佳云轻声跟那老外说了句什么，结果老外喜出望外，两人瞬间在走廊上交流起来。

…………

两个人叽里呱啦说着不知道哪国的语言，一屋子的人都看呆了，跟在看电影一样。

送走老外的万佳云折了回来。

“佳云，这人干吗的？你们刚才说的哪国话？听着不是英语啊。”顾星华说。

万佳云坐到小板凳上：“希腊语。他是体育馆这边的一个建筑师，问我们今天这儿是不是有专业比赛，他看了我们的比赛，觉得很精彩。我就告诉他比赛是专业的，不过我们还是大学生，不是真的运动员。”

男生们听乐了，一个个都笑着看万佳云，一个大二的男生说：“你还会希腊语？这么牛！”

“学过一点点，只会日常用语。”

坐在陈翼然旁边的杨园逗她：“那希腊语的‘师哥，你好帅’怎么说？”

几个男生一起拿她起哄，连陈翼然也在笑。

万佳云再傻也知道这是故意打趣她，脸上泛起红晕，说：“我不会，真想知道可以上百度搜。搜不到，可以下载专门的 App，上面有语音翻译。”

杨园：“好啊，小佳云，你现在是彻底学坏了。”

老唐忍不住“哈哈”笑：“看到没有？你们这些兔崽子不要成天想着欺负小佳云，人家平时是不跟你们计较。”

众人又逗乐了几句，老唐让大家赶紧吃饭，结束后抓紧时间午休。

陈翼然下午还有比赛，吃得很少。吃完后，他收敛起玩笑的神色，又拿着下午的流程表，认真地研究。

调出手机里的备忘录，上面记的都是一些老对手的特点。

万佳云收拾着大家吃完的餐盒，收拾到陈翼然这儿，看里面还有很多菜：“师哥，你还吃吗？”

陈翼然正看着手机若有所思，摇摇头。

万佳云这才收走，也许是很少看到陈翼然这么认真的模样，她忍不住又看看他。

下午的比赛三点半才开始，经过初赛的预热，第二轮比赛很快进入了白热化阶段。

选手和观众的状态都嗨了起来。下午的选手全是经过淘汰的强者，气场明显不同。

陈翼然是下午比赛的头阵。

跃上擂台后，灯光照着他。开始前他还冲着观众席晃了两下拳头，在轻狂自信外，多了分对比赛的享受，引得台下尖叫声连连。

这一场陈翼然还是打得很轻松，三局两胜，万佳云就看他在台上连踢带打的，没受什么伤就把对方打趴了。

经过一上午的洗礼，万佳云也不再拘谨，和队员们一起为他呐喊打气。

打赢了的陈翼然下来后，大伙儿忍不住围过来夸奖。

万佳云给陈翼然递水，他气喘吁吁地仰头就喝，喉结滚了几下，水流一直溢到胸口。

万佳云给他递毛巾，他接过来披到肩上，擦擦身上的汗，完了又扔回给她，找到自己的T恤套上。

万佳云接住他的臭毛巾，扔到旁边的筐子里。

再看过去，杨园几个人围着陈翼然说话。他显然还是累的，擦过汗的头颈又湿了，胸口一直在起伏。

彭丽娟啥也不干，就光指挥着万佳云，让她再去递毛巾。

万佳云负责地再次给陈翼然递上毛巾，他直接把毛巾披在头上。

休息时间还在继续，老唐跟陈翼然说了几句后过来，看着他的方向，满脸自豪地问万佳云：“师哥厉害吧？”

万佳云诚恳地点头。

是真厉害。

“你好好努力，多跟他们学，以后就算不能出来打擂台，毕业后走上工作岗位，也可以打坏人，多帅气，对不对？”

万佳云朝那头看了一眼，就看陈翼然头上罩着毛巾，皮肤在激烈运动后微微泛红。

很像一个卖西瓜的人。

然而，安大散打队下午打得并没有上午顺，赢完开头的两场后，整个队伍仿佛遇上了魔障，紧接着就连败了两场。

个人失败了，其实无所谓，但连续败就会影响最后的团体奖。

本来大家都很开心畅意，输着输着，所有人都紧张了起来。

下一场上的是石宇，老唐一个劲地给他打气，让他注意对方的小动作。陈翼然在他上场前，也附在他耳边跟他说了几句，大家都如临大敌般。

万佳云不知道这里面的渊源，开打后才理解大家的在意。

台上，对手下手特别狠，石宇第一局还能扛得住，到第二局实力明显悬殊。

此时是傍晚六点半，这个季节外面的天差不多全黑了，然而这个充满暴力的室内被灯光照得鲜艳明亮。

两个高大的男生在台上拳打脚踢，石宇一个不备被对方踢中一记鞭腿，瞬间便转攻为守，对方立即开始猛力攻击。

连续攻击的是他的头部。

万佳云看得心都揪了起来，只听到旁边的陈翼然大声地骂了句：“去你的……”

石宇用双拳护着头，一步步退到角落。他的头、脸被持续攻击着，然而因为他始终没有倒下，还仍在防御和反击，裁判并未叫停。

双方激烈的对抗引得台下叫喊声一片，有人看不下去了，开始大喊：“不要打头！不要打头！”

然而，散打中禁击部位只有后脑、颈部和裆部，头部非但不禁击，还是得分部位，对方显然不打算放弃。

明明是在比赛，怎么变成真的在打人？

万佳云大声喊教练，连眼眶都急热了。

老唐也面红耳赤，一直在朝台上喊话、激动地做手势。

台上，对方仍然在发了狠地攻击，石宇也还在硬扛。

陈翼然憋不住心头的火，突然跑去与裁判交涉。

见他一身戾气，杨园几个赶紧去拽他。不知道双方说了些什么，主裁判毫不客气地站了起来，用手指着他的脸，陈翼然额头暴起青筋。

急得焦头烂额的老唐已经不知道顾哪头好了。

这时，台上的裁判终于要求停止攻击。被打得毫无反击之力的石宇从头到尾都没放弃，直至裁判喊了停止，他还稳稳地站着。

打输这一局的同时，裁判席因为陈翼然对裁判员有不礼貌的行为，直接判了安大一个技术犯规。

陈翼然不服，还在犟。队员们在情势演变得更严重前，赶紧都来拉他，又抱又搂地把他往旁边拽，万佳云也一直拽着他的胳膊。

场上闹得沸沸扬扬，所有人都朝这边看过来。

最后，陈翼然好不容易被杨园几个搂着肩膀拽了过来。他还没走出几步，胳膊一甩，独自穿过比赛场地，离场而去。

老唐和万佳云都在这边紧急照顾着刚下擂台的石宇。

老唐恨恨地望了眼陈翼然离去的方向，先是气得不说话，过了会儿，还是不放心地跟万佳云说："你跟着去看看，叫他回来。"

得了指示的万佳云知道这事有多难办，但还是点点头，拿了一瓶矿泉水，跑了出去。

万佳云从运动员通道出来后，在休息室里没找到人，又一路往外走。等她出了大门，才发现外面的天色已经黑黢黢。

左找右找都没看见人，正焦急万分时，在出口处的一个垃圾桶边，万佳云看到了陈翼然。

黑黢黢的树影被风吹得晃来晃去，和室内的喧嚣相比，外面静得出奇。

陈翼然弓着腰，坐在水泥台阶上，身上穿着T恤和短裤，两只长长的手臂搭在膝盖上。

万佳云不知道这个人为什么永远是夏天的装束，仿佛何时何地都不怕冷。

陈翼然听见了动静，却当她完全不存在。

万佳云静静地站了会儿，也在他身旁坐下。

双臂抱住双膝，她小心翼翼地移动目光，探头去看他的脸。

陈翼然没好气地睨了她一眼。

看看他，又看看旁边的垃圾桶，她想了半天，才憋出一句："师哥，你要喝水吗？"

回应她的是，身后体育馆里传来的阵阵加油声。

两人都不禁回头看了看。

身边的人冷得像冰块，万佳云手里握着矿泉水瓶，不知道该说些什么。

过了会儿，万佳云又探头。

陈翼然被看得不耐烦："你看我干什么？"

万佳云只好说："教练不放心你，让我来看看你。"

陈翼然不搭话。

万佳云说："你还在生气？"

陈翼然沉默着，身上的T恤被风吹得鼓起。

万佳云心里知道，他一直是一个脾气很大的人。

旁边的垃圾桶传来阵阵臭味，万佳云觉得自己坐在这儿既尴尬又难受，但她还是愿意继续坐着。

“你别生气了，比赛还在继续，你这样离开，会影响大家。”万佳云说。

“我走我的，和大家有什么关系？”陈翼然冷冷地说。

“当然有关，只有你在，我们才会觉得安心。”

万佳云已经意识到，陈翼然不仅是他们的副队长，更是这个团队的灵魂。

“裁判判错了，你去据理力争，我们都觉得你是对的。石宇的对手没有体育精神，就算他最后赢了，也不光彩。”

“你懂什么？”陈翼然轻讽了一句，“所有人都只看结果，谁赢了谁就厉害。”

“那你更不应该走。”万佳云说，“明天你们是对手，你可以狠狠教训他，在拳击台上。”

“拳击台上的事，应该在拳击台上解决。”她又补充。

万佳云的这话终于引得陈翼然注目。

看了她一眼，陈翼然冷笑：“你怎么知道是我教训他，不是他教训我？”

“当然不会，你比他厉害那么多。”

陈翼然用一种探究的眼神盯着万佳云看，她的目光真挚坦荡。

不管她平时对陈翼然的言行有多少诟病，可在她心里，早已坚定地认为，拳击台上没有人能赢过陈翼然。

风中传来隐隐约约的欢呼声，万佳云忍不住回头看，又说：“师哥，咱们回去吧。”

陈翼然的脸色缓和了一些，语气还是冷的：“行了，你先回去吧。”

“大家都在担心你。”

陈翼然扭了扭脖子，终于松口：“我再吹会儿风，里面闷人。”

“你不会就这样跑了吧？”

“我能跑到哪儿去？”陈翼然简直要被她逗笑。

你这个人这么疯，有什么事做不出来？

万佳云心里这么想，嘴上当然不能这么说。

她选择退步：“那我先进去，你也别待太久了。”

正要离去，陈翼然又叫住她：“等等……”

万佳云站在上方的台阶上，他的目光从她清丽的面孔上往下滑，落在她的手上：“这水不是给我的？”

万佳云这才想起来，把快在自己手中焐热的矿泉水抛给他，又说：“大家都在等你。而且这儿的风景也不怎么样，垃圾桶很臭，你快回来。”

陈翼然不耐烦地冲她挥挥手，脸上的冷色却已退却。

等人走了，陈翼然喝了口水，鼻尖真的传来了阵阵臭味，才发现这儿有个垃圾桶。

陈翼然朝垃圾桶看了眼，嫌弃地往下走了几级台阶。

差不多二十分钟后，陈翼然重新返回了比赛现场。

几个兄弟都过来拍肩捶背地安慰他，凑到他耳边说体己话。老唐也过去跟他聊了几句，拍拍他的肩。

万佳云遥遥地看着陈翼然，不一会儿，发现他也朝她望来。

万佳云觉得自己总算是完成了老唐托付的任务，把这个大师哥给“哄”回来了，很难得地对着陈翼然扬起嘴角，笑了。

陈翼然没有回应这个恬淡可爱的笑容，面无表情地回过了头，心中却如有春风拂过，抚平了此前的烦躁。

过了会儿，他想被春风再吹一次，再次回头，万佳云已经在和其他人说话了。

陈翼然面无表情地仰头喝水。

这天结束后，老唐在酒店房间里给大家开了个小会，做决赛前的动员和战术提醒。

他没有说陈翼然什么，只是再次强调了规则和纪律。

第二天一早，所有人再次神采奕奕地来到了比赛场地。

第一场比赛，安大派的人是此前走了狗屎运的顾星华。他原本打算冲刺一下这次专门设置的新秀奖，结果决赛一上场就碰到了真正的练家子，第一局结束时，差点被打哭了。

一局结束，休息时间，他捂着被打到的眼睛，逃也似的跑下擂台。

万佳云跑上前查看，用冰块帮他快速冷敷。

顾星华被打得头晕眼花，眼眶酸胀得泪都飙了出来，大喊着：“不行了，不行了！”

老唐问他：“烤鸭好不好吃？”

顾星华被两个人架着，眯着那只被打肿的眼睛：“好吃！”

老唐：“想不想拿奖金让以后的师弟师妹们吃？”

顾星华忍了忍疼：“想！”

时间一到，顾星华再次登上擂台，被人家打得七零八落，好在撑下全场，没给安大丢人。一下台，他就被万佳云用毛巾给包好了，像个白粽子。

今天的现场氛围比昨天更火爆，擂台上的攻击也更猛烈。杨园几个人先后上台，有输有赢，但不论结果如何，大家或多或少都有损伤，一下来就扭肩揉腿的。万佳云已经顾不上男女有别，帮着老唐、彭丽娟一起替他们查看伤情。

这头，陈翼然早早就脱了 T 恤，披着一块大毛巾在旁边候场。

第一场三局两胜，他没怎么吃力地就赢了，下来时一点毛病没有，专心看着科大那边的成绩。科大的也一路闯关，将在同一个量级和陈翼然争夺冠军。

红蓝双方，红色是安大，蓝色是科大。

近年来，科大换了教练后，慢慢地也成了一支实力越来越强的队伍。此前在大学生散打锦标赛上，科大就和安大交过手，成绩只微微逊色。他们在散打的攻击方面非常强，重拳重腿是他们的风格。

这次他们野心勃勃，把这个新赛事当成了明年8月锦标赛的预热。

陈翼然上台前，所有人都为他打气，老唐不想给他压力，却还是情不自禁地摸了摸他的头。

那边，科大同样也在给自己的队友鼓劲呐喊。

终极对战，全场沸腾。

万佳云看着陈翼然沉着地走到台上，有那么一瞬间，她不再觉得他是个吊儿郎当的大学生，而像个职业运动员，像个享有灯光和掌声的运动明星，像个自信又帅气的战士。

格斗本身就是一种最原始的战斗。

这是人为了生存和竞争而训练出的能力，是强者的象征。

科大的选手和陈翼然差不多高，但那个男生更黑更壮，让人不禁为陈翼然捏一把汗。

裁判宣布比赛开始后，台上两个人先是试水般地出了几次拳脚，连万佳云都看得出来力道很轻。就在观众还没进入状态的时候，台上人的拳脚忽地变重了。

和之前的选手相比，两个人的打击力度都大了许多。万佳云离擂台近，几乎能听到拳拳到肉的声音。

双方出拳都很快，万佳云都看不清谁打到了谁，只看到科大那个男生打出一组快速的左右直拳后，陈翼然举拳防备。科大那个男生趁机往下按住他的肩，想用膝盖攻击他的腹部。

陈翼然反应极快地一拳抡到他脸侧，发出很大的一声闷响。男生瞬间放手后退，陈翼然上去就是一脚，直踢到他的胸部，非常凶悍。

台下一片激动的观战声。

第一局时间到，裁判算出所有的得分点，陈翼然赢。两个人满身大汗地走到台边休整。

尽管赢了，但是万佳云看得出来，陈翼然这场赢得很辛苦，在台上吃了对方不少攻击。

她快速地帮他擦汗，看见他身上有几处都红红的。

老唐在一旁快速地跟他讲战术，陈翼然也不知道听没听进去，只喝着水点头，也不说话。每次点头都有汗随着短短的黑发甩出来。

还没说几句，下一个回合又开始了。

因为已经输了一局，对方这一次显然加大了火力密度。两个人都是快打加重拳，开打后没过多久，陈翼然一个不注意，被对方一组左右钩拳击中，鼻子竟然流血了。

双耳被刚刚那一击弄得有些嗡鸣，陈翼然抬臂擦了下鼻子，胳膊上被染红了一小片。

安大的队员们在下面看了全部吓一跳。

中招后的陈翼然在攻击上保守了些，双拳抬高护在脸侧，有意识地保护着脑袋。对方看准他的弱点，又趁机猛烈攻击他的头部，抱住陈翼然的头一阵猛击。

陈翼然被拖进对方的节奏，连连失分。

这一回合陈翼然失手了，他下来时，万佳云第一时间帮他擦身上的鼻血。

万佳云第一次看到有人把鼻血弄成这样，不知不觉就红了眼眶，一点也不觉得脏，快速帮他擦干净。

气喘吁吁的陈翼然冲她摆摆手，接过毛巾，意思是他自己来。

万佳云把早就拧开瓶盖的矿泉水给他："师哥，你喝点水。"

陈翼然抬眼，看她眼睛红红的，故作轻松地笑了笑，对她挤了一下眼睛。

集体荣誉感令万佳云难受得想掉眼泪，但她知道这时不能哭，只能吸着鼻子忍住。

一旁，老唐抓紧时间帮陈翼然胳膊、大腿上肿胀的地方降温、按摩，问他感觉如何，还行不行。

所有队员都过来围住了他，一脸担忧。

陈翼然点头："没问题。"

万佳云看他连眉毛上都在滴汗，又拿干净的毛巾给他擦脸。

休息时间快得就跟没有一样，万佳云还没来得及帮他把身上的血迹擦干净，随着一阵铃声，陈翼然又要上去了。

"翼然，加油。"

"师哥，加油！"

"队长，你最强！"

大伙儿一个个地再次为他打气，与他拳拳相对。

喧嚣中，陈翼然翻过围绳，再次跃上擂台。

再次登场的两个人引发了全场欢呼。

最令人瞩目的 80 公斤级冠军赛最后一局，也是整个比赛的最后一场赛事。

两名选手大汗淋漓地在众人瞩目中，再次举拳对峙。

宽肩窄胯的陈翼然平时看着不壮，穿上衬衫还显得清瘦，可此时的他在灯光的照耀下，背肌饱满，每一处线条都恰到好处，充满男儿血性。

他的大腿内侧被对方踢肿了，老唐刚刚帮他戴了护带。

站在台下的万佳云觉得此时的陈翼然对她而言完全是陌生的，仿佛换了一个人，闪耀而夺目。

比赛开始后，几乎没有过渡时间，陈翼然和对方上来就是一组重拳，两人激烈又凶猛地缠斗在一起，台下一阵尖叫呐喊。

所有人都紧张地挤在擂台边，万佳云置身其中，屏息看着台上的一举一动。在陈翼然被对方猛击时，她有些害怕地眯眼往后避，像是那些拳头扫在自己身上一样。

站在她身旁的顾星华说："别怕，正义永远是我们的，咱们一定会赢！"

鼻青脸肿的顾星华冲着台上大喊："安大战无不胜！

"打他！打他！"

激烈的打斗中，台下的人被台上的人感染得越加疯狂。

老唐在开赛前说，这只是一场小比赛，大家都不必当真。

可老唐是头号骗子，以他为首，全队每一个人都在这场比赛中全力以赴。

个人输了不重要，团队冠军一定要赢。

为了整个队伍的荣誉，为了安大的荣誉，必须拼。

台上，只见陈翼然像发了狂似的，对着对方一阵连续膝撞。对方被带进他的节奏，转身逃脱了好几次，却还是连吃几记，退败地往台边躲。陈翼然乘胜追击，又是一组摆拳击在他脑侧，打得对方完全来不及躲避。裁判上前将两人分开。

被拉开的陈翼然似是起了邪乎劲，一只眼睛还肿着，却对尚在整顿的对手摊手做挑衅状。

火苗"嗖"地被点燃，对方的拳脚下一秒袭来，两个人更加猛烈地缠斗到一起，拳拳到肉。

台下响起一阵尖叫。

万佳云沉浸在比赛的每一秒中，看着陈翼然吃到拳头，又挥出拳头；看着他猛烈进攻，又灵活防守；看着他的汗在灯光下清清楚楚地飞甩出来，布满汗水的脸上则是嚣张而狠厉的表情……

她紧张得发不出声音，只剩一颗心在急速跳动。

时间一分一秒过去，在连续的重拳和扫腿后，陈翼然转身，一个有力的高踢腿飞踢到对方的头部，凶狠又凌厉，对方瞬间被击倒在地……

台下的叫喊声达到了全场最高潮。

万佳云的耳朵被震得一片嗡鸣。

技术性击倒。

陈翼然气喘吁吁地站在一旁，裁判蹲下，对着躺在地上的人"数十"。

"1……

“2……”

每数一下，全场都响起一声高过一声的欢呼。

数到“6”的时候，全场都在跟着数。

“8！

“9！

“10！”

赢了！

“赢啦！”

队里所有人都在同一时刻呐喊起来，激动的顾星华用力地揉了一把万佳云的头，对着她喊：“师哥赢啦！我们赢啦！”

被揉成了鸟窝头的万佳云跟着一起大喊：“赢啦，我们赢啦！”

众人欢呼：“我们赢啦！”

再看向台上，裁判拿来象征胜利的黑金相间的披风披到陈翼然身上。他站在中间，牵起左右两个人的手，最后在众人的欢呼声中，拉着陈翼然的手高高抬起。

万千彩带飘下来，披着冠军披风的陈翼然在半空中挥了挥自己的红色拳套。

所有队员一拥而上。

万佳云激动地跟上去，却根本挤不进去。看着大家拥着陈翼然摸头捶肩，共同分享胜利的荣光，兴奋得恨不能把顶棚给掀了。

万佳云傻傻地站在外围，被杨园几个搂着肩膀的陈翼然忽然转头，在人群的间隙里注意到了她。

他脸上有汗，眼睛上有被击中后的瘀青，嘴角挂着胜利后的微笑。

一片欢腾中，陈翼然出人意料地没有遗漏掉这支队伍中的小小幕后功臣——

在万佳云还有些没反应过来的时候，陈翼然像和其他兄弟庆祝时一样，双臂向前，朝她伸出拳头。

周围的队友们全笑了。

血流“轰”地冲上脑门，万佳云红着一张脸，很默契地伸出两只拳头。

璀璨的灯光下、兴奋的欢呼中，两只圆圆的小拳头和两个红色的拳套相撞在一起。

这个碰拳，是入队以来万佳云得到的最大认可。

尽管没有上台，可她是他们中极为重要的一分子！

脸上挂着汗的陈翼然看着万佳云笑了下，万佳云也笑了。

陈翼然用戴着拳套的手胡乱地揉了下她的头，不等万佳云有所回应，他转瞬又被起哄的队友们推搡着去了旁边。

众人将陈翼然抬起来在空中抛。

耳边尽是喧嚣，万佳云心里却像是被按了静音键，傻傻地看着这个万众瞩目的人，被队友们组成的浪花抛起又接住。

安大如愿以偿地获得了总成绩冠军，团体第一名。

校园网站首页放上了散打社的一张比赛照片，是陈翼然夺冠后大家在擂台上的合照。

照片里所有人穿着统一的队服，只有万佳云、彭丽娟两个女孩，她们被一众肌肉男围着，共同捧着冠军的水晶杯，笑着站在最中间。

照片定格的一刻，背后的男生都把手放在了两个女孩的头上，像是按下启动球，宠溺又调皮。

回来后，万佳云将这个水晶奖杯放入了散打队的展示柜，顺带用干抹布把以前的“战果”都擦了一遍，心里满满的充实感与荣誉感。

一时间，散打队在校园内风头无二，因为课业没有去成的周周懊悔又遗憾，连着几天都拉着万佳云讲述比赛时的故事。

万佳云就把那些片段翻来覆去地讲，不管是在食堂里还是在路上，每一次周周都捧场地发出尖叫。

“低调低调，别人都在看我们。”

周周激动地说：“万佳云！咱们队这么厉害，你让我怎么低调！下次我一定要参加女子组的比赛！”

万佳云被她逗得笑得停不下来。

就在万佳云随队出去比赛的这个周末，306 宿舍也发生了一件大事——舍友晶晶官宣男友了。

路为心拉着万佳云说个不停，说晶晶的男友要请大家吃饭。

“男友？”万佳云完全没反应过来。

晶晶则又害羞又甜蜜地说：“好啦，为心，你小声一点好不好？整栋楼都要听见了。”

路为心说：“听见就听见。佳云快想想，你想吃什么，我们一致决定把吃什么交给你来决定。”

“既然是晶晶的男朋友请客，那就让他们决定吧。不能吃太贵的吧，第一次吃饭不要吓到人家了。”

晶晶夸张地抱住万佳云：“宝贝，你真好，她们都说要痛宰我们一顿，还是你贴心，么么。”说完，在她脸上亲了一下。

万佳云微笑着用手擦口水。

最终，新晋的晶晶 CP 决定请大家吃牛排。

晶晶的男友是高一届的隔壁学院的男生，长得高高的、憨憨的，和晶晶才认识一个星期，两个人居然都看对眼了，爽快地在一起了。

吃饭的时候，看着热恋中的小情侣不经意间流露出的浓浓爱意，三个女孩都或多或少有些羡慕。

在最美的年纪遇见一个相爱的人，这是每个女孩都会有的梦。

吃完饭，晶晶和男友去过二人世界，三个女孩乘坐地铁回学校。

“我什么时候才能找到喜欢的人呢？”路为心说。

“你肯定很快就会找到的。”魏清说。

路为心想着，之前她和晶晶还担心万佳云被人拐走，结果晶晶自己先被拐了，说道：“你们两个要是恋爱了，可不能像晶晶这样突然官宣，要给我一个缓冲期，不要让我成为孤家寡人。在你们恋爱之前，我也要有男朋友。”

看万佳云一直没说话，魏清说：“佳云，你在和谁聊天呢？”

万佳云按灭屏幕：“没有啊，在和队友说队里的事情。”

路为心叹气：“你现在成天只知道队里的事了，都不关心我们。”

万佳云赶紧抱住她的手臂：“我当然关心你，下次把我们队里的男生介绍给你做男朋友，好不好？”

路为心赶紧说：“别别别，你们队里那些人看着就让人害怕。”

万佳云笑起来：“那是你不熟悉他们，其实他们人都挺好的。”

经过这次比赛，整个散打队的凝聚力空前高涨，万佳云已经在无形中开始为他们说话了。

路为心正要说话，万佳云的手机忽然响起来，上面显示着“陈翼然”三个字。

万佳云接通电话后，在路为心和魏清狐疑的眼光中，说了两句，挂了。

路为心说：“陈翼然最近好像总是找你。”

万佳云解释道：“我们队上次赢了比赛，教练说要拿奖金带我们去庆祝，有两个地点作为方案备选，我负责统计大家的投票。他是副队长，要和我讨论。”

路为心和魏清同时露出一种不相信的表情。

路为心说：“佳云，我不得不提醒你一下，你这只小白兔千万别被他那只大野狼骗了。”

魏清也说：“小白兔碰到大野狼，凶多吉少。”

“你们说什么？什么兔子和狼的？”

路为心说：“上次顾星华和我们说，他在追你哦。”

“没有。”万佳云说，“只是因为他是副队长，我正好又负责队里一些杂事，接触多一点。你们不要误会。”

路为心和魏清都半信半疑。

路为心和魏清不知道的是，万佳云在说服她们的同时，也试图在说服自己。

有一件事，万佳云没有告诉任何人——从比赛回来那天起，陈翼然每天都在和她发微信。

以前他们确实都是因为队里的公事而联系，可现在，陈翼然总会时不时给她发来只言片语，像一个好朋友一样和她聊天。

就好比这次庆功，老唐一共给了两个选择：一个是游乐园加温泉，还有一个是爬泰山。

陈翼然问她选哪个，万佳云到宿舍后才回消息。

叮叮：我想选爬山。

CYR 很快回了消息：你和我想的一样。

万佳云还没想到回什么，手机忽然又响动。

CYR：到饭点了，来食堂一起吃饭？

盯着这条信息，万佳云有片刻出神，感觉自己的心在莫名地“怦怦”跳。

陈翼然坐在足球场边的看台上，身旁是正在和他闲聊的哥们儿。

足球场上，两队人踢得正激烈，身旁的哥们儿说最新的游戏战绩说得口干舌燥，陈翼然却都兴致寥寥，只关注着自己的手机。

终于，手机振了振。

叮叮：师哥，我不去了，刚吃过。

经过大家的票选，最终野营地获胜。

老唐霸气地说，要把奖金全部花完。

大伙儿欢呼。

那是离市区最近的一个野营地，紧邻着风景区。

周六一早就出发的队员们在车上睡了一觉后，背着包、推着箱子下来，个个睡眼惺忪。

山间的风一吹，精气神瞬间苏醒。

初秋的山林色彩缤纷，一路有许多橘子树，树上结着金灿灿的果子。大伙儿一路说笑着，来到住宿的帐篷区放行李。

令人惊喜的是，一条清澈的小溪在帐篷区内静静地流淌着。每个帐篷下都建了木台，进入帐篷需要爬一截木楼梯。

两人一顶帐篷，万佳云和周周一起。

两人好奇地爬进帐篷，发现里面另有天地——除了睡觉的地方，还有低矮的桌椅。再往里走，有淋浴间和卫生间，如同一间酒店客房。

周周：“真有意思！”

万佳云卷起布窗帘，从窗口看到顾星华正从隔壁的帐篷里伸出头，对她招手：“嗨，美女。”

老唐在外面喊集合，放好行李的大伙儿一起开心地出来，每个人脸上都写着“满意”。

露营地有很多游玩项目，简单吃完午饭，大家自由行动，约好时间来篝火晚会。
男生们去草地上玩飞盘，万佳云和周周挎着篮子去橘园采橘子。
工作人员给她们发了防晒的斗笠，万佳云戴到头上，淳朴又可爱，周周忍不住在她采橘子时，掏出手机给她拍照。
万佳云看了照片，自己也觉得好笑，又把照片发给方静，还发到了自己的“发小群”。
照片刚发过去，倩文就发来一个“小猫咪很惊讶”的表情包。
玩得正起劲，老唐一个电话过来，喊万佳云到住宿区找他。
等万佳云赶来时，老唐正一个人在小溪边准备晚上烧烤的食材。
“佳云，竹扦是不是放在你那儿了？我记得放你那儿了。”
“啊，对，在我的包里。”
万佳云跑进帐篷，拿来一捆竹扦，再回来的时候，发现老唐身旁又多了一个人。
刚运动回来的陈翼然一边和老唐说话，一边站在溪水边吹风晾汗，他看着万佳云提着一个袋子走了过来。
老唐说：“佳云，你跟翼然在这儿串食材，我去前台安排晚上的篝火。”
万佳云乖巧地点头。
老唐离开了，陈翼然却还是站在溪水边。
他背对着她，一动也不动。身后的小溪沐浴在阳光下，波光闪闪地流淌着，像一幅画，他的身影便镶嵌在画中。
万佳云独自坐在溪边的一把帆布矮凳上，把切好的鸡块串到竹扦上，中间用彩椒间隔开。
陈翼然走过来的时候，她已独自弄好几串。
女孩的手指又细又白，摆弄着色彩鲜艳的食材，十分养眼。
陈翼然在她对面的一张帆布休闲椅上坐下来，靠向椅背，拉开汽水罐，喝了一口，一派悠闲地看着她一个人忙活。
“需要帮忙吗？”
“不用。”
她说不用，陈翼然就真的没客气，笑了笑，转过脸在鼻梁上架起墨镜。
“你们刚刚玩什么了？”
“这里有个橘林，我和周周采了橘子。”
“橘子呢？”
“你想吃？”万佳云抬眼，看到他架着墨镜的流畅侧颜。
“嗯。”
万佳云觉得自己像在和一个少爷说话，生怕一下不合他心意，他就发疯，只好乖乖地拿来橘子，递给他。

陈翼然吃橘子，万佳云继续埋头串食材。

不知道为什么，他一坐在身边，她就没办法定心了。

手上的烤串不再像原先那样精心搭配，而是乱了章法的混搭串法。

对岸渐渐走近两个熟悉的身影，是钱勇和彭丽娟。

他们顺着小溪慢慢地走，全然是陷在爱情中的模样。

清风悠悠地吹着，很惬意，陈翼然说："我有一个问题。"

"什么？"

"你有男朋友吗？"

脑子里轰然炸了一下，万佳云瞬间涨红了脸。

"有了？"

"不知道你在说什么。"她回了一句。

"什么不知道我在说什么，有就有，没有就没有，很难回答？"陈翼然像是故意要逗她。

万佳云的脸已经红成了熟透了的番茄，嘴唇动了动，却没有发出声音。

好在，身后远远地传来了呼喊："然哥，佳云，你们在这儿呢，我到处都找不到你们人！"

气喘吁吁的顾星华跑过来，扶着膝盖大喘气。

"什么事？"万佳云站起身，问道。

顾星华兴奋地说："杨园他们发现那边有真人 CS，就差你们俩了！"

烂尾楼、堡垒、破墙、地沟、树丛。

丰富的场景、密集的掩体被大伙儿发现后便聚在这儿不走了，迫不及待地想要开战。

顾星华带着陈翼然、万佳云赶到时，众人已经换好装，等待多时。

周周高兴地拉着万佳云去选衣服。

还没上过真实射击课的大一新生们新奇地穿上迷彩服、戴好护具。在装备区，万佳云拿起了一把足足有六斤重的仿真狙击枪。

周周在她清透的脸上画上一道绿色的油彩，一张清纯的脸瞬间有了张力。

周周端详着她的脸，点点头，"不错不错，野性十足。"

全队一共十八个人，分成两组，考虑到等会儿还要篝火烧烤，大伙儿选择了最简单的模式——丛林防守。

陈翼然和杨园一人带一支八人的队伍，其中一支队伍在游戏开始前先进入丛林进行防守，另一支队伍随后进入丛林搜索、消灭对方。当一方被完全消灭，或一个半小时后人数少于对方便失败。

周周、彭丽娟两个女生被分在杨园的组里，万佳云和顾星华则被分在陈翼然的组里。

陈翼然一组人先进入场景进行防守。

他和走在前面的几个男生商量战术，顾星华屁颠屁颠地凑上去：“队长，那我的任务是什么？”

陈翼然看看他，又看看万佳云：“你负责你们俩的安全，如果我们挂了，你们就是秘密武器。”

“那怎么行？我要在一线替你分担。”顾星华说。

陈翼然一副挺好商量的样子，勾住他的肩膀：“也行，那你做小前锋，负责办了杨园。”

杨园？别说他办不到，假如真办到了，事后杨园不得整死他。

顾星华张了张嘴：“师哥，那还是不了吧，我就负责管好万佳云。我和她做秘密武器。”

万佳云略嫌弃地看着他。

陈翼然领着人大步往前走了。

顾星华带着万佳云往里走，躲进了上面盖着木板的地沟。

地沟狭窄，两个人进去后，只能面对面趴着。

外面一点儿动静都没有，只有忽大忽小的风声。

鼻尖都是土腥味，就在万佳云怀疑他们被遗忘了的时候，南边方向隐隐传来了几声大叫，还有模拟的枪声。

两人面面相觑，顾星华说：“我们这儿应该是安全的。”

万佳云看看上面漏下来的光：“这个地沟会不会太惹人注意了？”

一个地沟，摆明了告诉别人这里藏着人。

“会吗？应该没人会往下看吧。”

“这个设置一看就是用来躲人的地方，”万佳云说，“而且这里太窄，要是我们在这儿被发现，没法逃。”

“也有道理。”顾星华动摇起来，“……要不咱们换个能逃跑的地方藏着，这样可防又可守？”

万佳云点头同意。

两人达成共识后，顾星华拉着万佳云从沟里出来，跑向不远处的一片围墙废墟。

枪战的声音离他们越发近了。虽然只是游戏，但枪响之后，四下里真的有了肃杀的氛围。

顾星华拉着万佳云蹲守在一片围墙的拐角处，紧张地往外瞄。

忽然，有脚步声靠近。两人心一紧，互相使了个眼色，齐齐地把枪口向外伸去。

很快，顾星华的瞄准器里出现了一个迷彩色的人影。

正要射击时，那人却举起戴着蓝色袖章的右手，大喊："自己人！"

两人一惊，立马放下枪。

半晌，顾星华走出来，看到气喘吁吁的钱勇。

"你怎么跑这儿来了？"

"那边火力太猛了，我们被干掉好几个了，我……"

话还没说完，随着突然响起的两声枪响，钱勇大喊一声"往旁边躲"，身上却还是冒出白烟，"阵亡"了。

这头，如临大敌的顾星华拽着万佳云拼了命地往前跑。

在弯弯绕绕的掩护墙里，万佳云早已分不清东西南北。在奔跑中，头盔松了，她一手扶头盔一手抱枪。直到两人实在跑不动了，才不得不停下。

两人满身狼狈，靠在一辆基地里用来营造氛围的废弃汽车旁大喘气。

忽然间，顾星华感觉后脑勺阵阵发凉。

他慢慢地转过头，惊慌的目光看向斜上方，一个黑洞洞的枪口正对着自己。

那人盘腿坐在吉普车高高的车顶上，脸上戴着护目镜和遮住面容的黑色脖套，枪托抵着肩，歪着脑袋对他做出扣动扳机的动作。

顾星华吓得大叫一声，瘫倒在地。

万佳云看到这人戴的是蓝色袖章，大喊："自己人！"

车顶上的人慢悠悠地移开枪杆，从车顶上跳下来。

他踢了下顾星华的腿，拉下脖套，露出画了两道油彩的英俊面容。

这个戴着护目镜、浑身透着坏劲的队友竟是陈翼然。

"还行不行？"

顾星华用手遮住脸："老大，心跳过速了，差一点点猝死，让我缓一缓……"

陈翼然转过脸，看万佳云："你怎么样？"

惊魂未定的万佳云满脸是汗，盯着他说不出话来。

陈翼然似是很满意他们的反应，笑了。

休息够了的顾星华一个鲤鱼打挺从地上坐起来，拍拍身上的草屑："然哥，不带这么吓人的，好不好？"

话音刚落，不远处有脚步声，三人都机警起来。

陈翼然示意两人躲到车后去。万佳云和顾星华在他的掩护下，迅速往汽车后方躲，跑进草丛里。

陈翼然端起枪，朝着南边方向瞄准扫射，那边也很快反击。

陈翼然对顾星华做手势，顾星华跑到树下与他打配合。

结果，顾星华刚开两枪，自己就中弹了，头盔里发出"GAME OVER"的提示音。

顾星华暗暗地骂了一句脏话，捂着脑袋，退回原先的树后。

"你死了？"

蹲在地上的万佳云看着他的头盔冒起白烟，画面又悲壮又好笑。

顾星华卸下头盔：“革命尚未成功，佳云，靠你了。”

对方也损失了队员，随着渐小的枪声，逃离现场。

此番交战结束后，陈翼然退回来，对顾星华说：“你过去帮老唐弄烧烤。”又对万佳云说，“你跟我走。”

“丧命”的顾星华只能看着陈翼然带着万佳云远去。

“你们刚刚躲在哪儿？”陈翼然在前面开路。

“一条地沟里，上面有一块板子。”

“那你们跑出来干什么？”

“不知道你们在外面进行到哪一步了，没有参与感。”

“还要参与感……”陈翼然轻声嘲讽了一句，又睥睨她一眼，“开过枪了吗？”

万佳云摇头。

万佳云问：“师哥，我们现在还有几个人活着？”

“挂了的可能有七个。”

“啊？”万佳云一惊，“那不会就剩我们两个了吧？”

“不好说。”

“那他们队呢？还有几个活着？”

“四五个？五六个？”陈翼然说，“反正没打死几个。”

“那我们岂不是输定了？”

“嗯。”

穿着迷彩背心、背着枪，加上刚刚几番受惊吓，万佳云出了一身黏腻的汗。

万佳云亦步亦趋地跟在陈翼然身后，心想，你不是很厉害吗？怎么把队伍带成了这样？

陈翼然的步子又快又大，发现她跟不上，稍稍降了点速度，拉着她的手臂快速往前。

走到一片大铁罐堆叠的掩体处，万佳云蹲在地上，汗顺着她的眼睫毛往下滴。

气喘吁吁地掀起护目镜，万佳云抹了把眼睛上的汗，重新戴好，学着陈翼然的样子把枪扛在肩上。

远处有窸窸窣窣的动静，是有人藏在了左前方的掩体后。

陈翼然和万佳云使了个眼色，身体蹲下来，示意她朝那个方向瞄准。

万佳云用手指指自己：我来吗？

陈翼然对她做出“噤声”的手势，然后点头。

万佳云跟着他的指令端稳枪，从瞄准器往外看。

视野里是放大了数倍的对面的树干。

枪身很重，枪口不停晃动。

一只骨骼分明的大手适时地在下方帮她托住枪管，他的掌心若有似无地覆盖在她握着枪的指尖上。

然后，身旁人的脸移到她脸边，静悄悄地帮她对准瞄准器，轻微矫正她枪管对准的方向。

两个头盔靠在一起，距离近到万佳云只要一转脸就是他挺直的鼻梁，还有脸上深绿色的油彩被汗微微洇开后的痕迹。

万佳云能感觉到陈翼然呼吸时的气息就在自己脸颊边，空气似乎染上了他的热度，带起小小的颤动，令她的皮肤阵阵发麻。

她正有些出神，一只大手按在了她的头盔上。

陈翼然移开位置，把她的脑袋重新拨回来。

他在她耳畔轻声指示：“打他的肩膀。”

瞄准器里，树干旁，敌人的肩膀露出来一个角。

万佳云缓了缓“怦怦”跳的心脏，拉回纷飞的思绪，有些紧张地屏住呼吸，看着那一角绿色，犹豫地下不去手。

有些低哑的声音鼓励着她：“别怕，打。”

食指扣住扳机，她歪着头，用一只眼睛盯牢瞄准器中的红点……

空气中“砰”的一声，万佳云射出了第一发子弹。

第四章 / 因为，我喜欢你 /

“我对这些不感兴趣，但我还是觉得开心，为什么？”
“是因为……我喜欢你。”

这枚子弹没击中对方，并且成了信号弹，引得一片模拟枪声响在他们周围。

万佳云抱着头趴得更低，陈翼然则与对方混战。

陈翼然趁着对方调整的间隙，拉起万佳云就跑。两人趁乱躲到一片带窗的墙体后。

坐在地上的万佳云抱住膝大喘气。陈翼然也累了，背靠着墙壁瘫坐，把枪拄在双腿间。

“好玩吗？”他问她。

脸伏在膝盖上的万佳云头盔歪了，脸颊汗湿潮红，眼睛却是亮晶晶的。

她点头。

陈翼然看她有些滑稽的样子，扯着嘴角笑了，抬头帮她拨正头盔：“北海路上有个射击馆，下次带你去，那边的装备比这个更过瘾。”

万佳云还没来得及说话，对家又来了。

陈翼然把她向下压了压，自己探出身迎战。

这回是对方先发起攻击，可惜雷声大雨点小，没有人中招。

陈翼然很快抢回主动权。

混战中，万佳云根据他的指示，趴在地上，通过望远镜在对面的草丛里寻找动静。

万佳云默默调整角度。

陈翼然在间隙里与她做手势，让她打杨园。

万佳云不知道杨园在哪儿，只看到了一个晃动的头盔。

陈翼然靠近她耳边，万佳云只感到他的气息再次袭来，耳边麻麻的。

她听到他说：“盯准那个方向。”

正在酣战的杨园只顾着在这头对抗陈翼然，完全没想到另一侧还有个枪口。直到他冷不丁被子弹击中，发出一声“惨叫”。

“你们那儿还有谁？”

中招的杨园咒骂着从草丛里走出来，边走边卸下冒烟的头盔。

陈翼然转身，万佳云从枪托上扬起汗津津的脸，脸颊上还沾着草屑：“成功了？”

陈翼然托着枪，看着她不说话。

片刻后，半空里伸来一个拳头。

这个画面似曾相识。

微愣了下，万佳云也向他伸手，两个拳头在阳光下碰到一起。

四下里响起机械的广播声：“游戏结束，请大家到换装区集合！”

比赛时间到，陈翼然组还剩下他和万佳云，杨园队只剩下一个男队员。

大家来到集合区，在裁判宣布胜利后，陈翼然队全员欢呼。

太阳下山后，月亮在山谷中升起。老唐在小溪边放起音乐，一群年轻人围着篝火坐下来吃烧烤、喝啤酒，四周都是欢乐的空气。

周周递来啤酒罐的时候，万佳云有些犹豫。

周周对她挑挑眉，万佳云接过来，和大家一起碰杯畅饮。

这是她第一次喝酒，有点儿苦，味觉上觉得好难喝，心里却满足而放松。

山里的夜空是浓烈的墨蓝色，像一块软丝绒，有闪烁的灯光点缀在远处，像钻石一样迷人。

提着啤酒罐的万佳云微醺地看着众人的脸，不知怎的，就注意到了陈翼然。

他和杨园几个坐在对面边聊天边吃着烤串，中间燃烧的篝火时不时飞出点点星火，从他谈笑风生的脸前飘过。

不知道是不是酒精的作用，万佳云脑海中不受控制地闪着几个画面：

是第一次见面，他拿出校徽帮她解围；是在训练馆里，他站在她身后，单独帮她练习；是拳击赛后，他在人群中一脸笑容地和她对拳；是今天下午玩游戏时，瞄准器旁他画了油彩的英俊的脸。

一帧又一帧，在脑海中一秒不停地闪过。

不由自主地，万佳云又想到了手机里那条他随手发的，叫她一起去食堂吃饭的微信。

万佳云觉得自己喝醉了。

“佳云，你想什么呢？干杯啊。”拿了烤串回来的周周与她碰杯。

啤酒杯刚被举到唇边，口袋里的手机振了起来。

万佳云看了一眼，回过神来：“周周，我去旁边接个电话。”

“那你去吧，注意安全，不要掉进溪里哦。”

万佳云拿着手机，跑到了小溪边。

“在干什么？这么久才接电话。”

“我们在举办篝火晚会，刚刚那边太吵了。”

“我在群里看到你的照片了，是你们那个跆拳道社？”

“不是跆拳道，是散打。”万佳云不喜欢别人叫错他们的队名，纠正吕政道，“你已经说错很多回了。”

“哈哈，是吗？不好意思，我记错了。”

“没关系，小政哥，你怎么这时候给我打电话，有事吗？”

“不是什么重要的事，方阿姨和我爸妈刚刚商量着过年时一块儿去旅游，还有倩文一家人。让我们几个小的先商量，想去哪里。”

万佳云坐到旁边空着的钓鱼凳上。

“我妈之前和我说了这件事，但过年不是还有很久，为什么这个时候就开始商量，会不会太早了？”

“谁知道呢？他们兴致很高，还说要去欧洲玩，今晚就兴冲冲地催我定地方。早点定好了，可以提前买机票，还要做攻略。你和倩文有没有特别想去的地方？我刚刚和她打完电话，她也没主意，让我再问问你。我们在群里发了一些游记，估计你忙着玩没看见。”

“刚刚没看手机，那我看一下再和你们讨论。”挂了电话，万佳云点开三人小群。

他们果然发了一些游记的链接，都是一些冷门的小国家。

她点开来，仔细看。

小的时候，方静也曾带着她国内国外到处跑，后来为了学业，她很少再外出。旅游这事，她谈不上特别喜欢，但她喜欢和吕政、倩文一起游玩，去哪儿倒是显得不重要。

也许是看得太入神了，万佳云连身后的脚步声都没听到。直到陈翼然在她身旁的空椅子上坐下来，她才惊讶地转过脸。

陈翼然闲适地往后躺了躺。

一时间，万佳云不知道该说什么好，只能假装继续看手机。

气氛沉默。

“觉不觉得这里挺漂亮的？”陈翼然有些感性地说。

夜幕中挂着一弯月亮和两三颗星星，周围是低矮的小山和树木，耳边是潺潺的溪流声，何止是漂亮。

万佳云像是被他提醒了，放下手机。

“他们说你是浙江人，你家是浙江哪里？”

“我的籍贯在安吉，但我长住杭州。”

“安吉，没听过。”

“那是我爷爷的老家，我去得也很少，不过那里的竹子很有名。”

陈翼然点点头：“我上高中时去过浙江两次，去了一个山里，跟这儿有点儿像，空气很好，我挺喜欢的。”

万佳云听到陈翼然说起自己的家乡，忍不住转头看他，有了点共鸣：“浙江有很多山，开发得都很好。”

“他们骗我说山里的水可以直接喝，你知道吗？我喝了，回去就肚子疼，在医院里挂了三天水。”

很好逗的万佳云一下子就乐了，面上带笑。

陈翼然也跟着无声地笑。

万佳云笑起来时，那双碧清的眼睛会有微弯的弧度，亮莹莹的。

陈翼然静静地看着她，万佳云不自然地收起笑容，静悄悄地移开目光。

空气微妙。

远处的山上，似乎有项目在施工，照明的灯光很亮。仔细看，能看见工人搬运树木的忙碌身影。

为了打破尴尬，万佳云没话找话地说：“那边好像有人在工作。”

陈翼然跟着望去，没有接话茬。

“明天上午我们就回学校了，下午没课的时候，你一般做什么？”陈翼然开启了一个新的话题。

“我们宿舍会一起出去逛街、看电影。”万佳云看看他，“你们呢？”

“也差不多，我周末会去队里自己练两个小时。”

万佳云点点头。

篝火那头传来一阵欢乐的声音，三三两两坐着的人影已经从地上站起来，像是开始玩游戏了。

陈翼然和万佳云的电话同时响起来。

两人分别接了，都是叫他们回去的电话。

挂了电话后，陈翼然站起来，扭了扭脖子，活络了一下筋骨。

“明天你要是没事就来队里吧，我继续帮你练习。下午三点，别忘了。”

说完，陈翼然就自顾自地大步往那头走去。

过了两秒，万佳云大梦初醒般慢慢地站起身，一脸凝滞地望着他的背影，回想他刚刚说的话。

他刚刚说什么？

明天下午加练？

第二天上午，天上有点飘小雨，老唐带着恋恋不舍又筋疲力尽的队员们坐车返回学校。

一队人昏昏沉沉地拿着行李，在校门口的银杏树下分别，结束了一天一夜的特别旅程。

周周看万佳云有些心事重重的样子，以为她太累了，在分别时，还嘱咐她回去好好休息。万佳云嘴上答应着，又忍不住去看那头已和队友们说笑着离去的陈翼然。

是不是该发个信息给他，告诉他自己下午不去训练。

万佳云不知道应该怎么办。

中午短暂休息后，下午三点差一刻钟，守时的陈翼然冒着小雨准时来到了训练馆。

按照万佳云以往守时的习惯，应该早早到了，就像每次训练她都提前一刻钟到一样。

然而，整个训练馆里空空荡荡。

窗外的雨声淅淅沥沥，室内聚着一股散不去的灰尘味。

这天下午，陈翼然独自训练了两个小时，直至满身大汗。

馆内静悄悄的，挂在白墙上的钟表指针走到“5”上。

直到这时，陈翼然才确定：

他被人放鸽子了。

是的，生平第一次，他被女孩子放了鸽子。

因为下小雨的缘故，除了谈恋爱的晶晶与男友外出约会，宿舍里剩下的三个人都没出门，窝在同一台电脑前看爱情片。

这个年纪的女孩都对甜美的爱情充满向往。大家随着剧情忽而爆笑、忽而落泪，边看边聊起自己的理想型。

路为心说她最喜欢的是那种阳光开朗、篮球打得好的男生。魏清立马说她也是：“对了，我还喜欢那种声音特别好听的。”

“声音？还有这么严苛的要求。”路为心说。

万佳云一直没出声，心不在焉地看着电影，时不时看一下手机。

五点半了。

就在她心神不定时，手机忽然振动，吓得她一个激灵。

路为心和魏清两个正投入在剧情中，对万佳云说：“电话响了，你怎么不接？”

万佳云只好钻进阳台。

魏清透过玻璃门，看着她的侧影，对路为心说：“她怎么有点鬼鬼祟祟的？”

路为心说：“确实不对，这个画面有点眼熟。”

“就像……”路为心皱眉思考着。

“像什么……”魏清问。

路为心使劲想着脑海里曾经出现过的画面，灵光一闪：“这不就和晶晶那个臭丫头谈恋爱前的举动一模一样？”

玻璃门上氤氲着湿冷的水雾。

万佳云“喂”了一声后，那边有那么两秒没出声。

看了一眼保持通话中的手机，她又“喂”了一声。

“你现在人在哪儿？”陈翼然出声了，声音平静，听不出喜怒。

“我在宿舍。”

万佳云思忖，该不会他下午真的去训练馆了吧？他要是问她下午为什么不去，她该怎么回答呢？

未承想陈翼然却话锋一转：“你下来一下，我有事找你。”

说完，他就挂了。

雨已经停了，全世界还轻轻地滴着雨水，柏油路漆黑湿亮。

万佳云一出宿舍就看到了那个站在核桃树下的身影。

陈翼然不是一个人，他在和一个与他差不多高的男生聊着天。

他身上穿着一套宽松的黑色运动服，上衣左侧有一大片灰白色的图案，背后斜挎着一只包。

被雨淋到的头发有点湿。

陈翼然似有所觉地朝门口看过来。

万佳云走来，陈翼然莫名其妙地帮她和身旁的男生介绍：“这是我们刑侦大一的万佳云。这是庞搏。”

男生看着她友好地微笑：“你好，我是管理学的庞搏，翼然的好哥们儿。”

万佳云礼貌地说了句“师哥，你好”。

男生极有眼力见地说：“我先走了，翼然，改天聚。”

“下午你怎么没来训练？”陈翼然问。

万佳云沉默着，还没想好怎么辩解的时候，陈翼然又似乎不计较这事了，问她：“你下午一个人在宿舍干什么了？”

他看着她，眼神淡淡的，却又直直的。

今天的陈翼然很不一样，让万佳云有些说不上来的紧张。

“在宿舍看电影。”

“一个人？”

万佳云摇头：“和舍友们一起。”

沉默了两秒，万佳云发现有路过的女生朝他们看，想赶紧结束这奇怪的会面。

“师哥，你有什么事找我吗？”

“也没什么，刚好路过这边。”

万佳云把目光移到旁边的核桃树上，看滴水的叶子。

“电影看完了？”

“快了。”

“那你接下来有什么安排？”陈翼然问。

万佳云不说话，不知道他为什么这么问。

“刚下完雨，空气挺好的，”陈翼然手插着兜，往旁边看，“要不要一起去走走？”

周围的空气里明明是湿润的凉意，万佳云却感觉浑身的血液都在加速流动，心脏则因为过度的供血而跳得乱七八糟。

陈翼然用坦荡荡的目光看着她、邀请着她。

万佳云双耳泛红，微微摇头：“不了师哥，我还有事情。要是你没什么事，我先回去了。”

“你等一下。”

陈翼然快速打开斜挎在身上的运动包，万佳云看着他从里面掏出了一只比手掌稍大一点的蓝色玩偶。

那是一只头上戴着竹蜻蜓的哆啦 A 梦。

“你叫叮叮，它也叫叮叮，送给你做朋友。”

蒙蒙细雨不知从什么时候又开始飘起来，在傍晚的光线下，被折射出轻柔的颜色。

雨丝静静地落在他们的头发上，落在女孩清秀静美的面庞上、温润疑惑的双眸上。

陈翼然见她傻傻地站着不动，将哆啦 A 梦直接塞到她手中，不等她反应过来，便潇洒地走了。

看着他的背影，万佳云的嗓子干干的，像是被什么堵住了，追也不是、喊也不是，只能不知所措地拿着玩偶，看着他越走越远。

初秋的小雨一下就是近一个星期，仿佛把整个世界都重新洗涤了一番。

最初的新鲜感过去后，真正的秋季到来，学生们像被秋霜打过的茄子，说蔫就蔫了。

如果撇去体能、射击等特殊课程，警校里的绝大多数课程与普通大学是一样的，课堂上的氛围也大差不差。

这一节是《刑法》课，有些秃顶的中年男教师站在讲台前看着课件，他语调平稳，不知道是带着哪个地方的口音，每句话的尾音都微微上扬。

满教室的人听得昏昏欲睡，连往常最认真的万佳云也不例外。

北方真正进入秋天似乎要比南方来得快，校门口那两棵巨大的银杏树金灿灿的，雨水冲落了好多银杏叶，落叶铺黄了灰色的道路。

也许是天气忽然冷了的缘故，也许是秋天有些萧寂的缘故，又或许是那个奇怪的雨天的缘故，万佳云最近对什么都有些提不起劲。

“万佳云！”

讲台上传来声音，万佳云被坐在旁边的路为心戳了下，她这才回过神，站了起来。

“你来回答一下这个问题。”

盯着老师看了看，万佳云根本不知道要回答什么。周围人想帮她，奈何大家刚刚都在开小差，没人帮得上忙。

万佳云面色羞愧。

“大家要认真听课啊，《刑法》是最基础的东西。”

温和的老师本就是为了提点下满场打瞌睡的学生，倒没有为难她，伸手朝下压了压，示意她坐。

“怎么了，一早就这么累？”下课后，一旁的路为心看万佳云无精打采的，不像平时那样元气满满。

万佳云：“昨晚没有睡好，早上起得太早了。”

这天下午，老唐有事，由陈翼然带练，大伙儿根据通知提前半小时来到训练馆。以为来得早便可以结束得早，结果整整两个小时，陈翼然一直在带着全队做力量训练。

拉杠铃、高抬腿、拳俯卧撑……做完一遍又一遍，全队人都重复着相同的动作，个个大汗淋漓。

教练不在，前排的男生几乎都脱掉了上衣，一眼望去全是年轻壮实的身体。

陈翼然站在最前面，一直在跟着大家一起训练。不知道过了多久，他自己终于练爽了，让大家集体休息。

瞬间，所有人都瘫倒在地，嘴里飙起发泄的脏话。

陈翼然去角落拎来一箱矿泉水，分发给大家后，坐在地板上，仰头灌下半瓶。

手上拧着瓶盖的时候，他朝队伍后方的一角看过去。

万佳云抱膝坐在地上，脑袋埋在膝盖里，看起来很累。所有人都在喝水，只有她没动。

高强度的运动几乎快让她犯低血糖。过了几分钟，当她从膝盖里抬起头时，对上了一道关切的目光。

陈翼然给她递来一瓶水。

万佳云接过来，乖乖地说了句“谢谢”。

这一天，三个小时的训练结束后，大伙儿扶腰的扶腰，揉肩膀的揉肩膀，悉数狼狈而去。

每天训练结束后，都有人留下打扫卫生，今天轮到的是万佳云和周周。周周跟好朋友有约，她帮着万佳云清理完地上的汗渍就先走了。

干完所有的活，万佳云收好自己的物品，关灯锁门。

秋日的夜，明月高悬，空气清爽。

背着包的万佳云收好钥匙，正要往宿舍走，一转脸却发现门口的花坛边站着一个人影，吓了她一跳。
低头玩着手机的陈翼然抬眼看她：“有这么吓人？”
陈翼然身上套了一件松松垮垮的薄夹克，下面还是训练时的短裤。
如果不认识他，看到他这副犹如社会青年的样子，万佳云倒是真的会怕。
“你怎么还在这儿？”万佳云问。
“我的东西落在馆里，帮忙开个门。”
“你的钥匙呢？”
“就是落了钥匙。”
万佳云明显有些不满，可还是开了门。
陈翼然进去后，熟门熟路地开了灯，去角落的柜子上找到遗落的钥匙：“锁门吧。”
万佳云蹲在地上，用老式链条锁缠绕两个门把手。链条锁外的塑料壳有些氧化，她吃力地对上锁眼。
背后有轻微的动静，她回头，只看见陈翼然在玩手机。
“能不能问你一个问题？”陈翼然说。
万佳云觉得奇怪：“什么？”
“你有多高？”
“你问这个干什么？”万佳云站起身。
“我在想，你是不是全校女生里最矮的？”
知道他是在拿她的身高打趣，万佳云扫了他一眼，背着包向前走。
“你生气了？我开玩笑的。”陈翼然跟上来。
“没生气，我只是不觉得自己矮，而且，”万佳云看看他，“你在男生里也不算高吧。”
“我不算高？”
万佳云脸不红心不跳地说违心话：“我并不这么觉得。”
“那你敢不敢跟我比比看？”
万佳云觉得他这话十分孩子气，她有什么好和他比较的？
“我看你还不到我的肩膀。”陈翼然却半真半假地继续激她，“怎么样，敢比吗？”
输什么也不能输了气势。
万佳云真的停了下来，转过身和他面对面站着。
一盏一盏间隔不远的路灯穿透路边高大的香樟枝叶，在校园蜿蜒的柏油路上投射下淡淡的、朦胧的光，像发亮的雾。
他们站在这片雾中。
陈翼然抬手在她头顶与自己身体之间隔空比画了一下：“你走近一点，这样怎么比？”

万佳云向前走了一小步。

距离的缩短让陈翼然又高出她一截，两人的脸离得更近，近到她能看清他两道浓黑的眉毛，看清他黑漆漆的含着笑意的双眸。

万佳云默默握紧手心，脸颊紧绷。

就在陈翼然抬起手，手心触到她的发顶时，犹如触电一般，万佳云退后了一步。

“干吗？”陈翼然嘴角扯起坏笑。

“不比了。”

“怎么了？”

“这样比没意义，你是男生，我是女生，不公平、不科学、不严谨。”

万佳云快步往前走，不想再被他逗弄。

陈翼然跟上来，有些恍然大悟地说：“我想起来了，食堂门口的墙上有个身高条，不如我们去那儿比？”

“幼稚。”万佳云说。

校园的夜，安静芬芳。

又走了一段，陈翼然说：“不逗你了，这个周末有什么安排？”

“没什么安排。”空气在这一刻变得更静了，万佳云可以清晰地听到自己的心跳声。

“那你想不想跟我去玩枪？”陈翼然说，“有一个射击馆，那边的装备都很仿真。我教你。”

万佳云没出声。

和陈翼然两个人单独去射击馆，万佳云不知道这样合适不合适。

她正想着应该说点什么时，一抬头，只见前方蓝色的校车站牌旁，侧身站着两个熟悉的人影。

是彭丽娟和她的男友钱勇，两人正在等车的样子。

四人彼此都注意到了，远远地对视着打招呼。

走近后，钱勇的目光从万佳云身上滑到陈翼然身上，很自然地问：“巧了，你们吃过了没？”

陈翼然说：“还没。”

彭丽娟看看万佳云：“要不跟我们一起去吃吧？”

陈翼然说：“不用了，我们等会儿去食堂看看，随便吃点。”

陈翼然和万佳云走后，钱勇盯着他们的身影久久移不开目光，嘀咕着：“没想到啊，他们俩搞在一起了。”

彭丽娟说：“她还挺有手段的。”

钱勇说：“翼然在这方面确实有特长。”

彭丽娟白了男友一眼：“我是说这个女的。”

钱勇反应过来：“你说佳云？我看着佳云挺单纯的。”

彭丽娟冷哼：“你们男的，只要长得漂亮不都觉得单纯？”

钱勇憨厚地笑了笑，牵起她的手：“我可不觉得她漂亮，谁能比我女朋友漂亮啊？”

万佳云万万没想到，她只是和陈翼然走了一小段路，竟会被队友们撞见。

刚刚还活蹦乱跳的一颗心，这会儿跳得更乱了。

“周末去打枪玩，怎么样？”陈翼然继续刚刚的话题。

万佳云摇头：“我刚刚忘记了，周末我和舍友约好了要去花山公园。”

“那再说吧。”眼看食堂就快到了，陈翼然说，“先去食堂吃点东西。”

“不了，我舍友晚上帮忙把饭带到了宿舍，你去吃吧，我先回去了。”不等陈翼然再说什么，万佳云挥挥手便跑开了。

陈翼然朝着她远去的方向看了看，扬起唇。

回到宿舍后，舍友们都还没回来。

可能是因为下午训练过度的缘故，万佳云坐在书桌前怎么都提不起劲。

不知过了多久，她深吸一口气，拉开抽屉，在一个透明的收纳盒里找出一个小东西。

那是一枚蓝色的、质感冰凉的校徽。

门外传来路为心和晶晶说话的声响，万佳云立即把东西放回原处。

这头，陈翼然在食堂随便吃了点东西后，没回宿舍，一个人在月色下晃到了足球场。

杨园几个正穿着足球服在两个球门之间挥汗如雨地奔跑。

球带着旋从半空中飞来，“砰”一声，陈翼然一脚大力地踢回去。

草坪上，有汗湿的男生对他喊：“翼然！”

陈翼然摆摆手，示意他们继续。

陈翼然一个人坐到不远处的看台上，无聊地欣赏战局。

不一会儿，杨园被替换下来，擦着汗坐到他身旁。

杨园笑眯眯地看他。

陈翼然扫了他一眼：“你笑什么？”

杨园说：“我笑你古古怪怪的。”

陈翼然闲适地伸了个懒腰。

杨园撞了下他的手肘，兴致高昂：“说说呗。”

“说什么？”

“还能说啥，进展到哪一步了？”

陈翼然不搭腔了。

杨园静了静，一改玩笑口吻，有些正经地说：“小佳云来了以后，帮队里做了许多事，她就像大家的妹妹一样，我们都很喜欢她。你别玩弄人家。”

杨园觉得，万佳云已经不是一个普通的学妹，她是他们的队友，是这个集体不可或缺的一分子。

“你看出来了？”陈翼然问。

杨园笑着说：“你问问队里谁还不知道？还用看吗？”

晚风微凉，操场上传来一阵阵踢球声。

有这么明显？陈翼然感觉自己根本还没表现出什么。

他和很多女孩有过交往，漂亮的、优秀的、活泼的、安静的、可爱的……

万佳云和她们不一样的是，她的外表纯净如雪，内心却又有着超脱的执着。

而这份执着，也许正是他一直以来最认可的品质。

陈翼然也是这个时候才发现，自己早已在无形中被这个女孩的坚毅所震惊、所打动。

“杨园，你说得没错，她确实就像是我们的妹妹，”陈翼然拍拍他的肩头，“所以，你以后少欺负她。”

莫名中枪的杨园看着陈翼然起身离去，不忿地笑骂：“喂，你说的是你自己吧！”

周末，终于下起了深秋的第一场大雨。

舍友们各自出去参加社团活动，推掉了陈翼然邀约的万佳云一个人在宿舍练琴。

前几天，陈翼然每天都和她频繁地聊天，今天却还没有一条信息。

万佳云正沉浸在自己的音乐里，手机突然振起来。

是陈翼然的来电。

还是上次的套路，陈翼然在电话里说有事找她，让她现在就下楼。

“现在？”

“嗯，快点吧。”

万佳云没有拒绝，在镜子前整理了下仪容，打了把伞下去。

陈翼然说好在树下等她，谁知却不见他的人影。

万佳云四处张望，才发现那人蹲在楼边的墙角。

一把黑色的大伞把他的身体遮得严严实实。

走近才发现，陈翼然正在逗一只三花小奶猫。

湿淋淋的奶猫就缩在墙角叫，这么大的雨，也不知道它是从哪儿冒出来的。

“哪儿来的小猫？”万佳云跟着一起蹲下。

陈翼然用一根粗手指用力地戳猫头。

“轻一点……”万佳云看着他的动作都害怕，回过神来，她又问，“师哥，你找我是有什么事吗？”

“喊你下来看猫。”

万佳云有些无语。

两人蹲在墙角，各自撑一把伞，像大雨中的两朵蘑菇。

“看你这么喜欢，它又这么可怜，你要不要带回宿舍养？”陈翼然说。

“啊？”万佳云没想到他会这样提议。

不是不心动，万佳云略踟蹰，伸手点了点小猫的圆鼻头：“被阿姨或者督察队查到怎么办？宿舍里还有其他舍友，也需要经过她们同意。”

“你不带，只好我带回去了。”万佳云转过脸，认为他是开玩笑的。

谁知陈翼然一只手将小猫从地上捞起来，直接揣进了外套口袋里。

万佳云惊讶地跟着他一起站起身，看着小猫从他的口袋里往外伸出头，在雨声中冲着她“喵喵”叫。

万佳云又摸了下它的头，狐疑地说：“你真的要养它？准备放在哪儿养？你们大三的宿舍能养猫吗？”

陈翼然似乎认真地想了想：“要不放在训练馆？”

这还真是个可行方案。

万佳云漆黑而湿润的眼睛亮起来，听到他继续说：“我们给它搞个纸盒子搭个小窝，每天喂点小鱼干。”

陈翼然的视线从猫身上移到万佳云的脸上，看着她天真烂漫的脸，笑着问：“你觉得怎么样？”

万佳云想也没想，抿着红润的嘴唇，对着他一通点头：“好，这样平时我也可以帮忙照顾。”

“真的？”

陈翼然压下扬起的嘴角，一本正经地说：“那这个任务就交给你了，我负责给它做个窝。”

两人对拳，协议达成。

第二天下午训练结束，万佳云一直等着陈翼然告诉她猫在哪儿。结果陈翼然没有和她说话的意思，套起衣服后，便说说笑笑地跟几个男生走了，还说着要翻墙去外面打游戏。

万佳云等人都走光了，在训练馆里默默找了一圈，也没找到猫。以为他又是诓她时，陈翼然却发来了一条微信。

CYR：不要忘了给小猫搞点牛奶。

叮叮：可是你把它藏在哪儿了？我没找到啊。

过了差不多一分钟，陈翼然才回：后门。

万佳云走去后门，果然在墙角的草堆里发现了一个简易而不简单的猫窝。

猫窝两侧是砖头，顶上盖着一块防雨的厚塑料布，里面放着一个蓝色的鞋盒。一只不知道从哪儿找来的水瓶盖里盛着一点牛奶，放在最外面。

鞋盒里，团成一个球的小奶猫本来在睡觉，察觉到万佳云的动静后，它慢慢睁开眼，冲着她“喵喵”叫个不停。

蹲在青苔上，女孩看着萌萌的小猫咪，嘴角弯弯。

手机再次收到微信。

CYR：忘记告诉你，它叫“叮叮猫”。

后来万佳云一直有些恍惚，自己是怎么开始跟陈翼然共同养猫的。

陈翼然网购了很多猫咪的食物和用品，就放在训练馆的空柜子里。

每天训练后，陈翼然都会留下，叫上万佳云去后门瞧一眼。

进入深秋，校园里的树叶每天都在“哗啦啦”地掉。

天气越来越冷后，万佳云在猫窝里垫了一条小毛巾。

小奶猫特聪明，有时会调皮地在周围的草堆里打滚玩闹，只要一想睡觉了，就会乖乖回窝蜷成一团，用尾巴遮住脸取暖。

在养猫这件事上，万佳云和陈翼然意外地形成了良好的默契，两个人把这小猫照顾得格外健康，唯独在小猫的名字上无法达成共识。

万佳云当然不肯叫它“叮叮猫”，可陈翼然据理力争，说这猫是他养的，名字由他定，“叮叮猫”代表它是叮叮的猫。

没办法，谁让他是猫主人。

晚上，万佳云跟方静打电话的时候，忍不住告诉她，自己在学校养了一只小猫，才手掌那么大，而且它的名字叫“叮叮猫”。

万佳云什么都说了，就是没说这猫咪还有另外一个主人。

方静在电话那头看女儿最近心情愉悦，便又和她聊了聊生活和学习。

这只小猫的出现，让万佳云和陈翼然之间的信息往来变得更多更频繁。

这周，市里搞了一个大型的国际招商交流会，抽调了安大整个刑侦专业的学生去现场负责安保。

天气虽然冷，可大一新生们都是第一次参加这样的活动，想到可以连续两天不上课，大家都隐隐有些兴奋，如同要外出郊游一样。

大伙儿开开心心地到了现场才发现，所谓的安保工作就是在各个入口处站岗吹冷风。

半天过去后，大伙儿才反应过来，这样的工作远不如在温暖的教室里上课来得轻松。

活动现场有十几个不同种类产品的场馆，万佳云和路为心几个站在其中一个小场馆门口吹了一整天冷风，上午下午都吃的盒饭，却也第一次有了当警察的实感。

在现场时，甚至还有群众叫万佳云“警察同志”。

天色黑沉，临时搭建的场馆内亮着朦胧的灯光。

工作人员发完盒饭，藏蓝色的庞大队伍便开始吃饭。

小伙子们饿了一下午，找到个地方便狼吞虎咽，台阶上坐了一大片男生。

这边，几个女孩比较讲究，围在一张细长的登记台边吃盒饭。

“我感觉自己就是来做保安的，拿我们当廉价劳动力，一份盒饭就把我们打发了，连个坐的地方都没有，当我们是跑龙套的？”

“我都快冻死了，明天还有一天……”

“能不能请病假啊？下次再有这种活动，打死我也不想来了。”

万佳云一直没说话，边吃饭边在发消息，有时脸上还有笑容。

路为心好奇地凑过头来，问她在跟谁发消息，万佳云有些心虚地移开手机屏幕：“没有，和朋友。”

路为心有些心知肚明地说：“嘿嘿，你不对劲。”

万佳云的脸微微红了。

事实上，这一整天都是陈翼然在跟万佳云发消息，说的全是叮叮猫的事。

他们昨天发现猫咪有点拉肚子，陈翼然说要找个时间带去宠物医院，顺便再买点适合它的猫粮。

万佳云不想去，陈翼然回了她一句“那随便你，如果你不在乎它的健康”。

活动的第二天中午，万佳云在领盒饭的地方，看到了陈翼然他们一群人。陈翼然也看到了她，冲她挑了下眉。万佳云赶紧当作没看见，心跳却乱了一拍。

随后，陈翼然发来了自己站岗安检的照片。

他穿着男生的制服，英俊帅气。

到了傍晚，陈翼然又发来一条：晚上一起去看一下叮叮猫？

任务结束，万佳云跟着大巴回到学校后，没有跟路为心她们回宿舍，直接绕去了训练馆的后门。

有人比她先一步到了。

有些暗淡的灯光下，陈翼然站在树下。

他身上穿着英挺合身的学警制服，警帽没戴在头上，而是架在脚边猫窝的顶上。看到万佳云出现后，他露出笑意。

匆匆赶来的万佳云有点喘。

“怎么样，今天它还是没有好点吗？”

陈翼然冲着猫窝努下巴：“你自己看看。”

万佳云走过去蹲下。

被警帽刚好盖住的猫窝里，小猫窝在铺满毛巾的盒子里，瑟瑟发抖。

万佳云有点担心地摸了摸它的身体，它抖得更厉害了。

夜风冷涩，吹得万佳云眯了眯眼睛，又朝猫窝凑近了点。

“一定要带去医院了。”陈翼然在她身旁蹲下，低声说。

“之前的药还有吗？”

女孩的侧脸线条温柔又精致，陈翼然的目光忍不住停留了两秒，才又转移到猫身上。

叮叮猫之前就生过一次病，陈翼然在网上给它买了药。

“有，它不吃。”陈翼然把它的食盆拖出来，磨成细粉的药还漂浮在上面。

“那怎么办？这两天不能出校。”

万佳云一脸愁云，怕等到周末放假又来不及。

“为什么不能？”

万佳云侧过脸，陈翼然只瞧了她一眼：“你明天下午最后一节什么课？”

“《毛概》。”

“程阳的？”

万佳云点头。

“那也不是什么重要的课。”陈翼然问，“你几点下课？”

万佳云怎么也想不到，自己这辈子第一次翻墙出校的经历会发生在大学。

翌日下午，最后一节课上完，她回宿舍背起自己的双肩包，一路鬼鬼祟祟。

路为心她们以为万佳云跟平常一样，是去散打队，殊不知万佳云跟队里请了假。

这里是学校最北面，旁边是两栋不怎么用的老教学楼，平时很少有人来。

万佳云赶到时，陈翼然已经站在墙边等她。

两个人穿的都是板板正正的制服，面对面一站，像要一起办案一样。

陈翼然从衣服口袋里把叮叮猫掏出来，小猫咪一吹风就发抖，却还是伸出猫爪对万佳云叫了一声：“喵……”

陈翼然把猫塞回衣服口袋里：“我们快去快回。”

万佳云下狠心地点了点头。

陈翼然是翻墙老手，他先是托着万佳云的腰，让她磕磕绊绊地爬上墙头，然后自己三两下爬上去，再跳下来，在校外接她。

两个人出校门后的第一件事就是脱掉外套，换上自己的衣服。

夕阳西下，陈翼然带着万佳云一路小跑，叫了出租车，直奔宠物医院。

宠物医院里，给猫咪检查治疗完，医生说这猫太小，最近又降温，不能放在外面散养，要住院一段时间。

陈翼然和万佳云想了想，决定周末再来看它。

临走前，他们又选购了一些猫咪用品，大包小包地拎着。付费时，万佳云想要掏钱，陈翼然先一步把账结了。

从宠物医院出来，天色已黑，万佳云急着要回去。

“这时候不能回。”

“为什么？”

“现在是督察队集中出没的时间，回去是撞枪口上。”

万佳云显然被他唬住了：“可是我晚上还要集队。”

陈翼然看了一眼时间：“来得及，先去吃点东西。”

万佳云思考了一下，只好答应。

陈翼然是本地人，去哪儿都熟门熟路，不一会儿就带万佳云打车去了一个中餐厅。

从餐厅入门处的装修就看得出很讲究，假山流水，烟雾缭绕。

坐下后，陈翼然让万佳云点菜。万佳云接过菜单，点了一个自己爱吃的，陈翼然又添了三道菜。

席间，陈翼然跟万佳云聊天，聊他们的专业、毕业后的就业方向，还很自然地给她夹菜。

万佳云微微有点不自在，她不知道自己怎么就跟陈翼然坐在这儿吃饭聊天了，还聊这聊那的，整个过程都有点迷糊。

吃完饭再出来，天已经黑透。

陈翼然走在前面一点，他身上穿着宽松的卫衣，斜挎着一只黑色的运动包，下面却是警裤、皮鞋，一身混搭，不伦不类。

陈翼然像是意识到万佳云落后了，稍停下等她。

四下里都是路灯微弱的光，两个人沿着夜色下的道路慢慢往前。

走着走着，万佳云感觉自己垂在身侧的手被若有似无地触碰了一下。

这个触碰既轻又短暂，万佳云却很敏感地捕捉到了。

一开始以为是意外，可心头那股毛毛的感觉还没散去，她的手又被碰了一下。

还是那样轻、那样快，若有似无，仿佛是瞬间的不经意。

万佳云莫名有些紧张，身上起了一层鸡皮疙瘩，下意识地把手往旁边避了避。

可没过两秒，那道陌生的触碰却再次跟了上来。

这一回不再是那样轻得无法辨别，陌生的指尖在她的指尖上触了触，紧接着，一只粗糙的大手直接握住她的手，十指交扣。

刹那间，万佳云的整只手臂仿佛都麻了，随着血液的加速，麻到心脏，麻到她无法反应，只剩一颗心还在混乱地跳动。

牵着她手的人在旁边很自然地问：“你们班平时几点集队？”

如火车驶过般，万佳云脑子里响起一阵“轰隆隆”声。

万佳云长这么大，还从来没有和男生有过这样亲密的肢体接触。

在指尖最先被触碰到的那一秒，她是可以避开的，可也许是带着一分侥幸，又也许是因为内心深处有一份模模糊糊的好奇和懵懂，她没有这么做。

他们的身高有些差距，在陈翼然牵住她的手后，她的手臂甚至还被提起了一点。

听着自己清晰的心跳声，万佳云如梦初醒般要挣脱时，大胆的陈翼然非但没松手，反而默默握得更紧。

他的手宽大而粗糙，指缝合着她的指缝，掌心贴着她的掌心，像一块烙铁般焊着她的手，让她无法挣脱。

他侧过脸来看她。路灯的微光下，他侧脸的轮廓硬朗而清晰，眼神黑亮，青涩中透着点野性。

“第一次？”这样问着，他手上的力道跟着松了些、温柔了些。

满脸羞红的万佳云用力挣脱开，向前跑走了。

陈翼然觉得她的反应有些过度强烈，几步追上去，明知故问：“怎么了？”

心跳还没彻底平复的万佳云握紧自己的双手。

陈翼然想要再牵牵她的手安抚一下，可万佳云这回彻底把手藏得死死的，完全不给他机会了。

“我要回去了。”万佳云说。

“我刚叫了车，在前面站台那儿上车，应该快到了。”陈翼然看手机打车软件上，车开到了哪里。

就在这个空当，一辆出租车刚好驶过。在陈翼然完全没反应过来时，万佳云拦下车，竟在他眼皮底下上车逃走了。

回去的一路上，万佳云的心都还在“突突”跳，右手也一直火辣辣的。

手上似乎还留有那股粗糙而陌生的触感。

手机一振。

CYR：到宿舍后，发个消息告诉我。

等到了学校，万佳云没法从正门走，只能按原路翻墙进去。

之前有陈翼然的帮助，翻墙翻得很容易。这会儿只有她一个人，她彻底犯了难，连试几次才终于翻过去，手上还磨破了一块皮。

这一夜，万佳云陷入了彻底的失眠。

她不知道自己为什么会和陈翼然发展到了这个地步，他居然牵了她的手。

第二天一早，天气冷得让人不想起床。

全宿舍在闹钟声中纷纷起来，洗漱、下楼集队，一起去食堂吃早餐。

然而在去食堂的路上，斜射的晨光下，大家再次看到了熟悉的一幕。

空荡荡的操场上，一个身影在跑圈，又是操场罚跑常客——陈翼然。

再仔细一看，这次有些不一样。

督察队队长就在操场边。他像是有备而来，端着一把椅子坐在树下，边玩手机边监督着陈翼然跑步。

万佳云他们去吃早饭时，陈翼然在跑；吃完早饭回宿舍时，他还在跑。

等整个班级的人排着整齐的队伍绕完教学楼一圈去上课时，陈翼然居然还在跑。

这么一来，大家都很好奇陈翼然这回到底犯了什么事，受到这么重的惩罚。

还是顾星华消息灵通，凑在八卦的女生们中间，神神秘秘地说："陈翼然昨晚翻墙出校被抓了。"

万佳云心里"咯噔"一下。

"被抓了？他们几个不是经常翻墙出去吗？这次怎么罚得这么狠？"路为心问。

顾星华看了一眼在认真整理笔记的万佳云。

"这次不是跟兄弟，督察队里有人说看到他是跟个女孩一块儿出去的，非要让他说这女孩是谁。"

路为心说："这肯定不能说啊，这说出来多跌份。"

顾星华说："他们就是知道他不会说，督察队早就看他不爽了。说不定压根没什么女孩，就是故意想整他。"

万佳云继续机械地抄着课堂笔记，手上写的是什么，却已经搞不清了。

周围嘈杂一片，顾星华还在继续说着，只见身旁的万佳云忽然放下笔，走了出去。

万佳云一路来到操场附近，刚发现树下督察队队长的身影，手机却响了。

杨园在电话那头声音急促："你准备往哪儿去？快停下。"

万佳云被他在操场边叫住。

"师哥。"

"佳云，你快回去上课吧，这事跟你没关系。"

"可是……"

"别可是了，你不要犯傻了，你去自首了，难道他就不用被处罚了？他陈翼然帮自己的女朋友跑几圈步算什么？"

万佳云听到"女朋友"这个词立即纠正："我不是他女朋友。"

杨园说："哦，不好意思，我嘴瓢了，我想表达的就是那个意思。"

半空中传来上课铃。

"上课了，你快回去吧。我在这儿看着呢，他死不了。"杨园说。

踟蹰片刻，万佳云终于向教学楼跑去了。

这一天，从晨光熹微到夕阳西下，操场上，那个不羁的身影一直都在。

他有时在跑，有时在精疲力竭地走走停停。

不知过了多久，他像一条死鱼般瘫在了跑道上。

陆续有下课的区队路过，有的人看笑话，有的人叹息，长年累月和督察队唱对台戏，相信这回陈翼然是真的被制服了。

陈翼然呈“大”字形躺在操场上，耳边是自己清晰的心跳和粗重的呼吸，四肢一会儿像灌了铅一样沉，一会儿又轻飘飘的没感觉。

塑胶跑道仿佛变软了，他有种躺在热泥上的感觉。

他跑了多久，跑了多少公里，原先还逞英雄地在心里数着，想着以后作为辉煌战绩，这会儿却真的记不清了。

突然眼前落下了一道阴影，他转过头，眯了眯眼。

身旁有两个人影居高临下地看着他：一个是折磨了他一整天的沉默高大的督察队队长；还有一个是……

最后一抹晚霞铺在天际，躺在地上的陈翼然用手抹了下被汗水辣到的眼睛。

超越了体能的长跑让陈翼然的心脏跳得异常响。

逆光下，他看不清她的脸，只看到她柔弱纤细的身影被镀上了一层金光。

陈翼然觉得，身形纤弱的她，这会儿就像一个突然降临的女战士。

躺在跑道上的陈翼然撑着地站起来，看看万佳云，又看看一脸得意的督察队队长。

他一扯嘴角，露出了经典的无赖笑容。

督察队队长的脸立即又黑下来：“你们两个，跟我过来！”

由于万佳云的自首，她和陈翼然一起被带到督察队作检讨。

为了保护叮叮猫，他们默契地都没提猫咪的事。

最后，督察队给扣他们的帽子是：翻墙外出谈恋爱。

要求他们各自写两千字的悔过书。

督察队队长像审犯人一样把他们分开审问。

办公室里，万佳云全程红着脸。

临了，督察队队长似有深意地对万佳云说：“你的情况，我刚刚都已经了解了。你年纪还小得很啊，万同学，希望你不要辜负学校对你的特殊照顾和期待。”

一番话说得万佳云面颊充血。

她嘴唇微启，想要说什么，却没有发出声音。

当万佳云失魂落魄地走出行政楼时，远远就看到了等在不远处的陈翼然。他站在对面的矮墙边，被夕阳照亮半边脸。

从体育馆的顶楼望下去，校园沉浸在一片暮色之中。

一个个藏蓝色的小点在一条条银杏大道上缓慢移动。

在这里，最多的就是蓝色。

陈翼然站在栏杆旁，看了会儿风景，转过脸，望着面前的人，目光温柔下来。

“你是不是傻？我都跑完了，你来自首。”

睫毛在风里颤动着，万佳云趴在栏杆上，低着头，像一幅画一样安静。

陈翼然说：“悔过书你不用写，我找人帮你写。”

“我自己写。”万佳云说。

静了一下，陈翼然无聊地看着远处：“我很不喜欢督察队。”

身旁的人说：“我也不喜欢。”

陈翼然颇感意外地看向她。

万佳云的面容温柔干净，目光凝视着远方。

良久，她深吸一口气，像是暗暗给自己鼓劲：“虽然不喜欢，可是，存在即合理。我决定了……”

“你决定什么？”

“我一定不能被督察队打倒。”

陈翼然愣了下，无语地笑了。

第二天一早，万佳云收到了陈翼然发来的消息。

CYR：告诉你一个好消息，宠物医院下午给我发了消息，叮叮猫恢复得不错。

万佳云欣喜起来，瞬间忘了之前所有的不高兴：太好了，医生说什么时候可以接它回来？

CYR：周末。

叮叮：这么快？

CYR：它恢复能力强大。

万佳云忽然有点不知道该回什么。

过了差不多一分钟，手机振动。

CYR：咱们周末一起去接它回来？

万佳云握着手机，心里仿佛有一颗滚烫的小石子在滚来滚去。

叮叮：好。

警校的周末是所有学生最期待的日子，大家可以穿着便装堂堂正正地外出，偷偷交往的男女朋友也终于可以甜蜜地约会。

于是，每到周末，女生宿舍楼下总会站着那么几个高大的身影。

今天的万佳云，也得到了一个这样的身影。

温度很低，天却湛蓝。

走到校外，陈翼然把万佳云领到了一辆摩托车前。

漆黑的摩托车，上面有炫酷的红色涂装。

陈翼然变魔术般地从包里拿出了两只头盔，把其中一只粉色的给万佳云。

粉色的这只明显小一圈。

“也不知道你的头围，你先试试。”

戴好头盔，陈翼然跨上车后，稳住车身，让她踩着脚踏跨上来。

万佳云从未坐过摩托车，上车后整个人很局促，双手不知该放到哪里。

戴着头盔的陈翼然仿佛知道她遇到了难题，侧过头：“你坐稳了，把手搭在我肩上。”

万佳云听话地将双手搭上他的肩，手心下的肩膀坚硬而结实。

“坐好了没？”

“好了。”

话音刚落，摩托车引擎发出一阵响声，车子“嗖”地便开出去了。

郁郁葱葱的行道树在视野中快速后退着。

万佳云弓着背趴在陈翼然身后，双手扶着他肩膀的同时也支撑着自己。她感觉清凉的风在皮肤上快速地滑过，新奇而刺激。

“冷吗？”在等红灯的间隙，陈翼然侧过脸问她。

隔着两只头盔，万佳云听不清他说什么，只能拿下头盔，把头凑过去。

“我问你冷不冷？”陈翼然加大了点声音。

万佳云摇头。

看她过于可爱，陈翼然笑了下，反手向后摸了下她的头顶：“把头盔戴好，出发了。”

骑到护城河边，他们停在树下休息。

阳光被枝丫和树叶筛成碎片，洒满两人全身，星星点点。

抱着头盔的陈翼然说：“其实，我今天本来约好跟人家去听个音乐会，票都提前买了。后来一想，答应了跟你去接叮叮猫，只好放了人家鸽子。”

万佳云当真了：“你有事告诉我，我自己去就好了。或者你先走吧，我打车去也是一样的。”

“算了，人家后来也有事，又不打算去了。”陈翼然随意地拍着车的油箱，“就是票有点可惜，还挺难搞到的。”

“什么音乐会？”万佳云随口问。

“马友友的演奏会。”

“马友友？”

万佳云瞬间像是被戳到了开关，猛地转过头来看他，连话都说不利索了：“你说是那个拉大提琴的马友友？马友友的演奏会？”

陈翼然一脸淡定：“嗯，怎么了？”

万佳云按捺住激动的情绪，顿了顿，试探地问：“是青年音乐节压轴的那一场吗？可那个票不是一早就被抢光了？”

“是的吧？我搞不清这些，你看看吧。”

陈翼然像变魔术似的从包里抽出两张票递过去。

万佳云接过来后，仔细看了看，双眼放光。

居然真的是马友友的演奏会。

马友友。

“你感兴趣？”陈翼然明知故问。

万佳云的心“怦怦”地跳着，就差从喉咙里跳出来。

她抿着嘴唇，看着他，不知该如何开口。

陈翼然提议：“要是你感兴趣，我们可以晚上看完再回学校。”

他静静地看着她。

万佳云不是傻子，她仿佛已经感觉到，这是一个早有预谋的陷阱。经过上次督察队的教训，按理来说，她是不敢再生事端了。

可是，面对这两张珍贵的演奏会门票，面对陈翼然若有似无的诱惑，她实在是无法抑制地动心。

“晚上八点来不及赶回学校怎么办？”

“这个倒没什么，让老唐用散打队的名义帮我们请假。”

这么一说，万佳云真的、真的动摇了。

“叮叮猫呢？我们带着过去？”

陈翼然说：“不然这样，先去看一下它，如果它的情况好，今天确定能带走了，我们就结束了再去接它。”

看万佳云终于不再提问了，陈翼然很有耐心地说：“怎么样，还有问题吗？没问题的话，就这么定了？”

陈翼然看看她，朝她伸出一只拳头。

经过短暂的思想斗争后，万佳云与他轻轻碰拳，达成共识。

就这样，原本只需要接一下叮叮猫就回校的行程变成了一整天的行程。

时间充足，陈翼然先是带着万佳云去日料店吃饭。吃完买单时，陈翼然才知道万佳云中途借口去洗手间居然把账结了。

万佳云说上次吃饭就是他给的钱，她要回请。

万佳云这个抢单的举动让陈翼然有点意外。

她时不时有让他意外的地方，看起来人很小，做起事情却挺有风范。

吃完饭，时间还早，陈翼然又骑着车带万佳云四处兜风，跟个野导游一样介绍沿途景点，穿插一点自己知道的历史典故。

车子停在路边，两个人一人手里拿着一个麦当劳甜筒，边吃边聊天。

万佳云平时很安静，可稍稍敞开心扉后，话也多了起来，露出了很小女生的一面。

陈翼然三两口就吃掉了甜筒，懒洋洋地靠在车上，看着她慢慢地吃、慢慢地说话。

万佳云慢慢地说起班上的趣事：“……顾星华演绑架犯，我们抓到他就把他铐起来。那个练习手铐不是不用钥匙就能开的嘛。”

“嗯。然后呢？”陈翼然轻靠着车身，搭着腔。

“可是那节课那副手铐刚好坏了，他被铐着，张老师说，没办法了，你就铐到下课吧。”

万佳云还是第一次跟陈翼然说起学习上的事，边说自己边乐。

这些东西听在陈翼然耳朵里，其实没多大意思，但她这样绘声绘色地说出来，陈翼然觉得倒挺有趣，会发出轻笑配合。

聊着聊着，陈翼然忽然看着她问：“叮叮，你是哪一年的？”

万佳云一顿，目光凝滞地看向他。

陈翼然其实只是随口一问。

他们这一届大一新生，无非就是那两个年份。

如果她是较大年份的话，就小他两岁；如果是较小年份的话，就小他三岁。

万佳云的卡壳反应让陈翼然有些意外：“傻了？自己哪年生的都不知道了？”

“你猜猜看呢。”万佳云轻声说。

陈翼然不在意地笑了下，故意说了那两个年份中稍大的那个。

万佳云定定地看着他，然后摇头。

空气安静了一秒，陈翼然说：“我就知道，这么说的话，你岂不是小我三岁？”

万佳云没说话，面孔通红。

陈翼然以为她有些害羞，其实他自己也觉得有些不好意思。毕竟，他从来没想过交往这样小的女朋友。

他想开口逗她两句打破尴尬时，万佳云抢白一步：“对了，师哥，你是什么星座的？”

“你信这个？”

万佳云点头。

“狮子座。你呢？”

“双子座。”

“双子……双子座生日是几月份？”

“6 月。”

陈翼然还想说点什么，万佳云看看时间：“已经不早了，我们去看叮叮猫吧。”

“走吧。”

令人欣慰的是，叮叮猫恢复得特别好。

为了给叮叮猫改善环境，陈翼然在店里挑了一个新猫窝，粉色的、软软的，中间还挂着一个小绒球。

万佳云有点担心，觉得这个猫窝没办法放在室外，雨一淋就完蛋了。

“谁说要放在室外？”

陈翼然说，冬天来了，小猫在外面活不了。回去之后，他会跟老唐提议，把叮叮猫放在训练馆里养，做招财猫。

“可以吗？”万佳云真是又惊又喜，“真的可以吗？”

“有什么不可以？”

万佳云发自内心地觉得他有点厉害，什么问题都能想办法解决，什么都敢想敢做。

晚上的音乐会在大剧院，陈翼然显然没来过这里，绕了好久才找到演奏厅。

他们的位置不是很好，在剧场靠后的角落里，看舞台时有死角。陈翼然坐下后就有点不满意，问万佳云能否看清。

万佳云显然很满意，用力地点点头。

陈翼然没再说什么，一副她满意就万事 OK 的表情。

令万佳云有些意外的是，这一晚，陈翼然安安静静地陪她听完了一整场演出。他没有无聊地打瞌睡，也没和她说话，只在中途时，他的手不小心碰到了她的手，万佳云躲开了。

陈翼然这回不像是有意的。

他看着舞台，若无其事地往后仰了仰，伸出去的手依旧很自然地搭在扶手上。

听完音乐会，他们接了叮叮猫回到学校。把猫在训练馆安顿好，陈翼然步行送万佳云回宿舍。

万佳云问：“你平时也喜欢古典音乐？”

陈翼然诚实地说：“第一次听。”

“那你一定很喜欢。”否则，他不会听得那么认真。

“还行。”

不远处的教学楼灯火通明，而这里暗淡寂静。

无边无际的黑色空气似乎还沉浸在那美妙的乐声中。

“今天开心吗？”

万佳云点头。

“我也很开心。”陈翼然说。

万佳云双手背在身后，体态轻盈地走在他身旁。

静静地走着，陈翼然突然停下。万佳云也跟着停下，转过脸看他。

“很奇怪，为什么我们两个都觉得开心？”

陈翼然问出了一个极为幼稚的问题，万佳云神色懵懂。

“你不觉得奇怪吗？”

他站在她面前，身高差带来了无形的压迫感。

陈翼然的目光漆黑，看得万佳云忽然有点心慌。

她的思维有些混乱了。

“因为我们看了叮叮猫，还听了一场很棒的音乐会。”她说。

“还有呢？”陈翼然像考官一样追问。

“还有……”万佳云竭力思考，有些傻傻地说，“还有就是叮叮猫恢复得很好，我们都很高兴。”

“还有呢？”陈翼然一点点引诱，像是要带她走入某个地方，“你再好好想想，这些都是你喜欢、你感兴趣的东西。”

万佳云沉默不语。

“我对这些不感兴趣，但我还是觉得开心，为什么？”

在陈翼然的紧紧逼问之下，答案仿佛呼之欲出。

为什么？

万佳云不知道他到底想说什么，却又隐隐猜到这个答案里有着不一样的意义。

她的脸无端地热了起来，心跟着狂跳。

如水的月光在四下里静谧流淌，流淌进他们青春的身体，涤荡他们纯洁的心魂。

“是因为……”

万佳云手上感到了一抹熟悉的触感和温度，她颤抖着，却没有躲开。

陈翼然轻轻地牵起她垂在身侧的两只手。

万佳云彻底屏住呼吸，脑子里只剩一片空白，像是雪原。

四目相对，她看着他朝自己俯身，低哑的声音接着说下去：“是因为……我喜欢你。”

面颊被轻轻触碰一下，像雪花轻轻飘落一般，陈翼然吻了万佳云的脸。

第五章 / 被雪淋湿的女孩 /

一场暴雪，说下就下，说停就停，
只剩下那淋了一身雪的女孩，
被融化后的雪水打湿了青春。

似乎是从那个夜晚开始，陈翼然成了万佳云身边一个极为显眼的存在。

什么叫作极为显眼的存在呢？

就是除了上课时间，万佳云在哪儿，陈翼然人就在哪儿。

杨园怎么也没想到，那么自负轻狂的一个人，追女孩却是用这种最朴素的缠人招数。

这一头，万佳云不知道要如何应对这样的陈翼然。

除了那个午夜的轻吻，他再也没有做过任何越轨举动，只是每天和她打电话，有时和她一起到图书馆看书学习，或者送她回宿舍。

这天晚上吃完饭，万佳云觉得实在需要和陈翼然谈一谈，便拉了拉他的外套袖子，和他走到学校的人工湖附近。

“师哥，你可不可以不要再这样？”

“我怎么样了？”

“我不想被别人误会。”

“我和你，还需要误会吗？”

陈翼然非常自信，这个女孩是喜欢他的，但不知道为什么，她就是不松口。

月光倾洒在湖面上，一片波光。

“不知道你在犹豫什么。”

万佳云不出声。

“你又不说话了。”

万佳云说：“师哥，我可不可以问你一个问题？”

“说吧。”

“你是怎么看待感情的？”

怎么看待感情？陈翼然没想到她会这么问，轻扯了一下嘴角。

“你的问题太大了。其实，我一直认为感情是一件很自然的事，当你喜欢一个人时，就应该和她在一起。不管有任何问题、任何困难，都应该两个人积极去解决。”

他看回她，声音微微沙哑：“所以，你是喜欢我的吧？”

万佳云听见自己胸口的心跳声，震耳欲聋。

“我只是觉得……”

“觉得什么？”

“觉得……”万佳云停顿了下，“有点太快了……”

“快？”

陈翼然皱起眉心，眸子里满是不解：“怎么样算不快？”

万佳云在心里算了一下：“……能不能再过两年，到我大三的时候？”

陈翼然一脸匪夷所思。

“到你大三？万佳云，你不是故意耍我吧……”

万佳云解释：“现在刚上大学，我不想分心去想这种事，想以学习第一。”

这话似乎有点耳熟。

陈翼然要被气笑了。

这是他高中时拒绝女孩用过的借口。果然，时光的回旋镖不会放过任何一个人。

“你是高中生吗？谈恋爱还影响学习？”

“上大学就不用学习了吗？”万佳云反问。

有学生情侣从他们身旁路过，兴许是被这生动的话题吸引，忍不住看向他们。

“我们要集合了，我要回宿舍了，拜拜。”万佳云不等陈翼然说话，便匆匆离去。

天气渐渐凉了，冬天已经渐露端倪。

这个周末，陈翼然喊万佳云和几个队友一起在校外聚餐。

因为上一次不愉快的沟通，万佳云在弥补心理的驱使下，答应了这次聚餐。

这次聚会，几个人都带上了自己的女朋友，有的是本校的，有的是外校的，坐满了一个包厢。

这些男生和女生似乎已经很熟悉，只有万佳云是新成员，并且是陈翼然第一次正式带出来和大家见面的女生，难免惹得几个女孩子频频观察她。

陈翼然介绍的时候，只说万佳云是自己的师妹，可显然这话谁要是信谁就是大傻子。

中途有两个女孩上洗手间，忍不住八卦起来。

“你发现没有？陈翼然看上去很喜欢她。”一个男生的女友说。

“我本来也以为陈翼然这人想要找一个顶漂亮的，没想到他喜欢甜妹。”

杨园的女友说，“连杨园都觉得意外，而且据说他们感情很好，在队里相处之后日久生情那种。”

“难怪，她看起来就讨人喜欢。”

杨园的女友说：“据说他们全队都很喜欢她，她很可爱的，我也是第一次见到，就是感觉她年纪比我们小。”

回到席上继续聊天后，杨园的女友忽然问万佳云：“佳云，我越看你越觉得你长得跟我小表妹有点像。你是哪一年的？”

万佳云的筷子停住了。

在座的女孩不管是校外的还是校内的，都身材高挑、很会打扮，几乎每个人都化了妆，只有万佳云是纯素颜的样子。

衬托之下，她便显得比她们稚嫩许多。

看她一时间说不出话，像是害羞了一样，杨园极有眼力见地对自己女友说：“这还用问？她比翼然小两岁，你自己算算。”

女友对他“哼”了一声：“就你聪明。”

杨园认输地给她夹菜说：“没有你聪明行不行？女王大人。”

女友这才满意地露出笑容。

一桌人也忍不住笑。

这些平时调皮捣蛋的大男生，对女友都很照顾。万佳云起先觉得一起吃饭有些不自在，可也很快融入了这个集体。

等到这顿饭吃完的时候，杨园的女友已经忍不住捏捏万佳云的脸颊：“你好可爱，跟我们回学校玩吧？”

杨园立即拉住她：“哎哎哎，你干吗呢？翼然还在这儿呢，人家有人家的安排。”

杨园的女友说：“陈翼然，你怎么说，一起去我学校转转？”又蛊惑万佳云，“我们艺术学院很好玩的，去看看不？”

陈翼然笑着，也是没想到会有这样的局面，问万佳云：“你想去吗？”

杨园的女友揽住她：“去吧去吧……今天的设计展里有我的作品。”

万佳云实在受不住这样的盛情邀约，只好答应。

相比警校，艺术院校的人与风景明显多了一分自由烂漫。

杨园的女友是设计专业的，整个人从穿着到性格都颇有些不走寻常路的路线，十分开朗大方。

她带着他们来到设计展厅，在琳琅满目的作品中，展示她自己的设计。

那是一些放置在一湾水流中、一个个停在不同时间的旧钟表。

空旷而嘈杂的展厅里，水流声清越。

杨园的女友说：“它的名字叫作‘时光如流水’。你们觉得如何？”

万佳云很感兴趣地凑近，目光认真地扫过一个个停留在固定时间的钟表：

“这些时间有什么特别的含义吗？”

杨园的女友说：“随便设置的，每个人一生中的任何一秒都是特殊的，就像我们现在，四个人能够一起站在这里，就是一个特别的时刻了。”

万佳云静静地望着潺潺的流水，睫毛纤长，似懂非懂地点头。

参观完展厅，两对人分开玩耍。

走在干净的校园小道上，两个人一路踩着斑驳的冬日树影，陈翼然忽然说：“杨园和青蔚在一起快五年了。”

万佳云：“这么久？”

“他们是高中同学，一个班的。”陈翼然道。

“难怪他们看起来很要好。”万佳云附和着。

周日悠闲的氛围里，路上走着很多甜蜜的学生情侣，有的牵着手，有的男生揽着女生的肩。

在此情此景的刺激下，万佳云感觉陈翼然的手试探地碰了一下她。

万佳云没有让他得逞，不着痕迹地将双手背在身后。

微风似将清透干净的脸颊吹出了两片红晕。

陈翼然侧过脸，睥睨她一眼，将自己的双手揣进衣兜里。

“师哥，其实有一件事，我一直想和你说。”

这件压在心里很久的事，今天，似乎到了不得不说的时候。

“什么？”

万佳云的心跳不受控地开始加速。

“就是……”

“什么？”

万佳云深吸一口气，望向饶有兴味的陈翼然：“就是……我其实……”

陈翼然的手机响起来，是杨园打来的。陈翼然看了一眼直接按掉，听万佳云说完。

“你其实什么？”

万佳云的嘴唇张了张。

“翼然！”远处传来呼唤声，陈翼然和万佳云同时望过去。

陈翼然却不急着回应，笑着追问万佳云：“说啊，你其实什么？”

万佳云僵硬地笑了下：“我其实很喜欢这样的学校。”

阳光下，高大帅气的杨园牵着女友的手，冲他们打招呼，走近喊道：“你挂我电话干什么？”

陈翼然看了一眼正在走近的人，看回万佳云：“你刚刚想说的真是这个？”

被拆穿的万佳云眼神一下就露了怯。

陈翼然说：“你不会是想要跟我表白吧？”

“怎么可能？”万佳云瞬间脸红。

“小骗子。”

这次校外聚餐之后，很多人在私下里知道了陈翼然与万佳云的关系。

这天晚上，几个男生约陈翼然踢球，陈翼然跟万佳云去照顾猫，没有参加。

踢完球，男生们坐在球场边，喝水休息时，忍不住吐槽陈翼然近来的见色忘友。

“你们没看见，他天天黏着他女朋友，我的天，晚上回了宿舍还在打电话，喜欢得不得了，从来没见过他这种样子。”陈翼然的舍友说。

大家都觉得好笑，没人想到陈翼然谈恋爱竟是这种样子。

“他女朋友很小的，我上次听谁说的，好像才十五六岁。”

“十五六岁？不是吧，这么小？”陈翼然的舍友惊了。

“所以你看翼然以前那副样子，现在变成了黏人精。”

晚上陈翼然回到宿舍，三个舍友看到陈翼然，都露出要笑不笑的表情，一副蔫坏的模样。

心情不错的陈翼然在自己座位前转身，略挑眉：“你们几个，什么情况？”

万佳云感觉得出来，陈翼然今天有些不对劲。

他中午没来找她吃饭，下午也没有来训练馆训练，直到晚上才给她打了电话，约她来人工湖这边。

他们沿着湖边走，一直没有说话。

陈翼然穿着黑色的冬训服，俊朗的脸上没有什么表情。

万佳云边走边看着前面楼栋的虚影，把手放到嘴边呵气。

“你吃过饭了吗？”

陈翼然说：“吃了。”

“今天下午你怎么没来训练？”

“有事情。”

浸润在夜色中的校园被路灯照得有些昏黄，不远处的湖面闪烁着若隐若现的幽光。

由于天气寒冷了，除了他们，附近一个人影也没有。

“说说吧。”陈翼然忽然说。

“什么？”万佳云不明所以。

“说说你今年到底几岁？”

万佳云蓦地顿住，整张脸涨红。

“为什么要说谎？”陈翼然看着她。

两人的眸光在夜色中交织，万佳云双唇微启，在一瞬的震惊后，愧意爬上脸庞。

万佳云说：“上次我就想跟你说了……”

“哪个上次？后来你为什么又没说？”

他像是一名真正的警察，审问着嫌疑人。

心里有很多话想说，可万佳云不知道从何说起。睫毛颤了颤，她倔强地抿着唇。

她的反应让陈翼然不再冷静。

“为什么不说话？难道你没有话要跟我说？”

当他听到舍友们说他老牛吃嫩草时，他压根没反应过来这是什么意思。

如果万佳云现在真的只有十六岁，而他二十一岁，那他就整整比她大五岁。

五岁。

这是陈翼然从来没有想过的年龄差，从某种意义上来说，也是不能接受的年龄差，他没那种特殊癖好。

他也从来没有想过，要找一个小女朋友。

就在陈翼然等待着一个合理的解释时，面前的女孩抬起脸，目光亮莹莹地望着他。

万佳云说：“你骗过那么多女生，为什么别人不能欺骗你？”

接下来的几天，陈翼然没再找过万佳云。

考试季真正到来后，人人都像是疯了，抓紧一分一秒地看书。

散打队的训练也暂时停了。

万佳云早已复习好，每天正常地考试、吃饭，和平时上课没什么区别。

路为心几个这时才开始羡慕万佳云的学习习惯，她按时洗漱上床，她们还在通宵看书背题。

但她们也感到奇怪，之前万佳云每晚都会接到陈翼然的电话，总要在阳台上聊那么一会儿，最近，她再也没接到电话。

结合陈翼然之前的口碑，舍友们有了不好的预感，但都藏在心底，没有和万佳云说什么。

这天上午，考完一门科目后，万佳云去训练馆看猫。

猫食盆是满的，猫屎被铲过了，陈翼然来过了。

在空旷的训练馆里，万佳云情不自禁地想到了陈翼然给叮叮猫铲屎、换食的样子，想到他每次看叮叮猫时的温柔眼神，然后是他在那条黑漆漆的街上第一次牵她手的画面。

明明只过了一个星期，她却像是被煎熬了很久很久。

从没经历过感情的万佳云被排山倒海的情绪淹没了。

这天晚上，万佳云枕着软软的枕头，看着顶上的日光灯，才发现心里酸酸胀胀，就像是被什么揪住了心头，揪得她一堵一堵的，越想越难以呼吸。

这种呼吸不上来的感觉，让她有种不顾一切给陈翼然发消息的冲动。

万佳云发现，她是真的、真的喜欢上了他。

连续三天的考试结束后，大一生们全体解放，都欢欢喜喜地等着回家过春节。

这天中午，考完试的四个女孩在校外好好吃了一顿分别前的大餐，热烈庆祝她们大一第一个学期的结束。

这顿饭吃得很开心，好几天提不起劲的万佳云终于开心了一点。吃完饭，她又跟几个舍友在校外玩了一整天。

几个舍友这两天就要打包东西回家了，万佳云很尴尬，此前她答应了陈翼然留在队里一起训练，还和老唐说好了，此时不得不推迟回家的日期。

回宿舍的路上，路为心问："佳云，那你要一个人住宿舍了，你不会害怕吧？"

万佳云摇头："不要把我当小孩好不好？"

路为心感觉，近来万佳云像是忽然长大了许多。

"那你的票买了吗？是坐飞机还是高铁？"

万佳云："我家里人开车来接我。"

路为心："从你们那边开车过来要好久吧？真羡慕，你家里人怎么这么宠你。"

"我妈刚好可以回国，她好久没看到我，也有点想我。"

路为心说："你跟你妈关系真好，不像我和我妈，多相处两天就要吵架。"

几个女孩说说笑笑地走到宿舍楼下。

大门前有很多进出的人影，只见一个高高的侧影站在阶梯上。

男孩子穿着深色的短大衣、牛仔裤，像是被走来的女孩们的说笑声吸引了，他转过头来，白净的皮肤衬得五官干净帅气，笑容里有种同龄人没有的书卷气。

隔着一段距离，万佳云迟疑地停下。

几个舍友也停下。

男生看着万佳云，笑容如阳光般温暖亲切。

万佳云呆呆地看着男生走过来，站定在她面前。

"怎么上个大学上傻了？"

整个宿舍的人在放假前因为这个突然来找万佳云的帅哥炸了锅。

大伙儿没想到，万佳云还有个这么帅的发小，大大咧咧的路为心私下甚至让她牵线搭桥。

万佳云也觉得吕政出现得太过突然。

他居然在快放寒假的时候来学校看她。

吕政住在安大附近的酒店里，这两天万佳云带着他参观了校园，吃了食堂，给他介绍了警校的种种规矩和趣事。

他是方静闺蜜的儿子，跟万佳云从小一起长大，家中有几大本两家人的合影。

放假后的校园里多了很多闲杂人，天虽然冷，阳光却不错，万佳云带着吕政在校园内转悠，给他介绍警校里最特殊的几栋大楼。

“你看这个，他们特警训练的时候就拉着一根绳子从上面飞下来，很帅的。”

“这么厉害。”

“我们女生都管我们学校的男生叫‘体能狂魔’，他们在这些项目上都很厉害。”

吕政抬头，万佳云跟着一起抬头看，被太阳晒得微微眯起眼。

过了两秒，吕政低头，看她发呆了，伸出手在她面前晃了晃：“你想什么呢？”

万佳云回过神，露出青春可爱的笑容：“走，带你去食堂吃大餐，我卡里还有好多钱，这两天要全部花光，请你把我们食堂最好吃的都吃一遍。”

饭点，食堂里的人比平时少了很多，学生们三三两两地吃饭聊天。万佳云让吕政在座位上坐好，然后一个人跑去刷卡打菜，在窗口和餐桌间来来回回地跑。

等万佳云终于买好坐下后，两个人面前的桌上已经放满了各式菜肴。

“用钱这么大手大脚，我们两个人怎么吃得完？”

“你难得来一次，以后也吃不到了，我想让你都尝一尝。”

“好吧，经过你的品尝，哪个最好吃？”

万佳云还没来得及说话呢，几个高个男生端着餐盘朝他们走了过来。

食堂里明明很空，这几个人却偏偏围绕着他们坐下，硬生生地把万佳云和吕政卡在中间，他们俩像是被包围了一样。

没过一会儿，陈翼然也端着餐盘来了，坐到万佳云旁边的空位上，叫对面的男生去打汤。

万佳云整个人都是麻木的感觉，但她还是维持着镇定，正常地跟吕政聊天。

身边的人一刻也没有消停，陈翼然让人去打完汤，又让人去打菜。不一会儿，陈翼然面前的桌上放满了跟万佳云打的一模一样的菜。

陈翼然边吃着饭，边跟自己的兄弟们谈笑风生。

一旁，万佳云也跟对面的男生亲切交谈。

两个人放在桌上的手肘几乎撞到一起。

整个食堂，学生们坐得零零散散，只有这张长桌奇怪地坐满了人。大伙儿还不时洋溢出欢快笑声，氛围怪异，场面荒诞。

“我的糖拌番茄给你吧？你喜欢就多吃点。”吕政看着万佳云说。

吃着糖拌番茄的万佳云还没说话，身旁忽地传来一声巨响。

前一秒还在笑的陈翼然忽然就朝桌上摔了筷子，走了。

跟他一起来的一群男生纷纷跟上去，整张餐桌瞬间没了人。

吕政停了停，像是没注意到这巨大的动静一样，看着停住筷子的万佳云："发什么呆？快吃吧。"

万佳云觉得自己变了。

她不知道自己是从什么时候开始变的。

如果换作以前，吕政来学校看她，她可能会兴奋得整夜睡不着，想着带他去哪儿玩。可现在，她只是想学着大人一样尽好地主之谊，好好招待他。

"我明天就要回去了，你确定不和我一起回家？还要留在这儿？"

傍晚，两个人在校园内散步。

"你打算留在这儿干什么呢？我看你也没什么事做。"

"我们散打队马上就开始集训了，我要负责队里的一些杂务，帮他们做好后勤。"万佳云穿着学校里发的冬大衣，配上一头短发，干净飒爽，仿佛真的长大了。

"这几天你妈妈打电话给我，她说你心情不好，有点担心你，她还没放假，来不了，才拜托我来看看。"

"我就知道，不然你怎么忽然放假了过来，也不和我说一声。"万佳云说，"她想多了，你知道的，她从小就担心我这个担心我那个，我又不是小孩了。"

"也不是，我也想来看看你在警校是什么样子。之前我一直忙项目都没时间，这不是刚好放假了嘛，来看看我们万警官。"吕政笑着打量她。

万佳云停步站定，微扬下巴："现在你看到了，感觉如何？"

吕政笑着点头："很有架势。"

两个人继续往前走，吕政忽然说："其实我一直觉得你有点可惜，毕竟有的天赋不是人人都有，有的机会也不是时时都有，你这么小的年纪把竞赛继续搞下去，我觉得将来一定能大放异彩。"

"可是我一点也不后悔，我很喜欢现在这个学校。"万佳云转移话题，"说点轻松的吧，对了，你的女朋友呢？她还在学校吗？"

吕政说："她啊，还在学校忙着呢。"

吕政上大学的第一年就交了女友，万佳云还有他女友的微信，她们时不时会在朋友圈互动。

地上的枯叶被风吹得断断续续地往前跑。

万佳云说："小政哥，椰子姐跟你一样大吗？"

"她跟我同龄。"

万佳云说："你喜欢同龄的女孩？"

吕政说："同龄人比较有话题，但这也不是一定的，有的男生喜欢比他大的，还有些男生喜欢比他小的。"

万佳云停顿了一下："那你们……一般可以接受比自己小几岁的呢？"

吕政看向她，那是一种看穿了一切的眼神。

万佳云有些心虚地避开他的目光。

吕政的手插着衣兜："是在食堂里的那个男生吗？他比你大几岁？"

万佳云说："你看出来了？"

吕政说："都这么明显了，很难猜？

"呵呵，其实大几岁小几岁，这些都不是问题，最关键是看两个人的相处。那个男生，看着和你并不怎么合适。

"我说这样的话，希望你不要介意，我只是不希望你受到伤害。你可能是刚刚进入大学，对什么都感觉新鲜。但感情不应该是看一个人的外表，看一个人的条件，而是看彼此是不是志同道合、心灵默契。"

在安大逗留了两天的吕政明天就要走，下午，万佳云带着他在校外参观，回来时天黑了。

天气寒冷，两人正朝宿舍走着，夜色里响起了一道熟悉的叫声。

"佳云……"

万佳云回头望去。

是她最熟悉的一群人。

喊她的是兵兵，手里抱着足球。

在他身旁，是穿着一身黑色作训服的陈翼然。

陈翼然脸上带着散漫的笑，冲万佳云身旁的男生努了努下巴："你朋友？"

陈翼然走过来，脸上带着运动后的细汗。

"你哪个学院的？我们学校的？"

他先问吕政，目光紧接着滑到万佳云的脸上："学校向来不准放闲杂人等进来，这个规矩不知道？谁准你带外校人进来的？"

"你好……"

吕政刚要说话，身旁的万佳云打断他："他不是什么闲杂人等，他是上海交通大学数学系大二的学生，是那一年浙江省的理科高考状元，也是我最好的朋友。

"昨天他来学校的时候，在门卫室登记了身份证、学生证，还有电话号码。如果你是大队长，这些证明都可以给你看。但你谁也不是，无权过问这些。"

万佳云不知道自己为什么会这么激动，似乎想要点燃什么、引爆什么，让连日来的压抑得到彻底爆发。

陈翼然冷笑了下："你觉得你说的话，还有可信度吗？"

轻飘飘的一句话，令万佳云红了眼圈。

吕政拉住她的胳膊："叮叮，咱们走。"

一颗足球带着十足的力道直直朝着吕政的后脑勺飞过来，好在吕政眼疾手快，手臂一挡，球猛地飞折出去，在夜色下砸进花坛。

他甩甩疼痛的手臂，有些恼火地望向陈翼然："你想干什么？"

看着这动静，陈翼然身后那几个男生慢慢走上来。

"有种撬人家的墙脚，就不要急着走嘛……干吗，怕了？"陈翼然身旁的兵兵懒懒地出声。

吕政看着文质彬彬，却也禁不住这样的无理挑衅。

他把万佳云护到身后，毫不示弱地问陈翼然："你们想干什么，要打架？我无所谓，警校有什么规矩，你们比我还清楚，就看你们敢不敢在这里动手。"

这话听得就让人不舒服了，又有男生说："你嘴巴最好放干净一点，我们这儿是警校，打的都是贼，有人碰你了吗？碰了你就代表你是贼！"

战火一触即燃。

万佳云跟这帮家伙熟悉得很，没想到平时那么照顾她的哥哥们此时会这样，不禁气得身体微微颤抖。

万佳云说："你们不要太过分，我要找大队长！"

陈翼然看着她，冷漠的眼神和以前判若两人："那你最好现在就去。"

其实，这几个人里也有与万佳云交好的师哥，可是他们都是陈翼然的弟兄，面对这样的局面，他们想帮万佳云也不能帮，只好为难地看着她。

杨园说："佳云，这个男生是你什么人？有什么话你跟翼然说清楚。"

陈翼然打断杨园："杨园，你别废话。"

他这半个月一次也没找过她，一出现就是这样。

万佳云把眼泪逼回去，深吸了一口气。

她用一种傲然的口吻说："师哥，这是我家里的哥哥，他今天来学校看我，该登记的都已经登记过了，你们可以去门卫那儿查询。现在我们可以走了吗？"

陈翼然面孔扭曲，望着她。

僵持几秒后，万佳云拉住吕政的胳膊，把他从他们面前拽走。

身旁的人无声地递来纸巾，万佳云边走边默默地擦，谁知眼泪擦都擦不完。

走了好一段路后，吕政拉着她在道路旁的木椅上坐下："别哭了，你再哭我必须打电话给你妈。"

万佳云一听他要打电话给妈妈，才勉强让自己忍住，被擦红的双眼闪着水光。

一滴眼泪又不由自主地滑了下来。

冷静了一会儿，万佳云说："小政哥哥，喜欢一个人是这样吗？我觉得我心里很难受，真的很难受。"

吕政说："你明明知道他让你难受，为什么还要理他呢？"

万佳云摇头："我不知道。"

泪水再次涌上眼眶。

吕政说："你是为了他才不回家的？"

万佳云不说话。

"你这样我怎么放心你一个人待在学校，你跟我一起回家吧？不要再让我们担心。"

吕政哄着她："好不好？我马上就帮你订机票。大冬天的，你一个人待在这儿干什么呢？"

万佳云终于点头。

大一的寒假，万佳云是在浙江老家度过的。

过年的前一个星期，方静终于从美国赶回来，和她一起回来的还有万佳云的继父陶明申。

夫妻俩给万佳云带了很多礼物，有衣服、包包、首饰，琳琅满目。

万佳云家在一个半山别墅区，平日里安安静静，只能听到车辆的来来去去声。过年的几天，家里每天都热热闹闹地聚了一大帮亲朋好友，一早一晚都有烟花爆竹声，平添了一些新年的喜气。

大年初三这天上午，家里又来了一帮老朋友，其中就包括吕政一家。

大伙儿一来就说要看看家里的小女警，万佳云大方地从楼上的房间下来，跟他们问好。

"干妈。"

"我看看呢，叮叮你这头发剪得怎么跟个小男生一样了？"吕政妈妈一头长鬈发，年近五十，风姿绰约，是个很有品位的女人。吕政妈妈早在万佳云出生时就认她做了干女儿。

"哇，叮叮你好酷哦！"另一个跟着家长来的女孩便是万佳云的老朋友倩文。她和万佳云一样大，去了新西兰上高中，这次刚回来。

她有些羡慕地看着万佳云说："之前看照片的时候，你的头发还没有这么短。"

站在一旁的吕政这才看着万佳云笑，递给她新年礼物："新年快乐，叮叮。"

万佳云接过礼物："谢谢小政哥。"

三个小辈齐齐交换礼物。

大人们瞧着这些聪明可爱的小辈皆满眼笑意。

中午吃完饭，一群大人在楼下喝着红酒叙他们的旧，小辈们都挤在了楼上万佳云的房间。

大伙儿有些好奇地看了看万佳云带回来的几套警校制服，倩文还调皮地戴了戴万佳云的警帽，向大家敬礼。

在场的姑娘和小伙子都发出了喝倒彩的嘘声。

大伙儿年龄相仿，这几年各奔东西，难得新年相聚。

这天下午，吕政临走前和万佳云单独聊了聊，问她有没有把那个男生的事告诉家里。万佳云只是摇头。

“你确定自己可以应付？”

“可以。”

“开学后，你不准再跟他搅和在一起，知不知道？你要是不听话，我就告诉你妈妈。”

万佳云鄙夷地说：“你不要把我当成小孩子好不好？什么事都告家长。”

吕政笑了：“你在我眼里不就是一个孩子？”

吕政还是有些不放心：“他要是再找你麻烦，你就第一时间告诉我，我会去帮你。”他竖起拳头。

“你忘了，我们是警校，而且，他不是你以为的那种人。”

春节时下了一场大雪，雪完全化完的时候，新年基本也过完了。

陈翼然的这个新年过得非常无趣，年前在散打队一直训练到大年三十，然后就是被父母逼着跟着他们一起四处走亲戚。

这几天总算清闲下来，他才得空跟自己的朋友聚一聚。

这天在杨园家，杨园跟他一起打游戏，杨园忽然问他：“你知不知道一件事？”

陈翼然：“什么事？”

“佳云的所有专业课都是满分，”杨园紧盯着电脑，手上迅速按着鼠标，“当然，体能除外。”

陈翼然继续玩游戏。

“你们到底和好没有？”

陈翼然不说话。

等一局游戏结束了，两个人一起坐到阳台上闲聊，杨园才说：“你到底在闹什么别扭？”

陈翼然捏了捏山根：“我一开始真不知道她的年纪。”

杨园说：“谁又知道呢？加入散打队时，她填的表格是假年纪。但我觉得，这又不是什么大事，你也不至于生这么大的气。”

“你说，她这么做到底是出于什么目的？”

“你问她了？”

“她不肯说。”

“你也不要想得太复杂，也许是人家聪明，跳级了，又或许是什么特殊途径破格上的学。这种事不光彩，肯定不适合说。”

杨园继续说：“而且，她心里可能也有顾虑，这么小，怕你介意呢。”

陈翼然向后仰头：“唉，连一个解释都没有。我感觉自己像被耍了一样。”

杨园拍拍他的肩膀：“你想想她才多大，你跟人家这样至于吗？”

新年快结束的时候，家里客人渐渐散去，万佳云感觉周遭一下子就清静下来。

这两天下午，她都喜欢一个人坐在房间外的露台上喝热牛奶、看风景。

她既不看书，也不玩手机，就在有太阳的时候，静静地坐在那把米色的阳伞下，一会儿五指托腮，一会儿抱着杯子。黄昏时，橙黄的夕阳就会落满她全身，让她看起来更加孤寂。

这次女儿回来，方静和陶明申都觉得她长大成人了。

因为只有一个真正的成年人，才会懂得欣赏风景，才会享受一个人的寂寥时刻。

可当一个女孩忽然间成长，父母又不免担忧起来：

她到底是经历了什么才有这样的成长呢？

从夏执勤服到冬执勤服，再从冬执勤服到春秋执勤服，当万佳云脱掉冬装时才发现，她已经不知不觉把学校发的所有衣服都穿了个遍。

雷打不动的队列训练、体能训练、内务检查，这些大一新生曾不能适应和理解的，新学期伊始，大家都已做得有模有样。

刷指纹、量足迹、拍证物、审犯人……这些曾令侦查专业新生感到神秘而兴奋的专业课，再次出现在课表上，也已不足为奇。

一开学，万佳云有三门专业课是满分的消息很快在学校传播开来。

满分是什么概念，那就是连一个选择题都没有错，主观题全在得分点上。

连几个专业课老师都忍不住在课后讨论，说这个小女孩不简单。

这么好的苗子，怎么来了警校？

万佳云很努力很用功吗？

这个问题，舍友路为心最有发言权。

是的，万佳云上课听讲，考前认真复习。

可平心而论，她真的不算用功，只能说学习习惯较好。

何况，万佳云还把大量精力都放在了散打队，真正比起来，她在学习上花的时间可能还没有宿舍里最用功的魏清多。

也许是人红是非多，刚开学，万佳云就被拖入了一个意想不到的旋涡。

事情的起因是，一张万佳云穿警服的照片被人放上了微博。

在夸奖她漂亮可爱的同时，有心人打上的标签是“十六岁女孩上警校当警花”。

那是一个刚注册不久的新账号，原本没有什么人关注，却在机缘巧合下被一个有点名气的账号转发了，转发量和评论量在两天内激增，引发一阵热烈讨论。

讨论的焦点无非是这几个：为什么她十六岁可以上警校？这个漂亮女孩是哪里人？什么背景？她高考多少分？

一张照片，寥寥数语，一石激起千层浪。

网友们展开了很多联想。去年的时候，网上就有传言，安大这所全国顶尖的公安院校里水很深，每年都有大量名额可以走门路，达官贵人的小孩可以直接花钱买，连体能测试成绩也可以动手脚。

网络的传播速度快得惊人，等安大学生发现这条快被顶上热搜的微博时，万佳云的家庭背景已经被查了个底朝天。

网友们就这样你一点我一点地把信息拼凑在一起，形成了一个点赞数最高的版本。

> 这个女孩叫万佳云，是我们浙江人，进大学的时候确实只有十六岁，今年算是十七岁了吧。她的妈妈是大学里的德语（法语？记不清了）老师，爸爸是我们这边一家药企的董事长。至于为什么能这么小上大学，她上学的时候连续跳过两次级，你们懂的。人家毕业后，也不会去你家门口的派出所做民警，大家都散了吧。

网络时代，稍稍有些热点的新闻都会如雪球般被越滚越大。

万佳云起先并不知道这件事，还是路为心她们被别人问起，才在宿舍里很关心地问了她。

万佳云先是整个人一蒙，等上网看到自己的照片和那些评论后，她更是大脑一片空白，混混沌沌。

网友把她说得就像是众矢之的，认识的不认识的都出来说上一嘴，她的照片还被P上了小公主的皇冠。

大家以为这件事很快就能过去，结果只一晚的时间，事态却发酵得越发严重。

网友直接向安大和教育部喊话，要求学校公布录取十六岁女孩的流程。

没过两天新闻被顶上热搜。

万佳云的警服正脸照被传得全网都是，连很多日常照都被晒了出来。

这天下午，万佳云正跟着全班人一起上射击课，班主任找过来，先是看着大家练了一会儿枪，然后默默拍了下万佳云的肩膀，示意她出来。

万佳云摘下耳麦、护目镜，脊背直挺挺地跟着班主任走了出去。

她一出去，全班就引起了小小骚动。尽管班上男生多，没有女孩那么爱八卦，可这样难得的大新闻还是难免惹人好奇。

站在走廊里，身材微胖的班主任问万佳云："这两天网上的一些新闻，你知道了吗？"

万佳云点头。

"别担心，学校正在查是谁造谣，你安心上课，别的都不用管知不知道？"年近五十岁的中年教师像长辈一样拍了下万佳云的肩膀，慈爱地说，"老师们都在呢，这是个小事情，不要影响了学习，你该干什么就还干什么。校办也给我打电话了，学校可能会出个情况说明，我提前来和你商量一下，征得你的同意。"

万佳云想了想，点头同意："好，我同意。"

老师宽慰她："佳云你看啊，人生的道路上我们会遇到很多挫折、很多质疑的声音，只要我们行得端，坐得正，就不用担心，对不对？你不要有什么心理负担，等事情过去就过去了。"

女孩睫毛长长的，目光明亮："我知道。"

过了差不多十分钟，万佳云面不改色地回到了教室。

看着班主任消失在门口的背影，宿舍的女孩们都询问万佳云有没有事，万佳云沉默地摇头。

当晚，正在训练的陈翼然接到一通电话。

是年级中队长打来的，要他现在就去一趟会议室。

这时正是傍晚饭点，大家都在往食堂走。电话里的人平时和他关系挺好，当下的态度却严肃而坚决，让他现在就过去。

学校的大会议室在行政楼三楼，陈翼然赶到的时候，会议室内灯火通明，围着大会议桌已经坐了好几个人。

茶杯里冒着热烟。

陈翼然看了看，在场的人，他认识的有自己年级的中队长、大一的中队长，另外还有一个副校长。

坐在副校长身旁的是一个陌生的中年女人。

陈翼然在中队长的指示下坐下，又听到相熟的副校长介绍他："这就是我们大三刑侦班的陈翼然，是我们学校很优秀的学生。我们学校有个散打社获过很多奖，他就是负责人之一。"

女人烫着蓬松的鬈发，从陈翼然进来起，就一直在看他，看得陈翼然心里怪怪的。

等副校长寒暄完后，就听女人声音平缓地自我介绍道："你好，我是万佳云的妈妈。"

陈翼然抬起眼。

晚上，穿着整齐的万佳云和舍友们匆匆地从宿舍楼上下来，像往常一样赶往小广场集队。

刚下楼，万佳云在宿舍楼外看到了一个熟悉的人影。

夜色朦胧，一个身材苗条、穿着得体的女人站在台阶上，朝着门口张望。赶着去集队的女孩们出来时都忍不住朝她看。

“妈妈？你怎么来了？”万佳云愣住，朝着忽然出现的方静走过去。

路为心几个人也跟着停下，站在一旁等万佳云。

方静的头发烫得蓬松微卷，穿一身剪裁合身的米色套装，手上拎着一只黑色的铂金包，气质优雅温和，很难看出她有万佳云这么大的女儿。

方静说：“我刚好来这边办事，顺便过来看看你。”

“怎么没有提前跟我说？我现在要去集队。”万佳云还没从惊讶中反应过来。

“别去了，我帮你跟学校请过假了。我还没吃东西，你陪我去吃一点？”

万佳云似乎明白了什么，顿了下：“那我去跟我舍友说，让她们不要等我。”

“好。”

方静把万佳云带出校门，在附近找了一家小饭店。

“发生了这么大的事，怎么不跟我说？要不是小政哥哥关心你，我都还不知道。你长大了，现在有事情都不告诉我了？”方静认真地看着万佳云。

“我怕你工作忙，而且也没有影响到我。学校老师跟我说过了，让我只要好好学习，不用管这些。”万佳云很平静。

“那个大三的男生是怎么回事？这事情是不是因为他？”

万佳云抬起头，脸上忽然起了火辣辣的感觉。

“你还小，不是不准你谈恋爱，但一定要找一个人品正直的好男孩。学校已经承诺我，一定会查清楚这件事。”

万佳云怔住，不知道母亲为什么把这件事和陈翼然挂钩。

“这件事和他没有关系。”

方静说：“你不用管了，这已经不是你一个人的事情，这是大人的事，就交给我们大人处理吧。”

万佳云还想再说点什么：“妈……”

方静的手机响起来，她边和万佳云示意，边接起电话。

万佳云听得出来，电话那头是陶明申，他也很关心她。方静安抚他的同时抚摸了一下万佳云的衣领：“她很好，你不用担心。是的是的，学校这边也很配合，你不用来……”

遥遥望着远处灯火通明的教学楼，万佳云觉得这件事一点也不令她难过。

不管别人怎么诋毁造谣，依然有这么多人在爱着她、保护着她。

网上的信息每时每刻都在翻新。

方静不再去看那些消息，可就在她走出会议室来到女儿宿舍楼下时，网上已经把万佳云去年没有参加高考，被安大直接录取的情况，也一并抖落出来。

网友们最新发现，万佳云是特招生。

她现在的父亲是继父，而她的生父是一名公安烈士，生前曾获得一等功。是公安部特招她进入安大。

所有的声音主要分成两派：一派认为真相水落石出，烈士子女值得善待；还有一派认为按照各省条例，一等功烈士的子女都有具体的高考加分项，怎么能不通过高考？

凭什么？

这一系列的特殊操作，难道不是因为家庭实力雄厚？

有一拨人强烈呼吁有关部门要把事情彻底查清楚，给莘莘学子一个交代。

考虑到万佳云的特殊情况，学校给她放了两天假。

饭店里，看着面前身穿警服的女儿，方静说："等这件事情处理完了，妈妈希望你认真想一想，还要不要继续在这里上学？其实，我建议你感受一下外面的世界。"

万佳云诧异地看着她："妈，我从来没有想过要换学校，更没有想过要出国。"

眼中难掩沧桑，方静静了下，忽地涌起情绪，话里有了责备的成分："你知道的，我一点也不希望你做警察。你爸爸以前不听我的话，现在你也不听我的话。你们为什么都这样呢？"

万佳云拿着筷子低着头，缄默片刻，缓慢地开口："妈妈，为什么要怕别人说呢？别人爱说什么就说什么好了，爱怎么调查就怎么调查，我们又没做错过什么。爸爸更没做错过什么。他一直是我们的骄傲，不是吗？"

万佳云努力不让眼泪掉下来："这件事不是我的错，你为什么要对我发脾气？

"这个学校是我要来的，我会好好念下去。如果你们觉得这件事连累了你们，你们可以不用管我。我吃完了，要回学校了。"

"叮叮……"

不管身后的方静如何叫唤，万佳云都没再回头。

万佳云几乎是跑回宿舍的，却在路过足球场时，和刚踢完球的陈翼然一群人撞了个正着。

几个男生穿的都是足球服，不由得站住了。

万佳云要走，陈翼然却说："我从来没有调查过你的任何信息。"

即便是最初知道她年纪的时候，他都没有去查过她的任何资料。

万佳云顿住，对上他的视线："我也从来没有怀疑过你，因为我知道，陈翼然不会做这样的事。"

陈翼然停住了。

他身后有人插话：“佳云，能不能让你家里人不要再闹了？然哥差点被督查队关禁闭，现在散打队也被暂停……”

陈翼然低声呵斥：“闭嘴！”

那男生愤愤地止住了话头。

剩余的队友们看着万佳云，也是欲言又止。散打队是大家共同的家，不容任何人破坏的家。

万佳云的心跳像是停止了：“很抱歉，我没想过会给大家带来这么多困扰。”

几人对峙在道路中间，周围很快有学生驻足围观。

近来风波不断，一旁的杨园不想再节外生枝，推拍陈翼然的背，示意他先走：“有什么你们私下再说。”

事已至此，这样的公众场合再生事端，在这个纪律严格的学校，也许会造成大家都无法承受的后果。

谁想到万佳云却挡住他们的去路：“你们等一下，我还有话想说。有一些话，之前没有机会说，不如借这个机会一起说了。”

万佳云抬头看向周围的人，目光坚定而坦荡。

“网上说的都没错，我确实是烈士子女，我的爸爸，生前是警察，在工作的时候牺牲了，所以我有这样的名额来上学。但我的程序符合所有的规定，也走了程序。如果有人有疑问，学校有我所有的档案，谁想查，都可以查！”

十七岁的万佳云不再是那个单纯懵懂的女孩，在这一刻，她如同一只张开羽翼的雏鹰，天再高、地再阔，人言再可畏，她也什么都不怕。

坚守你的信仰，重启你的生命，传承你的荣光。

万佳云又看向陈翼然：“我妈妈给你带来了伤害，我向你道歉。”

颤抖着声音说完一句“对不起”，万佳云转身跑了，只剩下呆立在原地的陈翼然。

宿舍里灯光明亮，几个女孩正聚在路为心的床上说着话。万佳云回来后，大家都停止了讨论。

万佳云一回来就爬上了自己的小床，女孩们也和她一起静了下来。

空气起初是静悄悄的，没一会儿就有了小小的哭泣声。

女孩们看过去，上铺的床上，凸起的被子在止不住地颤抖。

这天上午，全校学生排队到操场上跑操。

陈翼然刚跟着班上的人出来，只见逆着光的操场边站着一个白色的人影。

人影边站着的是大三年级的中队长。

那两个人边说着话边朝他看着，陈翼然心里毛毛的。他跟着队伍往前走，不再朝他们张望。

结果没一会儿，有个低年级学生被派过来找他。

小男生朝陈翼然敬了个礼：“师哥，队长让你过去一下。”

晨光刺眼，陈翼然眯着眼朝那头看了看，还是从整齐的队伍里走了过去。

各班级排着长龙慢慢在操场集合，从上往下看，犹如一片翻卷着风浪的蓝海。

两个中年男人看着陈翼然一步步走来。

陈翼然走近了，朝队长敬了个礼，看了眼旁边的中年男人。

男人面色黝黑，跟陈翼然差不多高。他的眼角和嘴角都微微下垂，脸上带着不怒而威的凶相。队长跟男人说：“陈部长你们聊，我去看一下队伍。”说完，对男人敬了个礼，小跑去了旁边。

等人走了，陈翼然说：“爸，你怎么来了？”

陈挺盯着儿子看了两秒，扬手就是一巴掌。

结结实实的一巴掌，力道大，声音响，陈翼然直接被打蒙了。操场上的嘈杂声听不清楚，耳朵里只有“嗡嗡”声。

不等陈翼然彻底反应过来，陈挺反手又是一巴掌。

各个区队都在按顺序跑步了，无数目光慢慢汇集到了操场，汇集在这充满暴力的一角。

热血瞬间齐齐涌上脑门，晨光中，陈翼然舔了舔嘴角，目光桀骜地看着父亲。

“知道错了没有？”当着这么多师生的面，陈挺不给他一丝面子。

陈翼然什么也不问，什么也不说，目光硬气地看着他。

“啪”一声，又是一个耳光，比之前的更重更响。

“错了没有？”男人又厉声问了一遍，响彻的声音引得远处的学生都沉默了。

陈翼然还是不吭声。

又是一巴掌。

大家边跑步边看着操场边陈翼然的背影，远远地，看着他挨了一巴掌又一巴掌。打他的人穿着白色警察制式衬衫，肩上是耀眼的警衔。

学校领导们什么都看见了，却没有一个人上前制止，若无其事地带着大家跑操。

“她爸爸干了三十二年的缉毒警，牺牲了，而且是被虐杀的。人家女儿来上学念书，你干了什么？你这些年又学了什么？你告诉我，你学了什么？这个学你不要再上了，我们队伍里不需要你这样的人。”男人久久地沉默后，沉下一口气，“陈翼然，我也没有你这样的儿子，我丢不起这个脸，你太让我失望了。”

满操场都是人，有喧哗声，有风声。

操场边的陈翼然被打得双颊通红。面前的人问他干了什么，他一时也想不起来自己干了什么。

心木然地跳着，一下又一下。

喉咙里有咸腥的血在涌动，陈翼然吞咽了一下，抬起眼：“爸……”

陈挺说："陈翼然，你明不明白，你从一开始就错了……"

安大没有任由这起网络暴力事件继续发酵。

两天后，这场风波在一则郑重的官方声明中达到舆论高峰，也同时抵达了终点。

学校申明，万佳云以烈士子女身份被特招入校，入学手续规范合法。

引人注意的是，学校特意注明，该生在入学前曾入围国际五大学科竞赛国家集训队，竞赛成绩优异，本已入读科大少年班，但为继承先父遗志，特招进入安大，是一名品学俱佳的优秀学子。

不过，声明里并未注明万佳云亡父的信息，这一次，也再没有网友挖出来。

消息一出，一片哗然，甚至还有记者要来采访。

学校自然帮万佳云挡在门外，万佳云显然也没有接受采访的意向。

没过几天，网络热度彻底平息了，像是什么也没发生过。

一场暴雪，说下就下，说停就停，只剩下那淋了一身雪的女孩，被融化后的雪水打湿了青春。

校方很快就查出了最初在网上传播万佳云信息的人。

那是一个大一男生，很无聊地用万佳云的照片参加了一个公众号发起的校花大赛。而散播谣言的则是另外一个大三男生。

事后他说，因为知道万佳云是陈翼然的女朋友，因为之前打球时和陈翼然闹过矛盾，看陈翼然不爽，所以编了那些话在网上煽风点火。

学校对这个男生进行了教育处罚。

这场不大不小的风波似乎什么也没改变，很快就被全校师生抛之脑后。

可没过两天，学校传出一个消息。

陈翼然把一个男生给打骨折了，正是上网传播万佳云消息的人。

有人说，学校打算严办他。

又有人说，因为他父亲的关系，学校正在帮他和被打的学生和解。

后来，这件事好像没了下文。

该训练的训练，该上课的上课，生活唯一产生变化的似乎只有陈翼然。

他请了半个月的假，回校后便退出了散打队，为人低调许多。大家再也听不到关于他的各种顽劣消息，操场上也没了他的身影。

每天傍晚时分，当晚霞把天边烧得通红的时候，会看到一个面容秀丽的女孩在空空荡荡的训练馆内挥拳踢腿，像男孩子一样挥汗如雨。

要是非说有什么不同，她的目光中不再只有入校时的懵懂和单纯，而是多出了一些坚韧和力量。

大学校园是个神奇的地方，它说大也大，说小也小。

在这片永久流淌的藏蓝色中，每个人仿佛都是一颗小小的水滴，不知道什么时候会在这里走散，更不知道什么时候会再相逢。

那天之后，万佳云和陈翼然再也没见过面。

时间转瞬来到四月底，春暖花开。

一年一度的校田径运动会召开，陈翼然再一次在大众视野中出现。

警校运动会隆重开幕，全校共有近千人参加，包含长跑、射击、泅渡、驾驶、擒拿格斗等所有警体项目。

以前，万佳云上学时从没参加过运动会，现在经过近一年的训练，她在体能上已完全不输宿舍内的任何一个女生。这次，她一口气参加了两个项目：一个是长跑，一个是射击，还在开幕式上跟散打队一起表演了实战。

不过，万佳云还是高估了自己的实力，和特警专业的几个女生相比，她的长跑成绩差了一大截。

在跑道上“吭哧吭哧”跑到终点，她叉着腰大喘着粗气，被路为心几个人架到边上的阴凉处。

休息了一会儿，呼吸和心跳都还没彻底平复，广播里响起通知。

男子 3000 米长跑的参赛选手准备入场。

片刻后，上方的看台上起了一片骚动。

运动员们进场热身，三三两两的人影中，一道红色身影格外显眼。

艳阳下，陈翼然穿着一身显眼的正红色田径服，正朝着起跑线走去。几个男生一路跟他说笑，他不时扬起一点嘴角。

许久不露面的陈翼然把头发剃得更短，完美的头型衬出了挺拔锐利的五官。他的体形还是那样劲瘦有力，皮肤在阳光照射下，还是健康的棕色，神色间依然是一贯的桀骜和英气，牢牢吸引着全场的目光。

这一届运动会，陈翼然一个人参加了八个项目。

短跑、障碍跑、跳远、射击、跳高……他几乎把所有能报的都报了，也把所有能获的奖也都获了。

蛰伏已久的他像是储备了无数精力，要在这片运动场上一次用尽。

男子 3000 米长跑是陈翼然参加的最后一项。

被汗水打湿眼睫的万佳云看着那一排男生站在跑道边，看着陈翼然在起点处热身、反复试跑，视野被汗湿得微微模糊。

发令枪打响后，转瞬间，一道锐利的红色身影冲出了跑道。

如箭一般。

3000 米长跑，陈翼然跑得毫无计划。枪声一响，他便用令人感到不可思议的百米冲刺的速度，疯了般在跑道上狂跑起来。

所有在第一圈保留实力的选手瞬间被他远远甩在身后。

观众席霎时炸了。

长跑用这样的节奏?

很多人站起身眺望，跑道尽头，那道红色身影在用完最原始、最狂野的一股冲劲后，没有任何蓄力，慢慢放慢了速度。

只见陈翼然在跑道上由跑变走，直至彻底停下。

没过一会儿，一个又一个选手跑完一圈绕回来，一个又一个地超越了他。

满场喧嚣。

阳光炸裂般地洒下来，有些颓然的陈翼然站在金灿灿的操场中央，茫然地抬起头。

满脸汗水的他眯着眼睛望着看台上的人，不知道看见了什么，想到了什么，只觉得一切都像疾风般在奔跑中逝去了，而此刻晒在皮肤上的阳光有种炙热而滚烫的感觉，那感觉强烈到足以让他一生难忘。

所有选手都跑完一圈回来，再一次与他擦肩而过。陈翼然忽然逆向而行，慢悠悠地穿过了跑道。

他弃赛退场。

万佳云就坐在离出口处很近的休息凳上，她看着那道红色的身影从跑道尽头逐渐走近，慢慢由远及近，从她身旁晃过。

他们谁也没有看谁。

这场运动会后，陈翼然再也没有出现在校园内。

据说，他参加了学校的国际交流项目，会在国外交流学习一年。可也有人说，他家里给他办了一年休学。

总之，曾经闪耀夺目的人就这样离开了校园。

和他一同离去的，还有万佳云生命中第一段无疾而终的爱恋。它懵懂而珍贵，稚嫩而酸涩，像一枚尚未成熟，却早早坠落在地的青果。

在这之后，万佳云很快恢复了平静的生活，除了在散打队训练，就是日常学习，越来越有女学警的风范。

等到大二上学期，新的学年开始，万佳云看到新生们穿着各色外衣来到校园，才恍然发现自己不知不觉已成为大二的师姐。

那一年，万佳云的生日是方静夫妇特意赶来学校陪她过的。他们没有挑周末，而是赶在了她生日那天的正日子。

万佳云很感动，开心地带着他们游览校园，在校外吃饭，对着蛋糕吹蜡烛许愿。

吃完饭，方静想和万佳云聊一聊，便把丈夫支开，特意在校内陪着女儿走了一段。

初冬季节，方静穿着长款的薄大衣，万佳云穿着一身笔挺的执勤服，母女俩一路上都亲密地挽着手走。

方静问她最近在学校过得怎么样。

"很开心。"万佳云诚实地回答。

她的成绩全年级第一，获得了最高的奖学金，连体能也变得挑不出刺，老唐还半开玩笑半认真地说想让她当散打队的负责人。最近开了学，有新生前脚后脚地叫她师姐。甚至，校督察队还向她发出了邀请，尽管已被她婉拒。

这些都让万佳云很有成就感。

以前上学的时候，她只知道闷着头和教练搞数学竞赛，从来没有过这么丰富的生活。

不过，万佳云心里很清楚，妈妈想问的不光是这些。

"只要你过得开心，我和你叔叔就放心了，可不能让我的宝贝女儿一个人在外受委屈。"

以前的万佳云不觉得这些话肉麻，现在她觉得自己真的长大了，笑着说："妈，你也太宠我了吧。"

沿着小树林走了一段，方静装作若无其事地问："后来，那个男生和你还有联系吗？"

"没有联系了。"

方静说："那你还喜欢他吗？"

黑暗中，万佳云沉默了下，很诚实地说："我不知道。"

情窦初开的少女想象过一百种爱情开始和结束的模样，没有一种是现在这样。

开始得莫名其妙，结束得更为莫名其妙。

经历过这一次懵懂，万佳云觉得自己彻彻底底地成长了。

母女俩肩并肩走着。

"妈……"

"嗯？"

"我能不能问你一个问题？"

"问吧。"

"以前爸爸和你在一起的时候，是什么样的？你离开他的时候，对他还有感情吗？"

在万佳云的记忆里，爸爸一直是个很少出现的高大身影。他好像从一开始就不和她们生活在一起，万佳云只知道他是警察，很忙很忙。可他每次回来都会给她带很多礼物，所以她从小最期待的事就是爸爸回家。

初中的某一天，万佳云一放学就发现爸爸和妈妈一起来校门口接她了。她还来不及高兴，一回家，父母就很郑重地在餐桌边坐下，跟她聊天。

那天，爸爸告知了她，他们早已离婚的事实，并且妈妈即将开始一段新的婚姻，新叔叔以后会对她很好。

万佳云懵懵懂懂地听完，没有哭也没有闹，直到跟妈妈去了新家，见了叔叔，才知道以前那个家消失了。

一切像是都没有变，她只是多了一个爱她的叔叔，爸爸还是按照以前的频率回家，每次回来就带她去吃饭、买衣服。

刚上高中时，万佳云转学去上海专心搞竞赛，爸爸放假回来后，还特意赶到上海看望她。

方静从来不阻止他们父女见面，甚至有一次，她带着新丈夫和他们父女一起吃了一顿和气满满、温馨融洽的晚餐。饭桌上，两个男人相谈甚欢。

谁也没想到，在上海那一次，就是父女俩的最后一次相见。

再后来的一些冰冷画面，万佳云这辈子都不愿再回忆。

方静自认为自己在这段婚姻中已经做得足够，完全对得起年少时那段真挚爱恋，只是，再和万父在一起已不是她想要的生活。

她真心地等过他，只是一年又一年，等不到尽头。

她想做个普通女人，想要家里有一个平凡的丈夫，而不是一个伟大无私的警察。

“叮叮，你爸爸他重情重义，孝顺、正直、诚恳。但人都是多面的，他是个好男人、好警察，却不是一个好丈夫。我不喜欢你做警察，但你的人生是你自己的，只要你确定自己想要的是什么生活，我始终支持你。我对我以前说过的、伤害到你的话表示抱歉。”

“谢谢妈妈。”

“不用谢，这是我应该做的。”

这一夜的长谈后，平淡的校园时光如水般流淌。

上课、训练、外出参加各种校园竞赛和活动……在这些不断重复的生活中，万佳云一步步往前冲，渐渐成为大二生、大三生、大四生。

毕业典礼那天，全校所有中队按顺序来到了体育馆内。

当初入校时那一个个青涩的高中生不见了，放眼望去，满场都是脊梁挺拔、面容坚毅的预备警官。

铁一般的理想信念，铁一般的责任担当。

铁一般的过硬本领，铁一般的纪律作风。

万佳云站在同学间，定定地看着一条条悬挂在馆内的红色横幅。

她的个子不知道什么时候拔高的，已然长成了一个亭亭玉立的大姑娘。

她目光明亮，笑容自信，四年的警校生涯在她身上留下了不可磨灭的印记。

经过不懈的努力和成长，万佳云已经成为安大学子中最优秀的一员。

“这四年来，我看着你们长大，成熟，从一个少年、少女，成为一名合格的预备警官。作为你们的师长我感到非常自豪与骄傲。将来，希望各位胸有凌云志，不忘初心，诚铸警魂，一生平安！”

台上，师长动情地做着最后的致辞，万佳云心潮翻涌，眼眶湿润。

“聚是一团火，散是满天星。同学们，你们毕业了！”

毕业了！

下面响起阵阵欢呼声。

很多人落泪了。

路为心、顾星华都哭着先后和万佳云拥抱，接着两个斗了四年的欢喜冤家也搂住了肩膀。

一张张兴奋的青春笑颜，一双双湿润的眼睛。一种特殊的情感就这样奔涌而出，让大家想要抱头痛哭。

那些辛苦的训练、严厉的规矩、课间的出糗、闲暇间的玩闹、肆意的读书时光……一切的一切都即将远去了！

那一天散场时，毕业生们激情地唱着歌，频频回头，看湛蓝天空下体育馆上空随风飘扬的五星红旗，看教学楼中间那一枚高高悬挂的金色国徽。

万佳云就这样告别了自己的学生时代，在这里，她仿佛什么都没有留下，却又仿佛已经留下了最宝贵的东西。

也许，这就是青春。

第六章 / 重逢 /

暗夜里，
似有一匹看不见的白马飞驰过时光之湖上的青葱倒影。
原来，这就叫白驹过隙。

四月春光明媚，街头的柳絮到处飞，很多路人都戴着口罩。

周末的老城区热闹得很。巷口正排着长队的是一家号称有百年历史的馄饨店，门口高高挂着有“百年”字样的红色三角旗。

这家店最近被一位美食博主拍过视频，成了网红店，吸引了大批食客来“打卡”。

路边的餐桌旁，一对年轻男女正在吃着招牌馄饨。

连续吃了三天，林景实在没吃出这馄饨有什么特别之处，学着身旁的人，往碗里狂加辣油。

一口下去，呛得他连声咳嗽。

万佳云关切地看向他：“你没事吧？”

咳得脸红脖子粗的林景朝她挥手摇头。

他猛灌两口水：“没想到你还挺能吃辣。”

万佳云左右观察，不知道这馄饨还要吃到什么时候。

今天的任务和前两天一样，就是盯住斜对面那两栋居民楼下的烟酒店，留意每一张进出的面孔。

这是队里接到的一条举报线索——有人在里面聚众赌博。

远远看去，藏在树荫下的小店面和周围的其他小铺子没什么区别。

走进去后，里间其实也就是一个普普通通的房间，有一张麻将桌，打牌的人牌面上仅几百块钱来去。

白天基本没什么动静，一到夜里就常常有人进出。走到附近，却又听不到里面有动静。

对方的反侦查意识似乎很强，治安支队几个人前前后后查了一个星期都没有新进展。这几天，主要办案人员已经转移到了其他案件上，林景和万佳云是最后的留守人员。

领导说，如果明天还是盯不出什么，案子就要放一放了。

万佳云正看着自己碗里的馄饨出神时，两个高中生模样的女孩端着两碗馄饨，无声地站在了他们桌旁。

等位的人来了，林景只能硬着头皮再吃一颗馄饨。

就在此时，他的电话振起来，万佳云提醒他接电话。

林景接起来，“嗯嗯啊啊”地对答，脸上忽地透出一丝轻松，眼神亮了。

挂了电话，林景问身旁的人：“吃完了吗？”

万佳云看出事情有了转机，点头。

“赶紧走吧，人家小妹妹在等位呢。”

两人起身，友好地为高中学子们让位。

万佳云和林景走进办公室，几个老同事满面笑容，一看就是有好事。

原来，案件不只是有了转机，简直是有了大进展。

昨晚，有一个派出所因打架闹事抓了一个小混混。录口供时，不知怎的，就供出了这个赌博点，那是他常混迹的地方。一番威逼利诱后，为了戴罪立功，那小子把知道的情况全招了。

办案常常是这样，有时明明山穷水尽，却又突然在某个机缘下柳暗花明。

原来，这家狡猾的小店暗自把上面的二楼打通了，唯一的入口是楼下的小店，通往二楼的入口做了一堵隐形墙。难怪侦查人员入店后没有查出端倪。

按照小混混的口供，赌场里里外外都装了摄像头，里面只接受熟人一对一带人来玩。这个被抓的社会哥自告奋勇地要做线人，带他们入场。

支队长管求益走进办公室，让大家一起去隔壁会议室开小会，部署工作。

大伙儿先后起身，拿起手机和笔记本。

会议上，案件的主要负责人综合了现有的物证人证，决定今夜就联动巡特警，把这个点给彻底端了。

原本以为毫无进展的案子，居然说破就破，大家伙的激情瞬间被点燃。

查了这么多天，终于能端了！

“这样，大鹏，晚上的时候，让他先带着你进去。你进去后，只要一看到赌博现场就通知我们。

“裴亮、齐达，你们负责带着人冲进去。

“小林、小万，你们两个堵在外面，多注意情况。”

“收到！”

会议结束，大家纷纷走出会议室。

万佳云和案件主办人裴亮并肩走在回办公室的路上，裴亮开玩笑地说：“这下终于不用吃馄饨了吧。”

手里抱着一个记事本的万佳云笑笑。入职两年，她已和队里的人打成一片。

裴亮说："今晚要是结束得早，裴哥请你们去吃小龙虾。"

旁边有三两个人听到"吃"字，凑上来："咦，我刚刚听到有人要请客。"

齐达说："裴哥，你骗骗我们就行了，连我们的小万都骗。今晚这一单搞到早上都不知道搞不搞得完，还结束得早……"

裴亮说："今天不行，明天行吧，明天再不行后天，我说请客就请客。"

齐达看看万佳云："佳云，你做证，裴老大说明晚请客。"

深夜。

白天还在巷口吃馄饨的年轻男女，此时又回到了老地方，但这次是静静地坐在车里。

毕业后，万佳云通过公安联考顺利在这里入警，她考的是刑侦岗，但不知道为何，最后被分到了治安支队。

队里就她一个女警，常常内勤外勤一起干，忙得脚不沾地。

没吃晚饭的林景在车里吃着苏打饼干。

"看这样子，今晚基本不会有我们什么事了。"几类作案人员里，赌鬼算是最容易抓的，没有太大杀伤力。

万佳云低头看手里打印出来的流程表，过了会儿，又去看窗外。

林景和万佳云同一年入队，常常作为打酱油的搭档。

这两年，他已经习惯了这女孩的认真作风，撇嘴笑笑。他忽然想到了什么，反身去够后座。

"找什么？"万佳云跟着他向车后看。

后座上是一台单反相机，林景勾过来，递给万佳云："给你找点活干，不干活你就不舒服。你就负责拍点照片吧，回头发给他们宣传科，还能宣传宣传。"

万佳云接过相机，闲着也是闲着，倒也不是不可以。

这是队里的一台老相机，她捣鼓了两下，拍出的照片却是糊的："上次拍出来也是糊的。"

林景把相机拿回来，调整了一下焦距和曝光，对着窗外按了两下："都没对焦，当然糊，你再试试看。"

话音落下，他却没把相机还给万佳云。

不知看见了窗外的什么，林景有些迟疑地放下相机，而后又抬起相机，调大焦距，又放下相机。

"怎么了？"

林景低声说："佳云，你看巷口那辆车，是咱们的人，还是小区里的人？"

"什么车？"万佳云警惕地望过去。

今晚队里和巡特警联动出击，周围调动了诸多警力和车辆，大家都打了照面，各有分工。

那几辆假装私家车的公务车车牌，万佳云都记在了脑子里。

林景说的是停在不远处的一辆凯美瑞。

深夜的街巷静谧昏暗，停了不少车。林景原先以为这是一辆停在小区内的普通私家车，但刚刚在镜头里，他发现车身明显动了一下。

里面有人。

“那辆银色的凯美瑞。”林景说。

不是不可以有人，深更半夜，有住户刚回来，没来得及下车也正常。可是他们提前部署，已经在这儿蹲守了三个小时，这辆车不是后进的。

又或者就是业主一直停在里面，从下午就坐在里面……但这符合逻辑吗？

万佳云在脑子里过了一遍公务车车牌，说：“那个不是我们的车。”

两人凝神屏气地盯着那车，万佳云提议：“要不我假装路人，过去看看？”

这个提议刚说出口，耳麦里忽然传来声音：“注意！大鹏被带进去了，所有人都做好准备！”

按照流程，大鹏进去后，要做的就是确认现场。只要现场一确定，裴亮和齐达他们就会直接带人冲进去。

像是被突然点燃了引信，万佳云和林景顾不上其他，立即收回注意力。

就在这时，窗外，那台一动不动的小轿车上，忽然下来三四个男人，如魅影般快速冲进了店里。

林景爆了句粗口道：“什么人？”

万佳云还没反应过来，下一秒就听到耳麦里炸了。管大怒问：“谁往店里去了？林景你们两个在哪儿？”

林景对着耳麦说：“我也不知道，我现在就去看看！”

“来不及了，大鹏那边可以了，裴亮、齐达，你们带人冲进去！”

一声令下，沉浸在夜色中的小区瞬间炸了锅，蛰伏在周围的警察同一时间冲了进去。

巨大的动静惊醒了不少居民，周围响起各种喧闹声。很快就有居民跑到了楼下。

万佳云只能跟着林景一起冲出车外，按照原计划继续守在下面。

两人互相看看，都知道犯了错，只是不知道这个错会有多大影响。

一分钟像一个世纪那么漫长，正不知道楼上的进展如何时，万佳云的手机响了。

管大在电话里说：“佳云，你上来！”

“收到！”万佳云什么也没问，快速跑进去。

此时，小店的一楼二楼已聚满警察。

万佳云挤进去，发现小店果然内有乾坤。

之所以查不出什么，是因为一楼的内间砌了一道隐形墙，墙推开才能看到通往二楼的楼梯。墙壁上贴满隔音材料，跟 KTV 似的。

二楼是个二室一厅的小套间，全部打通了，放满各种时下流行的赌博机器。

工作了两年的万佳云参与过几次赌博抓捕，还是第一次看到这样的场面。

现场既有便衣警察，也有全副武装的特警，手里都拿着武器装备。参与赌博的人像是都被控制住了，一个个抱头蹲在墙角，警察们在一旁严厉地训话。

全场最失控的是，一个躺在地上的老太太。

忙着处理现场的管大之所以叫来万佳云，正是因为这个八十来岁的老太太。

这是赌场特意雇来捣乱的老人，平时都是她在这上面看场子，还提供一些茶水服务。老人仗着自己年纪大，谁也不敢拿她怎么样，躺在地上耍无赖。

周围都炸了锅，可这白发苍苍的老人就这么睁着眼睛横躺在中间，一脸褶子垂向地面。

处理这样的人通常不能来硬的，由年轻女警动之以情、晓之以理为最佳。万佳云在这方面也算有不少经验，领到任务后，走过去，蹲到老太太身旁。

“奶奶，你赶紧起来啊，这样没用的，我们已经通知你家属了。

“你再不起来犯的罪只会更重，影响更恶劣。”

室内不通风，加上现场嘈杂，万佳云扯着嗓子说了几句后，便已一头薄汗。

这可如何是好？

万佳云低下点头，就差趴到老太太耳边，扯着大嗓门：“你的行为已经触犯法律，早点配合我们的工作，还能将功补过！”

老太太像个高僧一样闭着眼睛，连发丝都没动一下。

眼看利诱不行，只能威逼了。

万佳云的语气严厉了一些：“我告诉你，你这个情况很严重了，家里有小孩吗？孩子有没有上大学，有没有要进部队、考公务员？你这样会影响孩子的前途的！”

这一招是入警后老警察教她在审讯时用的，用亲人戳软肋。

似乎真的被戳到要害，老太太一下子就睁开眼，涨红了脸，斜着眼睛看万佳云。

“我什么也没做，我就是来打麻将的。”她狡辩。

“你做没做，先跟我们回去，只要能说清楚就行。相信法律，法律只惩罚坏人。就算还有其他情况，你年纪大了，这个情况也不算严重，只要配合我们公安机关工作，都有机会挽回。要是你不配合，那就是阻碍公务，”万佳云软硬兼施，严肃地说，“罪加一等！”

没文化的老太太似乎被吓到了，要爬起来，万佳云顺势一把拉起她。

万佳云心头刚松了一口气，正要将人从地上拽起，身后洗手间的门忽地发出“砰”一声巨响，惊得众人纷纷回头。

两个男人架着一个文身男从里面走了出来。趔趔趄趄的文身男似乎还要狡辩什么，当即被扇了个大耳刮子，脸上一片红。

万佳云后知后觉地回头，下一秒，耳畔微微嗡鸣。

小房间里乌烟瘴气，鬼哭狼嚎，混乱不堪。

文身男的双手被铐在背后，压着他的是两个年轻男人。甩了文身男一个大耳刮子的那个男人穿着黑 T 恤，他动作粗暴，再次用手肘撞击文身男的脊椎，压得文身男彻底弯下身，铐起的手被迫抬高，吃痛地拼命叫疼。

治安支队的办案人员带了执法记录仪，拍影像的小民警不认识这两人，稍稍避开这画面，用目光向管大求助。

两个男人还算讲规矩，把人压到了管大面前，其中一个与管大到窗边低语沟通。

窗边，男人不知掏出了什么证件，管大皱着眉看了看。

几年不见，万佳云没想到自己一眼就认出了这个人，更没想到会在这样的场合遇见。

他回来了。

似乎变了很多，黑了、瘦了，可她还是一眼就认出了他。

陈翼然和闵扬押着嫌疑人下楼，路过万佳云时，与她有一瞬间的目光交汇。

如同电影里的慢镜头，他冷漠的目光只是从她脸上平静地滑过，便压着人下楼离去。

老太太突然从地上坐起来，挣扎着要站立。

万佳云回过神，在男同事的配合下，把老人拉拽起来，带上车。

深夜，十几辆“呜哇呜哇”响的警车载着二十几个涉案人员，浩浩荡荡地向警局开去。

开车的齐达和副驾驶座上的大鹏忍不住闲聊刚刚的事。

“什么情况？”齐达低声问。

碍于有嫌疑人在车上，大鹏说得很隐晦：“案子撞车了，刑侦的。”

“是生面孔啊！老管怎么说？”刑侦队伍里还没有齐达不熟悉的人。

“搞不清，人先给他们了。”

“这么嚣张。”

“谁知道呢？”

押着老太太坐在后座的万佳云默默听着，忍不住降下一点车窗，让风吹进来。

冰凉的夜风吹乱了耳边的碎发，万佳云静静地看着不断闪过的模糊夜景，一些画面便不受控制地浮上脑海。

暗夜里，似有一匹看不见的白马飞驰过时光之湖上的青葱倒影。

原来，这就叫白驹过隙。

忽然间来了巨大的工作量，整个治安支队把夜晚过成了白天，几个办公室都灯火通明。

整条走廊上都是匆匆的脚步声。

万佳云主要负责两个女涉案人的审讯，利落地忙完，又去给大家打下手，跑前跑后，她连喝口水的时间也没有。

几个饿得受不住的同事在办公室里泡方便面，香味扑鼻。

正吸溜着面条，管大突然叫住从门前晃过的万佳云：“佳云……”

“什么事，管大？”忙着去核对物资材料的万佳云从外面跑进来。

“你去看看那两个刑侦的还在不在？让他们先回去，我刚跟市局通过电话了，市局也应该跟他们说了，不行的话，让他们再打个电话问问。”

万佳云顿了顿：“好。”

该如何开口？

万佳云快步走出去，上一秒还在做心理准备，下一秒又如释重负。

外面一个鬼影都没有。

“走了？”得到反馈后，喝完最后一口面汤的管大忍不住骂起来，“招呼也不打一个，这些小兔崽子……”又看看万佳云，“时间不早了，你回去吧，别在这儿耗着了，明天可以迟点来。”

“好的，管大，那我先回去了。”

“现在怎么办？我们直接回去？”

警局对面的树下，驾驶座上的闵扬问身旁的人。

陈翼然抽着烟，目光静静地望着挡风玻璃的前方。

对面的大门口处，一个女孩骑上一辆共享单车，孤零零地朝着道路一头远去。

他的目光随着窗外的人影移动，她单薄的背影被街灯一路照耀着，越来越远。

闵扬看陈翼然在走神，问：“走不走？”

陈翼然回过神，往窗外扔了烟头。

湿凉的空气里响起引擎声。

夜色沉沉，整个城市都在沉睡。

毕业后，万佳云和路为心住在单位附近的警察公寓里，今年路为心交了男友，时常不回来住。

万佳云锁好共享单车后，从门卫室进入小区。

门卫还没睡，正很有兴致地在一台旧电脑上看电视剧。

“今天忙到这么晚啊。”

“嗯，有案子。”

“辛苦辛苦。”他忽然又叫住她，“哎，小万，你正好帮我看看，我这个电视剧看到第二十三集，后面的不知道怎么看不到了。”

万佳云停下，帮他在电脑上操作：“冯叔，你看的这个再往后看要收费的。你有会员吗？”

“收费啊！那算了，我不看了。”

万佳云在键盘上按了几下：“我把我的会员先借你用吧……”

“哎哟，谢谢啊。”保安慈爱地看着面前这个年轻人。

“不用客气。”

小小的双人间有点像大学宿舍，两边各放一张高低床，人睡在下面，上面放一些行李与杂物。

地方虽小，但布置得整洁干净。

洗完澡后，万佳云在书桌前，对着镜子吹头发。

电吹风的暖风“嗡嗡”地吹着柔软的发丝，镜子里出现一张清秀红润的脸。

和上大学时相比，万佳云的头发长了不少，乌黑油亮，握起来一大把。工作时，她常常把头发扎成一个利落的低马尾，让自己看起来更添一分成熟。

除了头发，变化更大的是面容与身段，大二的时候，她一下子长高了四厘米，在北方虽算不上高个，站出来却也已亭亭玉立，有了介于女孩与小女人之间的气质。

从外形到心智，她都不再是那个比身边所有人都小几岁的妹妹，不再是那个看着就想让人捏捏脸蛋的女孩，而是一届又一届安大学子口中的佳云学姐，是自信伶俐、英姿飒爽的佳云警官。

第二天一早，万佳云还在梦中，手机响了。

队友催她到队里开会。

挂了电话一看，才七点不到。

她带着笔记本匆匆赶到会议室，里面乌泱泱地坐了不少人，有的穿警服，有的穿便衣。

经过一夜忙碌，很多人脸上挂着黑眼圈，眼睛布满血丝。

几个老警察边打哈欠边互相调侃，早已习惯这种日夜颠倒的生活。

围坐在会议桌边的都是领导和骨干，除了治安的，还有刑侦的。万佳云很自觉地和几个年轻警察靠墙坐，半遮半掩在一盆绿植旁。

“不知道又是什么事，多事之秋。”大她几岁的大鹏说完，就打了个大哈欠。

万佳云看他脸色不好，低声问：“你们昨晚几点结束的？”

“还没审完，又被叫来开会，早晚要爆肝。”

这边正说着话，门口又晃进来了几个人。

在场的人不禁都朝他们看去。

带队的是刑侦队长，跟在他身后的人里，既有大家熟悉的老面孔，也有两个年轻的生面孔。

两个生面孔都穿着深色便服，脸色淡漠。

常年跑一线的大鹏一看就认出来了，跟万佳云说：“这不就是昨晚那两个？”

万佳云目光安静。

“好了，人都到了吧？”坐在中间的大领导问。

几个小领导回头看看，双方都到齐了。

大领导喝了口茶，清清嗓子：“都到了，那我们就废话不多说，开会了。”

这是一场紧急调度会。

会上，先由治安支队汇报昨晚的情况，再由刑侦支队说明案件情况，各自做案件“撞车”检讨。

其实事情很简单，刑侦手上正在办一个专案，昨晚专案组抓人时，也发现了其他警力，但目标不同，办案人员没有向上汇报，直接下手摘人了。

会上，大领导一语道破他们各自为政、不顾大局的小心思，好好批判了一顿。

治安支队的人忍不住去看坐在领导对面的两个生面孔。

那两个年轻男人沉默地坐在桌边，没有带纸笔，就差双手插兜。

这个会开得大伙儿个个垂头耷脑，可作为肇事者，他们似乎无动于衷，并不在意。

回到办公室，大家泡茶的泡茶，躺沙发的躺沙发。

众人一片哀号：

“忙了一夜，一早还要被骂，牲口都没咱们苦。”

“你还敢和牲口比，牲口定点就有粮吃，你能按点吃上饭吗？”

“哎呀，听你这么一说，那就是连牲口都不如哦。”

万佳云每天在办公室听这些老油条插科打诨，常被逗乐。

有人拿着一沓文件拍了两下大开的办公室门。

抬头一看，是刚在大会上被领导训了一番的黑脸管大，大伙儿立即各就各位，假装忙碌，生怕触到逆鳞。

面无表情的管大却望向万佳云说：“小万，到我办公室来一下。”

“好的。”

万佳云立即拿起笔记本跟出去。

走出大办公室，隔着一段距离，万佳云跟在管大身后。

还没走出多远，前面的会议室里出来了两个人。

万佳云微愣。

走廊狭窄，陈翼然和身旁的人边走边说话。看到前方来人的陈翼然像没看见一样，目光没有在她身上停留片刻。

万佳云也面不改色地从他们身旁走了过去。

来到办公室，管大让万佳云坐下。

万佳云精神紧张，猜想是不是要批评她在昨晚抓捕环节里的漏洞，正想着要怎么解释，结果管大说："昨晚那个蒋学琴审得怎么样了？"

万佳云愣了一下，说："基本交代了，她挺配合。笔录我已经交给裴哥了。"

"她家里情况比较特殊，有个孙女跟她两个人住，社区已经找过来了。你们回头商量商量，尽快把她的情况处理一下。"

"好的，领导。"

"没别的事了，你去忙吧。"管大坐到办公桌前，临了又看看她，"这两天注意休息，小小年纪黑眼圈都出来了。"

万佳云这才放松下来："谢谢领导关心。"

"你跟林景还缺少一点经验，平时没事的时候多和裴亮、齐达他们讨教讨教。"管大用一句话点了一下昨晚的事。

这个全机关年龄最小的女警，虽然经验不够，但干劲十足、精神可嘉。包括管求益在内，队里的人都很喜欢她，只是很少表露。

"明白。"万佳云正色道。

管求益不再看她："去吧。"

刑侦支队的办公楼也在市局大院里，就在治安支队后面一栋。

开完会后，一大队的队长杨开奇领着陈翼然和闵扬回来后，喊陈翼然去他的办公室。

杨开奇走到猪肝色的办公桌前坐下，拿起烟盒抽出烟，自己叼了一支到嘴上，又抛给陈翼然一支。

他压压手，示意陈翼然在旁边的黑沙发上坐下。

顷刻间，小房间里白雾缭绕。

杨开奇是老刑警出身，现在上了年纪，可那双眼睛里依旧藏着鹰的锐利。

"小陈，你们刚来，可能不清楚我们这边的情况。这几年公安内部整改很严，在我们这儿办事，一定要按程序办事。否则，你做得不好是不好，做得好也还是不好。"

"不好意思，我给您添麻烦了。"陈翼然说。

陈翼然身上敞开穿着一件十分轻薄的黑色外套，里面露出灰色 T 恤，下面是一条松垮的休闲裤。

从外形上来看，他和刑侦队里的几个小年轻没什么不同，是个看着很精神、很灵光的帅小伙。

三个月前，市局分管的陆局长忽然找杨开奇，说省里要借调两个山西那边的警员过来，背景不清，档案隐藏。

人精的杨开奇不想接这种烫手山芋，可组织上如此安排，他也只能接受。

两人到了后，他一直没有给他们正式安排，刚好有个专案，就让他们先进专案组帮忙。没想到，这也能出岔子。

要是自己的人，就昨晚这事，杨开奇早就骂得他们连亲娘都不认识。

但他们不是。

杨开奇心里憋闷得抽了好几口烟，弹掉烟灰后，看看面前的人，转移话题："宿舍的事情弄好了没有？"

陈翼然点头："好了。"

"个人生活方面还有什么需要就跟队里说。"

"好。"

杨开奇又说："对了，你们也来了两个月了，昨天韩局长和陆局长商量了一下，准备把你们安排到黄武区的刑侦队报到。区里打算让你们去基层派出所待一段时间，在基层先待一年，后面再安排。不知道你们怎么想？"

陈翼然的脸上看不出任何表情变化，似乎对于自己的去向完全不在意："我都可以。"

杨开奇生怕他有什么要求，一听这话，心里也算放下一块石头，点点头："在基层锻炼锻炼也好。"

又说了几句客套话，陈翼然才告辞。

等人走了，杨开奇在烟灰缸里掐灭烟，深深地舒了口气。

这尊烫手的小佛，总算是送出去了。

万佳云带着本子回到办公室，林景屁颠屁颠地跑来问："老大说什么？骂我们没有？"

万佳云有些心不在焉地说："没有，只说了嫌疑人的事。"

林景叩了叩她的桌面说："太好了，老大还是知道我们辛苦的。对了，晚上下班后别走啊。"

"怎么了？"

"你忘啦？裴哥请客。"林景冲着裴亮抬下巴，"裴哥说了，今晚请大家聚餐。"

只要成功破了个大案，案子的负责人就会请大伙儿吃饭，犒劳犒劳乐一乐，也算是队里的一个惯例。

万佳云心里藏着事，不是很想参加，但这种聚会又不好缺席。

裴亮在大伙儿定点聚餐的饭店要了一个大包厢，除了队里的兄弟，还请了和他关系要好的几个兄弟。

都是跑一线的，大家基本认识。

只有一个平时接触不算多，是政治处的年轻小伙，名叫江寅涛，面孔白净，彬彬有礼。

饭桌上，万佳云是唯一的女性，像以前聚餐吃饭一样，完全不喝酒说不过去，她就只喝一杯红酒。

敬酒敬到对面的江寅涛时，他问她："佳云，其实我之前见过你好几次，但一直不知道你叫什么名字。"

万佳云也有印象："我想起来了，我去给你们送过材料。"

"你是哪一年的？不知道我们俩谁大？"江寅涛说。

坐在他身旁的齐达笑了："小江，虽然你是我们的小弟，但这个你真的比不了。整个系统除了今年刚毕业的，其他的都没我们小万小。"

林景说："这你说错了，今年刚毕业的也不见得比佳云小。"

江寅涛礼貌地笑着，有些不明白他们在说什么。

饭桌上就是缺少话题抬气氛，几个其他部门的人也兴致盎然起来。

做东的裴亮说："我们小万今年二十一岁，上班已经两年了。你回去在警务通上看看，有没有骗你。"

江寅涛确实意外，向万佳云敬酒："你太厉害，肯定是上学早或者跳级了。"

不知道是谁说了一句："人家念过科大的少年班，十岁就上大学了。"

万佳云被这么一说，面色通红，不知道从哪里解释才好，跟江寅涛说："他们又在拿我开玩笑，你千万别当真。"

大伙儿只顾"哈哈"笑，根本不管万佳云说什么。

酒酣处，治安支队的人说起这次抓捕中和刑侦专案组"撞车"的事。

在大伙儿都好奇昨晚刑侦那两个小子是何方神圣时，江寅涛说他有好兄弟就在刑侦，新来的两个人是山西的，只是临时在他们这儿落脚，在专案组里帮忙。

"山西这么远。"

"省厅调过来的，组织关系不知道过没过来，也没定岗，还不知道是什么性质。"

公安系统庞大，人员变动是常事，说到底，大家都是一块砖，哪里需要往哪里搬。

万佳云握着红酒杯，长睫轻颤，眸光凝视杯中的酒。

桌上忽然有人透露出一个新消息："对了，你们知道吗？我们马上准备搞一个基层值班活动。"

林景一听到"下基层"之类的活动就很敏感："这是什么活动？"

"就是让机关的青年干部蹲点派出所，每个单位出一个人吧，下去三个月，已经在弄文件。”

“三个月这么久？那平时的工作谁干？”

“所以是让年轻人去锻炼，骨干力量肯定不能走。只是这么计划，领导也还没定。”

大鹏看看万佳云和林景，开玩笑地说：“这么说，你们俩肯定要去一个。”

裴亮说：“那肯定是小林去，他皮糙肉厚，去派出所锻炼锻炼也好。”

吃完饭，一行人互相扫微信加好友。

江寅涛问万佳云住在哪儿，让代驾送她。

万佳云住在附近的警察宿舍，在江寅涛找的代驾还没赶到时，她已经跨上街边的共享单车和大家挥手拜拜了。

喝得七颠八倒的众人跟她再见，目送她在夜色下和晚风一同远去。

回到宿舍楼下，万佳云把车锁到停车点。

一辆小轿车正在旁边停车。车大灯把宿舍门前照得雪亮，熄灭后，车上下来了一个人影。

年轻男人大步往里走。

万佳云先他一步走入宿舍大门。

身后有与她同频的脚步声。

这片老旧的宿舍区共有三栋楼，每栋六层，一层四户，没有电梯。很多年轻警察不喜欢这里的环境和落后的条件，去合租了附近的公寓。

去年，路为心还没恋爱时，也与万佳云提议合租一个环境较好的房子，可万佳云想着这里离单位近，方便安全，便暂时搁置计划。

方静也曾提议让万佳云在这儿买一个房子做小窝，万佳云去几个楼盘转了转，发现价格惊人，以她的工资根本供不起，而她也不想刚工作就靠家里置业，这个计划便也搁置下来。

万佳云居住的三楼只住着她和路为心一户，另外几户一直空着。

路为心近来常去男友家住，于是这层楼常常只剩下万佳云一个人。

万佳云走到三楼，在门前掏钥匙。

那个年轻男人居然也跟了上来。

老式的走廊空间窄小，男人从她身后擦过去，在相隔只有一米的隔壁宿舍门前，拿钥匙开门。

两扇门之间贴得很近，男人有些好奇地朝她看。

万佳云转头，看到一张有些洋气的脸。

冷白皮，细长的脸和眉眼，他对她友好地一笑。

“美女，你好。”

“你好。”万佳云回应。

万佳云先打开门进了屋。

不知道是不是晚上那一杯红酒的缘故，她感觉脸热脑涨。

她第一眼就认出了这个男人——他是陈翼然的队友。

她不禁想：难道他们也住这儿?

万佳云这样想着，走到阳台上，打开窗，让风吹一吹莫名发烫的脸和“怦怦”跳的心。

“哗啦”一声，隔壁阳台也传出开窗的声响。

万佳云侧首张望，看到窗口有淡淡的白色烟雾飘出来。

闵扬似乎也听到了她这边的动静，侧头望过来，嘴角再次扯出笑容。

两人隔空对视，万佳云只好又笑了下，面颊僵硬地走回屋内。

这人还真是爱笑。

第二天一早，万佳云按时上班，隔壁宿舍大门紧闭，没有动静。

按照管大的吩咐，她和齐达一起去了社区处理蒋学琴家的问题。

经过一番商讨，蒋学琴的小孙女被纳入了公安局的助学活动，社区大赞公安队伍有人文关怀。

回到办公室，大伙儿正聊得兴高采烈。

“什么事啊?这么热闹。”齐达一进门就问。

因为外出办正事，今天他和万佳云都穿的蓝色警衬，两人神采奕奕。

林景在饮水机边倒了杯茶：“佳云，下基层的任务下来了。”

“怎么说的?”齐达问。

“你们躲过一劫了，要求入职三年内的，每个单位出一个人，去三个月。”

万佳云在桌上放下公文包，倒是很感兴趣的样子：“只能去一个?”

林景说：“什么叫只能，你对这个有兴趣?”

万佳云打开手机连上内网，果然看到了“下沉第一线，展现硬担当”的最新红头文件。

按照相关要求，只有她和林景符合要求。

文件最后标注，需要大家今天报名统计。

“我是老派出所出身，”办公室里上了二十几年班的一名老警员说，“其实新入警的小年轻就是需要在派出所干两年，才能理解基层的苦。我们当年连车都没有，全靠两条腿在外面跑啊。我还记得有一年居民反映家里的香肠被偷，没有监控，我们调查了两天两夜。还有一次……”

林景跟万佳云使眼色，对老警员的老生常谈不买账。

老警员说：“小林，你女朋友不就在派出所，你跟她选一个派出所不就行了?”

林景说："这怎么能行呢？工作是工作，谈恋爱是谈恋爱，你这不是害我吗？"

"哎哟，你小子这时候思想觉悟倒是高。"

在微信上，林景又问万佳云：要不我们俩抓阄解决？

谁想到万佳云回：我不排斥去派出所锻炼，你不想去吗？那就我去吧。

林景简直不相信还有这等好事：你说真的还是假的？分给我们的是林立路，那边忙得飞起。你真愿意去？

万佳云：真的。

林景回：佳云，你简直是天使。

万佳云不吃他这一套：那我就去和管大说了。

林景想不到这事解决得这么容易，看万佳云这么大方，他有些不好意思地找补说："不好意思啊佳云，我女朋友这阵子闹别扭，嫌我没什么时间陪她。我再一去派出所，她肯定有得闹了。只好辛苦你了，林哥等你回来请你吃大餐。"

下午，万佳云去向管大汇报的时候，管求益从一份文件中抬起头："你和林景商量好了？"

"嗯，说好了。"

"林立路那边可能比较忙，你吃得消吗？"他放下手中的笔。

"没问题。"

两年时间下来，管求益多少有些了解这个女孩。

她一进队就要求上一线，跑外勤，是个难得的不怕吃苦的好苗子。大家都很喜欢她。

"你过去了，手上的事情怎么办？"

万佳云没想到这还要自己操心，试探地说："那我两头带着做？"

管求益看看她："你做得过来吗？"

万佳云不明白了，领导的意思是——不同意？

管求益说："你想去就去看看吧。你手上的事我让小张帮你接，你去了记得好好干，要代表我们支队的形象。"

万佳云露出微笑："明白。"

林立路派出所距离市局有一些距离，但也不算远，坐地铁半个小时就可以到达。

那里管辖着一片城中村，还有商业区，用脚指头都能想到业务繁忙。

在交警大队的路为心听说万佳云自告奋勇下基层，就差敲她的脑门。

"傻啊你？他一个男的不去，让你一个女孩去，而且那边管辖的大多是老城区，肯定忙死。我让田镇给你问问，看看那边有没有熟悉的朋友。"

这个周末，路为心破天荒地回来了，一边啃着黄瓜，一边骂万佳云傻。她的男友正是派出所民警，受够了派出所的工作。

“没事的，我没去过派出所，也想体验体验。”

“你呀你，每次一到关键时刻就犯傻。马上天就热了，光是巡逻就要晒死你，更别说那些鸡毛蒜皮的案子了。当然了，你天生白皮不怕晒。”

“晒了我就躲到商户店里去。”

“你说得你很有经验一样。”

万佳云一笑起来就和上学时一样，一张脸纯真无辜，让人不忍心再多责怪。

“傻妞，我真为你担心，你成天一脸没城府的样子，真遇上个坏人，你怎么办啊你？”

话音刚落，隔壁忽然发出“砰”的一声响，像是什么重物落到了地上。

两人同时惊了一下，路为心诧异地用黄瓜指指万佳云背后的白墙：“隔壁有人住了？”

万佳云点头。

“哪个单位的？”

万佳云说一半留一半：“不清楚，上次我上楼时见过一次。”

“男的女的？”

“男的。”

路为心说：“其实住宿舍也有住宿舍的好，不管怎么说都是一个系统的，还算比较安全。田镇的那个小公寓里就是乱七八糟的人太多，隔壁住了一对情侣，一到晚上又吵又闹。”

万佳云忽然想起，这两天她准点上下班，却从来没碰到过隔壁的人。

只有某一次，她正要往墙上的插座插充电器，还没完全插进去，薄薄的墙板却透出声响。

轻轻的一声“咔嚓”，万佳云动作一顿，才意识到隔壁也在插插头，瞬间就觉得这插头有些烫手。

好久不见的姐妹花，晚上睡觉开启夜话模式。

听着路为心说她和男友相处的故事，万佳云听出来，路为心估计很快就会搬走了。

“那你打算什么时候搬？”

“还没想好，搬走的话就真的变成同居，那又是一个新阶段了，也挺烦人的。”路为心显然也有长远考虑。

“而且，我真的搬走了，你就一个人在这儿了，多难受。”

“人生何处不相逢。”

“佳云，你现在在机关里待久了，说话真是老成啊。”

万佳云笑了。
路为心说："对了，你最近是不是认识了一个叫江寅涛的？"
"你怎么知道？"
"上次他来我们单位，后来闲聊时聊到学校，刚好说到都认识你。我看他对你很有好感的样子，还说要组局请我们一起吃饭。"
"我们只是在饭局上见过一次。"
"他长得还挺帅的，听说黄局长很看重他，前途也不错。"
"你想说什么？"
"我想说，你不要放过任何优质青年。"
"你又在乱想。"万佳云笑了下，倦意上涌，"为心，我得睡了，明天一早还要去派出所报到。"
"快睡吧，晚安。"

林立路派出所位于城区主干道旁，从地铁站出来，往前走一百米就是。
周一上午，万佳云来到了派出所的六层小楼前。
这是一栋有点年岁的建筑，周围停满了电动车，环境杂乱。
穿着警服的民警在门口进进出出，一番忙碌景象。
"您好，请问毛警官在吗？我是市局治安支队的，今天来报到。"
"你就是万佳云吧？"
身后传来声音，站在前台的万佳云回头，只见一个四十岁左右的微胖男警察从旁边的休闲椅上站起来，笑容可掬。
"你是毛警官？你好。"
毛俊中等身材，长着一张圆脸，笑起来眼睛眯成一条缝，像一只白白胖胖的熊猫，一看就很好相处。
"我一早就在这儿等你了，所长他们还等着见你呢。走吧，带你去报到。"
毛俊暗暗打量了一遍万佳云，见她穿着很合身的常服，头发扎成矮马尾，整个人十分有神采，满身蓬勃朝气。
"一楼就是负责接警、调解室，还有户政、备勤，二楼是我们的办公区，三楼是搞图侦的……"
四楼是领导的办公区，毛俊领着万佳云去所长和指导员的办公室溜了一圈。两个领导简单客气地和万佳云说了几句欢迎话。说完，毛俊领她出来，回办公室。
"对了，我们这儿有宿舍，有需要的话，可以帮你申请。"
"不用了，我住得离这儿不远。"
"这次市局搞的动静还真是有点大，听说你们一百多号人都要驻点？"
万佳云点头："上周五我们开了动员大会。"
"我们派出所都快不够你们分了。我们这儿一共是四个值班组，四天一个班，你就跟我的组，以后叫我‘毛哥’就行。”

“好的，毛哥。”

“你到我们这儿来，可能会辛苦一点。你看看，”毛哥指指正路过的协调室内的一群人，“我们这儿的案子每天都停不下来。”

“没事，我正好多多学习。”

走进办公室，毛哥扭头朝里看。

开放式的办公室，一众民警各自忙碌着，有人在打电话，有人在翻卷宗，有人正领着调解对象进行签字。

毛哥看了一圈，忽然冲着坐在窗边的一个身影喊道：“翼然！”

万佳云心里猛地一惊。

一片繁忙景象里，穿着便装的男人正坐在靠窗的位置抽烟。

暖金色的阳光照着他像短刺一样的黑发，听到叫声，那双冷淡又桀骜的眼睛望过来。

万佳云有一瞬间的恍惚。

两人视线相触，眼中的画面仿佛失去了声音，只剩下蒙了旧时滤镜的影像。

陈翼然同样停住了。

“翼然……”毛哥又对他招招手。

陈翼然终于起身走来。

“这是跟我一组的陈翼然，在所里负责刑侦这块，也是最近才来。我们所里近来多了不少新生力量啊。”毛哥欣然地介绍。

陈翼然站定在万佳云面前，肩膀宽阔，身形高大。

毛哥笑了笑：“翼然，这是我们治安支队的小万，万佳云，今天刚来下基层报到。”

“你好。”陈翼然看着她。

“你好。”万佳云听见自己说。

“这样吧，咱们组等会儿到隔壁小会议室去聊聊，一起开个小会。”

毛哥说着，又探头进去叫唤：“江星、勇子、李毅，你们都来一下，我们开个小会。”

“现在是这样，我们所一共四个值班组，其余的还有两个办案民警、两个社区民警、两个打击查处民警，还有四个协警兄弟。当然了，警情多的时候，也不会分得太清楚，大家都要互相帮帮忙。这阵子我们还有两个兄弟被借到专案组去了，还是缺人手。基本情况就是这样了。”

万佳云看了一圈在座的男男女女。

众人前两天就知道局里要有年轻人下来蹲点，只是不知道是一个这么年轻漂亮的女孩，也忍不住好奇地看她。

毛哥看向万佳云，探探底："佳云，你在支队的时候，工作强度怎么样？内勤还是外勤？"

"内勤和外勤都干一点。"

"你要有心理准备，支队肯定是比我们轻松，那边具体案件少，行政上的工作多。来了我们这儿，肯定没那边舒服。"毛哥半开玩笑地说。

有小民警说："毛哥，人家刚来你就别吓唬人家了。"

万佳云只好微笑。

毛哥忽然想到了什么："对了，佳云，你加我微信，我把你拉到我们组的群里。"

所有程序走完，毛哥愉快地起身："好了，佳云你今天先熟悉熟悉环境，了解下工作流程，不明白的可以问问江星和顾盼。江星，你多带一带她。"

一个皮肤黝黑、看起来二十七八岁的小伙子看看万佳云，爽快地说："没问题，毛哥。"

回到办公室各忙各的事，万佳云在办公桌上整理自己的物品。

顾盼友好地来搭讪："哈喽，你也是刑侦过来的？"

"我是治安的。"

"哦，我以为你和陈翼然他们认识，他们也是刚来不久。"

女警的个头比万佳云矮一点，长得浓眉大眼，性格活泼外向。

"他们？还有谁？"

"还有一个叫闵扬，"顾盼想了一下，"不过他来得比较少。"

原来那个男人叫闵扬。

顾盼问："佳云，你们这次蹲点是什么要求，原单位的事还要兼顾吗？"

万佳云说："不用。"

"厕所那边有净水器，可以喝直饮水，也可以自己烧，我们都喜欢自己烧水喝。"顾盼提醒，"对了，佳云，你有饭卡吗？食堂在二楼，在图侦中心的隔壁。"

"谢谢，毛哥一来就给我了。"

顾盼说："那就好，有什么不清楚的，你可以来问我，欢迎哦。"

"谢谢。"

中午在食堂吃饭，顾盼和那位名叫江星的男民警一起端着餐盘来到万佳云的座位前。

"他说他的亲戚可能认识你同学。"顾盼在对面坐下说。

江星说："被你说得怎么关系这么绕？你好，佳云。"

"你好，星哥。"

直爽人江星笑了："我听说你是安大毕业的？"

“对。你的那位亲戚叫什么？”

“他好像跟你一届的，叫顾星华，是我表叔的儿子。”

万佳云惊喜：“顾星华和我一个班，是我的好朋友。”

“那就对了。听说他联考之后，回了我们老家的派出所，那边忙得不可开交。”

毕业后，万佳云和顾星华有时会在网上联系，他总是说后悔回家乡的派出所。

江星说：“明天就是咱们组值班，你第一天值班，要做好心理准备。”

“会很忙吗？”

顾盼边夹菜，边跟江星说：“你别吓唬人家，毛哥肯定会照顾她的。对了，陈翼然他们是不是也和我们分在一组值班？”

“他俩就算了，人家也不是到我们这儿来干活的，何必勉强。”江星语气有些不满。

顾盼说：“但是毛哥把他们分过来，不相当于我们组比别人少了两个人头？”

万佳云听出他们话里有话，但自己刚来，也不好问什么，只装作没听懂。

当天，陈翼然再也没在办公室出现过。

万佳云在干活的间隙，不经意回头，后方那张办公桌上空空荡荡，只有几沓放置了很久的报纸落满灰尘。

晚上回到家，万佳云开阳台的窗户时，发现隔壁有灯光。等回到屋里坐下后，又听到对面有两个人聊天的声音。

像往常一样，万佳云换上一身运动服，踏着月色出门夜跑了。

夜跑是她从大学起就养成的习惯，一个星期总要跑那么两三次才浑身舒畅。

跑出小区，晚风吹来了此起彼伏的人声和车声。

跑步中的万佳云沉浸在自己平稳的呼吸声里，沉浸在有些燥热的春夏空气里。

夜幕下，这座城市显得闪耀而疏离，连片的高楼被灯光勾勒得像一座座遥远的城堡。

这让万佳云想起当年来这儿求学时的第一个夜晚，站在宿舍的阳台上，望着校园里的建筑，那种茫然的感觉。

她在这里没有亲人，只有大学时的几个师友，可这两年，她从来没有过离开的想法。

到底是为了什么选择留在这儿？

母亲问过她，吕政问过她，大学同学也问过她。

万佳云只是说凑巧。

可只有她自己知道，心底深处，这里还留有她未完成的事。

尽管她很想降低“陈翼然回来了”这件事给自己带来的影响，可在每个独处的时刻，万佳云还是感到了来自内心的震撼。

陈翼然回来了。

这个因为她而退学，自此销声匿迹了六年的人回来了，她怎么可能做到无动于衷。

这几年他到底去了哪里？做了什么？

又为什么要回来？

每天开晨会是派出所里雷打不动的规矩，也是昨天毛哥反复提醒万佳云的事。

早上，守规矩的新人万佳云提早来到会议室，在桌面上摊开记事本，安静地坐在一角。

陆续进来的人看到这张生面孔都很友好，外向些的已经会和她打招呼。

“早啊，佳云。”

“早。”

等到人差不多来齐了，毛哥说：“翼然跟闵扬有点事，盼盼，你看看还有谁没到？”

顾盼说：“都齐了。”

“好，开会了。”

每日例会是固定内容，总结前一天的工作，部署当天的工作。

半个小时的会议结束后，江星夹起笔记本，跟万佳云说：“跟我走吧，咱们去世纪城处理一个小案子。”

“收到。”

世纪城那儿有人报警在银行取钱后，手机放在ATM机上忘记拿，等到想起来去找时，手机不见了。

江星带着万佳云匆匆赶到，在ATM机处看到了报案人。江星负责问询，万佳云帮忙做笔录。

手机失主是个四十多岁的中年人，说：“警官，你们帮我调监控吧，这里都有监控，再用天眼一查，很简单的。”

江星说：“你先别急，不管是看银行的监控，还是查天眼，都需要走程序，我们没有权力直接查。”

手机失主说：“你们是警察，这些应该可以查啊。”

江星说：“我们也觉得应该可以，问题是，我们没有这个权力，都需要走程序。”

意识到自己的态度生硬了些，江星说：“你放心，我们肯定尽快给你办，会有电话回访你销案的。”

手机失主也只好说："行吧，警官，那现在还有我的事吗？我需要跟你们去派出所吗？"

"不用了，我们也先回去查监控了。"

"麻烦你们了，警官。"

江星带着万佳云去取车，路上边走边说："走吧，去跟银行协商给他调监控去。"

两人上车后，刚发动引擎，忽然有个老人站到警车前面，拦住他们的去路。

江星和万佳云疑惑之际，那人走过来，敲了敲他们的车窗。

江星降下车窗："大爷，您有事吗？"

老人问："你们是交警？"

江星说："不是，我们是林立路派出所的民警。"

老人说："那你们为什么把车停在这里，这里是停车位吗？是不是警车就有特权乱停车？"

老人身形很瘦，中气却很足，拖着混浊的声音质问他们。

江星和万佳云显然都蒙了。周围有路人被吸引得停下。

满脸写着"遇到鬼了"的江星下了车。

就在万佳云有些担心江星会和对方抬杠时，隔着玻璃窗，她看见江星变脸似的绽开笑容，好声好气地说："老人家，您说得对，我们赶过来办案子，情急之下就把车停在了这里，下次注意，一定按规停车，也欢迎您多做监督。"

老人得理不饶人，继续发难："谁知道你们是不是来办案的？也许就是来逛街的，把车停在这里耍特权。"

江星脸上继续笑着："我们当然是来办案的，您可以打电话问问，我们刚刚从旁边的中国银行出来。"

万佳云跟着下了车，正在想办法，忽然看到不远处那个手机失主还没走，立即跑过去，拉他过来做证。

手机失主不明所以地被叫过来，万佳云说："您正好在这儿，我们都要回去调监控了，老先生说我们乱停车，不相信我们是来办案的，拉着我们不给走。您给我们证明一下我们就是来办案的。"

手机失主说："是啊，这两位警察同志是我打 110 叫来的，怎么了？"

老人一时语塞："就算是来办案，就可以乱停车吗？"

手机失主听明白了，立马站在江星和万佳云这边："老人家，您不要给警察同志添乱了好吧？我正急着找手机呢，您这没事添什么乱啊？"

他边说着边为江星和万佳云三言两语跟老人承认错误，江星又上了车，快速发动车子走人，嘴里嘀咕着："真是撞大运了。"

"星哥，你真是让我刮目相看。"

江星说："你看我笑话是吧？"

“不是，我是真的佩服你。”

从这个早晨开始，万佳云正式拿到了基层民警季度“体验卡”。

总说基层工作又忙又杂，上了一周班后，她有了切实体会。派出所里的案子，已经不能用鸡毛蒜皮来形容，简直是奇葩。短短一周时间内，她跟着江星出警了丈夫家暴、邻里斗殴、醉汉闹事、宠物店骗钱、男女朋友吵架砸 ATM 机……

出警、做笔录、整理卷宗，她在实践里学习着基层案件的处理流程和技巧。

这才发现，基层和支队的工作内容确实不同。

江星原先以为万佳云这样的年轻机关女警是来“镀金”走过场的，没想到她比他想象中踏实肯干，心底对她多了信任，每每有任务都会想着叫上她。

这天上午，协助老民警给两个案子做完审讯后，口干舌燥的万佳云回到办公室，正准备倒水，猛然发现，身后的办公位来了人。

连续几天没人影的陈翼然坐在桌前，身体靠着椅背，悠闲地翻看着手里的卷宗。

万佳云愣了一下，若无其事地回到自己座位上坐下，只觉得耳朵微热，举手投足都微微不自在。

整间办公室忙得像个鸡毛乱飞的鸡窝，只有陈翼然闲在角落里，显得格格不入。

这是万佳云上班一星期后，第二次看到他。

其实所里的人私下都在吐槽，说陈翼然和闵扬来这里一个月，很少露面。更有传言，他们是在山西省那边犯了点事情，才被调过来。

门口，江星匆忙进来，边收拾东西，边跟万佳云说：“走了，佳云！”

万佳云一听就是要出警，匆匆带上东西。

后一步跟进来的毛哥问江星：“你带谁去？”

江星正在套警服：“佳云啊。”

毛哥“啧”了一声：“就你们两个？开什么玩笑……”

美罗城那边有几个未成年人偷车，毛哥正要赶过去，同一时间，红旗菜场那儿又接到警情：有人持械斗殴。毛哥让江星带着人去，没想到他只喊了万佳云。

“小张、小罗他们呢？”问的是两个协警。

“他们一早就出去了，今天实在是没人了。”江星说，“放心吧，没什么问题，佳云还学过散打，你别小看她。”

万佳云也在一旁附和：“没问题的，毛哥。”

毛哥怎么可能放心，焦虑地看了看屋里的人，最后把目光定格在角落里。

江星和万佳云一起看过去。

江星又看看毛哥，用眼神暗示。

毛哥却已经提起声调：“翼然你也在这儿啊。这儿有个斗殴的案子，你有时间跟着跑一趟吗？帮他们搭把手。”

一直在看卷宗的陈翼然望过来，放下手里的东西，懒散地应声：“好。”

江星开车，陈翼然坐副驾驶座，万佳云坐后座。

前几天江星带着万佳云出警时，都会与她闲聊，今天多出陈翼然，三人一路无言，气氛古怪。

车子一路狂飙到菜场附近，前方渐渐传来大叫声、哭喊声。

看到有警察来，人群中有人开始高喊：“别打了，警察来了！”

江星带着万佳云和陈翼然往里走，突然间，一个人影像无头苍蝇一样窜了出来，他下意识地避开。

身后，毫无准备的万佳云险些被撞倒。在摔倒之前，她本能地抓住手边能抓的东西借力，一把扯住了身旁人的衣服前襟。

围聚在周围的老百姓都吓了一跳，避得远远的，大喊着：“他手里有刀！当心啊！”

电光石火间，顾不上思考，稳住自己的万佳云拔腿就朝逃窜人员追了上去。

江星正要去追，却发现陈翼然竟先一步追了上去。

现场杂乱，考虑到不能没人，落在后面的江星跑了几十米后，急忙刹住，又满头大汗地跑回头。

一个哭得满脸鼻涕泪水的女人赶紧拉住折回来的江星，声嘶力竭地大喊：“警察同志，救救我男人，救命啊！”

持刀的男人转瞬跑进一条巷弄。

巷子里的行人吓得纷纷逃窜，这人狗急跳墙，凭着较为强壮的体格撞倒了三四个路人，直至其中一个把他绊倒在地。

“站住！”万佳云从后面追上来。

眼看自己被追上了，跌倒的男人已经红了眼，爬起来后，拿着刀就朝万佳云刺。

男人个子不高，万佳云在他袭来时没有躲，眼疾手快地架住了他拿刀的手，抬高他的手臂，同时，用尽全身力气把他往背后的墙上推。

男人猛地撞到墙上，挣脱不开，龇牙咧嘴地用另一只手去卡她的脖子。万佳云一个抬膝，猛袭他的下体。

手上的利器“哐当”落地，霎时，男人痛得整个人缩成一团。

万佳云咬着牙，拽着他的手臂一把将他甩翻在地，手臂夹住他的脖子，在背后反剪他的双手。

一串动作行云流水，看得周围几个路人目瞪口呆。

男人“哇哇”大叫。

万佳云半压在他身上，手探到腰间摸家伙。

身旁有人递来一副手铐。

脸上微微出汗的万佳云抬头，看到陈翼然，怔了怔。

她压根没注意到他也跑了过来。

万佳云从他手里接过东西，娴熟地铐住男人的手腕，吃力地从地上拽起他。

“起来！”

远远地，看到万佳云和陈翼然带着人回来，带队出来的江星总算松了一口气。

首先担心的倒不是人抓不到，现在摄像头密度足够大，无非多花点工夫，他怕的是对方持械，陈翼然是个不靠谱的，万佳云要是出什么事，他这个临时“师父”不好交代。

江星问：“你们没事吧？”

万佳云摇头：“没事。”

他的目光扫过去——

万佳云除了头发有些凌乱，面孔微微出汗，确实没有异样。

可陈翼然有点异样，他的衬衫领子被一直撕扯到了胸口，露出了大片锁骨和结实的胸肌，不知道是不是刚刚和人搏斗弄的。

尽管江星平时看不惯陈翼然，这时候他作为组长，也不得不关心一下：“没事吧？”

陈翼然拉扯了下衣服，摇头。

万佳云觉得奇怪，他压根就没动手，怎么衣服却坏了？

疑惑之际，她忽然反应过来什么，又去瞄他衬衫上少掉的那枚纽扣，心里“咯噔”一下，明白过来。

万佳云赶紧有些心虚地移开目光，把碎发别到耳后。

江星愤愤地看着被铐回来的持刀男，光天化日之下持刀砍人，真是胆大包天。

刚刚还穷凶极恶的人这会儿似是蔫了，垂着头，头上和身上都是尘土，周身一股酒味。

不远处的地上全是被砸烂的水果，有个男人躺着，肩膀上、肚子上被砍了两刀，一直用手捂着流血的伤口。他身边是默默流泪的女人。

“救护车还没来吗？”万佳云担心地问。

江星说：“在路上了，应该快到了。”

万佳云找了附近的目击者，请他们帮忙去所里一起做笔录。

砍人的和被砍的都是卖水果的，为了抢生意一直有矛盾，砍人的这个喝了酒，酒壮屃人胆，挑衅地打起来。

江星踩着烂水果走过去，对周围的人大喊：

“来，大家不要看热闹了，疏散开一点，多一点空气。哪个同志帮忙去外面引一下救护车进来。”

立即有热心群众响应地说：“我去！我去！”

嘈杂的人声里，渐渐传来了救护车的鸣笛。

回到所里，万佳云马不停蹄地配合着忙完审讯，走回办公室给一沓文件盖章。

江星正在和两个老同志谈论刚才的情况。

民警老潘说：“这些喝了酒的什么事都干得出来，一大早居然敢在菜场砍人。”

三个人在那儿聊得热火朝天，顾盼看到万佳云进来，说：“佳云，听说你今天非常英勇，徒手抓持械歹徒，看不出来你还有点功夫在身上。”

万佳云不好意思地笑着说：“哪有什么功夫？”

无非就是大学时学了四年散打，每天一下课就到训练馆对着沙袋和队友们一顿“拳打脚踢”。

当年是谁告诉她的，只要在散打队待上四年，就会有不一样的收获。

实践证明，此言不假。

从大二开始，万佳云再也没有为体测担心过。

思及此，万佳云忍不住望向身后那张空桌子。

桌子上除了电脑和水杯，什么也没有。

那人一回所里就又消失了。

下班时间，万佳云像平时一样收好东西，刚出门口，手机响起来。

是上次一起聚餐的江寅涛。

那次聚餐后，大家彼此留了手机和微信，这倒是他第一次和她联系，万佳云颇为意外。

江寅涛在电话里说：“佳云你好，打扰了。”

“你好江警官，找我有什么事吗？”万佳云边接电话边往外走。

“不要这么客气，我们是同龄人，叫我江寅涛就行。听说你在林立路派出所下基层，我刚好路过这儿，正好看到你走出来，晚上有约吗？一起吃个饭？”

万佳云心中诧异，左右看看。

一辆 SUV 停在马路对面，有人站在车边，微笑着冲她招招手。男人穿着白衬衫、黑西裤。

他又在电话里说：“要是你不方便，也没关系哈。你想去哪里的话，我可以捎你一程啊。”

江寅涛真诚热情，万佳云说：“我没约人，但我晚上还有两份材料要弄……”

“那这样，我们简单解决一下行吗？你别过来了，我掉个头去对面接你。”

盛情难却，万佳云只好答应。

车子很快开到马路这边来，江寅涛摇下车窗，看着她笑：“不好意思，打乱你的计划了。”

“客气啦，应该是我谢谢你请吃饭。”万佳云开朗地说。

万佳云正要上车，一辆车正好从派出所的地下车库开出来。

江寅涛的车挡住了出口，他礼貌地降下车窗，对要开出来的司机，挥挥手打招呼，请他稍等。

万佳云上车后，江寅涛后退一些，让对方先走。

透过光洁的前挡风玻璃，万佳云看到了驾驶座上的人，不自觉地微启唇瓣。

坐在车里的陈翼然脸上没有任何表情。

SUV 后退着让出道路后，他的车在轰鸣声中上了马路，转瞬汇入城市喧嚣的车流中。

江寅涛摸摸鼻子，调侃地说：“这派出所民警的车速有点快啊。”

这个城市的春天，向来是陈翼然最讨厌的季节。

风大、雾霾重，空气中全是粉尘，一股脑吹过来，有一种不把人搞出肺病不罢休的架势。

没想到几年没回来，这里似乎哪儿都没变，变的只有人。

那个词怎么说的来着——物是人非。

“上身左转，下沉一点，膝盖和上身瞬间挺伸……”中间的大拳击台上，一个中年男人拿着拳靶，指导着一个年轻男子。

不算大的一个训练场，空中挂着多种重量的拳击沙袋，场地里还摆放着各式各样的训练器材，不少人正戴着手靶、拳套在互相训练。

看到有陌生人进来，大伙儿忍不住瞄过来。

拳击台上，后知后觉的中年男人转头，盯着台下的面孔看了两三秒，又继续指导台上的人。

又过了一会儿，他卸下手靶，戴上拳套，冲台下的陈翼然招招手。

穿着衬衫的陈翼然犹疑了两秒，翻过围绳，跳上了拳击台。

裸着上身的中年男人扔给他一副拳套：“衣服脱了。”

陈翼然说：“不穿衣服像什么样，多不文明。”

陈翼然戴上拳套，慢慢打开双脚，双腿微屈，双拳提起至肩高，做出标准的格斗准备姿势。

对面的男人也摆好姿势，然后趁其不备，扭腰转胯，以腰带肩，瞬间袭来一个前手直拳，攻击陈翼然的左下颌。陈翼然的头迅速向右侧闪，在他又快速袭来一拳时，抬臂格挡。

两人在台上你来我往，大多时候是男人出招，陈翼然格挡后，做小小的反击，但一次都没有真出力。

一个回合后，微微出汗的两人终于停下，卸掉拳套，走下拳台。

“什么时候回来的？”天台上，满身大汗的老唐兜头套上一件棉短袖，愤愤地看着陈翼然。

唐海峰的T恤上印着“华友国际散打俱乐部”的字样，还配着一个张嘴的老虎头。

“上个月。”

老唐不满地“哼”了一声。

“怎么没在学校干了？”

老唐挠挠肚子：“你们走的走，毕业的毕业，也没什么合心意的徒弟，我年纪也大了，不如出来玩。我们下个月要搞联赛，最近正是忙的时候。”

两人趴在栏杆上，吹了一会儿风，老唐看看身旁的小子，猛捶了一下他的后背。

陈翼然闷哼一声，皱眉看他。

“杨园告诉我你回来了，我每天都在等，就看你什么时候回来看我。”

陈翼然轻扯嘴角。

“现在才知道回来，你这几年去哪儿了？你这臭小子。”

“我在山西那边入了警，干了两年发现那边太苦，还是回来好，高楼大厦，香车美女。”陈翼然有些不着调地说。

老唐笑着看陈翼然一眼，并不相信他的话：“你还知道回来看看我，我老唐心里高兴。至少，你没忘了我这个糟老头。”

天色昏暗，城市已漾起一片灯火，让人的心跟着荡起涟漪。

陈翼然望着楼下的车水马龙出神。

老唐说：“我到了这里后，有人跟我显摆‘啊啊啊，那什么什么国际冠军是我徒弟’，我心想你就臭显摆吧你，我的徒弟现在全是警察，搞不好你徒弟犯了事还得栽在我徒弟手上。”

老唐绘声绘色地说着，趴在栏杆上的陈翼然喝了口矿泉水，笑了。

老唐又说：“这几年也就小佳云经常来看看我，她现在都成大姑娘了，在这边的治安支队，越来越漂亮，小警服一穿，站出来真是精神。你和她见过没有？”

陈翼然脸上的笑容淡了下去。

老唐说：“既然你回来了，过几天我喊大家一起吃个饭吧。杨园又去了美国，就剩你们几个在这边，大伙儿一起聚聚。”

“再说吧。不早了，我先走了。”

“不请我吃饭？”

“我约了人。”

老唐拍拍他的肩："去吧，臭小子，回来连饭都不请我吃。"

陈翼然背对着他，懒散地挥挥手，走了。

江寅涛就近找了一家西餐厅。

种种细节可以看出，江寅涛是一个很有礼貌也很会照顾女孩的男生。吃饭全程，他都在负责找话题、带气氛。万佳云从聊天中得知，他并非警校出身，学的是经济，误打误撞通过社招进入了公安队伍。吃饭途中，他很喜欢问万佳云警校里的生活。

如果是平时，万佳云会很乐意和他聊那些校园故事，可今天的她有些心不在焉。

两个人草草吃完饭，回去的路上，江寅涛说："是不是在派出所工作很辛苦？我看你一晚上都有心事的样子。"

万佳云说："是吗？可能是因为工作没有做完，有些挂心。"

"很少看见像你这么认真工作的女孩子。"

万佳云说："那一定是你认识的女孩太少了。"

两人都笑了。

车子开到了宿舍门口，万佳云礼貌地告别后下了车。

刚进大门，身后却又传来车子的引擎声。

万佳云回头，没想到是江寅涛的车子倒了回来。

她疑惑地走过去："怎么了，出什么事了吗？"

江寅涛从车上下来，面颊泛红，有些不好意思地递给她一个小纸袋："我差点忘了，今天给你准备的一份小礼物。"

瞬间，手里的袋子像是烫手一样，万佳云连忙推拒："这怎么好意思，不用不用。"

"不是什么贵重物品，朋友间的小礼物，你不要客气。"江寅涛转身钻到车里，怕万佳云把东西扔进来似的，车窗只留一条小缝，"不早了，你快回去吧，好好休息。"

车开走了，只剩下拿着礼物袋、尴尬地站在原地的万佳云。

只能下次见面再还给他。

万佳云转身往楼上走时，目光滑过了不远处的一片停车位。

走出两步，万佳云忽然停下，又回头看过去。

那一片画线的停车位隐匿在树影里。

一辆黑色的凯美瑞静静地停在那儿。

万佳云的眼睛聚焦地望向驾驶座上的人。

手肘架在窗上，陈翼然以一种悠闲的姿态坐在车里，与她直直对视。

夜晚放大了那些深埋在心底的、蠢蠢欲动的情感。

再次出现的陈翼然已和万佳云记忆中那个轻狂傲气的少年有些不一样，现在的他既像这夜一样沉默而颓废，又像是一把尘封的剑，锋利而充满戾气。

万佳云慢慢地朝着那辆车走了过去。

如有感应一般，车子暗暗地“咔”一声，解了锁。

万佳云上车后，靠在座椅上的陈翼然瞄了她一眼，侧脸轮廓深得如同雕刻。

他冷冷的目光先是看她关上车门的动作，然后顺着她收回的手，落在她放在腿上的那个小纸袋上。

万佳云注意到他这一睨，有些不自在地捏紧了手指。

“你怎么会在这边？”一段很自然的开场白。

“有朋友住这儿。”

万佳云清了一下嗓子，说：“不好意思，上午弄坏了你的衣服。”

她发现，他已经换掉了那件被扯掉扣子的衬衫。

“没什么。”

车内只有仪表盘亮着光，淡淡地映在两人的脸上，光影晦暗不明。

陈翼然问：“你毕业以后没回去？”

“联考之后刚好有机会就留了下来。”万佳云让自己的声音尽量自然，“你呢，什么时候回来的？”

“三月份。”

万佳云点头，停顿了下：“你……在山西入的警？”

陈翼然一只手搭在方向盘上，“嗯”了一声。

万佳云的心跳得很急，很多问题想问，嗓子却像是被堵住了一样。

“你离开学校之后，很多人打听过你的消息。”

陈翼然像是听到了什么笑话，笑了一声：“打听我干什么？”

“大家都很关心你。”

安静了一会儿，陈翼然说：“听老唐说，你后来还在散打队？”

“你已经见过老唐了？”万佳云有点意外。

“没有，在电话里聊了聊。”

万佳云说：“我和周周之后，队里没招到新的女队员，我和周周直到毕业才退队。”

没人想到，当初连体测都不合格的女孩最后会成为安大散打队的队长，成为全队不可或缺的灵魂人物。

陈翼然瞄了眼仪表盘上的时间：“时间不早了，你快回去吧，我要走了。”

“好，再见。”

透过车窗，陈翼然看着万佳云拎着那个不值钱的纸袋子，慢步走进楼栋里。

楼下尚有汽车引擎声，万佳云快速进入宿舍门，走上阳台，从窗口遥望逐渐远去的红色车灯。

风把几缕发丝吹落在眼睫上，万佳云眨了眨微痒的眼睛。

小路尽头，那抹红色的灯影，一点点移动消失。

万佳云有些失神地回到房间。

余光看到桌上的小纸袋，她推到一旁，没有打开。

江寅涛刚刚发来了一条微信，她此时才看到。

——谢谢你陪我吃饭。

万佳云想了半天不知道该回什么，回了一句：不用客气哈，可是礼物我真的不能收，下次找机会带给你，谢谢。

工作群里也有未读消息，是毛哥发来的最新值班表。

江星、她和陈翼然都被安排在本周四值班。

在好奇心的驱使下，万佳云点开派出所的小组工作群。

群里一共有十三个人。

她继续点开群成员，在所有成员的第二排，一个熟悉的头像跃入了眼帘。

指尖在屏幕上颤了一下，万佳云怔住。

那是一个红色的拳击手套的头像，昵称为“CYR”。

那年在学校，她换了号码，申请了全新的微信号。

没想到，陈翼然的微信从头像到用户名都没有变。

往事一幕幕如浪潮般涌来，真切得就像是发生在昨天，又像是已经过去了一个世纪。

校园里铺满路面的金色银杏叶，拳击台上挥汗如雨的少年，训练馆里时常响起的掀翻屋顶的欢笑……

生命里最炽热、最明亮、最放肆的一切，在最深的记忆之海，翻滚沸腾起来。

第七章 / 合作 /

经过时光的洗涤，
那些青春岁月的故事都如同贝壳里的沙砾，
幼时带来磨砺与不适，最后终将成为一生中的珍珠。

派出所的五楼是民警的宿舍区，供民警日常值班和单身警员住宿。

陈翼然住在这里的一个单间。

简陋的房间，二十几平方米的地方，墙体斑驳，家具老旧。

中间摆着一张床，靠着床头的是一张老式的单人沙发，最角落布置着一张贴皮的老式写字桌，桌边有两样简易的健身器材。

陈翼然回来后，在宿舍里简单冲了凉，擦着身体坐到床边。

这些年他没有刻意健身，却练就了一身紧致的肌肉。

“翼然，小肖问要不要一起去吃烧烤？”住在隔壁的一个协警突然开门问道。

陈翼然抬眼：“我不去了，你们玩得开心。”

协警看着他，愣了一下，“哦”一声。

门关上，人走后，陈翼然兜头套了一件 T 恤。

一屋都是寂静，只有窗口的风“呼呼”地往里吹。

陈翼然侧过脸，看到了窗口处的一抹黑色。

那是一个衣架，架子上挂着他上午刚刚换下的、少了两颗扣子的衬衫。

衬衫下摆在微风里小幅度地飘动着。

整装待发的小肖问协警：“怎么样，翼然去不？”

协警摇摇头。

“我就知道他不去，算了，就我们两个去喝点吧……”要出门的小肖看协警有些心不在焉的样子，问，“你发什么愣啊？走啊。”

“走。”

下了楼梯，协警忍不住说：“我刚刚去翼然的房里时，他一个人坐在那儿，没穿衣服。”

小肖“扑哧”一下笑了：“怎么了，你是没见过男人的大姑娘啊？没穿衣服也在这儿说。”

“不是……”协警让小肖声音小点，朝后方瞄了一眼，凑近嘀咕了几句。

小肖面容微微严肃，若有所思地往身后的宿舍瞄了眼。

这两天，万佳云徒手对抗持刀男的故事很快就在林立路派出所里传开了。大伙儿纷纷都说毛哥的三组来了一员女猛将，连所长都开玩笑地跟万佳云说：“不要这么拼啊，你在我们这儿有个三长两短，我们要跟治安支队交代的。”

万佳云和所内的年轻人逐渐熟悉起来，各项工作也开始上手。

今儿一早，大伙儿照例在晨会后吹牛。说到找女朋友话题后，有个年轻男警员神神秘秘地笑着对万佳云说：“佳云，听说前几天你的帅哥男朋友来楼下接你了。”

万佳云反应了一下，才知道他说的是江寅涛：“你误会了，他是局里的同事。”

顾盼问：“有多帅？你看见了？”

“我没看见，有人看见了，说是很帅。”

万佳云的态度毫不扭捏：“不要乱传了好不好？等我真有男朋友，一定让他请大家吃饭。”

几个人起哄：“哎哟，听到没有？佳云说有了男友第一时间请我们吃饭，执法记录仪在哪儿？录下来，录下来。”

一片欢乐氛围中，万佳云的对讲机响了，江星喊她出警。

“收到，星哥，我就来。”

今天是万佳云值班的日子，她带好装备，快速跑出去。

江星带着万佳云走到停车场，只见毛哥正和一个白发苍苍的老人在交谈。

毛哥叫住他们：“我把陈翼然也叫下来了，你们等会儿他。”

江星一听又叫了陈翼然，没说什么。

可能是由于那天出警的时候陈翼然下意识地主动追了上去，这让江星对他微微有些改观。

在车里等陈翼然的时候，江星问万佳云：“那天去追人，他出手帮忙了吗？”

万佳云说：“帮了。”

“那看来这小子也不赖。”江星嘀咕。

万佳云没有再说话，车窗外，一个高大的人影从门前晃了出来。

这是一个电动车被盗案。

报警人是一个微胖的、烫着鬈发的女孩，在这种还不算暖和的天气里穿着T恤和短裙，站在所住的单元楼栋下，说自己一辆价值七千多元的电动车被偷了。

江星和万佳云通过现场查看对面一个便利店的监控发现，偷女孩电动车的是一个年轻男人。

“认识吗？”江星指着监控里的人问了句。

女孩一脸震惊地说：“等等，再给我看一遍。”

店员回放一遍监控录像后，女孩“哇”的一声哭出来，在场的人都一脸莫名其妙。

女孩蹲在地上，哭得上气不接下气，万佳云蹲到她身旁，送上餐巾纸。

等女孩停止哭泣了，万佳云把她领到了便利店的用餐区，让她坐下慢慢说。

“别哭了，先把情况说清楚。”万佳云安抚她。

女孩说：“这是我前男友，真恶心，居然来偷我的车。”

听到“前男友”三个字，在场的人都感觉这件事匪夷所思。

作为常常处理感情纠纷的资深民警，江星并不惊讶，继续问她：“你把情况说说，前男友叫什么，住在哪儿，怎么认识的，还有没有联系电话。”

女孩擦擦眼泪，红着眼睛，慢慢地说：“我们是网上认识的，他叫冯凯，不过我后来发现这不是他的真名。他这个人什么都是假的，就是骗子，吃我的住我的。我们分手了快一年，他还回来偷我的电动车。”

万佳云在一旁简单做着记录，觉得荒谬好笑，却也不好意思笑出来，保持着严肃形象。

江星问：“电话呢？”

女孩翻看手机：“当时被我删除了，我现在也忘了。”

“还有什么信息？”

“对了，我还有他的照片。”

女孩打开手机相册：“一开始认识的时候，我看他白白净净的，长得很老实的样子，以为他是那种斯斯文文的男人。后来发现他有过盗窃案底，手脚不干净，但我怎么也想不到他还偷到我身上来了。”

“长得老实，不代表品性老实。专门骗你们这种单纯的小丫头，我们遇到得多了。”

女孩抹着眼泪说：“刚开始他也给我花过钱，还送过礼物什么的，装得很好。”

“送过你什么值钱东西？”

女孩的声音弱下去：“也不算什么值钱的，就是几十块钱的化妆品那些。让你觉得他很关心你很体贴，后来就变了。而且每次包装得很精致，显得很用心。”

江星听了直摇头。

春夏交替之际，城市街边的行人和车辆在阳光下穿梭。

陈翼然在店里听了一会儿，独自走到门外抽烟提神。

不远处的路灯上栖着两只灵气逼人的麻雀，陈翼然盯着看了会儿，下意识地回头，望向落地玻璃窗后的人影。

穿着蓝色警服的万佳云坐在便利店的餐桌旁，一脸认真地询问记录着。

万佳云做着笔录，莫名觉得侧脸发热。她转过脸，只看到站在店门口吸烟的人影。

明明是清晨，那个人看上去却很颓废。

“好了，先这样吧，你这个案子我们后续会跟进，你等电话。”江星和胖女孩说完便起身。

看万佳云在出神，江星拿着手机在她面前晃了晃。

回过神的万佳云收起东西，站了起来。

随着接警平台的不断呼叫，这天上午，他们三个人先后处理了四宗警情。中午三人在路边找了个小餐馆，饭刚吃到一半，对讲机又响了。

江星擦了擦嘴上的油，嘀咕着起身：“我就知道，今天一早就开门红，这一天不弄二十来个警情肯定结束不了。”

报警人称自己的小孩跟海豚互动受伤，海洋馆的人不愿负责。

到了海洋馆后，一群人在里面吵得不可开交，一个披着毯子的小孩在旁边哭，被母亲抱在怀里哄着，看不出哪里受了伤。

宽大的水池边，几个保安非常强势地在与孩子的亲友对峙，双方互不相让，指指点点，仿佛下一秒就要打起来。

乱糟糟的现场，万佳云从一位看热闹的游客那里了解到，小孩和海豚互动时一个不小心掉进了池子里，上来后看不出伤到了哪里，但孩子喊腿疼。家长要求去医院检查，场馆里的人认为是家长想讹人。

江星处理这类纠纷时很凶，让几个一脸嚣张的工作人员先闭嘴，同时也叫孩子的家属安静，再吵就把双方一起带回派出所。

现场人太多，江星扯着嗓子喊了很久，才开始有些奏效。

几个保安声音慢慢小下去，嘴里却还在嘀嘀咕咕，只听见一个不服的声音忽地冒出来：“警察了不起啊……”

江星回头，皱着眉头，追问那道声音：“你说什么？”

皮肤黝黑的年轻男人裸着上身，只穿着一条泳裤，头发湿漉漉的：“干吗？警察想要打人……”

一副挑衅的架势。

在一旁向孩童的家属了解情况的万佳云看苗头不对，挤了过来。

此时，海洋馆的工作人员纷纷掏出手机对准江星，作势要拍摄。

黑皮男人还在挑衅：“不要以为做个警察就了不起，你们是我们纳税人养的，还想打人？你打我一下试试？”

“你再说一遍？”

从一早忙到现在，中饭也来不及吃两口，此时被如此挑衅，江星的怒火似是彻底被点燃了，提高了音量。

走过来的万佳云赶忙把他往后拉，对那帮人说道：“警察永远不会打市民，警察拿着纳税人的工资就是要为纳税人服务，希望你们和我们互相尊重，不要寻衅闹事。”

“谁寻衅滋事了？你们是警察就可以血口喷人，乱扣帽子了？”人群里的刺头继续激化着矛盾。

“你刚刚说警察打人就是在寻衅滋事，我们站在这里，刚刚有谁看见我们动手了吗？”

万佳云提高音量。

水池碧波荡漾，清冷的光影投射在四面的墙体上，打在万佳云身上，为她褪去了几分稚嫩感。

所有目光都朝万佳云看过来，包括一直置身事外的陈翼然。

万佳云对着众人指了指自己穿着警服的胸口，那上面夹着红灯闪烁的记录仪。

她对着举起手机的几个拍摄者说道：“这是我们的执法记录仪，你们根本不用拍，我们的每一次执法都有记录，全程会录像。事后有任何疑问和不满欢迎去派出所投诉，我的警号是984672。如果你们现在拍摄断章取义的视频上传网络，造成不当的社会影响，我们一定会追责到底。”

周围的人竟真的都静了下来。

黑皮男人说：“行，我们不拍了，我们事后再去举报。”

江星说：“我等着你。”

黑皮男人嘴硬地说：“我肯定去。”

眼看又要起冲突，万佳云说：“大家都是想要尽快处理问题，这样的争吵没有任何意义。”她转头看身后的人，“场馆的经理在哪里？要不这样吧，找一个大会议室，让大家一起坐下来协商。”

海洋馆的经理显然不怎么乐意：“聊什么呢？我们也说了解决方案了，给他们退票，他们不乐意，非要去医院，你看这孩子好好的，也没什么事……”

“既然没得聊，你们都跟我们走一趟吧。”角落里，一直没说话的陈翼然突然出声了。

众人望向这个没穿警服的便衣警察，相比已经被拱起了火的江星和万佳云，他看上去很淡定。

陈翼然忽然像个领导一样“吩咐”万佳云：“小万，你给所里打个电话，再叫两个人过来，把这里的人全带走。”

万佳云和江星都有些意外地看向他。

陈翼然说：“愣着干什么？叫人。”

万佳云慢一拍地反应过来，“哦”了一声，拿起随身的对讲机，假装做出要叫人的动作。

海洋馆的一帮人互相看看，经理有些尿了，打断万佳云："警官，先别打电话，我们还是在这边谈吧，去我们的会议室谈。"

经过几轮谈判，双方决定各退一步，海洋馆先垫付五百元检查费，由家长带着孩子自己先去检查，如果孩子有问题，再进行后续商议。

一个不起眼的小案子花费了大家一下午的时间，最后虽然解决了，但大家都心情不佳。

万佳云以前就听说基层警察是和事佬，很多案子压根办不了，只能靠调解。现在发现，不光是和事佬，还是受气包。

然而，这个案子并没完。

当晚，派出所就接到了一个投诉电话。

因为江星的一句脏话，海洋馆的员工以"对待人民群众态度恶劣"为由，投诉了江星。

派出所接到投诉是常事，但早上开例会的时候，毛哥还是按照规矩提醒了江星，让他写检查。

江星一听这事，眉梢眼角都吊起来，气得当即就想去找那小子。

毛哥只好劝他："你又不是刚进所里的小年轻，也干了几年了，走个流程就算了，你何必再跟他较真。再说，昨天你确实骂脏话了，人家用手机录音了，发给了投诉热线，你没得反驳。"

围着桌子开会的一圈人都唉声叹气，大伙儿最烦投诉。

江星说："随便吧，爱怎么着怎么着，要不就把我调岗。"

毛哥说："你注意你的态度。"

江星拿着自己的笔记本起身，临走前说了句："就算不干了，这检查我也不会写。"

毛哥下不来台，眼看着江星甩脸走人，只好教育面前的几个小年轻："我跟你们说过很多次了，现在很多人都会举报，兄弟姐妹们办事的时候一定要注意态度。否则你干得再好，到了年底被投诉几次都是一场空。"

这份江星不愿意写的检查，最后落到了万佳云的头上。

毛哥认为万佳云是个乖顺可人的年轻女警，上午把她叫到办公室，想请她帮这个忙。

"毛哥，我不写。"万佳云直接拒绝，一点面子也不给。

毛哥很意外："不是以你的名义写检讨，是以你们这个小组的名义，你别担心，不会牵连你个人的。"

毛哥以为万佳云怕自己受影响，委婉地说："你放心，这个最后也不用挂你的名字，是以我们小组的名义，这不是我不在场，在场的话，我就自己写了。"

万佳云说："毛哥，我不是怕担责。我认为昨天星哥的态度没什么问题，有问题的是海洋馆那边的人。要是星哥不愿意写这封检查，我更不能替代他写。"

万佳云说完便转身离开，出门时差点撞上来人，再一看竟是陈翼然。

两人对视一眼，万佳云快步走了出去。

派出所后门处放着一张旧的木头长凳。

万佳云在对面的便利店买了杯咖啡，一个人坐在这张长凳上喝咖啡，排遣郁闷。

咖啡快喝完的时候，毛哥走了过来，在她旁边坐下，打趣地说："我到处找找不到你，还以为你跑回支队去告状了。"

毛哥又恢复开玩笑的语气。

万佳云有些赌气地不说话。

"好了，不用你写了，别再给你毛哥脸色看行不行？"

"我不是给你脸色看。"万佳云说。

毛哥语重心长地说："在基层干就是这样的，受气的事多了，现在有投诉就必须有回音，这是制度。我也不认为你们有错，但没办法，制度是一定要执行的。我没想到，江星是个大刺头，你也是个头硬的。"

万佳云的心情平复下来，低着头搅拌咖啡棒："我理解你，但我不觉得我们有错。没有错，为什么要写检讨书？"

"既然理解就别一个人在这儿坐着了，走吧，毛哥请你们吃全家桶下午茶。"

万佳云起身，跟着他往里走。

"我们都不写，那怎么办？你不是说是制度要求吗？"

毛哥说："陈翼然写。"

"啊？"万佳云惊得下巴差点掉下来，"他写？"

毛哥点头。

万佳云说："毛哥，你怎么让他答应的？"

毛哥说："我没说什么，他自己要求的。人家是老江湖了，能屈能伸，不像你们。"

万佳云若有所思。

毛哥说："对了，这个周末时间空出来，请你吃饭。"

"什么饭？"

"欢迎宴啊。"

周末，以欢迎新伙伴为由头，毛哥所带的这一组人发起了聚餐。

原本路为心还约了万佳云看电影，万佳云只好推掉。路为心在电话里说："好吧好吧，你刚到新环境，好好和同事搞好关系，下次可不能再放我鸽子。"

“下次我再也不敢了。”

晚上，最后一个队员到齐后，毛哥立即喊：“快开饭开饭”。

万佳云坐到顾盼身旁。

毛哥举杯，说完欢迎辞，大家动筷。

席间，顾盼说：“毛哥，陈翼然他们呢，不来了？”

“翼然和闵扬说要是来得及等会儿唱歌时过来。”

说到这个闵扬，万佳云来到所里后，还没有见过他，神奇的是他住在她隔壁，她在宿舍楼也从未见过他。

晚上吃完饭，大家兴致高涨，又闹着去唱歌，还在唱歌时点了酒。万佳云饮酒向来有数，可这一晚的顾盼似乎格外兴奋，一直拉着万佳云玩骰子。

不好意思扫了顾盼的兴，万佳云只好舍命陪君子。谁也没注意到两个女孩喝了多少，等到大家唱完，发现两个女孩子居然都喝醉了。

几个男民警你看我，我看你，不知道是谁把她们灌醉的。

最后几人只好分成两路人马，一路送一个回家。

万佳云没有醉到不省人事，只是觉得晕晕的，走路会晃。

两个男警察一人架着她一条胳膊，一路把她送到宿舍，帮她开门。

万佳云坐到下铺的床边，觉得自己没有任何问题，让他们快回去。

两个男民警对待酒鬼经验丰富，有点不放心：“想吐吗？”

万佳云目光呆滞地坐在床沿，摇头。

下一秒，胃里一阵翻涌，张着嘴恶心了两下，没真的吐出来。

“你觉得行不行？我怎么看着不太行啊。”

“早知道把她带所里去了，放值班室。”

“也没个人能照顾一下，你说，是把她带回去，还是怎么办？”

男警员左右看看，眼睛一亮，提议：“哎，反正这是宿舍，要不问问隔壁，看有没有人，都是一个系统的……”

宿舍里，陈翼然和闵扬正在说话。

忽然有人敲门，两人同时朝门口看。

闵扬推开门，只见两个民警站在门外，看着他笑。

“哎哟……”警察甲看着面前穿着T恤和长裤的人，眼睛亮了，“兄弟，是你住在这儿啊。”

闵扬虽然只在所里露过两次面，但他们还是一眼认出了他这张极具辨识度的脸。

闵扬耷拉的眉角提起来，对眼前陌生的两人充满问号。

“你们是？”

“我俩都是林立路派出所的，你不认识了？”小伙子略尴尬地说。

闵扬努力拼凑了一下记忆，“哦”了一声，又问：“有事吗？”

憨憨的小伙子指了指隔壁：“是这样的，兄弟，住隔壁的小万，是我们新来的同事，晚上聚会喝多了，她一个人住，我们有点不放心，本来想带回所里，没想到你在这儿……”

躺在床上的万佳云闭着眼睛，感觉整个人天旋地转，像一片羽毛飘在空中，落不到实处。

这是她第一次醉酒，才知道喝醉原来是这样的奇妙感觉，呼吸是沉的，四肢也是沉的，神经变得极有存在感，像碗口一样粗，在脑子里一跳一跳的。

周围有细小的声音，一会儿像是人的脚步声，一会儿又像是细微的水流声。

万佳云翻身侧躺，吃力地睁开眼睛，循着声响望过去。

她发现，之所以不感到刺眼，是因为房间里只开着书桌上的一盏台灯，室内所有的陈设都陷在朦胧隐约的光影里。

她眼珠微转，看到书桌边有个高大的人影，正在倒水。从这个角度看过去，只能勉强看到一角。

万佳云以为是还没走的同事，闭了闭眼睛，轻声说：“你们回去吧，我一点问题也没有。”

这是每一个醉酒人的固定台词。

说完，她又有点难受地闭上眼。

不知过了多久，有一个玻璃质感的东西碰了碰她的手臂，冰冰凉凉，随之响起一个略冷的声音。

“喝水。”

侧躺着的万佳云枕着自己的一只手，再次睁开眼。

她在看到面前的人影后，渐渐安静。

陈翼然坐在她对面的空床板上，静静地看着她。

他穿着洗得发白的黑色短袖和大裤衩，整张脸都陷在昏暗不明的光线里，脸上没有任何表情。

万佳云的眼睛一眨也不眨。

应该是醉了吧。

她分不清这个画面到底是真实的，还是醉酒后的幻想，又或者，只是一个荒谬的短暂的梦。

陈翼然看着她，看她醉酒后呆呆傻傻的样子。

“你是不是……”万佳云忽然出声，声音“沙沙”的。

陈翼然看着她，不知道她想说什么。

“爱写检查？”

陈翼然有些莫名。

胃里翻涌难受，万佳云躺着干呕了一下。

陈翼然立即拿来垃圾桶，喊她起来吐。

听觉似乎已被酒精麻痹，万佳云赖着不动，不起身、不配合。

被酒气熏得微红的脸往小臂里埋了埋，刚好遮住半只眼睛。露出的眼睛又睁开，依然看着他，眼眸中流转着一层光膜，像藏在树后的懵懂的鹿。

陈翼然知道万佳云是真醉了。

喝成这样。

他不知道是该说她涉世未深、胆大妄为，还是说她自我认识不清晰。

陈翼然站起身。

万佳云以为他要走，眼珠滴溜了一下去追看，发现他只是走到床尾，脱掉了她的帆布鞋。

万佳云看见他在搬自己的脚，可她喝得太醉，脚上麻麻的，没有一点感觉。

陈翼然把她的脚放到床上，给她拉开被子。

轻飘飘的蚕丝被盖到身上，柔软温暖。万佳云瞄着他的一举一动，直至他做完这些，又准备坐回对面。

突然，胃里又是一阵猛烈翻涌，她扭身就要往床边吐。好在陈翼然眼疾手快，屁股还没沾到床板就飞速递来垃圾桶。万佳云赶紧一把抱住，将脸埋进去。

等万佳云吐完了，陈翼然递上水给她漱口。

处理完垃圾、洗完手再回来，床上的人终于闭着眼老实了。

又在空床上坐了会儿，确认她折腾累了睡着了，陈翼然抬头，打量起四周。

这间宿舍和隔壁是一模一样的房型，只不过多了些女性气息。

陈翼然站起身，走到书桌前。

桌上立着两张相片：一张是四个女生站在银杏树下的合照，万佳云站在中间，歪着脑袋，手里捏着一片树叶，是刚进校时的青涩模样；还有一张是她单人的半身照，她侧身背手站着，身穿正式的警礼服，脑袋上戴着警帽，转脸望向镜头，精致的眉宇间透露出自信与英气。

陈翼然再次走回床边。

床上的人睡得香甜，长长的睫毛掩着，脸颊上是醉酒后的红晕。

看着看着，陈翼然的目光里多了一份亲切的温情。

这一觉万佳云足足睡到上午十点才醒来。

她睁开眼，脑子胀痛，隐隐约约想起昨晚喝酒的事。

看看身上，还穿着昨天的衣服。

她记得是同事送自己回来的，再然后……有人给她脱鞋、倒水。

万佳云后知后觉地微微张开唇，这才记起，昨晚照顾自己的是谁。

正在努力回想着昨晚他们说过什么话，她有没有说什么不该说的话，外面忽然响起“咚咚”的敲门声。

她紧张了一下，打开门，结果站在门外的是双手都拎满东西的路为心。

“惊喜吧？你快帮我拿一下，我都没手掏钥匙了。”

路为心看万佳云一副刚睡醒的样子：“你今天怎么没早起去跑步，不会是睡到这个点才起吧？”

万佳云在路为心身后，帮着把东西拎进来，发现都是零食：“你买这么多零食干什么？”

路为心说：“今天我回来是准备搬家拿些东西走的，给你买了两大包吃的，安慰安慰你。”

“你拿我当小孩，一点点零食就想打发我。”

路为心将窗户推开换气：“屋里好大的酒味，你昨晚喝酒了？”

“哦，昨天所里聚会。”

“不是吧，你所里的人还敢灌醉你？赶紧告诉你们支队，让他们去给你报仇。”

“也不是故意的，大家玩得开心，就多喝了几杯。”万佳云揉着一头乱发，岔开话题，“田镇呢？他怎么不来帮你一起收拾？”

“这不是怕你觉得不方便吗？你看你披头散发的样子，等会儿我们收拾好了，叫他来运走就行了。”

路为心尽管大大咧咧，却一直很有分寸。

于是，一整个上午万佳云都在帮路为心收拾行李。路为心的东西不算多，一些生活用品男友的房子里有了，她不再带走，最后收拾出来两大行李箱。

路为心和万佳云一起在这儿住了两年，有许多温馨快乐的时光，现在正式分开，难免伤感。

一整个下午她心里都感觉空落落的，傍晚的时候，万佳云收拾一番，去了一个“老地方”。

周末是俱乐部人最多的时候，万佳云进来时，门口正在练拳的两个熟面孔和她打招呼：“哟，好一阵子没见你了，今天怎么有空来玩？”

万佳云露出笑容：“前阵子我太忙了。老唐在吗？”

“他在里面和人说话呢。”

“谢谢。”

四周都是众人练习时发出的拳击声，万佳云从中间的拳击台穿过，来到会客间。

门开着，万佳云看到老唐站在里面的侧影，探了一个脑袋进去：“教练！”

满身是汗的老唐似是刚刚打过一场，面孔微红，十分惊喜地喊道：“我这儿今天是撞上什么风口了？把你们这两个小鬼都吹来了……”

万佳云猛地定住，顺着老唐的目光回头看。

穿着一条黑色散打裤的陈翼然姿态闲散地坐在她身后的一张单人沙发上，上身裸着，肩上搭着一条白毛巾。运动后的肌肉沾着汗，蓬勃又紧绷。

他的头发黑漆漆的，不知道是汗，还是刚洗了脸。

在这不设防的一瞬，这极具冲击力的、似曾相识的画面，很难不让万佳云想起过往。

那时的她还很小，正是因为他的死缠烂打、威逼利诱，懵懵懂懂地走进了散打的世界，认识了可爱的老唐。

想到他昨夜对自己的照顾，万佳云慢慢地收敛起脸上的笑容：“好巧，你也来了。”

陈翼然点点头。

夹在中间的老唐最清楚当年这两个孩子之间的瓜葛。

在这个快五十岁的老年浪子眼里，经过时光的洗涤，那些青春岁月的故事都如同贝壳里的沙砾，幼时带来磨砺与不适，最后终将成为一生中的珍珠。

他打岔说：“佳云，你好一阵没来看我了，我还当你忘记我这个老头了。”

“怎么会，教练？前一阵子队里搞案子太忙了，一放假我立即就来了。”

“刚刚翼然练了一场，你要不要练一练？”

万佳云笑着摇头：“你想让我出丑？”

老唐原本就是开玩笑：“不打可以，教练请你们吃个饭怎么样，你们俩没问题吧？”

老唐就近找了一家西餐厅。

刚刚路过一个家常小菜馆的时候，万佳云提议这个很好，老唐却说这么多年来他第一次请爱徒吃饭，一定要找有档次的地方。

眼前这个餐厅虽然不大，但装修还算有特色，采用了大量的落地玻璃和绿植点缀，最前面搭建了一个小小的舞台，侧面放着一架三角钢琴。

三人在靠近落地玻璃的位置坐下后，老唐和陈翼然坐一边，万佳云坐在他们对面，气氛有些微妙。

三个人各自点了一份套餐，万佳云喝着橙汁，不远处有个短发女孩突然一脸惊喜地朝她挥手。

万佳云认出对方，笑起来。

女孩脚步轻盈地走过来：“师姐，好巧啊，你怎么在这儿？”

女孩是小万佳云一届的嫡系师妹，万佳云微笑着站起身。

女孩身旁的高个男友也朝万佳云笑着喊了声“师姐”。

女孩往热闹的那头指了指：“我们今天聚会。”

万佳云望过去，果然看见了不少熟面孔，一群男女对她眨眼睛、摇手，充满青春活力。

女孩非要拉着万佳云去和大家打招呼，万佳云只好走过去。

老唐和陈翼然不由自主地望着她离去的方向。

“你看看，小佳云都有一堆师弟师妹了。这傻丫头还跟以前一样，什么心机都没有。”

陈翼然看着万佳云在那边寒暄的模样，没有作声。

老唐说：“你走了以后，散打队里里外外很多事我都直接交给她张罗。你别看她那时候还是个小孩，做事情却有板有眼，一点不用人担心，成长得非常快。翼然，我当年真的没有看走眼，就看人这件事上，你佩服不佩服？

“不管怎么说，你们都是我的徒弟，我希望你们两个都好好的。你这次回来，我看得出来，这傻丫头很开心，你千万别伤害了人家。”

陈翼然冷笑，讽刺地说道：“我有什么能力可以伤害人家？”

老唐说：“你对女孩有什么能力，你自己心里清楚，反正佳云你不能动。”

万佳云走回来，两人停止了对话。

万佳云满脸洋溢着欢快的笑容：“教练，他们认出你了，让我问问你，后来为什么不招收咱们刑侦的学员，害他们都不能学散打。”

老唐往那一桌的少男少女望去，跟万佳云说：“你去跟他们说，因为他们都没有之前的师哥师姐优秀。我是公平选拔。”

万佳云手里拿着牛排刀，甜甜地笑了。

笑完，她又忍不住瞄对面的陈翼然，心中闪过一抹怅然若失。

说起来，他们也是他的师弟师妹。如果他没有离开，他们就会知道此时坐在这里的师哥曾经有多优秀。

老唐和两个人聊了聊自己的生活，聊了聊散打队其他队员的近况。只有谈到杨园时，陈翼然会敷衍几句。万佳云能听出来，这几年杨园是唯一和他有联系的人。

酒足饭饱后，老唐坚持让陈翼然送万佳云，万佳云只好坐上副驾驶座。

车窗外明月高悬，微热的风吹得人脸颊发痒。

车子开出好一段后，万佳云才说：“昨晚谢谢你。”

这声道谢她憋了一下午。

“举手之劳而已。”

“毛哥他们说，昨天也邀请你们了，但是你们推脱有事，不来参加。”

陈翼然没说话。

“所里的人对你和闵扬都挺好奇。”

“好奇什么？”

“好奇你们为什么调过来，调过来还可以不上班。”

陈翼然说：“你哪只眼睛看到我没上班？”

万佳云没好气地说：“不是我说的，是他们。”

陈翼然说："我没听到别人说过，就刚刚听你说了。"

万佳云十分无语。

车子转弯，转向灯"嗒嗒嗒"地响。陈翼然漫不经心地看她一眼，说："你现在是不是酒量很大？"

万佳云一愣："并没有。"

"并没有的话，就要有自知之明，下次再喝得烂醉，"陈翼然说，"就不一定还能碰上好心的邻居了。"

万佳云醉酒的事在接下来的这个周一很快就传开了。

一早，办公室的同事们都忍不住取笑万佳云。

"我们俩是真的没办法，看你要吐，总不能把你一个人放在宿舍。以前有醉鬼吐了之后，呕吐物把自己给呛死了。后来是小李想到找你邻居，没想到一开门，居然是闵扬这小子。"民警甲又说起当晚的情形，绘声绘色的，和说书一样。

万佳云满脸只有"尴尬"二字，耳根子红了一片。

众人聊得正起劲，毛哥有些严肃地走进来说："别聊了，开会了，今天去六楼的大会议室。"

一听到去大会议室，大伙儿皆互相看看，感觉没好事，带着笔和本子纷纷起身。

果然，市区两级都来了人，有刑侦、治安、经侦、巡特警等，阵仗不小。

刑侦支队来的正是万佳云的顶头上司管求益，市里来的领导级别更高，是刑侦支队的陆良松支队长，兼着副局长。

屋子中间摆着一张大会议桌，一排领导坐在中间，边等大伙儿边喝茶闲聊。所长左右张望，打电话催促还没来的人。

万佳云和几个先上来的年轻民警一起自觉地坐在后排。所里的几个中年主力办案民警则坐在领导对面。

过了一会儿，被电话叫来的陈翼然、闵扬也到了，两个人在不起眼的角落里坐下。

所长看看大家："都到了吧？我们现在开会。首先，欢迎陆局长今天也来参加我们的会议，指导工作。"

大家礼貌地鼓掌。

省厅交办了市里一个大型赌船案，市里决定组成专案组。

万佳云在治安支队看过不少涉赌案件，倒是第一次接触赌船。

大伙儿对赌船的理解可能都是影视剧中的豪华邮轮，船内金碧辉煌，发牌的荷官漂亮性感，登船者都是穿西装晚礼服的达官贵人。然而，这艘赌船并不是什么豪华邮轮，从侦查员提供的资料来看，它就是一艘普通货轮。

根据线报，有人将这艘普通的货轮进行了改装，隔三岔五把货轮开到江上聚众赌博。

夜间船在长江沿岸航行，平时难以察觉其异常。

该案类型新颖，案值大，据初步摸排，船上一晚的赌资可达上千万。

因为涉赌的缘故，经讨论，案件最终还是由治安支队牵头，由治安的管求益做专案组组长。

会议结束后，众人离席，拎着公文包的管求益慢一步走出会议室，走到一楼的大办公室，往里看了看。

正忙着盖章的万佳云立即放下文件出来："管大。"

"在这儿两个星期了，你感觉如何？"

"很有收获，"万佳云跟着他往外走，"这里比我们那儿节奏快一点。"

"比机关辛苦吧？"

"还好。"

"派出所是个锻炼人的好地方。"

走到门口，一辆贴着"公务用车"的黑色大众就停在路边。

管求益说："上次陆局长跟我提起，想把你调到宣传口去，现在他分管的视频中心正在策划一些新媒体作品，想挖掘形象好的女警过去。之前他们看过你接受的一些采访，觉得你挺适合。"

如同晴天霹雳般，万佳云愣住。

这两年，万佳云确实在推不掉的情况下帮警队拍过一点宣传物料，但从没想过专门去干这个。

"我还没答应，想先听听你的意见。"

"管大，我很喜欢现在的岗位，而且有很多地方还需要学习，暂时不想调动。"

管求益笑了："这拒绝得太快了，你不再想想？"

"不用想了。"

管求益说道："行，我知道了，你回去忙吧。"

万佳云回到办公室，大伙儿都在讨论赌船的案子。微信里，她也被拉入了刚刚组建的专案组大群。

但她这会儿满脑子都是管大刚刚提到的事。

组织上调动人员向来说一不二，当初她报考刑侦被莫名分到治安，如今万一真的又来一纸调令，她该如何解决？

"佳云，你想什么呢？"

万佳云抬头，发现大伙儿已经纷纷出警了，只有顾盼正端着一杯茶站在她身旁，关切地看着她。

“啊，没有。你今天不去社区？”

“今天上午没事，在家做公众号，下午去做一个防诈宣传。真是喘口气的时间都没有。”

看周围没什么人，八卦的顾盼靠近她，小声说：“我刚刚去天台，准备拍点照片放公众号里，结果你知道我看见谁了吗？”

“谁？”

顾盼凑近她的耳朵说：“刚刚来的那个陆局长和陈翼然在聊天，看起来关系很熟的样子。”

顾盼的话里有一种“我终于发现了他的背景”的感觉。

“这没什么吧？局里的领导也经常和我们谈心谈话。”万佳云下意识地为陈翼然说话。

顾盼撇撇嘴：“你怎么忽然帮他说话？”

万佳云说：“我有吗？我没有吧，实事求是。”

早晨，会议室里坐了一圈人，空气里有提神的咖啡香和茶香。

今天是赌船案侦查组的首次会议。

江星打印出所有掌握的资料，分发给在座人员。

窗帘拉着，投影幕布上在播放一小段录像。

一艘大邮轮在深夜宽阔的江面上慢慢地航行。

录像只有十几秒，看不出有效信息。

根据初步调查，这艘赌船的船主是个三十几岁的男子，本名杨传得，诨号“大鸟”，最初卖过摩托车、做过烧烤店、开过酒吧，后来去菲律宾混过几年，做赌业发达了。

“大鸟”在山东老家有老婆孩子，在这里有个情人。

他的社会关系算是一条可以跟的重要线索。

派出所里的一位主力民警看着手里的一张图纸问：“船有没有固定的地点？”

事先已经做过了解的毛哥解答：“目前得知的登船点有三个，还要再摸排。”

“除了这个船主，有没有什么赌客的情况可以入手？”

“原来有一个举报人，因为输太多举报的，但最近突发疾病，在医院里昏迷着，问不出什么。”一名知情的民警遗憾地说。

目前为止，掌握的线索都很被动，需要大量侦查。

万佳云坐在桌边，一边听大家讨论，一边翻看手里的资料。

所长坐在中间，喝着一杯浓茶，以听为主。

一番讨论后，所长决定兵分两路：一队调查主要嫌疑人之一“大鸟”的社会关系，一队侦查船只的行迹。

毛哥率队的三组主要负责侦查船只。

接下来的一周，大家分工合作，几个男民警天天去江边沿岸摸底侦查，万佳云则被派去交通局水上管理中心查监控。近年来交通局投入了大量资金在这一块，监控比他们公安还安得多。

皇天不负有心人，没过几天，大伙儿一碰头，算是摸清了船的行迹。但是，这艘船并没有固定的出船时间、靠岸时间，这意味着光靠外线侦查远远不够。

一筹莫展之际，通过跟踪摸排，江星在沿岸找到了一个曾上船陪赌的年轻女孩。

那是一个洗头房的姑娘，去了一次后晕船，不愿再去。

江星通过和洗头房的姑娘软磨硬泡，打探到了许多消息。

跟所有聚众赌博的场所一样，所有人想上这艘船只能一带一，由熟人带生人，不接单独的生客。船上什么都有，吃的、玩的、睡觉的地方……当然，也有大量的监控和安保人员。

想要了解具体情况，还是得进去一探虚实。

现在的问题是，没有赌客带人上去，而这个洗头房的姑娘知道公安查案，不论如何劝说她都不愿再上船。

江星说："我听她话里话外的意思，现在知道公安在查这个，不肯蹚浑水，说胆子小，害怕露马脚。但她愿意做介绍，介绍人上船。"

"那我们找两个人上去。"毛哥说。

江星摇头，顿了顿，莫名看向万佳云。

大伙儿跟着他一起望向万佳云，不明白其中的意思。

"人家说，可以介绍陪赌的小姑娘上去。"江星解释，"船上的赌客基本是有点来头的人，就跟买楼一样，要验资的。但是，船上一直缺陪赌的小姑娘，越漂亮越好，一个晚上两千元底薪，小费是自己的。"

但是，这个陪赌角色，一方面是可能有点危险；另一方面，作为陪赌，要有经验，能随机应变。

毛哥听明白了，没有表态。

江星看大家难以抉择，提议："这样吧，我们所里有个小杨经常做卧底，这方面她经验丰富，我去问问她，愿不愿意给我们帮忙。"

会议桌侧面忽然有人出声："不用找别人。"

坐在最角落、每次开会基本在神游的陈翼然抬眼望了过去。

万佳云说："让我试试吧。"

一线女警常年紧缺，在支队的时候，万佳云有过多次化妆侦查的经验。

她扮过热心群众，装过别人的亲朋好友，甚至和队里的林景扮演情侣。

只不过，以前的化装侦查都是“小打小闹”，这一次她要单独行动，并且身担重任。

首先，在外形上就要做出巨大改变。

破旧的发廊位于窄巷老屋的一片小坡上，屋里一共有四张破旧的理发椅，满地都是未打扫的头发。

毛哥和江星各坐在一张理发椅上，等着里面的人出来。

玻璃门外，蓝色的灯箱静静地旋转着。

“好了，你们看看怎么样。”年轻的发廊小妹带着换好装的万佳云走出来。

两个男人笑起来。

因为脚下踩着高跟鞋的缘故，第一观感就是万佳云高挑了不少。她身上套着一件黑色的吊带短裙，裙摆缀着一截镶亮片的流苏。只要稍稍一动，那些流苏就在她白嫩的大腿边晃动。

这一身打扮虽说俗艳，却让人挪不开眼。

万佳云脸上化了浓妆，眼睛和嘴唇都是亮的。长发烫了卷，蓬松地堆在脸颊边，添加了一些风情。

万佳云微微觉得别扭，却也大方地问两人：“怎么样，你们觉得这样行吗？”

江星笑着站起来，目光在她身上扫了一圈：“看不出来啊佳云，你还真是可造之才啊。”

发廊小妹也在一旁帮着说：“你们女警妹妹打扮太朴素了，这样多好看。”宛如自己是个形象设计师。

毛哥对万佳云说：“晚上你上了船见机行事，有情况就和我们联系。”

“知道了，毛哥，你放心吧。”

洗头妹作为中间人，把江星帮万佳云拍的大头照发给船主后，船主表示十分满意，让万佳云周三晚上七点在指定地点登船。

这天晚上七点不到，洗头妹的手机终于响起，那头说车子马上就到。

万佳云站起身，留守在店里的江星把一只小挎包递给她，嘱咐：“有情况随时联系，保护好自己。”

不一会儿，一辆白色高尔夫开到门口，没人下车。洗头妹往外瞄了眼，说了句“已经到了”，立马带着万佳云走出去，绕到驾驶座，和司机打招呼。

“罗哥，这就是我的好姐妹慧文，晚上你多关照一下她。”

车里，司机是个断眉的光头，看起来三十多岁的样子，眼皮上一层厚脂肪。他用细细的眼睛打量万佳云一眼：“上车吧。”

万佳云上车。

“多大了？”车子开出一段后，罗哥问。

“二十岁。”

罗哥断断续续地和万佳云聊天，万佳云按设定好的背景回答，还算应付自如。

等车停下，万佳云才发现，他们今晚的登船地点是城外的一个废弃码头。

天色已暗，晚风习习。

一艘漆黑的两层大货轮停靠在岸边，船上没什么灯光。

万佳云深呼吸了一下，拎着小包，跟随罗哥上船。

上船后，罗哥说：“手机给我，下船时再给你。”

尽管知道有交手机的环节，可手机真正上交时，万佳云心里还是有微微的紧张。

这艘货轮从外观上看和普通货轮没有任何区别，然而船舱打开后，一股纸醉金迷的气息立即扑面而来。

船舱内灯光亮得刺眼，棋牌种类五花八门，桌上全是高高的现金……除了传统的赌桌，万佳云看到，居然还有一群人围着一个屏幕在视频连线赌博。

万佳云被这意想不到的画面微微震撼着，跟在罗哥身后，穿过场中间。

有个脸上长着一大块胎记的矮个子男人拿着订书机在转悠，帮赌客把散乱的现金每一千订成一沓，方便计算。

一片热闹中，一名年轻男子不知道是不是输了太多，忽然怒骂着甩下手上的扑克站起身，激动得满脸赤红。

而他有些癫狂的声音很快又被声浪覆盖。

几个打扮得十分漂亮的年轻女孩陪伴在赌客身边，笑脸盈盈。

见到新鲜面孔，女孩们都有些敏感地朝万佳云看过来，上下打量，像是看到了新鲜的鱼。

罗哥把万佳云带到一个正在牌桌旁观战的矮个子男人面前，介绍：“鸟哥，这是新来的慧……”

他一时卡壳，万佳云接上：“慧文。”

“哦，慧文，慧慧。”罗哥帮她简称。

名叫鸟哥的男人长得方头大耳，一脸横肉，比穿高跟鞋的万佳云矮了半个头。

万佳云知道，他就是主要嫌疑人。

鸟哥侧过脸，眼睛直勾勾地盯着万佳云瞧了一遍，皮笑肉不笑地问：“之前在哪儿上过班？”

“学理发的。”罗哥帮着介绍。

鸟哥“嗯”了一声：“那看来没什么经验啊。先去倒倒水吧，等会儿还有老板上船，需要你的时候，我会再叫你。对了，不要在船上乱跑，掉下江里，这里没人捞你。”

这一句像是玩笑又像是威胁，罗哥说：“放心鸟哥，我都跟她嘱咐过的。”说完便带着万佳云往旁边走了。

罗哥把万佳云引去吧台，把一把银色的短嘴水壶递给她，趁机摸了一把她白嫩的手：“先去倒水吧，机灵点，有不懂的来问我。”

万佳云忍住心里的恶心躲开，赶紧闪人：“好的，罗哥。”

万佳云提着水壶在场子里转悠，慢慢地熟悉环境。

一位长发及腰的妖娆女孩陪伴的赌客去了厕所，正在旁边休息，走过来和万佳云搭话：“你多大啊？”女孩的假睫毛贴得十分夸张，眼睛几乎被放大了一倍。

“二十岁。”

“那你比我大两岁。”女孩夸张地叫起来。

万佳云心里也惊讶，她看起来比自己还老一点，没想到刚刚成年。不过一说话她就破了功，藏不住的孩子稚气。

万佳云故意套她的话：“他们说这里工资挺高的，但也不和我说一个准数，一个晚上到底能赚多少钱？”

“也还好吧，底薪两千元，跟的老板赢得多，才会给你一点小费，关键还是要跟对老板。跟上输钱的就不要想了。”她眼睛往旁边一瞄，“我老板来了，我先不和你说了，等下空了找你玩。”

万佳云又给几位客人装模作样地加了些茶水，眼看罗哥去了外面，她绕到厕所。

第一件事就是用力洗手，想到刚刚被摸手的那一下，万佳云拿肥皂搓了搓。第二件事是查看自己被高跟鞋磨得破皮的脚后跟。

船晃了一下，万佳云扶住洗手池，稳住自己。

抬头看看镜子里涂满化妆品的脸，万佳云擦一擦有些晕开的眼线，踩着高跟鞋再次走出去。

船一路在江上走走停停、摇摇晃晃。

中途万佳云想上甲板观察，守在门口的人拦住不让，她又转回内场。

船再次停下，这一回像是靠岸了，船身有明显的卡顿感。

罗哥走出去，不一会儿，迎了两个人进来。

正在吧台添水的万佳云回头看，猛然一怔。

一瞬间，她所有的注意力都放到了来人身上。

那人竟是陈翼然。

陈翼然穿着一件十分有质感的黑衬衫，前额的头发抓得立起来，手腕上戴着一块扎眼的金表，腋下夹着一只小包，打扮得就像是一个油头粉面的暴发户。

和他一起来的是一个圆头圆脑的中年男人，万佳云不认识。

孤军奋战的万佳云这时看到他，全身神经都紧张起来，第一反应是意外，意外后还有看到队友的安心。

隔得有点远，她不动声色地提着水壶走过去，假装给周围的人倒茶。

中年男人说：“你们这儿还有很多美女嘛。”

罗哥说：“大老板们来玩，肯定要服务好。我们这儿的美女全是二十五岁以下的大学生，学艺术的。”说着便招手叫来正好路过的万佳云，“慧慧，跟两位老板问好。”

万佳云对面前的两个人努力绽开一个标准笑容：“老板好。”

罗哥说：“我们这边可以让美女全程陪，两位老板看看有没有兴趣。”

中年男人说：“行啊，我们看看吧。”

罗哥赶紧招来另外两个空闲的女孩，和万佳云站一块儿。

中年男人瞄了眼，笑笑没说话，似乎都不对胃口。

陈翼然的目光从万佳云身上掠过，瞧了瞧旁边两个女孩，又绕回来。

罗哥领会意思后，一把将万佳云拉到陈翼然身旁，笑着说：“你陪陈老板好好玩，今天他玩得不开心，我就要找你。”说完便拉着剩下两个妖娆的美女离开。

万佳云名正言顺地跟在了陈翼然身旁。

陈翼然大手一伸，轻揽住她的腰。

路过的牌桌上，有赌得不顺心的人赤红着脸退出，陈翼然被招呼着填上空位。

万佳云跟着坐下，在周围的嘈杂声中，和他耳语：“你怎么来了？”

陈翼然说：“毛哥叫的。”

万佳云心想，这毛哥也是奇怪，既然有这样的安排，居然不提前告诉她。

桌面上玩的是这两年很热门的“牛牛”，一种最早从广东那边传来的棋牌游戏。

五六个人一起，它的玩法说白了就是比大小，第一局庄家随机产生，后面每一局坐庄的是上一局的赢家。

“牛牛”的最大特点是，每一局速度极快，刺激又惊险。

坐定后，陈翼然从随身携带的牛皮包里掏出一大沓现金。

万佳云顺手帮他保管包。

拿完钱的包还是鼓的，她忍不住打开一条缝偷瞄，看看他带了多少钱出门，结果看得她倒吸一口凉气。

里面剩下的都是报纸。

万佳云心里一紧，立即合上。

这头，一局已然开始。

灯光从顶上洒下来，陈翼然全身放松地坐在赌桌边，脸上有一小片黯淡的阴影。

他解开衬衫上的一颗扣子，松了松领口，一只手搭上牌桌。手边便是厚厚一沓红色现钞，上面压着香烟和打火机。

瞬间和平时在所里沉默寡言、表情淡然的他判若两人。

眼前的画面让万佳云有种亦真亦假的恍惚感，她几乎觉得，他就是个货真价实的赌徒。

桌上的扑克牌被洗得“唰唰”响。

漂亮的荷官开始发牌。

大家轮流叫牌、下注。

对面，一个瘦脸、小眼睛的二十多岁的男人总是时不时瞄万佳云。陈翼然抬眼，与男人对视一瞬，男人笑着移开目光。

“牛牛”的玩法是三张一卡、两张一卡将手里的牌组合成10的倍数，整数就是所谓的“牛牛”。

因此，分到什么牌非常重要，玩的就是运气和心跳。

每发一轮牌，万佳云都直接屏住呼吸。

毕竟，他们所有的本钱都在桌面上了，只要桌面上的一输完就穿帮。

第一轮，陈翼然到手的牌非常漂亮，可谓赢得轻松。

接下来连着两把他还是赢，面前的钱堆很快“膨胀”起来，像座“小金山”。

“你看看你，第一次来运气就这么旺，还是有美女在旁边坐镇才好。”对面那个贼眉鼠眼的男人说。

陈翼然露出痞笑：“难得，前几天我输太多了，到现在都还没回本。”

男人饶有兴致地问：“我看你好像是第一次来，以前都在哪边玩？”

“没什么固定场子，都是到处找地方。”

男人说：“确实，现在大环境不好，不像早几年，想找个地方放松一下不容易。”

“牛5！”

“牛7！”

桌上，男人们气势汹汹地用力甩出扑克，跟要打架似的。

趁着陈翼然在玩牌的时间，万佳云不忘自己的任务，暗暗梳理脑海中记录下的各种信息和数据。

片刻分神后，等她再看回牌桌，陈翼然面前的“小金山”正在一点点塌下去。

陈翼然倒是面不改色。

连着快速的两轮，陈翼然的牌都奇差。大沓大沓的现钞仿佛流水般，流经过他们，最终又流向别人。

就在他们的“钱山”快要见底时，陈翼然如有神助地又连赢三把，迅速扭转局面。万佳云感觉自己的心情就像是坐了一趟过山车。

对面的小眼睛男人一直输，急得满头大汗。这局结束后，他忽地起身，咒骂着离开了。
不知不觉间，万佳云的手心里早已一片冷汗。她忍不住凑近陈翼然，微笑着假装和他甜言蜜语，说的却是“咱们见好就收吧”。
好在，陈翼然像是“赌”够了，在这局结束后，把桌上的钱和包全部扔给万佳云，站起了身。
桌上有人挽留：“哎，你怎么也不玩了？”
“趁着运气不错，看看别的去。”
“其他的都没意思，你这人挺爽快的，我们还等你。”
拎着包的万佳云亦步亦趋跟在他身后。
两人走到不显眼的角落处，陈翼然说：“准备等会儿下船。”
听到这话，万佳云悬着的心终于落地，再赌下去，他们这点钱早晚露馅。
可再一想，他是客人可以下船，她怎么办？
“我怎么下船？”万佳云提醒，“当时跟这边说好，我要在船上陪一夜。”
陈翼然说：“我包你不就行了？”
忽然，陈翼然的眼神掠到她脑后，万佳云注意到他的眼神变化，狐疑地也想转头时，腰上却一热，是陈翼然伸手揽住了她的腰。
“有人看，别回头。”陈翼然忽然低下头，在她耳边说。
在外人看来，两个人就像是在耳鬓厮磨。
他温热的指腹直接触碰她的皮肤。
那既灼热又粗糙的触感令万佳云后背瞬间起了一层鸡皮疙瘩，连着呼吸都放缓停滞。
船身微微晃动，万佳云却全身僵硬，不知道眼睛该往哪里看，只能看着陈翼然脖子上挂着的黑绳，顺着黑绳看他结实的锁骨下隐约露出一角的铜牌挂件。
他们靠在一起，陈翼然的呼吸打在她的脸上。这让万佳云想起，他们以前也曾有过身体接触。
一些以为自己已经忘记的回忆，不受控地在脑海里闪过。
一样的距离，一样的呼吸。
平凡而又宁静的夜，有人牵起她的手，很轻很轻地吻了她的脸。
在人生中的初吻后，她得到了第一个告白。
胸口炙热，眼底酸胀，被回忆深深触动的万佳云抬起眼，眼底泛红地看着面前的人。
这道目光既清澈又坦诚，脆弱得令人动容。
陈翼然怔怔地松开手。
“我去洗手间。”万佳云转头便走向厕所。
如果不是化了妆，万佳云真想洗一把脸，让自己清醒一点。
她是怎么了？

心跳得快不能自控了。

万佳云看着镜子里的自己，轻声说：“你清醒一点。”

收拾好情绪，万佳云从厕所出来，身后有人叫住她。

“妹妹。”

万佳云意外地回头。

是之前牌桌上那个贼眉鼠眼的矮个男人。

男人笑得贱兮兮的，用一双老鼠眼上下打量她，说：“妹妹，你是幸运女神啊，今天下班了跟我走怎么样？”

万佳云反应了一下，勉强应付：“老板，我今天有客人了，不好意思。”

“我知道，我的意思是下班以后嘛。下船之后跟哥走，哥有钱，带你开心去。”

“不了，我有客人了。”

万佳云提脚就要走，谁想到这人竟在身后狂浪地捏了下她的屁股：“话还没说完呢，你上哪儿啊……”

万佳云好歹在警校和警队练了几年，说不上身手了得，对付这种臭鱼烂虾倒也不在话下，但此时她只能压抑下心头的怒意，满面羞红地看着他。

他看她这副敢怒不敢言的样子，更起劲了：“跑什么？钱都好谈的……”

看她还要走，他又伸出手。

这一次，他还没碰到她，背后一股力量突然拉住了他的衣领。

男人被一把拽开，脚下一个踉跄，差点重心不稳地撞上墙。

不等他彻底站好，陈翼然抡起胳膊就抽了他一个大耳光。

很响亮的“啪”一声。

被打蒙的男人反应过来了，捂着脸，双目通红地想要冲上来反击。陈翼然避开他的动作，钳制住他的手臂，将他反压在墙上，手掌用力按住他的头，把他的脸在墙上挤变形。

周围的赌客们惊了，纷纷望过来。

船上的工作人员挤过来，赶紧劝和地拉开两人。

“有种你别走，下了船给我等着……”经人解围后，小眼睛男人气焰重新上涨，跟有了主人护着的泰迪一样还想要往前冲，却被人死死拉着。

罗哥也来了，大致了解了情况，揽住小眼睛男人，边劝边拉地把他带去后面的单间安慰。

这头，船上的主事人鸟哥也过来了，看了看陈翼然，给他发烟，说：“兄弟，消消气，都是来开心的，为了个女人不值得。”

就在这时，船突然卡顿了一下，站着的人皆是一晃。

船又靠岸接人了。

陈翼然接过鸟哥的烟，借着他的火点起，鸟哥顺势揽着他的肩进了包厢。

剩下万佳云一个人站在这儿，虽然知道这次出任务容易被揩油，但想想刚刚屁股上被捏的一下还是觉得恶心。

刚上船时，和她搭话的另一个小姑娘抽着烟走了过来，调侃道：“你运气不错啊，跟的这个帅老板还帮你出头打架。”

没一分钟，陈翼然出来了，直接过来揽住了万佳云的肩膀。

鸟哥也笑着走出来，跟万佳云说：“妹子，这老板要带你出台，你愿意不？”

万佳云点头。

鸟哥对着陈翼然一笑：“那行吧，兄弟，今晚招待不周，欢迎下回再来耍。正好船靠岸了，你带她走吧。”

深夜，没有灯的船如魅影般在岸边停下，上人下人后，又在江上漂远。

这里是个废旧的采砂场。

背后一片“哗哗”江水，陈翼然收起刚发完信息的手机，说：“走吧，我叫了闵扬来。”

周围都是石子路，万佳云脚下的高跟鞋像刑具一样割着双脚。她忍着痛，默不作声地跟在陈翼然身旁。

一颗小石子硌得脚下一滑，万佳云本能地“哎呀”一声，往一边歪去。陈翼然及时拉住她的手臂，没有让她摔倒。

陈翼然这才注意到她的鞋。

几条细细的银色带子缠在她脚上，特别是最前面一根，像钢丝一样勒着脚面，已经勒出了红印。

万佳云平时很少穿高跟鞋，早在船上脚就被磨出血泡，这会儿一路被碎石子割着，更是伤痕遍布，疼痛钻心。

前面还有一大段距离，陈翼然看看她的脚：“我背你。”

“不用了。”

陈翼然已经不由分说地在她面前弯下身：“上来吧。”

再矜持就显得做作了，万佳云趴上去，两只手扶住他的双肩，整个人和他的脊背保持着一段距离。

清冷的月亮挂在空中，空旷的采石场里停放着几台巨大的起重机，衬得地上的人有些渺小。

男人的身体精壮有力，体温透过衬衫缓缓传递出来，有些灼人。

万佳云一直绷着身体，非常小心地不让自己的胸碰到他的背。

她暗暗使劲的动作让她虽然被背着，但是整个人一点也不轻松。没一会儿，她便感觉自己在慢慢往下滑，却又不知道如何是好。

“万警官。”

“什么事？”

“你能不能放松点？”

“啊？”

陈翼然忽然颠了一下她的身体，用臂弯把她往上托一些，几乎要掉下去的万佳云被提了上来。

万佳云暗暗地吸了一口气，让自己放松下来，无形间距离他的身体近了些。

轻细的发丝像羽毛一样，轻轻刮在陈翼然颈间。

“脚还疼不疼了？”陈翼然忽然问。

“不疼，我可以自己下来走。”

陈翼然没再说话，也没有停步。

不知过了多久，两人终于走出石子路。

陈翼然刚把背上的人放下，马路边，一辆车冲着他们闪了闪灯。

第八章 / 师哥，对不起 /

有人说他很喜欢我，要和我在一起。他还对我说，
感情是最自然的事，
喜欢一个人就应该想尽办法和她在一起，
有问题就解决问题，有困难就解决困难。
我很想知道，那个人说的话，变没变，还算不算数？

第二天一早，侦查组马不停蹄地开碰头会。

内部会，一众民警姿态放松地坐在会议桌旁。

大家轮流汇报近期工作情况，万佳云是第一个。

窗帘拉上，室内陷入昏暗。

万佳云打开一份连夜做好的PPT，在场的人意外地互相看看，暗暗投来赞赏的目光。

投影屏幕上是一张简易的赌船内部图。

图上不仅画清了船只的内部结构，还标明了船内已发现的摄像头、守卫人员。

万佳云神色认真、口齿清晰，跟随自己的PPT讲述了一遍昨晚船上的情况。

在场的民警们都忍不住朝万佳云看。

只睡了两三个小时的万佳云的皮肤与平时相比有些暗淡，眼下还挂着发青的眼圈。可即便如此，她浑身上下都有着蓬勃的生气，像是一棵刚刚成长起来的小树。

上船一趟，居然发现了十二个摄像头，还能连夜制作PPT，不得不说她是下了一番苦功夫的。

坐在中间的所长看完后，点了点头，称赞了一句："佳云辛苦了。"又看向陈翼然，"翼然，你有要补充的吗？"

大伙儿看向坐在角落的陈翼然。

有几个人今天才知道陈翼然昨天也上了船，明显诧异。

"没有。"

所长看看他："你既然也上过船，过两天主动和'大鸟'他们联系，打听下一次开船是什么时间。要是你这边不行，再让佳云想办法上去。只要弄到确切的时间，他们一靠岸，我们就把人给摘了。"

万佳云：“明白。”

“老杨，你们抓捕组可以开始部署了。”

“收到。”

会议结束，众人散去。江星收拾好电脑，跟着毛哥一起往外走。

“昨天翼然怎么也上船了？”江星问。

“哦，是这样的，他临时给我打的电话，说找到了一个中间人，可以带他上去看看。情况紧急，既然他主动要求，我就汇报了一下，领导同意了。”

“这事怎么这么奇怪啊……”

“有什么奇怪的？”毛哥说，“人家本身也可以不帮忙，既然帮了，我们还是应该感谢。”

“老刘今天打来电话，问你为什么要找他的线人帮你上船赌博。他说这次就算了，让我提醒你。”

刚从火车站回来的闵扬一身汗臭味，有洁癖的他迫不及待要去洗澡，从阳台上拿来内裤和毛巾。

刚洗完澡的陈翼然一身水汽，正在套衣服，动作顿了一下：“老刘给你打电话了？”

闵扬说：“我当时在火车上，也觉得意外。”

“他还说什么了？”

“老生常谈呗。”闵扬走进洗手间，声音传出来，“我问他我们什么时候可以回去，他就挂了。”

闲坐了会儿，陈翼然拿起手机，按下一串号码。

等闵扬洗完澡出来，正好听见陈翼然对着电话那头说：“你盯着问问，只要他们一定下开船的时间就告诉我。”

“这次你不用再去，我直接上。”

“对。”

“那就这么说。”

闵扬在自己床上坐下，问陈翼然：“你真打算插手他们这个破案子？老刘刚说完你又来，何必给自己揽这些破事。”

陈翼然斜眼看看他：“你这趟跑得怎么样？”

闵扬躺倒在床上：“我正要和你说，空跑一场，我看他们是放了一个假消息出来。”

陈翼然沉思了一下，说：“等这边的事结束，我回去一趟，再找老肖打探点消息。”

“别了吧，老刘今天千叮咛万嘱咐，叫我看住你，让你先不要回去。”

陈翼然无所谓地说：“你跟他说，咱们现在不归他管。”

闵扬“哈哈”笑起来：“这个回复不错。我就喜欢看老刘一脸吃瘪的样子。”

三天后，通过陈翼然，队里得知赌船下周三再次开船。

队内进行综合研判，开了一次专案组推进会议，决定部署抓捕计划。

与地面赌场不同，“水上赌场”对抓捕能力是一场特殊考验。

首先，由于船只特殊的运行时间，只能夜间抓捕；其次，江水不断流动中，抓捕人员要在登船后及时控制住船上所有的赌博人员，把他们全部堵住。

避免万无一失，抓捕组的人根据现实情形制定了多套方案，水上公安还找来了颇有经验的船只驾驶员做指导，用一艘与赌船大小相近的货轮让大家开展演练。

按照抓捕方案，警船会伪装成货轮航行在赌船的流动区域。陈翼然上船后，只要确定船上在进行赌博，警船就会立即拉响警报，警务人员乘坐小艇上船抓人。

这几天，万佳云一下班就和大家一起练习登船抓捕。

这晚是最后一次训练，万佳云和派出所的几个队友一起在船舱外开心地吃着盒饭，远远地，瞧见甲板上站着一个人影。

自上次的不愉快之后，万佳云每天都会在这里看到陈翼然。

今晚他们来回登船、下船，演练抓捕，一顿操作后，大家浑身都被汗湿了，又累又饿，此时都三三两两地聚集着享受晚餐。

只有陈翼然一个人站在那儿，身边没有朋友、同事，只有江水在他身后闪耀着神秘的银色光斑。

手里拿着筷子，万佳云看得出神。

“佳云，你在想什么呢？这儿还有一瓶酸奶，你的。”顾盼今天来帮忙发饭，给万佳云递上酸奶。

不经意地顺着万佳云的目光望过去，顾盼这才发现，陈翼然正一个人站在甲板上。

“陈翼然也来了？真奇怪，他平时不管事，神龙见首不见尾的，这阵子倒挺热心。”

旁边有个男民警笑了下：“人家还在这儿呢，你说话注意点。”

“隔着这么远，他又不是顺风耳，这也能听到就奇了。”

万佳云说：“其实他不是不管事，只是他有自己的做事风格。”

顾盼和男民警都下意识地看万佳云。

坐在他们身旁的一个协警吃着盒饭，默默地听他们的对话，突然开口：“我同意佳云说的，有时候人确实不能看表面，上次小肖就告诉了我一件事。”

“什么？”顾盼问。

年轻的协警故弄玄虚地放下饭盒：“有天晚上，小肖去找陈翼然吃夜宵，一推开门，他刚好没穿衣服。”停顿一下，他接着道，“你们知道他看见什么了吗？”

几人都露出好奇的目光。

“他说陈翼然身上有好几条长刀疤，”协警拿着筷子的手从肩膀比画到肚子，“据说最长的一条有这么长，当然我没看见啊，小肖是这么说的。”

这么一说，几个人的目光瞬间都沉了下来，再次向甲板望去。

甲板上的人已经不在了。

正式抓捕那天，天气预报说有大雨。

傍晚，所有抓捕人员登上了伪装成普通邮轮的警船。

一众领导登船进行现场指挥。

晚上九点，陈翼然作为首批赌客正式上船，大雨也如期而至。

经验丰富的水警望着江上的雨，心里忐忑起来。

大雨会带来很大的水雾和江浪，直接影响视野和行动。按原计划放小艇登船，小艇容易翻，登船有难度。可是直接让警船靠近赌船，也非常考验大家的登船本领。

船舱外的雨下得“噼里啪啦”响，船身摇摇晃晃，趁着还有时间，几个领导坐进船舱，开始讨论。

行动或暂停行动，一众民警在船舱内焦急等待着结果。

半小时后，管求益从小隔间走出来：“计划不变！”。

“收到！”所有人脸上都露出志在必得的坚定神色。

陈翼然这次上船没有具体任务，只需要在等会儿抓捕时做好配合。

他在一张桌子边坐下，漫不经心地玩牌。

前几年，他赌过很多大的，一局几万，甚至一晚上输赢百万，最癫狂的时候，有一瞬间甚至分不清是在“工作”还是真的在玩乐。这种单纯的输赢带来的就是最直接的肾上腺素刺激。

船开了半小时后，靠岸接了一个新客。

原本陈翼然没有注意到他，可随着雨越来越大，船摇晃得厉害，桌上有人开始晕船，这位新客被替换上了桌。

男人年纪看着并不大，身形很瘦，脸也瘦，穿着一件洗得有些掉色的黑色Polo衫，身上背着一个黑色双肩包，像一个赶地铁的上班族。

因为赌的是现金，船上几乎人人都带着包，只不过很少背这种大型的黑色双肩包。

男人玩了几把后，不经意地与陈翼然视线相接。

陈翼然行走江湖这么些年，对人的眼神很敏感。

男人的淡淡一瞥，尽管不带什么情绪，却让他感觉有些不对，却又说不上来哪里不对。

一听计划不变，穿着救生衣的队员们立即调整心态，不再有任何迟疑，按照原计划衔接调度各环节。

指挥组决定，不用小艇登船，直接用警船靠泊。

晚上十点二十分的时候，赌船驶入计划中开展抓捕的水域。管求益看看时间，问毛俊：“陈翼然那边有什么变化吗？”

毛俊说：“没有。”

管求益说：“那行动吧。”

警船开始靠近，亮灯拉警报，要求对方立即停船。

站在赌船甲板上望风的人明显吓到了，一溜烟地跑进了船舱。

此时，警船上的抓捕人员悉数从船舱里出来，大伙儿瞬间被大雨浇湿了全身。远远地，赌船上突然也跑出来很多人，往江里扔东西。

扔的全是百元现钞。

夜幕之下，刺耳的警报声中，训练有素的警员们在两艘船相靠后迅速上船。万佳云是唯一的女警，排在队伍最后面。

水雾缭绕的江面瞬间炸开了锅，一队人冲进去控制赌客，一队人在外控制住甲板上的嫌疑人。

“蹲下！”

“抱头蹲下！”

甲板上响起一阵严厉的呵斥声。

船上的工作人员全部被按在了地上。

船尾处，万佳云配合江星控制着一个身上背双肩包的男人，他是第一个跑出来的人。

“包给我，蹲下！听到没有！”江星向下猛压男人的肩膀。

男人唯唯诺诺地蹲下来，江星扯下他身上的包递给万佳云。

大雨浇得万佳云满脸都是水，她抹了把脸，看着一队警员押了几个人从船舱里走出来，陈翼然空着手跟在最后。

船身在大风大雨中大幅度地摇摆着，看到他安然无恙地出来，万佳云心里松了口气。

可在万佳云愣神的这一秒，蹲在地上的男人忽然毫无预兆地朝她猛冲过去，毫无防备的她瞬间被男人撞出去。恰好此时风浪压低了船尾，在所有人还没反应过来时，男人拽着万佳云一起掉进了江里。

如梦方醒的江星和附近的几个民警大叫起来，一起跑到船边。

身后有人猛冲过来，一头跳进了江里。

坠入江水的一瞬间，整个世界都安静了。

万佳云脑子里只剩下绝望与恐惧，她手脚挣扎，仍然感觉自己在不断下坠。

不知过了多久，冰冷的水流中，一股力量抓住了她。

身体在不断下沉后，终于改变方向，向上面浮去。

手臂紧紧勾着救她的人温热的脖子，水下的身体被托举了一把，万佳云的头终于冒出江面。鼻子和喉咙都呛了水，她的头似要胀裂，一阵猛咳。

江水和雨水混在一块儿，她完全睁不开眼。尽管已经得救，可求生的本能让她死死抱着救她的人。

风浪激烈，陈翼然游得并不轻松。感觉自己被万佳云往下拽，他抹了把脸上的水，又抹了把她脸上的水，虚喘着说："没事了，你身上有救生衣，放松让自己漂起来。"

每一个警员都穿着救生衣，唯独上赌船的陈翼然穿的是便装。

死里逃生的万佳云听到这个响在耳边的声音后，渐渐冷静，努力地在雨水里睁开眼，看见他湿淋淋的头发和侧脸。

腥涩的江浪一阵一阵扑打过来，一只胳膊在水下始终紧拥着她。

虽然只有一分钟不到的时间，他们却已被江浪冲到了船的西边。

不远处的船上有人大声叫喊着，探照灯在江面上来回扫射。

一艘小艇穿过雨雾江浪，朝他们直直驶了过来。

等把两人救上船，大家才发现，陈翼然跳船时被船上外露的一块铁片划伤了大腿，被水一泡，腿上浸满血，看得人触目惊心。

队友拿来医药箱，撕开他的裤管，进行了紧急消毒和止血。

被泡得泛白的伤口慢慢涌出鲜血，万佳云看得心头乱跳，担心地看向陈翼然的脸。

陈翼然的脸上没有任何表情，更没有吭一声，就像个不知道疼痛的人。

正忙着抓人的管求益抽空来小艇上看了一下。一看陈翼然的伤口，他皱了皱眉，吩咐两个警员先带着陈翼然去就医。他又对已经换上了干净的衣服，还湿着头发的万佳云说："佳云，你也去看看，检查看看有没有摔到哪儿。"

万佳云点头："是。"

几人匆匆赶往医院。

深夜的医院，急诊室灯光雪亮，两个警员带着陈翼然就医，万佳云负责办手续。

急诊的外科医生经验丰富，准备好物品，很快就开始给陈翼然处理伤口。缝完针的陈翼然不愿意住院，要回宿舍。同事们原本还不放心，结果万佳云说："要不送他回闵扬的宿舍吧，就在我隔壁，我可以照顾他。"

大家一想这倒也是办法，问陈翼然的意见，他点头同意了。

半夜时分，大家一起把陈翼然送回宿舍，嘱咐了几句，才匆匆赶回去工作。

外面雨声“哗哗”，小宿舍里，闵扬不见人影，陈翼然套着医院里发的宽松的条纹病号服，静静地躺在床上。

床边是医院给他配的拐杖。

他的眼睛转悠过来，盯在万佳云身上：“你还不回去？”

万佳云心里对他很感谢，碍于刚刚队友们都在，不好表示。这会儿他们都走了，她又不知道该怎么说，杵在原地。

“回去吧，不早了。”

万佳云踟蹰了下，问他：“你现在感觉怎么样，还有哪儿不舒服吗？”

陈翼然摇头。

“闵扬是不是不怎么回来？他明天回来吗？”

陈翼然抬起眼皮：“怎么，你想睡在这儿？”

万佳云脸一红，正经地说：“我只是想问，你腿脚不方便，他不回来，这几天你吃饭的问题准备怎么解决？”

“叫外卖。”

“养伤口不能吃垃圾食品。”万佳云想了下，“要不这样吧，从明天开始，我来给你做饭。”

陈翼然以为自己听错了，黑漆漆的眼珠朝她转过来。

“明天中午你先应付一下，晚上下班后，我给你烧好饭菜，一份让你晚上吃，一份打包好放在冰箱，作为你第二天的午饭。这样行吗？”

陈翼然停顿了一下，口吻淡淡：“随便你，只要你不怕麻烦。”

“你是为了救我才受伤，我照顾你是应该的。”

“换了别人，我一样救。”

万佳云点点头，莞尔：“那就对了，换了别人救我，我也一样会照顾他。”

目的达到，万佳云说：“不打扰你了，我先回去了，你好好休息。”

万佳云走了以后，陈翼然抱着被纱布层层包裹住的大腿，从床上挪坐起来。

麻药劲渐渐过了，伤口传来隐隐的抽痛。

陈翼然低头碰了一下自己的腿，不知道碰到了哪儿，痛得他倒抽了一口凉气，脑门出了一层汗。

万佳云自然说到做到。

第二天中午，她先是给陈翼然叫了一份外卖，下午又在网上买好菜直接送到所里，下班后就来敲隔壁宿舍的门。

门响了几声都没动静，在万佳云怕他听不见准备打电话时，里面传来了拖沓的脚步声。

拄着拐杖来开门的陈翼然换掉了昨天的病号服，身上穿着松垮的 T 恤和短裤，脸上的表情算不上热情。

他瞄了一眼万佳云手里大包小包的菜后，什么也没说，又自己进了屋。

“今天感觉怎么样？”万佳云放下菜问。

“没感觉。”

“那应该没发炎，医生说过三天之后再去换药。”

陈翼然没回应。

万佳云不知道从哪里变出了一只鲨鱼夹，随意地夹起头发，便开始洗菜。

这个小小的公寓面积不大，却五脏俱全，虽然没有煤气，但是配备了电磁炉。

万佳云住在这儿的两年，并没怎么开过火。她在做菜软件上打开提前查找好的电磁炉菜谱，正在琢磨着，陈翼然拄着拐过来倒水，她立马按灭手机。等他又回到房间，她才又看着手机继续。

陈翼然装作什么也没看见，拄着拐杖走上阳台。

即将到来的夏日拖长了太阳下山的时间，整个老旧的小区罩在一片橘色的烟气中。这一栋楼最靠近大门，陆续有年轻的警员三三两两地结伴归来，说说笑笑地绕过绿化带，悠闲地走进楼栋。

陈翼然靠在窗台上，沉浸在若有似无的晚风中。

身后不时传来“乒乒乓乓”的锅碗碰撞响声，可以想到那位“大厨”有多忙碌。

这种悠闲放松的时候，似乎已经有好多年都不曾出现在他的生命里。

将近一个半小时后，万佳云把冒着热烟的两菜一汤端上书桌。

外面天色一片漆黑，两人并排坐下，窗外不知何时露出一枚小月牙。

桌上是还在冒热气的菜——松仁玉米、小炒黄牛肉、番茄蛋汤，有模有样。

陈翼然迟疑了下，拿起筷子。

万佳云屏气凝神地看着，直到他试吃第一口后，开始以正常的频率动筷。

她松了口气，跟着拿起筷子。

尝了一口松仁玉米，万佳云颇为满意地点点头，发现自己还算有点做菜的天赋。

陈翼然问：“你舍友呢？搬去哪儿了？”

“你指为心？她搬去跟男友合住了。”

“你和她毕业以后一直住在这儿？”

“嗯，我们宿舍就我和她没走。”

“其他人呢？”

“都考回老家了。顾星华也是，你还记得他吗？江星跟他还是远亲，他也考回老家的派出所了。”

万佳云听陈翼然说起这些，以为他有兴致聊聊学校里的事，谁知陈翼然很扫兴地来了句：“不记得了。”

吃完饭，万佳云在水池边收拾。等她收拾好，分装明天的饭菜时，说道："我忽然想到，这样菜就隔夜了，还能吃吗？"

"没事。"

万佳云想了想："还有个办法，我找骑手，帮你送食堂新鲜的饭菜过来。"

"不用了，这样就很好。"

过了一会儿，陈翼然用冷淡的口吻又补上一句："要是怕麻烦，明天你就不用来了。"

这话有点她上赶着过来的意味，万佳云朝他望了一眼："我没说怕麻烦。"

收拾好一切，临走时，她与他打了个招呼，不等他回应什么，只听到大门"哐当"一声被带上，人走了。

陈翼然全程坐在书桌前没有挪动。

人走后，寂静缓慢袭来，他摸出烟盒，抽出一支烟叼到嘴上。

正要点燃，寂静中有了一点动静。

很细微的动静，来自白墙的另一侧——有来回的脚步声，有挪动座椅声，有在墙上插充电器的轻响。

这些细碎又隐秘的声音全部传入耳中，陈翼然停下了点烟的动作。

赌船案一共抓获了十五名船上的工作人员、四十二名赌客，警方大获全胜，连日来的辛苦总算有了回报。

近乎完美的案子有一个小瑕疵，就是没抓到那个拽着万佳云跳江的嫌疑人。

打捞队在水域里捞了整整一天，也没捞到他的尸体，只找到了他的那个黑色双肩包。

原本以为包里是巨额现金之类物品，令人惊愕的是，包里居然藏着一公斤的冰毒，用厚厚的保鲜膜层层包裹着。水警找到时，货还是完好的。

正因如此，那晚他才拼死一搏，不惜把一名警察拽下水。

会上，万佳云知道这个情况后，好一会儿没有缓过神。

她第一次上船时，完全没发现船上有涉毒情况。

毛哥说："我们审了船上的人，这个男的被他们叫作'小德'，是他们的一个常客，他们还在搞陆地赌场的时候，他就经常去玩。审问下来，船上的人也不清楚他带着毒品上船的情况，所以，很有可能确实是个偶然。"

管求益说："这个情况已经汇报给陆局长，上面打算再单独立案。"

众人舒出一口气。

这样一来，赌船案算是告一段落。

管求益体恤地说："这阵子大家辛苦了，都休息两天吧。散会！"

众人露出笑颜，作鸟兽散。

开完会，毛哥夹着笔记本，和万佳云一起往外走："佳云，陈翼然这两天怎么样？”

“没什么问题了，明天可以去拆线。”

“他能走了？”

“还不能，医生说这一个星期都需要拄拐杖，以防伤口裂开。”

“辛苦你了。”毛哥说，“幸亏有你在隔壁照顾他，我们这两天忙着案子，也没时间去看他。后天星期天，我们打算去看看他。”

“好。”

下班时间，保安老李看见万佳云像前两天一样拎着几大包菜进来，说道：“小万，今天又买菜啦？陈翼然的腿怎么样了，好点了吗？”

在这儿干了十几年保安，老李认识住在这几栋小楼里的每一张面孔。哪怕是刚搬进来的陈翼然和闵扬，他对他们的名字、面孔也都了然于心。

“好多了。”

万佳云拎着东西上楼，敲门后，拄着拐杖的陈翼然开了门。

万佳云拎着东西进来，换上自己放在这儿的拖鞋。

“我今天买了一点排骨，可以炖排骨汤。”万佳云一边说着，一边把肉放入冰箱。

今天，陈翼然没有进房间，而是歪靠在橱柜旁，看着她忙碌。

伤势渐渐好转，伤口不再扯着疼，这两天万佳云做饭的时候，他有时就会这样站着，像是“欣赏”，也像是“监工”。

他仿佛已经习惯了她的每日报到。

万佳云关上冰箱门后，一转头，恰好对上他的视线。

那冷淡的目光有些幽幽的，让万佳云感到些许紧张和不自在。

像是为了避开他的目光，她拿着蔬菜，走到水池边去处理。

下班后就换下制服的万佳云穿着薄衫和及膝裙，她低着头，柔顺的发丝半垂下来，遮住侧脸。

她像所有女孩一样，在时光中渐渐成长，像一颗从青涩到成熟的果子，成为让人想入非非的对象。

万佳云说：“对了，今天队里开了会，说赌船上有涉毒情况。”

“涉毒？”

“对。”万佳云说，“就是那个拉我下水的男人，人没找到，包被找到了，包里是冰毒。”

陈翼然有好一会儿没说话，像是在思考着什么。

他微微皱眉，下意识地从裤兜里摸出烟，衔到唇上，低头点燃。

万佳云听到打火机的声音后，忍不住转头。

几乎所有的男警员都抽烟，开会的时候、蹲人的时候、审人的时候，香烟是他们解乏提神、拓宽思路的神器。

经过这几天的相处，万佳云发现陈翼然也不例外，每天宿舍的垃圾桶里都是满满的烟头。

“你现在每天要抽多少烟？”万佳云问他。

“一包吧。”陈翼然随便应着。

“我怎么记得你上学时烟瘾没这么大。”

陈翼然说：“以前是以前，现在是现在，人都会变。”

“也不是每一个人都会变。”

“是吗？”

陈翼然的口吻很淡，随口道：“你没变？”

万佳云拿汤勺的手明显顿了一下。

遥远的记忆深处，似有火花一闪。

想看陈翼然这时的表情和眼神，但她没有让自己转过脸。

“只要心里认定了是对的事，我就会一直做下去；心里认定了是不对的事，那就不会去碰。就好比抽烟，以前、现在、将来，我都不会尝试。这样是不是就代表我不会变。”

锅里的汤“咕嘟咕嘟”响着，空气里飘动着热气。

她的声音在这方小小的空间里显得清晰而坚定，每一个字，陈翼然都听得清清楚楚。

紧接着，屋子里有几秒钟彻底的安静。

万佳云自始至终都没有转过脸。

似乎觉得自己的语气太过郑重了，她深吸了一口气，转而用一种轻松的语调说：“你帮忙看着点火，我去收衣服。”

万佳云找了个借口走去阳台。

这几天，她除了帮陈翼然做饭，也连带着帮他做一些需要登高爬低的家务，真心地把他当作“救命恩人”一样对待。

万佳云也是这样对自己说的，即便不是陈翼然，换了别人，她也会这样“报答”。

好在陈翼然不出门，并没有多少换洗衣物，昨天只换了一身 T 恤和短裤。

房间里，陈翼然一动不动地靠在橱柜那儿。

阳台上亮着一盏功率很小的小灯，他静静地看着万佳云在阳台忙碌的暗影，像欣赏一幅画。

他想象过她会变成什么样子、正在做什么。

也许在她母亲的引导下，早早地从警校退学回到正轨；也许是读完警校回到浙江老家，在家人的庇护下过上光鲜的生活；又或许是直接出国了……

她那时还太小，一些不成熟的选择，一些意外的事端，也许只是她人生大树上的小小枝丫，随意可以被砍去。

陈翼然没想到，她会是现在这副样子——

一个人留在这座举目无亲的城市，做了最普通的女警，住着两人一间的警察宿舍，成为这座城市蓝色海洋里的一滴水。

纯真如故，清澈如故。

星期天上午，毛哥几个带着一些慰问品来到警察宿舍，看望陈翼然，万佳云也从隔壁过来了。

陈翼然前一天刚拆了线，但医生嘱咐伤口有些大，还是不能走动，需要再休息两天，防止伤口裂开。

小宿舍里站着几个大男人，立马显得有些拥挤。

陈翼然像个病患一样躺在床上，毛哥慰问了他几句，他点点头，并不说什么配合的话。

为了不冷场，毛哥又对万佳云说："上面对案子挺满意，准备开个新闻发布会宣传一下。佳云，你们管大说让你主持。"

万佳云说："他在电话里告诉我了，我知道了。"

毛哥说："你的蹲点快结束了吧？真是舍不得你走。"

万佳云："那就把我留下来吧，我还和星哥一组。"

江星笑着说："你这不是为难毛哥吗？你们管大不得在上面给他穿小鞋。"

大家你一言我一语，看得出来，短暂相处后，他们都很喜欢这个治安支队的姑娘。

几人说说话，又安抚了陈翼然几句，放下东西后，便离开了。

走出警察宿舍，江星忍不住往后面看了看。

晨光明亮，小区里葱葱郁郁，几栋红色旧楼在这座繁华城市中显得别有韵味。

"我刚毕业时，也在这儿住过，真是熟悉啊！"江星说，"领导当时说，这里，还有所里的宿舍都可以选。我又不傻，当然选这里。要是住所里，和租给单位有什么区别？不得二十四小时随叫随到了。"

毛哥笑："谁说不是呢？我也在这儿住过一年。"

"是吗？没听你说过啊。"

外地来的青年民警，二十几岁的年纪，能有个这样的安身之所，满心知足。

这几栋不高的旧楼，曾收留过多少警察的青春？

陡然一回味，心头全是过往。

有个小民警忽然说："佳云有男朋友吗？"

江星说："没有吧。怎么忽然问这个，你有想法？"

小民警笑："我是看她和陈翼然相处得挺不错，搞不好他这次英雄救美，能有大回报。"

毛哥笑了笑，顺着他的话开玩笑："这也说不准，两个人看着还挺配。那陈翼然这小子赚翻了。"

江星问毛哥："陈翼然的组织关系在我们这儿吗？"

"我也不清楚。"

小民警说："之前不是说他挺有背景的，传得玄乎。"

毛哥说："都是上面的安排，我们哪里清楚。你下次问问老高去。"老高是他们的所长。

小民警："上次龚亮提了一句，老高一句话把他怼得老远，让他别狗拿耗子多管闲事。"

毛哥笑笑，脸上的肉挤到一起："龚亮这小子就是心里没数。"

几人说说笑笑，一起离去。

这边，万佳云把他们带来的水果放进冰箱。

阳光洒满屋子，满眼都是暖暖的金色。

陈翼然看着看着，忽然问："你下午有什么安排？"

万佳云微愣，如实说："我打算去花鸟市场买点花。"

"我跟你一起去吧。"

"你也去？"万佳云诧异地看着他的腿，"你能走吗？"

医生说了，他拆线后，要休养几天，不能用力。

"没事，"陈翼然说，"出去转转。"

万佳云猜想他这阵子在家待腻了，出去透透气也好，便也不再阻拦。

周末时光配上阳光耀眼的好天气，花鸟市场中人头攒动。

看到这人挤人的场景，万佳云很担心陈翼然被人碰到，或者是顽皮的孩子碰到他，她匆匆去一个摊位上，买了一束桔梗，便要离开。

陈翼然看看她手里那束小小的粉色鲜花："就买这个？"

"可以了，走吧，这里人太多。"万佳云着急地领他离开。

出了市场，陈翼然没有往停车的地方走。万佳云似乎也有些贪恋这美好阳光，和他一起往相反的方向走着。

在万佳云的印象里，陈翼然一直很高。

曾经，他还故意和她比身高，她知道他是故意逗她，但还是和他比。那时她目光直视处是他的肩膀，感觉他就像一座小小的山堵在面前。

那种矮，既是生理上的，也是心理上的。就像以前她总怕别人觉得她是小几岁的妹妹，把她当作孩子般看待。

但是现在，他们站在一起并肩散步，从视觉上而言，已没有那么大的落差。

绕出市场，周围就是一片小湖，有不少人在玩耍。

两人在湖畔的长椅上坐下，放眼望去满是波光闪闪、葱葱郁郁。

陆续有行人从他们身前走过，有抱着小孩的一家三口，有牵着手的甜蜜恋人，有骑着自行车快速经过的夫妻，连空气都被感染上了一层温馨。

有个四五岁的小女孩忽然跑过来，站在万佳云面前，看着她手里的花。

孩子的妈妈从不远处走来叫她，笑着说："走吧，我们也去买花花，不要打扰哥哥姐姐谈恋爱。"

万佳云的脸不禁一红，才意识到，她这样和陈翼然坐在这儿，手里抱着花，不怪别人误会。

陈翼然平和地看着那个孩子，无所谓这样的误会。

在孩子被家长抱走后，陈翼然的手搭到椅背上，放空地看着不远处的湖水，一副惬意的模样。

万佳云也跟着放松下来，靠到椅背上，眯着眼睛，享受湖畔的微风。

那个下午，他们就这么安静地坐了一个小时。

万佳云说："是为了我吗？"

陈翼然对着阳光："什么？"

"是为了我吗？"万佳云轻声问，"你这次是为了我，才参与这个案子的吧？"

陈翼然微微皱眉："你想得太多了。"

万佳云没有反驳，只是被阳光晒得微微眯眼。

赌船案的新闻发布会在周三顺利举行。

发布会在局里举办，专案组的人都来到了现场。现场还邀请了省市的媒体，一众领导也悉数到场。

领导说，现在干任何行业都要注重宣传，公安也不例外。有时甚至做得好不如宣传得好。

万佳云作为主持人，穿了一身合体的警服，头发全部梳起，露出漂亮又精神的五官。

简单的仪式结束后，领导离席，媒体单独采访。看万佳云形象好、气质佳，几个媒体都想要采访她。万佳云急忙把江星和毛哥推到前面，自己躲离现场。

刚走出来就看到门口有几个警员闲散地聚在树下聊天。

几人感应到有人走出来，回了头。

一个熟面孔对万佳云笑了笑。

是许久不见的江寅涛。

市局道路两侧种着四季常青的大树，阳光充沛，绿意盎然。

"你今天表现得真好，看来很有做主持人的潜质。"江寅涛说。

"不要笑话我，队里找不到人，才让我上的，我实在不适合做这些，看到镜头就紧张。"

“你怎么这么谦虚？”

“我说真的。”

“对了，你的蹲点是不是快结束了？”

万佳云点头：“等这个案子结了，也就快了。”

“恭喜你，即将学成归来。”

万佳云笑了笑。

江寅涛说：“还说，你在派出所那边蹲点，我都不敢去打扰你。”

这话有些解释的意味在其中。

因为之前他给她发过很多条消息，万佳云总是回复得很冷淡生疏，后来他便没再发，这会儿他有些为之前的懈怠找补的意思。

江寅涛是不缺异性缘的，骨子里也有他的自信与骄傲在。他希望的爱情状态是和喜欢的女孩一拍即合、两情相悦，而不是谁去努力地追求谁。

万佳云此前的态度明显是对他没有什么意思，这让他的自尊有些受挫，所以也没再和她联系。可今天他看到她，那种心动和喜欢的感觉又十分真实地回来了，就像第一次在饭桌上见到她一样。

万佳云不知道他的心路历程，也不知道此时该说什么，只是缓解尴尬地笑了笑。

“这下等你回来就可以多聚一聚。上次碰到路为心，她说你们是大学同学，还说你现在忙得很，她都约不到你。”

“你也认识为心？”万佳云微微感到意外。

江寅涛说：“我认识她男友，前阵子去他们那儿办事，刚好聊到你。她还请我在食堂吃了饭。”

“她没跟我说过，她是我大学舍友。”

江寅涛说：“她还说下次有空了，约大家一起出来玩。”

万佳云说：“为心的朋友很多，她喜欢大家一起聚着玩。”

“那你呢？平时喜欢聚会吗？”

“我这个人比较无聊，很少聚会。”

闲聊中，万佳云的手机响起来，是队友找她回去，有个记者要的材料在她的 U 盘里。

“不好意思，我先回去了，那边还没结束。”万佳云与江寅涛道别。

发布会的一套流程弄完，万佳云一直到天色擦黑才回家，整个人疲惫不堪。

这几天陈翼然逐渐恢复，前天下班她去敲门时，他竟不在宿舍，让她吃了闭门羹。

尽管后来陈翼然看到她的来电回拨解释，自己临时有事外出了，但那次之后，万佳云便没再去过隔壁宿舍。

万佳云隐隐感觉到，她的“护工”使命算是结束了。

不用再买菜做饭，一到下班，她又成了一个人待在宿舍的状态。

就在她想给远在大洋彼岸的妈妈打个电话时，路为心给她打来了视频。

两个女孩说说笑笑，清冷的屋子热闹一些。

路为心在视频那头敷着面膜："佳云，你最近是不是认识了一个大帅哥？"

"你指谁？"万佳云不由自主地紧张了一下。

路为心露出一种什么都了然的坏笑："还有谁？不就政治处的那谁谁谁……"

原来说的是江寅涛，万佳云莫名松了一口气。

"人家对你很有意思哈，小万同学，这么优质的男青年，你好好把握啊。"

"你又开我玩笑。"

"我可没开玩笑，我是认真的。我帮你打听过了，家世、学历、发展前景，再加长相，综合得分绝对 90 分以上，青年才俊。当然了，配你还差一点点，不过也不错了。"

万佳云被她逗笑，说："我现在还不想去想这些。"

"别啊，大把青春，不谈恋爱多浪费。你就想每天一个人待在宿舍，就知道跑步、看拳击比赛、看那些让人看不懂的数学书。佳云，你又不是中学生了，也该享受享受恋爱。谈恋爱多开心啊。"

万佳云被她这样诋毁着，非但没有生气，反而"扑哧"乐出来："被你形容得我好像一个自闭症儿童一样。"

"本来就是，你以为你不自闭吗？除了我，你在这儿还有什么朋友？"

这话倒是把万佳云问住了。

尽管她性格还算大方开朗，但除了路为心，她在这儿确实没有其他能说得上话的朋友。也许是因为她不爱逛街、看电影或者追星追剧，和别的女同事很难融成一片。

路为心说："我不是在给你牵线搭桥，我只是觉得，如果遇到合适的人，你可以尝试尝试，"她声音压低，"抱抱啦，接吻啦，都是很开心的事啊。"

万佳云又"扑哧"笑出来。

路为心又在电话里和她乱七八糟地说了一通。挂了电话，万佳云拿着手机走到阳台上吹风。

楼下种着很多树，梧桐、青松、栾树、榉树，深深浅浅的树影里，唯独没有银杏。

在来到这座城市前，她从来不知道，银杏树在秋天里会有那样震撼人心的美丽。

深夜十二点，酒吧街最热闹的时间。

一个穿着短袖花衬衫的三十岁出头的男人走进了 TT 酒吧，在吧台旁找了个位置坐下。

显然这里是他的老据点，酒保很熟悉地问：“老样子来一杯？”

男人点点头：“来吧。”

舞池中间有人在尽情跳舞，他双手搭在吧台上，点起烟，跟着音乐摇头晃脑了一会儿，左右看看有没有什么可以搭讪的单身女孩。

女孩没找到，倒是有个人从舞池里朝他走过来。

酒吧里的灯光光怪陆离的，看不清，但男人心里紧了一下。

他若无其事地端起鸡尾酒喝一口，起身往外走。

就在他起身准备走的时候，旁边又有一个人跟了上来。

男人不装了，拔腿就跑。

可来人早有部署，一前一后地包抄，他还没走出店门，就被架着来到了店后的深巷。

傍晚时刚刚下过雨，巷子里一片湿滑，男人被逼在墙角，一副唯唯诺诺的样子。

“你跑什么？”陈翼然抬着下颌，扬手在他脑门上就是一下。

看他还想动手，男人捂住头：“没跑，我刚刚是尿急，正好要去上厕所，根本没看见你们。要看见你们，我就请你们喝一杯了。”

陈翼然常年在外面混，听到各种鬼话，眉梢一扬，长臂揽起他：“走吧，咱们进去喝一杯。”

男人的眉梢眼角垂搭下来，停住脚步，破罐子破摔地说：“算了，别喝了，陈警官、闵警官，你们既然来找我，有什么就直说吧。”

男人摊牌后，从裤子口袋摸出烟，给陈翼然和闵扬分发，自己也叼了一支压惊，姿态恭敬地给他们点烟。

陈翼然抽了口烟，在青蓝色的袅袅烟雾里，问他：“听说你这儿最近有动静？”

“什么动静？”

闵扬笑着说：“你再装。”

陈翼然也对着他笑，目光阴鸷冰冷：“在这儿聊不起来的话，咱们就去一个能聊得起来的地方聊。”

男人咽了下口水，苦下脸来：“你知道的，我现在早不干了，是正经人，你们不能老是拖我下水。”

他早些年也倒卖过一点货，进了局子，戴罪立功，给警方提供过不少消息。进去两年出来后，他和警方还保留着这层关系，给陈翼然提供过几次消息。

但警员和线人之间的关系着实微妙，直白点说，也不过是利益交换。那边提供线索，这边要提供庇佑。

“最后一次，下次不找你了。”

"陈警官，这话是你说的？"男人动摇了，想了想，开始谈条件，"我要是这次帮了你们，完事了能帮我弄个正经工作吗？"

"什么工作？"闵扬听乐了，第一次听说要工作的。

"弄个协警什么的就行，不用正式编制，我也就定下来不做那些事了，烦了老了，也干不动了。"

"你还想做协警？忘记你的案底了？"闵扬彻底笑了。

"有案底怎么了？你们不是天天喊着让我们改过自新，再说我这几年跟着你们，也办了不少案，不算戴罪立功？"

陈翼然不再浪费时间与他胡扯："这个以后再说。先说说这次的情况。"

男人深深地吸了两口烟，眼看躲不过去，心想死了就死了，跟着白的混总比跟着黑的好。

"我听说，有个浩哥，最近准备从外面搞票大的，在招兵买马，找人帮他办事。"

闵扬问："你听谁说的？"

"一个叫小罗的，我跟他以前关系还不错，他早些年跟浩哥干过，浩哥这次准备把他也叫回去帮忙。有次喝酒喝多了，他说自己要发大财，跟我炫耀来着。"

"小罗叫什么名字？"

"罗新华。"

陈翼然问："这次走什么线？"

"这我哪知道啊。陈警官，我知道的都告诉你了，我又没参与，就道听途说。"男人苦着脸，一副为难的样子。

闵扬说："别耍花样啊。"

"我哪里敢啊？"

闵扬让他留下号码："走吧，有事我们再联系你。"

男人松了一口气，整理了一下衣服，在走出巷子前，欲言又止地看着陈翼然。

"回来，"陈翼然对他勾勾手，"你还想说什么？"

男人的嘴唇动了动。

陈翼然不耐烦地说："有屁就放，婆婆妈妈什么？"

男人说："我之前听人说……"

"说什么？"

"听人说，有人想做掉你，出价100万。具体我也不清楚，就是听过这话，想着我们关系也挺好的，还是应该告诉你。"

陈翼然脸上的淡笑没有任何变化，戏谑地问他："这钱你不想赚？"

"陈警官，你别开我玩笑了。"男人唯唯诺诺地说，"没什么事，我先回去了，等你们联系。"

盯着男人离去的方向望了一会儿，陈翼然扔掉手里的烟头，跟闵扬说："走吧。"

这两年来，陈翼然带队一直盯着一条线在干，截了对方好几次大货。上次终于摸到幕后的大老板是个外号叫"雷爷"的人，也差点直捣黄龙，谁知最后却由于证据不足，"雷爷"被无罪释放。

也是那一次，陈翼然暴露了身份，从此以后，道上就有人放话要做掉他，这早就不是个秘密。

深夜，陈翼然和闵扬回到入住的旅馆。

一推开门，房间里竟然开着落地灯，床上坐着两个人。

那两人看见他们走进来后，站起了身，被灯光投在墙壁上的影子变了形。

一个是他们的直接领导老刘——刘定文；还有一个是他们队里的老大哥管军，比陈翼然年长几岁，是队里最稳重的人。

四个人面面相觑，最先说话打圆场的是管军："翼然、闵扬，你们俩回来，也不跟我们说一声。"

陈翼然和闵扬都不说话。

"你们两个眼里还有没有组织纪律？"刘定文问。

两个人还是像被水泥封住了嘴巴，不出声。

场面冷凝，刘定文对管军说："你跟闵扬先出去。"

"好。"

管军拍拍闵扬的肩膀："走吧，咱们下楼去抽支烟。"

房间里只剩下老刘和陈翼然两个人，长达几分钟的僵持后，刘定文先开了口："你小子没有要解释的？"

陈翼然有种被抓到后的破罐子破摔："随便你怎么处置吧。"

他以退为进，刘定文眼中的怒意更盛，却又拿他没办法。

"你以为你和闵扬私下做的这些小动作，我们不知道？你未免太高看自己，太小瞧了我们。如果你们打草惊蛇把这次的线索弄断了，你怎么对得起鼎新？"

陈翼然眼神黯然了一下，又亮起来："看来最近真的有动静。"

刘定文不搭他的腔，继续骂着："当初是你说你有心理障碍，想要暂时休假一阵子，换个岗位。我问你想去哪儿，你说你要回北城。陈翼然，你以为北城那么容易去吗？为你这个事，我走了多少层关系。现在你这样一声不响地跑回来，又来插手队里的事，你在搞什么？"

为了让陈翼然好好休息调整，刘定文拐了很多弯找上级领导，靠他东奔西走，才成功地把陈翼然弄回老家。

现在他又不声不响地跑回来搞小动作，刘定文怎么能不气。

"我现在心情调节好了，案子也有了新线索，这时候回来正好。"陈翼然有些无赖，又有些理直气壮，"你要是同意，从明天开始我就归队。等把这个案子办完，随便你处置。”

“你什么意思？你以为公安局是我家开的，还是你家开的，我想把你调到哪儿就调到哪儿？”

房间里只亮着一盏落地灯，昏暗幽沉。

“之前你们把尤雷无罪释放了，我没办法，在这儿闲着也是闲着，不如走人。”陈翼然说，“现在这个案子既然又有动静，我一定要干。要么你带着我一起干，要么我自己干，无非就这两条路。”

刘定文抬眼看他，额头上压出三道深深的折痕：“陈翼然，你今年多大了，怎么想一出是一出？你知不知道他们道上要买你的小命。当时把你调走，一半是尊重你自己的意愿，一半也是不得不这么干。组织上要对你负责，我作为队长也要对你负责。公安局不是你家开的，更不是你想怎么样就能怎么样。”

“我会对自己负责。”陈翼然的表情毫不在乎，嘴角甚至弯出一个弧度，无谓而淡然，“这种所谓的黑名单，你干了这么多年，听过的还少吗？路是我自己选的，再黑我也会走到底，谁都不用为我负责。”

刘定文定定地看着他，眼角的皱纹垂下来。

他知道陈翼然的性格，当初也是看中他的个性才拉他入伙。

“这样吧，你先等等，我去跟上面汇报。这几天你带闵扬先回去。”刘定文松口。

“等多久？”

“一个星期。”

陈翼然不吭声。

“一个星期你都等不了？我一个星期之后给你答复。”

“好，我等你的消息。”

陈翼然和闵扬答应刘定文的要求后，只在离开前绕道去看望了欧阳鼎新的父母。

半年多过去，这对白发人送黑发人的老夫妻已恢复正常生活，只是客厅里欧阳鼎新的黑白照片提醒着过往的伤痛。

从出事到现在，他们从没有责怪过队里的人一句，更没有对陈翼然说过责备的话。

这一次见面，两个老人像之前一样给他倒上热茶、端来糕点，像是招待贵宾一样。

从鼎新家里出来后，细雨蒙蒙，陈翼然和闵扬心里都有些发堵。

闵扬半真半假地提议：“我看，这个案子结了以后，我俩都别干了。”

“你准备干什么？”

“后勤，去警犬大队也行，自在。”

“你不是怕狗？”

“克服克服呗，总比每天跟毒贩子打交道来得舒服。”

前前后后出来已有四天，回程的高铁上，陈翼然疲惫地靠在椅背上。

雨水在车窗上蜿蜒爬行，腿上刚好的伤口忽然隐隐作痛，脑海里不可抑制地出现一个身影，阴霾的心像是被打了一束暖光。

那天他临时出发，想过告知万佳云，免得她跑空。

可陈翼然盯着微信里的那个小窗许久后，还是改了主意。

连续几天，他和她彻底断了联系。

可能是因为阴雨天气，万佳云这两天有点感冒流鼻涕。

下午的时候，江寅涛邀请她晚上一起去看电影，万佳云不想去，正好以感冒为借口推拒了。

近来江寅涛又开始时不时找她聊天，约她吃饭，万佳云全推掉了，除了有一次是和路为心那一对一起聚餐，除了他也还有其他人。

然而这天，她明明拒绝了看电影，到了晚上九点多，却又接到了江寅涛的电话，问她现在是不是在宿舍。

“对，怎么了？”

“我刚好路过，给你带了点感冒药，你下来拿一下吧。”

万佳云非常意外：“啊？那多不好意思……”

她再傻也知道，他这是专门来给她送药的。

“没什么不好意思，你方便下来拿吗？你要是不要的话，我就尴尬了哈。”江寅涛有些自嘲地说。

万佳云说：“稍等，我就下来。”

小雨还在淅淅沥沥下着，万佳云撑着伞出来，看到了站在车边的江寅涛。

他没有打伞，手里拎着一个小塑料袋。

月光伴着小雨，这样的场景，倒也有几分浪漫。

万佳云把伞撑到彼此之间。

“你感冒严重吗？”江寅涛身上落了雨，路灯下满身是雨滴的反光。

万佳云摇头：“只是小感冒。”

“那也要当心一点，穿多一点，”他把药递给她，“不知道你是哪种感冒，我买了几样，你看着说明书吃。”

“谢谢。”万佳云接过来，“太麻烦你了。”

江寅涛看她一脸客气的样子：“你就是太客气，心安理得一点，有什么需要就打我电话。”

两人正说着话，一束雪亮的车灯从他们身上划过，两人都下意识地转头。

看着那辆车在车位里停好，熄灭灯，万佳云的心“突突”跳起来。

她认识那辆车。

那人已经连续消失几天，没去所里，也没回宿舍，更没有和她联系。

江寅涛还在说着什么，万佳云却有些听不清，余光看见两个高大的人影从车上走下来，穿过细雨，进了楼。

江寅涛喊："佳云？"

"嗯？"万佳云回过神。

"没什么。"江寅涛看她心不在焉的样子，"你快上去吧，别再受凉了，把药喝了。"

"好，你路上慢点开车。"

几天没回来，闵扬发现屋子里有了很多细微的变化。

比如厨房区域很多东西都变换了位置，像是被使用过、整理过。陈翼然显然没闲到会每天在这儿做饭。

闵扬把一切都看在眼里，什么也没说。

陈翼然半靠在窗台上，目光锁着楼下，眼底一片冷寂。

小雨里，那辆车还在，车边的人也还在。

那两人说完话后，终于分开，男的站在车边，目送万佳云上楼后才上车。

有那么一瞬间，陈翼然脑子里划过很多念头。

最后，他拉上窗，返回屋内。

周三是路为心的生日。

来到这座城市后，路为心的每一个生日，万佳云都会和她一起庆祝，今年也不例外。

原本是要订一个网红餐厅，谁知道路为心的男朋友田镇因为前两天日夜加班把这事给耽搁了，再打电话去居然已经满座。

路为心和田镇闹脾气，一定要吃这家店。田镇没办法，最后商量了把菜点到家里来吃。

路为心考虑到他们住的公寓离万佳云太远，她下班后再赶来，非常不方便，晚上一个人回家更不方便，很不安全，索性就商量来万佳云的宿舍，完了再帮她打扫干净。

经过万佳云的允许，除了田镇，路为心还叫来了他们的新朋友江寅涛。

紧凑的宿舍热闹起来。

一张折叠桌打开，放在两张床中间，上面铺着一次性桌布，上面放着网红餐厅的几道招牌菜。

四个青年坐在桌边，端起手里倒了酒水的塑料杯碰了个杯。

路为心用拍立得帮大家拍了一张碰杯照，又彼此拍合照，有一种回到了大学时代的单纯轻松的感觉。

独在异乡为异客，年轻人们这样聚在一块儿吃饭，彼此都感到一种久违的温馨。

吃饭间，大家聊大学生活，聊现在的警队生活，隔一会儿发出一阵欢笑声。

田镇忽地问江寅涛：“寅涛，你现在有女朋友吗？”

“我单身啊。”

路为心说：“那你喜欢什么样的女孩呢？”

“我还能有什么要求，有人能看上我就行。”

田镇说：“你也太谦虚了。”

江寅涛不怎么避讳地望向了万佳云。

万佳云有些脸红，尴尬地岔开话题，说：“为心，我来拿蛋糕，你吹蜡烛许愿吧。”

江寅涛帮着她拿开桌上吃完的菜，摆好蛋糕，在最中间插上一根精致的螺纹蜡烛。

正要点火，结果意外出现了——两个男人都没打火机。

田镇是警队里很难得的不抽烟的好青年，没想到今儿居然遇上了另外一个。

而宿舍里又没通煤气，只有电磁炉。

田镇说：“你们等会儿，我下楼去买一个。”

路为心灵机一动，忽然想起来：“等等，我们隔壁有人住了，我来问问有没有，借一下好了。”

坐在最外面的江寅涛站起身：“还是我去吧。”说完便起身去了门外。

路为心问万佳云：“这个点人应该在家的吧？”

万佳云愣了一下：“不知道。”

敲门声响了两遍后，陈翼然缓缓打开门。

江寅涛说：“哥们儿，我是隔壁的，请问有打火机吗？朋友过生日，打火机忘带了。”

他的眉眼掩在阴影下，陈翼然打量他一眼，没说话。

空气静默两秒。

江寅涛尴尬地站在门口，看他目光挑衅、面色不善，便说了句“打扰了”，准备离开。

面前的人却又慢悠悠地从自己的裤兜里掏出烟盒，递来一只银色的打火机。

“谢谢。”

江寅涛拿着打火机进来，路为心好奇地问：“隔壁是什么人？”

“男的，跟我们差不多大。”

“哪个单位的？”

"没问，人看起来比较冷。"江寅涛委婉地说。

事实上，是不太友好。

万佳云从江寅涛手里接过那只冰凉的银色打火机。

蓝色火焰点燃蜡烛。

田镇关掉灯，带头唱起生日歌。

闪耀的烛光照着四个年轻人的脸。

路为心一气呵成地许愿吹蜡烛，大家起哄地欢呼。

这个简单的生日宴结束后，三个人帮着万佳云收拾了屋子，一切恢复原样后，又带走垃圾。

等人走光，万佳云发现放在一旁的蛋糕盒子忘记扔，又跑下楼去扔。

谁知却看到一个黑影站在楼梯口。

是还没走的江寅涛。

万佳云愣了一下，走过去："你怎么还没走？"

江寅涛站在绿化带旁的暗影里，看着她笑了笑："我有点舍不得走。"

万佳云瞬间有些脸红。

江寅涛走近一点，看着她的脸，低声问："我知道自己这样有点唐突，但我觉得一个人应该勇于表达自己的心意。佳云，我很喜欢你，是认真的。"

江寅涛不知道万佳云到底是怎么想的，只觉得她总是友好又冷淡，让他实在无法推进。也许是今晚的气氛烘托得到位了，他有些难以自抑，想听听她的真心话。

手里还拎着蛋糕盒的万佳云却像是被这突如其来的表白吓到了，站在原地看着他。

静了一会儿，她说："不好意思，我可能只是把你当作朋友。"

尽管心里已经有预感，江寅涛还是感觉心沉了一下。他一直觉得她是一个有些腼腆内向的女孩，没想到，却也如此果决。

他点点头，却又有些不甘心地问："我还是想问问，你觉得我哪里不太达标？我想知道问题到底在哪儿？"

"不是你的问题，你都很好。"

"女孩子拒绝人是不是都发好人卡？"江寅涛笑了笑。

万佳云说："抱歉，因为你之前没有和我说什么，所以我也没有和你说清楚。路为心是好心，但是她可能也误解了我们之间的关系。"

"这没什么好抱歉的。"江寅涛难掩失落，勉强笑了笑，"今天我很开心，你早点回去吧。"

万佳云正式拒绝江寅涛的事，很快就被路为心这对小情侣知晓。

江寅涛是个挺大方的人，在路为心又想约他们聚餐撮合时，直白坦荡地告诉了他们相关情况。

路为心并不算太意外，只是有点惋惜，她觉得江寅涛的综合条件挺不错。

最不解的是她男友田镇，他从男人的角度去看，江寅涛的条件可以算得上是优越，局里肉眼可见的潜力股，家里还有背景。

“寅涛还不错，但没有到多特别的程度。”路为心说。

“特别？谈恋爱结婚，要多特别？你真以为是公主找王子，拍电视剧呢。”田镇常年在一线，说话难免有失情调。

“如果你看过佳云的前男友就不会这么说了。江寅涛这款，太大众化了。”

“哟，怎么前男友都冒出来了？我怎么没听说过这一茬，是很帅，还是很有钱？”

路为心鄙夷地看看自己男友：“拜托，别什么都提钱，俗不俗？你们男的是不是恨不得到处给女人贴拜金的标签，喜欢谁就是因为谁有钱、有地位。”

“我随口一提，你就给我上纲上线……”田镇一笑，转移路为心的火力，继续问，“那你说说，她前男友怎么了？”

说到陈翼然，其实，路为心并不清楚太多细节。

她记不清陈翼然具体的长相，只记得他那不羁的神情，他走到哪里，所有人的目光就聚在哪里。

“不光是帅不帅的问题，你也是警校出来的。你知道的，警校和高中没什么区别，大家的生活都很枯燥乏味。但是你知道我们的大一有多精彩吗？那个师哥是我们学校的风云人物，为了佳云，一下午能在操场跑几十公里，最后为了她跟人打架才退的学。”

“怎么听起来有点中二？还有这种事，为什么打架，跟情敌打架？”田镇像在听故事一样。

路为心说：“那个就说来话长了，佳云是烈士子女，当时有人在网上诋毁她，她前男友就把那人找出来打骨折了。警校里的规矩你懂的，后来他也退学了。”

“还有这种事，认识这么久，也没听佳云提过……”按照田镇的经验，很多女孩都喜欢炫耀男人是如何深爱自己的故事，从而提升自己的价值。

“她怎么可能会说呢？她家的公司已经快上市了，你听她平时提过一句吗？虽然那个是她的继父，但是对她就跟亲生女儿一模一样。我跟她认识这么多年，她真的从来不炫耀什么，不然以我和她这种条件的差距，我早就受不了离她远远的了。”

这么多年，路为心一直觉得，万佳云是她遇过的最美好的女孩，可她偏偏美好得那样低调。

江寅涛这种社会上的优质青年，无非也是看中她可人的外表和温柔的性格，又哪里能真正了解她呢？

田镇听得越发好奇：“照你这么说，那男的这么喜欢她，还为她退学了，后来怎么又分了？”

这就问到路为心的盲点了。

路为心只知道，陈翼然离开学校后，万佳云和他似乎并没有联系。具体后来又发生了什么，没有人清楚，也没人问过万佳云。

因为当年那个风波对万佳云或多或少有伤害，几个舍友都很避讳，大学四年里从不提及。

周四一大早，毛哥说这个周五要请万佳云吃饭。

万佳云说：“怎么又请吃饭？毛哥你太有钱了吧。”

毛哥说：“傻丫头，你蹲点要结束了，毛哥总要请你好好吃一顿吧。”

万佳云这才意识到，原来蹲点已经快结束了。原来时间总是在不经意间溜走。

周五的晚上，一帮人吃完饭，又有人提议去喝酒唱歌。万佳云想到自己上一回的窘况，怎么也不答应。

临别时，毛哥说：“佳云，我们真舍不得你走。等你回了市局，别忘了我们啊，经常来玩。”

虽然只是短短几个月时间，但万佳云和这群同事相处融洽，到了分离时，心里多少还是有些伤感。

可成长就是这样，需要从容地让人与事离自己而去。

带着一种散场后的惆怅，万佳云心情黯然地慢慢走回家。

上楼上到一半，却发现上方楼梯处有个暗影，万佳云吓了一跳，收住脚步。

她定了定神，借着外面照进来的月光，发现是陈翼然靠在扶手处站着，居高临下地看着她。

“你怎么站在这儿？”也不出声，也不开门进屋。

陈翼然问她：“打火机呢，用完了吗？”

万佳云微愣，有些窘迫地说：“在宿舍，忘记还你了。”

上次就想还给他，但他们已经很多天没说过话，她也没找到合适的机会。

“还给我吧，那只打火机我用了挺多年了。”

万佳云耳朵泛红：“稍等，我去拿给你。”

陈翼然很自然地跟在万佳云身后进了屋。

万佳云去书桌的抽屉里拿打火机，陈翼然得空打量着屋子。

上次进来还是因为她醉酒。

屋子里的布置都没变化，只是桌上的相框旁多出了几张拍立得照片。

等万佳云找出打火机的时候，陈翼然已经拿起那几张照片在翻看。

那是路为心生日那天拍的几张合照，第二张就是万佳云和江寅涛的合影。

画面里，俊男美女微微歪头，很开心地笑着。

陈翼然的目光停在照片上。

万佳云有些慌地抽走照片，递给他打火机。

陈翼然接过来。

万佳云走到门边送他，拉开门，手在冰凉的金属把手上顿了顿。

空气中“咔嗒”一声，门被身后的一股力量反推回去。

男人的大手撑在门上，骨节分明、青筋隐现。

万佳云心里紧了一下，凝视着门板上的木纹，听着自己清晰的心跳。

陈翼然低头看着她饱满的后脑勺、轮廓分明的侧脸。

万佳云转过身，与他四目相对：“你这几天去哪儿了？”

陈翼然掀起眼皮：“与你有关吗？”

“无关吗？”万佳云飞快地反问。

“以前你总是问我，在犹豫什么？现在我也很想问你，陈翼然，你在犹豫什么？”万佳云说，“那时候我年纪小，遇见事情，是我不会处理。后来我想过办法找你，问教练、问杨园，但没人有你的联系方式。我以为这句道歉再也没有机会说出口了，没想到你还会回来。”

青春是一本被时光匆匆翻阅的书，他是她最遗憾的段落，也是她最想抱歉的段落。

“师哥，对不起。”

身体似被什么“轰隆隆”穿过。

空气彻底寂静了，静到有那么一个刹那，陈翼然甚至感到了微微的耳鸣。

年少的往事一幕幕在眼前闪过，久远到像是别人身上发生的事。

他以为自己早忘了，不在乎了。

可当他听到这一声道歉，那些年少时的往事像雪花碎片一样飞来，砸得他头晕目眩。

“我的事和你没什么关系，这是我自己的选择。”陈翼然听见自己说。

“是吗？”

万佳云情绪上涌，眼眶渐渐发热，黑眸覆上一层水光：“可那时候，有人说他很喜欢我，要和我在一起。他还对我说，感情是最自然的事，喜欢一个人就应该想尽办法和她在一起，有问题就解决问题，有困难就解决困难。我很想知道，那个人说的话，变没变，还算不算数？”

情话犹在耳畔。

这样张扬不羁又坦诚直率的话，对十六岁情窦初开的女孩有着像炸弹一样的威力。

它在万佳云循规蹈矩的生活里绽开绚丽火焰，点燃了她对一份美好感情的全部期待。

她以为那是开始，没想到却成为句点，一瞬的灿烂后，化成了烟。

陈翼然的脸僵了一下，很快又恢复懒倦神色。

“男人想追一个女孩时，什么话都说得出口，什么事都做得出来。那些话我对你说过，对其他人可能也说过。男人追女孩，有时候就那么几个花样。”

万佳云静静地看着他。

“陈翼然，我不是一个傻子，什么是真话，什么是假话，我分得清。不管出于什么缘故，你说这些话都让我觉得很难堪，也让我觉得你很懦弱。看来，今天不是适合聊天的日子。”

万佳云深吸一口气，转身拉开门。

陈翼然身形僵硬地走了出去。

闵扬躺在床上打游戏，听到开门动静，是陈翼然进了屋。

“老刘刚刚来电话，说没找到你。”

“知道了。”

闵扬看他没反应：“不回过去？”

“等会儿吧。”

陈翼然声音疲惫，走上未开灯的阳台。

闵扬朝阳台望去，里面悄无声息。

在队里，闵扬、陈翼然、欧阳鼎新是一个小组，共事两年多，三人是铁三角。

在闵扬眼里，欧阳鼎新是一个照顾大家的哥哥，陈翼然则是一个奇怪的人。

闵扬一直觉得自己是吊儿郎当、没有正形的人，谁知陈翼然比他更厉害，办事的时候从不讲究程序，两个人经常被骂得狗血淋头。

但陈翼然和自己这种社招的警员不同，他毕业于正规警校，还在海军陆战队待过两年，用领导的话说，不应该这么不懂规矩。

大伙儿不知道陈翼然是何背景来历，只知道他是北城人。

他平时对什么都无所谓的样子，工作起来却又很拼，不要命的那种拼。

可他拼什么呢，拼奖金？拼荣誉？闵扬看不明白，陈翼然似乎有一层让人看不透的隔膜。

漆黑的阳台上，闵扬在陈翼然身旁坐下。

“干什么呢？不开灯不觉得暗吗？”

陈翼然半躺在椅子里，神色颓然。

闵扬说：“你不会是看上人家了吧？你谈恋爱了？”

闵扬似乎早就看出来了一点什么：“以前认识的？”

陈翼然还是沉默。

闵扬笑了笑：“不会是前女友吧？上次还去照顾了人家一夜，当时我就觉得不对劲。”

陈翼然说：“你帮我给老刘回个电话，就说我半小时后打给他。”

“知道了。”闵扬见他实在不愿多言，起身拍拍他的肩，把空间继续留给他。

微凉的夜风从窗口吹入，吹得人魂魄震荡。

陈翼然侧过头点烟，打火机轻轻一声响，橘红的火光点燃烟头。

在一缕烟雾里，他跌入了回忆的流岚雾霭。

离开学校的第一年，他被陈挺直接弄到海军陆战队，基础训练两个月后，又被拉到北部湾。深夜背着二十公斤的武器在海里训练泅渡，没有经验，淹了水被浪打走，队友拖上来一顿急救，醒来后，教官对他破口大骂。

大难不死的陈翼然坐在沙滩上，面色惨白地望着夜里黑沉沉的海，整个灵魂都感到缥缈游离，脑海里剩下的，只有那个单薄倔强的身影。

他忽然想，此时此刻，那个女孩在干什么？

再后来阴错阳差干起缉毒，埋伏在深山老林、穿梭在枪林弹雨中，在最危急最致命的时刻，像是养成了习惯一样，他总会抽风地陡然想起她。

那到底是一种什么样的感情？

陈翼然说不清楚。

为了她，年少一时冲动，硬着头皮一路往前走，胳膊折了，只好往袖子里藏。

万佳云的存在，在陈翼然的人生里，复杂到无法定义。

她在他的心底点燃了一团火焰，然后，他沿着她照亮的路，满身狼狈地走到了现在。

就是这样。

这一夜，万佳云望着窗外的一角月色，一个人在床上枯坐了很久。

不知道几点才入睡，第二天早上又被电话吵醒。

“喂……”

电话那头明显是刚睡醒的声音，路为心微感诧异：“怎么了，你怎么还在睡？这都几点了，昨晚加班了？”

万佳云恢复了点意识，想到昨晚的事，“嗯”了一声。

“好吧，我是想告诉你一个劲爆的消息，刚刚才发现的，气死我了。”路为心有些激动。

“什么事啊？”

“佳云，幸亏你没答应那个江寅涛，他和我们办公室的孙晔谈起来了。孙晔上午发了朋友圈。”

孙晔是交警支队出了名的美女，时髦洋气的漂亮，身边不乏追求者。上午她在朋友圈十分高调地发了她和江寅涛的合影，配文“让一切美好从今天开始”。下面的评论很快就炸了，同一系统的人纷纷送上祝福。

路为心看到后，简直难以置信，先是把田镇骂了一遍。

田镇很委屈地说：“佳云既然没答应人家，人家就有自由恋爱的权利吧。

你这样未免太不公平。”

“所谓自由恋爱的权利就是这样无缝衔接？”

“我认为你在混淆概念，无缝衔接是指分手以后。”

“那他之前说对佳云多真心多认真，不就跟笑话一样？你们男人的话还能当真吗？”

田镇在火苗快烧到自己身上来之前，赶紧刹车，掉转风向：“为心，你说得对，我觉得寅涛这次做得是不地道。”

万佳云得知此事，倒是不在意：“我觉得这个事他做得没什么错，我们后来已经说开了，大家就是普通朋友。”

“话虽如此，但他这样做总归不地道。我真是庆幸你没有答应他，前面装得多真诚多喜欢的样子，不过如此。”

万佳云看看时间，居然已经快十二点了。

外面阳光大好，心里却空虚失落。

“为心，其实，我也有一件事想和你聊聊，你下午有空吗？”

万佳云和路为心约在一间茶室见面。

路为心性格大大咧咧，但也有她的爱好，那就是爱喝茶，私下收藏了很多茶具。

无人打扰的包厢里，路为心听完万佳云的一番讲述，有那么一瞬甚至没反应过来。等她再回味，脸上的表情变得极为复杂，有惊讶，也有不可思议。

“你是说陈翼然回来了，还在这边的派出所工作？就住在我们隔壁宿舍？”

信息量过于巨大。

当年，万佳云和陈翼然的事闹得满校皆知，后来也没见这两个人有过什么联系，陈翼然怎么突然就回来了？

“而且他当年不是退学了吗？怎么又入警了？”

“具体的我也不清楚。”

路为心又问：“那他在哪里入的警，你在内网查过他的资料吗？”

万佳云说：“他从山西调过来的，内网上没有资料。”

“山西？还能有这种调法，内网上怎么可能没资料呢……”

这些也是万佳云好奇的。

“佳云，先不说他回不回来的事，我是真的没想到，你心里居然还有陈翼然。”

青春时碰到那样闪耀的人，还以那样荒诞而决绝的结局收场，哪个女孩可以忘怀？

万佳云望着窗外，瞳孔里映着被风吹动的绿树。

“他没有出现的时候，我经常想他在干什么。想着如果不是我，当年他也不会有那么大的变故。毕业时，我妈劝我回家，说如果我坚持想做警察，回家做也一样。我没有答应，觉得很喜欢这座城市，想继续待在这儿。

“可是，直到我这次见到他才发现……我留在这座城市，是因为心里抱着一丝侥幸，想着也许有一天，陈翼然还会回来。”

坐在对面的路为心被此刻坦诚的万佳云深深震撼，震撼到心中只剩唏嘘。

路为心说：“你不应该这么想，他现在不还是在做警察吗？你并没有给他造成多大的影响和伤害啊。既然你心里现在还有他，他也回来了，不妨把事情说开，看看他怎么想。”

万佳云说：“已经都说开了，他没有这种意思。”

路为心张了张嘴巴，一时哑然。

万佳云的心沉寂下去：“为心，我这样是不是有点可笑？”

路为心摇头：“佳云，其实我很羡慕你。”

从大学入学第一天起，大家就总把“万佳云是个傻姑娘”挂在嘴上，可现在看来，她真的傻吗？

也许她比任何人都坚定，比任何人都纯粹热烈，她知道自己在做什么，想要什么。

陈翼然一连几天都没有睡好，周末早上起来时，昏昏沉沉的。

闵扬顺着最新的线索去了一趟桂林，突然给他打电话，说顺着线索查到一个叫作“花子”的重要人物居然就在北城的城中村里。

陈翼然没有片刻耽搁，带上家伙，立即驱车前往。

闵扬给的地址是华中组三号，是城中村的一个小院。在北城，这样一个小小的院子通常会住上十几个外来务工人员。

院子没有锁门，陈翼然走进去，看到一个男人正在里面的一口井边打水。

陈翼然散了一支烟：“请问，有个叫‘花传得’的人住在这儿吗？”

男人接过烟，看看他：“你问花子？”

陈翼然一听有戏：“对。”

男人说：“他在二楼，你上去问问。”

“谢谢。”

木头楼梯，每踩一步都“吱吱呀呀”。

陈翼然刚转过楼梯拐角，迎面就有一个黑影朝他扑过来。

陈翼然身手敏捷，身体一歪，躲过了这一击。黑影似乎没想到他能躲过去，没有和陈翼然对打的意思，慌不择路地直接从二楼跳下去，往门外逃。陈翼然这才看到他手里的武器是一把西瓜刀。

“站住！”陈翼然大喊一声，跟着他跳下去，持枪一路追赶。

人影跑进人头攒动的街头，融入人流后，很快消失不见。

陈翼然只能放弃追捕。

回到小院，地上是打翻的井水，刚刚还在打水的男人也不见了。

有个老太太哆哆嗦嗦地走出来，陈翼然问："这里有一个叫'花传得'的人吗？"

老太太摇摇头。

陈翼然又问："刚刚在这儿打水的人是谁？"

老太太还是摇摇头："不认识。"

陈翼然明白了，颓然地点点头，拎起地上的西瓜刀走了出去。

周一，万佳云正式回归治安支队。

一早，队里的人都围着她打趣说笑，说她一去派出所就徒手制伏砍刀歹徒的故事。

"佳云你是不知道啊，消息很快就传到我们这儿来了。人家派出所的私下来打听，问你是不是我们队里的霸王花？"林景说，"你去了两个月，已经变成我们的招牌了。"

一群人嬉闹打趣，万佳云回到自己的大本营，心情跟着明亮。

快吃午饭的时候，管求益来了电话，让万佳云去办公室一趟。

办公桌上摊开着几份文件，管求益正在签阅。万佳云敲门进来，他招招手，示意她坐。

万佳云坐下等了几分钟后，管求益才放下笔。

"回来啦，你感觉在基层有没有收获？"

万佳云点头，目光明亮。

"派出所那边对你的评价很高，马上你们这批蹲点的年轻人会选标兵，他们那边准备推荐你。"

"谢谢领导。"

管求益点头，话锋一转："我找你来是想问问你，上次说的去视频中心的事，你考虑得怎么样了。"

万佳云脑子一滞："管大，我在支队干得很开心，之前也表达过意愿，我不想去。"

"你的意愿是一方面，组织的安排也是一方面。现在视频中心是全局都重视的板块，也是缺乏新力量的地方。上级领导找你，也是看中你的潜力。如果真的做了这样的安排，我们也只有服从。"

万佳云没说话，桌上的电话忽然响起，管求益接起来说了几句。放下电话后，他说："我这儿有事要处理，佳云你先回去吧，等我空了，再跟你细说。"

"好的。"

管求益看向电脑，点击鼠标。

万佳云走到门口，心中升起一股控制不住的情感，整个人忽然顿住。

见人未走，管求益后知后觉地抬头，目光微微奇怪。

“管大，我进入警队有我的理想和目标，我只想待在一线，除了一线，我哪儿也不会去。”

万佳云颇有气势地说完，对管求益颔首，走了。

管求益怔怔地看着门口，几不可闻地叹了口气，眼神中随即又浮起一抹欣慰的神采。

万佳云没有回办公室，一直走下楼去透气。

支队的小楼外就是市局的主路，旁边有一小片停车场。

万佳云刚下楼，就看到两个熟悉的人影从一辆小轿车上下来，是陈翼然和闵扬。

闵扬最先看到万佳云，向陈翼然抬下巴示意。陈翼然不明所以地看过来，看清是万佳云，目光不由自主地停住。

一身警服的万佳云顿了顿，转身又朝办公楼走去。

第九章 / 你终于回来了 /

一切都像是又回到了那个秋天街头，
他第一次牵她的手，她吓得当街逃窜。
现在，她主动握住他，柔韧的力道中透出坚定，
陈翼然整颗心都颤抖了起来。

市局主楼十楼的电梯口，两个穿着警服的警员正在说笑。

电梯无声地抵达，电梯门打开，里面站着两个身形高大的男子。

江寅涛收敛起笑容，身边的同事眼睛一亮，对电梯里的人打招呼：“巧了，翼然。”

陈翼然对他颔首，身旁的闵扬始终刷着手机。

轿厢一路安静，直到江寅涛和同事在三楼先下。

出了电梯，江寅涛总觉得刚刚那人眼熟，问同事：“认识？”

“从外面调过来的，我办的手续。”同事忽然压低嗓音说，“跟我们差不多大，都是四川那边搞缉毒的。”

江寅涛脑中灵光一闪，想起自己在哪儿见过他了。这不是万佳云的邻居吗？他还借过打火机。

同事又说：“看不出来吧，据说办案子的时候，同事帮他挡了一枪，有心理阴影，就调过来了。而且，他还被拉进了道上的黑名单。”

“什么黑名单？”

“我主任说的，毒贩子在黑市里搞的悬赏要搞他，不知道真假。也许就是故意在道上放点风声，但组织上不能不管啊，也就弄他出来避避风头。”

江寅涛眉心蹙起：“照你这么说，这人岂不是随时会被人寻仇，弄到我们这儿来不挺危险的？”

“能怎么办呢？上面怎么说就怎么办呗。”同事提醒，“你别跟别人说啊，弄出什么事来，我可担不起。”

陈翼然和闵扬出来的时候，大厅内站着几个人，正焦急地往外张望。

几辆黑色的公务车缓缓地开上了主楼前的斜坡，在门口停下，几人立马笑着迎出去。

车漆锃亮，最前面的一辆车上，下来了一位穿着“白衬衫”的中年男人。他头发半白，一张饱经风霜的脸不怒自威。

后面几辆车上跟着下来了几个穿警服的人，一位穿着衬衫西裤的文静小伙子拎着藏青色的公文包，紧跟到中年男人身旁。

在一行人的簇拥下，中年男人往里走，转脸便看到了陈翼然。

两人对视一眼，陈翼然转过了脸。

中年男人身形顿了顿，陈翼然和闵扬脚步不停，径直走出门外。

第一天归队，万佳云的岗位上积压下来诸多杂事。晚上八点，她正要下班，很意外地接到母亲的来电。

本以为是一通寻常的电话，谁想到万母没有提前和万佳云说，她借着出差的机会，竟打了个飞的绕到万佳云的城市，人已经出了机场。

万佳云惊喜万分：“妈，我现在就去机场接你。”

“不用了宝贝，我已经订好了酒店。飞机坐得太久一身味道，你直接来酒店找我吧。”

挂了电话，万佳云就收到地址，立即打车过去。

母女俩上一次会面还是过年。大半年不见，万母的一头大波浪剪到肩处，更添风情韵味。尽管视频时看到过，见到真人，万佳云还是嘴甜地不停夸赞。

万母漂亮、浪漫、博学，从小就是万佳云的偶像。

万佳云陪着母亲在酒店餐厅简单用完餐，母女二人走出酒店散步。

“最近过得怎么样？”

“一切都很好。”

“可刚刚吃饭你发呆的时候，脸上怎么有些发愁？”

“有吗？”

“你是我生的，你什么时候高兴，什么时候不高兴，我有心灵感应。”

万佳云挽着她的胳膊，抿嘴笑了，有些撒娇：“我怎么不知道你还有这招？”

“恋爱了？”万母突如其来地问。

万佳云心跳漏了一拍：“你想哪儿去了？”

“这有什么不好意思？你这个年纪正是恋爱的好时候。我女儿这么漂亮，追你的人肯定排到了埃及，你正在慢慢挑。”

万佳云笑了笑，开玩笑：“那你希望我找个什么样的男朋友？我去埃及找找？”

万母想了会儿，拨了拨自己肩上的鬈发：“我对你的男朋友没有任何要求，他是你的男朋友，和我们又没什么关系。

“我们只会对你有一点期盼，期盼你可以一直做自己，就像你现在这样。虽然不听我的话，但我为你感到骄傲。”

晚风轻柔得像一条透明的河流，流过人的心田。

“叮叮，一个人能按照自己的心意过一辈子，不被任何人与事改变，需要很大的勇气，也需要很大的运气。我愿意成为你勇气和运气的助力。”

轻轻地踩着地上的落叶，万佳云抬头，心中觉得，这个夜晚的美丽与幸运，只有云与月才能见证。

因为是在出差中途增加的行程，万母只能停留一天，明晚就要赶飞机。万佳云陪她睡在酒店，第二天请假陪玩了两个景点。

临别的晚上，万母一定要去参观她的宿舍。万佳云不愿意，却拒绝不了，只好领着她去。

小宿舍被万佳云整理得井井有条，简洁干净。万母拉开她的衣橱，满满的藏蓝色警服。以前她也为她死去的父亲整理过警服，没想到忽地看见往日场景，心头被狠狠触碰了一下。

“在这边买个小房子怎么样？我知道你现在长大独立了，不想用我们的钱，也可以当作是我们借给你，是我们在这边的投资。”

“真不用，这栋楼看起来有点老，但是治安好，环境好，上班也近，我很喜欢这里。”万佳云真心喜欢这个宿舍。

八点半的时候，万母出发去机场，天色太晚，她不让女儿送。万佳云只好将她送上出租车，站在车窗外依依不舍。

目送车开走，相聚的余欢还在，心头越发空落。

万佳云在路边站了许久，一个人抱臂往回走。

走进小区，远远地看见楼栋旁的树影下有个人站着。

陈翼然转头，看见她正走过来。

万佳云穿着最简单的牛仔裤和衬衫，梳着矮马尾，这是她最惯常的打扮。

未施粉黛，夜色下的面孔却轮廓鲜明，五官清艳。

她已经长成了一个足够漂亮的女孩，可她似乎对这些外在并不在意，如同一片青翠的竹叶，阳光、细风便是它动人的修饰。

她只要站在那儿，就足够吸引。

万佳云装作没有看见那个影子，径自往楼上走。

“万佳云……”

她停住。

陈翼然走到她面前：“有时间吗？我们聊一聊。”

“聊什么？”

“就聊上次没说完的那些。”

屋内的顶灯照下来，两道细长的影子在地上交叠。

陈翼然坐在书桌前，万佳云坐在自己的床边。

许久无人开场，空气静得针落可闻。

“你要喝水吗？”万佳云问。

“不用了，上次说的话，如果有让你介意的地方，我向你道歉。”

万佳云看向陈翼然，不知道他为什么忽然道歉。

陈翼然继续说：“我手上办的一个案子有了眉目，那边想让我回去，我明天就走。”

万佳云微怔，明白过来——他是来道别的。

“你为什么要来告诉我？”

“没什么，只是觉得应该来和你道个别。”

万佳云有一瞬间的恍惚，吸顶灯的光直射下来，照在她的脸上，衬得她的脸色并不好看。

刚刚被风吹乱的几缕发丝虚遮着侧脸，精致的眉眼被掩在了一片阴影下。

良久，万佳云弯了一下嘴角，像是笑了一下。

“你真是变了。既然要走，不应该走得干净利落，那才是你的风格。”

陈翼然眼角的肌肉抽搐了一下。

万佳云继续慢慢地说：“我想，这次走了之后，你应该不会再回来了……也好，天下公安是一家，毕业的时候总说散是满天星、聚是一团火，也许哪天办案子就会遇上，到时我们也算是在山西有人。”

万佳云说完后站起身，落落大方地说：“师哥，祝你一路顺风。”

陈翼然薄唇紧抿，迟缓地站起身。

“也祝你以后的工作一帆风顺，前程似锦。”

早上七点，飞机起飞，陈翼然坐在靠窗的位置，脚下万顷白云。

脑中“轰轰隆隆”，像有台机器在快速运作。

往事一幕幕如电影般在脑中回放。

在海军陆战队待了两年后，陈挺去部队找他，问他接下来有什么想法。

两年时间，陈翼然黑了一圈、瘦了一圈，身板硬得像一块钢板，站在父亲面前，还是当初的一脸轴样。

父子俩两年间没有说过五句话。

陈挺先给他台阶下：“你想继续在这儿，还是把学上完了出去干？”

陈翼然说：“把学上完。”

陈挺点点头。

陈翼然光荣退伍后被安排在四川的警察学院上完大四，出来后参加联考，顺利进入当地队伍。

都说父子哪有隔夜仇，可陈翼然的刚烈和倔强超过了陈父的想象。

毕业后他没回家，一次也没回过。后来没办法，陈母只好带着他爷爷假借旅游之名时不时来看望他。有时能看到，有时陈翼然出任务在外就看不到。

陈翼然一开始是分在刑侦队，缉毒支队就在楼下。陈翼然在花园里抽烟的时候时不时会碰到刘定文，几次下来两人成为会聊天的烟友。

刘定文对这小子的能力早有耳闻，看他有手段、有胆识，有心收入麾下。

恰逢有次陈翼然审犯人审得受挫，队长对他的办案程序也多有唠叨。

刘定文说："要不你来跟我们干？我们这儿办事流程宽松一些，没那么多条条框框，跟你们队不一样。"

刘定文话里话外都是试探，陈翼然想了想，直接回："行啊。"

刘定文吃了一惊："你小子是说真的假的？"

陈翼然只是没正形地笑笑。

后来，不知道刘定文用了什么关系，两个星期后陈翼然的组织关系就转到了缉毒支队，成为主力干将。

陈翼然觉得，也许在冥冥之中，一切都是天意。

在缉毒队，刚开始一切都新鲜刺激，他先从小卧底做起，装装小混混、骗骗小马仔，得心应手。后来越搞越大，陈翼然甚至直接参与交易现场，好几次危险时刻，他都有心跳骤停的错觉。

后来就习惯了，再大的场面都是家常小菜。

直到去年的"126"案里，欧阳鼎新中枪身亡。

飞机上灯光亮起，陈翼然在梦中猛地惊醒。

身旁的闵扬看看他，提醒："要到了。"

窗外白云滚滚，陈翼然抹了把脸上的虚汗。

飞机三小时后落地机场，老刘派了车接他们到达酒店。

敲响老刘发给他们的房间号，开门的是管军："到了，快进来吧。"

陈翼然和闵扬走进去，发现老刘和管军正在书桌上吃盒饭。老刘用筷子指指旁边的两份："给你们也留了，趁热吃吧。"

四人吃完饭，没有过多废话，老刘直接切入正题。

"我们前段时间马不停蹄地去陕西、福建、云南的监狱提审了三十几个毒贩，你们查到的孙浩，我们大概摸清了情况，他现在人在甘肃的一个小旅馆，小伍他们和当地警方已经布置了监控。"刘定文忽地停了停，"我也跟上级反映了，既然你们在北城已经受到了危险，不如回来开干，我们还怕了他们不成。"

陈翼然和闵扬都没有说话，心中却也难掩激动。

老刘边说边拿出一个移动硬盘，在笔记本电脑上调出照片。

镜头是火车站的监控，画面高清。老刘指了指人群中一个高瘦、普通的中年男人："这个就是孙浩。"

男人戴着眼镜，穿着格子衬衫和休闲裤，就像地铁里最常见的上班族。

闵扬和陈翼然看着画面里的男人走出火车站，监控又变成另外的视角，看到他购买饮料、打车、进入旅馆。

刘定文喝了口水："上次的事情之后，尤雷一直没动静，很多人也害怕，都知道他被盯上了，不敢再跟着他干，就这个孙浩胆子肥。"

一旁的管军不禁说："他真是大胆，到了这时候还要出货。"

老刘"哼"了一声："都是要钱不要命的主，只要屎上沾了钱，不愁没有苍蝇围上来。"

陈翼然问："现在准备怎么办？"

刘定文关掉画面："这条线我交给你们，你们直接过去，到了那边和小伍会合，他已经在等你们。你们先把孙浩盯紧了。"

"明白。"

刘定文嘱咐："发现任何情况都及时汇报，不要擅自做主、打草惊蛇。"

"明白。"

短会开完，陈翼然和闵扬上了刘定文安排好的面包车。车子直接开往目的地，到时已是晚上九点多。

陈翼然和闵扬装作正常的住店旅客，开房上楼。

刚进屋陈翼然就接到小伍打来的电话。

队友许久未见，难掩兴奋的语气："然哥，你们到了？"

简单寒暄后，小伍和他们介绍情况。

孙浩昨天下午刚刚住进来，一共两组人在盯他，酒店内一组，外面的马路上还有一组。

一天一夜的时间里，他到隔壁的便利店买过一瓶饮料，今天中午叫过一次外卖订餐。

监控显示他的手机只打过一个电话、接过两个电话，对象都是同一个女人。至于这女人是谁，小伍汇报给老刘，请队里的人去查了。

在酒店待了一天一夜的目标人物，在晚上九点多，趿着一双拖鞋，突然出门了。

在酒店周围监控的警力立即行动，陈翼然和当地警力一路开车，一路步行，默默跟了上去。

孙浩沿着马路走了一段，招手拦下一辆出租车，绕着城区兜了个大圈子。

负责开车的闵扬不远不近地跟在出租车后面，问副驾驶座上的陈翼然："你说，他这是在干什么，看夜景？"

胳膊架在车窗上，陈翼然望着前面左右摇晃的车灯："那就跟着他看。"

半个多小时后，孙浩忽然在大学城门口停下。下车后，公交站台边的一个女大学生走过来，上了车。

闵扬惊呆了，对讲机里另外一群人也在问："这大哥什么情况啊……"

闵扬跟着出租车掉转车头："别跟我说他是要带回旅馆。"

结果真被猜中。

夜色下，出租车直奔酒店，大伙儿跟着他兜了一圈又回到原点。

那女学生被孙浩带进房间后，是夜再没出来。

这个周末阳光极好，路为心看万佳云最近心情不佳，拉她出来野餐。

她还喊了系统里几个单身男女，大家搭帐篷玩剧本杀，摆出各种奇怪姿势拍照，满满的青春活力。

夕阳西下，几人又去湖边拍照，就剩路为心和万佳云坐在帐篷里聊天。

金色余晖透过小窗户照在万佳云的脸上，仿佛蒙上了一层温柔的忧愁。

路为心说："怎么样，后来你们还有联系吗？"

万佳云摇头。

"不联系也好，缘分散了就散了，之前那叫回光返照，让你早点断了这个念头。"路为心说。

万佳云不说话。

路为心转移话题："对了，我听说上面准备把你调去视频中心，好差事啊。"

"连你都听说了？"

路为心笑起来："视频中心刚建，说是以后里面会做得像个小电视台，还会跟很多导演合作。很多人正在想办法往里面调动，稍微有点风声，当然就传开来了，还说是分管领导点名要你过去，就是不知道你们老管肯不肯放人。"

"我不想去。"

"真的假的？"

万佳云说："我不喜欢拍视频。"

"应该也不光是拍视频吧……"

"我想留在一线。"

路为心盯着她的脸，说道："云云，你真是一个彻头彻尾的理想主义者。我服了。"

事实上，自从上次万佳云鲜明表态后，管求益对于她在治安支队的去留问题，也有许多考量。

从情感上来说，他个人很喜欢万佳云。两年时间，他一步步见证她成长。她工作认真，与同事相处融洽，加上那份特殊的背景，他内心里对她一直比别的下属要多几分关注。

但陆局长和他提了两次这个事，他要是硬留她，搞不好会被误会是他在从中作梗、不肯放人。

周末下午，趁着几个人聚会喝茶打牌的契机，管求益开着自己的老福特，亲自去接陆良松，在车上与他寒暄一阵后，聊起这件事。

陆良松坐在副驾驶座上，听完管求益说的话，问：“她为什么不愿意？还是说想提什么要求？”

管求益说：“这倒不是，这孩子很单纯。现在的年轻人都有他们自己的想法，她为人比较低调，感觉自己不适合这样的岗位。”

陆良松说：“我看她不是挺开朗大方。”

“性格确实挺开朗，但她的情况比较特殊，当时放在我这儿的时候，还是老潘局长跟我打的招呼，让我好好带。老潘退休时还特意跟我打了招呼。”

夏日的灿烂阳光倾泻而下，照耀着整座喧嚣城市。

陆良松说：“你说的这个情况我了解，你以为是我这个分管领导一定要跟你要人？老管啊，党委就是考虑到她的特殊情况，想要给她一些特殊照顾。这事是卢局长在党委会上提的。”

管求益明白过来，静了会儿说：“原来是这样。不过，党委虽然是好意，但我觉得，既然这丫头有志气，不如就放在一线多磨炼。从另一个角度来说，干得好了，也是好的传承。”

陆良松盯着车窗外频频闪过的绿树：“这样吧，你让她星期一来找我聊聊。”

星期一上午。

万佳云正在排这个月的值班表，管求益把她叫到办公室。

万佳云到后，发现门开着，管求益正在里面和人说话。她敲门，管求益望过来说：“佳云你去找一下陆局长，他刚刚打电话来叫你去。”

陆局长?

万佳云不好多问什么，便独自去了。

陆局长的办公室在主楼的二十七楼。

陆良松五十多岁，皮肉并不松垮，穿着一身合体的警服，有着资深警察不怒而威的气派。局里几位领导都给人这种经历过岁月沉淀的威严气质，让年轻民警感到敬畏。

万佳云进来的时候，坐在桌前的陆良松正阅读着一份文件，他让她在沙发上坐下。

空气安静了一两分钟后，陆良松将看完的材料放置到一旁，目光移到沙发的方向。

沙发上的女孩端端正正地坐着，身穿警服，漆黑的长发在脑后盘起，面容干净，目光明亮。

陆良松开门见山地问：“小万，你哪年入队的？”

“前年。”

“那也有两年多了，不算新人了，你对自己的职业有规划没有？”

万佳云没有说话。

陆良松说：“时间过起来很快，我刚进局里的时候，也是二十出头的小伙子，一下就到了这个年纪。我算是发展比较顺利的，有的基层民警在派出所干了一辈子，这些你去蹲点时应该都看到过。

“年轻的民警一定要对自己有个长远规划，起步越早越好。局里的视频中心很快就要组建了，之前看过你的一些表现，大家都觉得你不错，推荐你来。新平台，新的机会，我找你来，主要是想听听你的想法。”

办公室里的空调开得很低，万佳云刚来的时候满身热汗，这会儿已经被吹凉了。

“陆局长，谢谢您想到我。”万佳云不卑不亢地说，“上次管大和我说了这件事，但我以前没有接触过宣传这条线，我的性格可能也不适合去做新闻或者主持一类的工作。我大学也是在警校学的刑侦，就像您说的，年轻民警要有职业规划，我的职业规划就是将来能在专业上干出一些成绩。”

陆良松听完后，没说话，起身去茶桌旁倒茶。

万佳云恭敬地站起身，接过他递来的一次性纸杯。

陆良松重新坐下，示意她也坐。

“你的家庭情况局里都很了解，你想继承你父亲的遗志，这是好事情，我们也感到欣慰和骄傲。

“作为你的叔叔伯伯辈，局里一直很关心你。你是个女警，这次卢局长提出这个建议，也是想让组织多照顾你。你爸爸当年在我们这儿也待过，我没有见过他，但对他很敬佩。我相信，他的女儿在任何岗位都能干出一番天地。”

这一番话听得万佳云心房颤动，很想流眼泪。

“谢谢领导们的关心，”万佳云吸了一口气，轻声说，“但如果可以选择，我还是想留在一线。”

陆良松做过很多年轻警员的思想工作，年轻人面对领导的权威，总有几分畏惧，稍稍软硬兼施，就能让他们松口。他没想到，面前这个年纪不大的女孩，能如此坚持。

“为了你父亲？”

“以前是为了父亲，但现在，只是为了我自己，我喜欢现在的岗位。如果领导们真的想照顾我，那能不能换一种方式？”

“换一种什么方式？”

既然已经说到了这个份上，她索性豁出去。

“我进警队时，报考的是刑侦支队的侦查员，局里把我调剂到了治安，我服从组织安排。在治安的这两年，领导和同事都很照顾我，我也学习了很多。现在如果一定要调岗，那我希望，还是把我调回刑侦，那也是我的本专业。”

三天后，内网上出现了一份红头文件，是关于新组建的视频中心的公示。

人员名单里，没有万佳云的名字。

林景看到后第一时间在小窗私信万佳云：谁把你挤掉了？怎么回事？

万佳云回了一个表情包。

林景说：别难过，改天请你吃饭安慰你。其实在我们治安也不差，你还是我们的一枝花。

万佳云：如果我没记错，你说了很多次要请我吃饭，这顿饭在我退休前能吃上不？

林景感觉自己的大方人设受到了挑战：佳云，今天晚上下班别走，一定把这饭吃了。

万佳云正在笑，电话响起来，是个陌生号码。

“您好。”

“你好佳云，我是禁毒支队的刘兵，你还记得吗？”

万佳云反应了一下：“记得，刘队，请问有什么事？”

电话那头说：“是这样的，上次的案子我们要成立专案组，想请你来帮忙。这件事我已经和你们管大沟通过了，他说你也有这个意向，不知道他有没有和你说过。”

“我不是很清楚，管大没和我说……”

刘兵用一种玩笑的语气说：“那你现在知道了，下午有时间过来报到吗？”

“收到。”万佳云的心“怦怦”跳，“刘队，下午去哪里报到？”

“我一会儿把时间地点发给你，”刘兵最后说，“佳云警官，欢迎你加入。”

孙浩在商场的成功逃跑无疑给蹲点了快半个月的专案组带来沉重一击。

事后从监控里看到，他从电梯下到负一楼，开走停在地下停车场的一辆面包车，一气呵成。而那辆面包车早在一个月前就已停在原地。

冲进酒店房间搜查，除了几件没洗的衣物，没有任何有价值的收获。

至于那个女大学生，回校后一直有人跟着，当晚就被带到派出所询问。

女孩被警察找到时，正在图书馆看书，不知自己所犯何事，被吓得脸色惨白。后来听警方问孙浩，她又变得支支吾吾，回到派出所后，一五一十地说了和孙浩的认识经过。

他们二人相识在网站，原本只是在同一个回答下相遇，一来二去成了网友。一开始说是男女朋友，去年他有一次来找她时，和她发生了关系，还给了她钱。这次他回来，才又来找她。孙浩出手大方，每次都给她上万块。

说到最后，女孩终于哭了：“警官，所有事情我都和你们说了，你们能不能不要找我学校？”

大家原本以为这算一条线索，谁知跟了几天，只是个钱色交易，心里难免泄气。小伍忍不住多说两句：“你这个年纪，怎么能赚这种钱？怎么说也是个大学生，家里人知道你这个情况吗？”

女孩似是快崩溃了，哭得抽泣起来：“求求你们了，不要告诉我家里人，我家经济情况不好，上学一直是贷款，每个月还要赚生活费。而且我一开始也不是想这样，是他主动给我钱的……”

叉腰站在一旁的陈翼然听得眉心皱起，心里憋火，转头走出审讯室。

在花坛边打电话的闵扬看陈翼然出来，挂了电话，走过来说：“面包车查出来了，是个名叫‘胡荣喜’的开过去放在那儿的。胡荣喜祖籍在山西，具体情况老张正在查，马上就发过来。”

陈翼然点头。

闵扬说：“对了，刚刚老刘给我发消息，让我们把今天的情况写个材料跟他汇报。”

“知道了。”

闵扬心里也窝火，脚踩着花坛说：“那小子看样子挺老实的，成天穿得跟个 IT 男一样，不知道的还以为在宾馆里搞编程呢，没想到玩得这么花，还骗了个女大学生。”

临逃跑了，在警察的眼皮子底下穿上一双新跑鞋，嚣张至极。

晚上十二点不到，老刘发来了面包车车主胡荣喜的调查情况。这个人的名号是“胡老二”，商洛市人，没有工作，没有固定收入来源，近期在老家一带出没。

老刘命令：“你们先回来吧，大明他们已经去找胡老二了。”

胡老二是个四十多岁的男人，最常出入的是两个固定的棋牌室。大明抓到胡老二的过程并不复杂，而胡老二直到被拎到局子里，似乎不知道自己犯了什么事。

警方直接问他，为什么要把车停到商场的地下车库，胡老二似乎才明白过来：“为了这个事啊……”

胡老二说，是一个叫作孔鑫的老朋友，说借他的面包车用一个月拉货，付他三千块钱，让他把车直接停到那个商场的地下停车场。

“车开到商场，钥匙呢？”陈翼然问。

“钥匙直接给了小孔，小孔怎么给他的，我也不知道。我都不知道他把车借给别人用。”

“他人住哪儿？”

“他也没什么固定住所，和他的姘头住在银钱河那边的一个公寓里。”

专案组立即按照胡老二的招供，对孔鑫进行调查，发现他有涉毒前科，进去过三年。而早在一个月前就离开了银钱河的公寓，不知行踪。

因为弄丢了人，这几天，老刘看陈翼然不在状态，不再派他搞外线，只让他负责各分局部署排查，搜集线索。

周五晚上，大家在局里开了情况碰头会。散会后已经是九点多钟，老刘喊住收完材料准备走人的陈翼然。

“翼然。”

提着几份文件的陈翼然停住步子。

老刘拦住他：“走，跟我去喝两杯。”

队里的人都知道，老刘的老婆早些年生病走了，儿子在外地上大学，他一直没再找伴侣，常年一个人住在公安局附近的房子里，像是把命都扑在案子里。

发现陈翼然也孤身一人在这儿，闲下来的时候，他很喜欢找陈翼然吃夜宵。

公安局附近有个学校，夜晚的路边摆满烧烤摊，几个简易大棚里挂着昏黄的灯泡，坐了好几桌人，人气极旺。

老刘和陈翼然在角落里的折叠桌旁坐下。

烤串上来前，两人先把啤酒倒上，抽烟聊天。

还没说上几句话，隔壁桌一对大学生模样的年轻情侣忽然吵架，吸引了所有人的目光。

冷着脸的女孩大声说：“如果你下次还是这样，不要再喊我出来吃饭！”

见周围人的目光全部望过来，男孩子脸上挂不住，声音压抑地说：“我不是那个意思，你小声一点，不要影响到别人。”

女孩子不满意他的态度，十分高傲地扬起脸，转身就走。男孩想了想，还是追上去。

老刘看着面前的这出青春剧，忍不住笑笑，问陈翼然：“这几年怎么也不见你谈个女朋友？要不给你介绍一个？”

腾起的烟雾里，陈翼然笑意懒倦：“你感觉我需要吗？”

老刘说道：“是不需要介绍，还是不需要女朋友？还是说已经有了，藏着掖着。”

两人说着话时，那男孩竟把女孩又给哄回来，两人拿起刚刚落在桌上的东西，携手离开。

老刘说：“现在的年轻姑娘脾气都太大，小伙子们不容易啊。”

周遭嘈杂的空气里，陈翼然不由自主地看向那对情侣再次远去的背影，不知道为什么，脑海里浮现出一个身影。

也许她说得对，他确实不该回去，来来回回，只空留一个念想。

老刘的手机忽然响起，那头不知道说了什么，他回：“好，你们先去502，我马上就回来……”

502是大家每天碰头的小会议室。

老刘挂了电话，店家刚好送来一盘油滋滋、冒着香气的烤串。

他站起身："老板，都给我们打包吧，剩下没烤的都退了，结账。"

队友杜明负责查找孔鑫的下落，通过技术手段，发现他人就在附近的盘谷市。通过与当地警方联系，发现了孔鑫的行迹。

小会议室，杜明打开投影，播放电脑里的监控视频。

杜明关了灯，按下播放键："这个是我们昨天拍到的一小段视频。"

深夜的会议室在这一刻格外静谧。

老刘和陈翼然几个专案组的民警一起看向幕布。

画面里是一排临街商铺，一个体形偏瘦、个头不超过一米七的男人正朝着镜头走过来。

视频只有十几秒，杜明停下画面，说："就是他，还有一个。"

另一个视频打开，一看就是洗浴中心，镜头正对着一张按摩床，刚刚的小个子男人穿着白色浴袍，躺在休闲椅上，看着前面的电视。

看样子是在包厢里，除了孔鑫，还有一个男人。

画面播放几秒钟后，有个女服务生端着餐盘走进画面。

看到这里时，闵扬忽然下意识出声："咦……"

会议桌上的几个人看向他。

闵扬说："大明，你往回倒一下。"

视频回放，播放到第七秒，闵扬说："就这里，停一下。"

画面刚好停在女服务生端着餐盘进来的画面。

"怎么了？"众人疑惑。

闵扬欲言又止地看向陈翼然，像是要寻找什么共鸣。

懒散坐着的陈翼然没有接住闵扬的目光，视频第一次播放的时候，他整个人像是被灌了水泥，凝住了。脑中"噼里啪啦"响，如有火花炸开。

画面里的女服务生扎着一个矮髻，穿着洗浴中心统一的紫色短袖上衣和灰色包臀短裙。

尽管出镜时间短暂，摄像头还是拍到了她那熟悉的面孔。

老刘说："闵扬，你支支吾吾什么东西？什么情况？"

闵扬知道陈翼然和万佳云之间的关系并不简单，不知道什么该说什么不该说，只能简单地介绍："这女孩是北城公安的民警，跟我们认识。"

"北城公安？"老刘也很惊讶，"你没认错吧？"

"不会错，之前她就住在我们隔壁。"

老刘望向陈翼然。

脸上浮过一丝阴影，陈翼然面无表情地点头。

谁知杜明却一点不意外："这个情况我正想汇报一下，我们跟当地公安联系的时候发现，北城有个案子也在他们那儿查人。晚上我们还没来得及动手，他们就先行动了。"

老刘皱眉："你和当地联系的时候，他们不知道这个情况？"

杜明说："我们时间急，是先盯住人，再联系的当地。"

刘定文说："你们这个流程不对。"

杜明脸热了一下，继续说："我们也是事后才了解到，北城要抓的是那晚跟孔鑫一起的人，叫王磊。据说人已经抓到了，但孔鑫跑了。我们现在怀疑，案子很可能有重合，所以赶紧回来报告。"

老刘思索片刻："这事我打电话问问。"

入职这两年，万佳云起初完全在队里做文职，后来通过积极申请，跟着大鹏他们办过一些案子，但大多也是危险性不高的案件，主打一个配合、帮忙、协助，很少参与前期的主线侦查。

此次加入禁毒支队的专案组，刘兵对她的态度很不一样——他没有给她任何属于"女警"的优待。

这一个多星期，她和几个队友不分昼夜地跨城跨省追查线索，在火车上过夜，在车里睡觉，半夜两点被叫醒直接去机场，十几个小时的监控一帧一帧地看。

组里的几个新队友比万佳云大个几岁，平时看着就是正常的小伙子，看她是年轻女孩，也和她嘻嘻哈哈，可工作起来有极强的反应能力和战斗力。

至于组长刘兵，虽然看上去显老，实际上也才三十岁。

经过联合调查，上次在赌船上推万佳云下江的"三子"是个老毒贩，由于他携带的那批货数量巨大、罪行严重，上级部门要求彻查。

在侦查中，专案组摸排线索后，通过对一些在押的毒贩子进行审讯，摸清了"三子"的背景。

"我跟他早些年比较熟，一起玩过，后来就没怎么一起待过。"看守所里，一个光头毒贩看着照片说。

"他叫什么？"刘兵问。

"我们都喊他'三子'，他本名叫什么，我记不清了。"

刘兵点头："说说看呢，对这个人什么印象？"

"他的货都比较好，但这个人脑子不好，要不是实在搞不到货，很多人都不跟他拿。"

"什么叫脑子不好？"刘兵问。

万佳云在一旁做着记录，抬起眼。

"会发神经病。"提审的毒贩子双手铐着手铐，回想说，"他这个人平时闷不吭声的，但有时候你也不知道哪里得罪了他，他就突然发作。"

刘兵试探地问：“他有什么爱好吗？”

“爱好……就赌博吧。”光头回忆，“我认识他的时候，他就好赌。听说他以前赚了不少，都赌掉了，左手进右手出的。”

“他跟哪些人来往比较多？”

光头说：“那几年听说他跟着一个叫石头哥的混，石头哥手里有货，就分他一点。”

刘兵皱眉：“那个石头哥是他的上线？”

“可能吧，圈子里是这么说的。”

“石头哥本名叫什么？”

光头想了想：“我想想……”

刘兵和万佳云都看着他。

“我想起来了，好像是叫什么磊的，王磊。”

结束这场谈话后，专案组很快调查到王磊。

王磊今年四十六岁，承包了一个快递点干快递，但是这两个月快递点关门了。

顺着他的行踪联系上当地警方，很快就接到线报，那人正在洗浴中心泡澡。

专案组马不停蹄地赶过去，抓捕前为了确认是不是他，派万佳云装作服务员进去摸底。

万佳云进去绕了一圈后，很快出来，确定就是王磊。但和他一起的还有个男人，两人在一起聊着天。

然而，不知道是警方的部署暴露了，还是嫌疑人过于警觉，万佳云刚出包厢一会儿，王磊和另一个男人居然也出了包厢。

埋伏在大厅里的警员等待着耳机里的命令，听到刘兵说“先摘了”之后，两个人假装自然地朝嫌疑人的方向走过去。

嫌疑人背朝着他们，就在彼此间相隔几米远的时候，那两人突然推倒身旁正在结账的一对父子。在众人还没反应过来发生了什么时，他们窜往楼梯，从转角的窗口直接跳了出去。

守在店外的万佳云和刘兵只看到两个黑影从二楼跳下来，两人条件反射般地追上去。

那两个不怕死的黑影直接冲向马路上的车流，刘兵和万佳云追了一路。王磊跑得比另一个慢，终于被刘兵追上扑倒，两人在小巷里扭打。

万佳云继续追上去，可那人跑得极快，跑出小巷后，彻底没了身影。

满脸是汗的万佳云弯腰扶着膝盖大喘气，不甘心地望着灯光晃眼的街景。

反身回来，王磊已经被刘兵压在地上，手上铐了手铐。

经过两天一夜的审讯后，王磊渐渐扛不住压力，把自己知道的都招了。

“我和‘三子’以前关系好，但是这几年我早就不干了，也就是在中间帮忙牵牵线。他上次的那批货，也不是我给的，我甚至不知道那个是什么，我就是中间人牵个线，介绍他们认识，生意都是他们自己谈。”

“你和‘三子’最近一次联系是什么时候？”

“一个月之前了。”

“现在没联系了？”

“没有，我们也在到处找他。”

“你帮他和谁牵的线？”

“金爷。”王磊顿了顿，说，“他把货弄丢了，现在人也不见了，金爷正在到处找他。”

“金爷本名叫什么？”

“孔鑫。”

专案组借当地派出所的办公室开了一天的会，梳理线索，分析头绪。另一组在江苏寻找“三子”的外线也发来一些消息，没有找到他的行踪，有一些他社会关系的口供。

目前来看，挖到了孔鑫这个“分销商”，案子也算有一些眉目。

晚上大家就在派出所一起吃快餐，万佳云是小组里唯一的女性，这两天众人熟悉了些，当地一个民警有点开玩笑地问：“你们那儿现在都开始让女孩搞这种案子了？”

万佳云问：“怎么了？有问题吗？”

同队的一个男队友说：“就是啊，女孩怎么了？现在的女孩可不得了，我就问你，你打得过你女朋友吗？”

几个人“哈哈”乐了起来。

男队友说：“女孩才是这个世界上杀伤力最大的武器。”

吃完饭，大伙儿准备继续开工，万佳云收拾好大家吃完的盒饭垃圾。

她拎着一大包垃圾刚走出去，夜色下，只见有个穿着警服的人影站在角落里。

万佳云下意识以为是派出所的民警，没有过多注意，可走出两步后，双脚却无意识地停住了。

心脏一跳一跳的，万佳云回过头。

黑衣黑裤的陈翼然插兜站在那儿，眸光深深，似已注视了她许久。

在这人生地不熟的地方再次相见，万佳云清亮的眼眸中闪过惊喜，但很快又恢复平静。

两人无声地对视片刻，陈翼然说：“不认识了？”

万佳云用扔垃圾的时间平复好心情，走过来：“你怎么会在这儿？”

陈翼然一直看着她：“来办事。你呢？”

“我也是。”

陈翼然说：“有空吗？出去聊几句。”

“现在？”

陈翼然点头。

万佳云进屋与队友交代后，与他走出派出所。

走出派出所的小院后，陈翼然带着她来到后面的一条河边小道。

四周环境清幽，星星和月亮悬于天际。河水安静，河面上铺着一层温柔的光辉。

“你怎么跟禁毒队的出来了？”陈翼然问她。

“你怎么知道？”

陈翼然说：“我看见了。”

万佳云没有再细问：“我被调到了这个专案组。”

“你刚结束在基层的蹲点，怎么又调动你？”

“我哪知道？”

万佳云穿着T恤和牛仔裤，头发全部扎在脑后，只有几缕被风吹乱的发丝飘在微微发亮的脸颊边，整个人干练飒爽。

“这行不适合你，”陈翼然说，“你才入队两年，缺少经验，干这个很危险。”

陈翼然不理解，北城到底是缺人到了什么地步，才会把这样的年轻女警拿出来用。

“如果我没记错，你的警龄也只不过比我长一年。”万佳云说，“同样是民警，你能做，我就能做；你不怕的，我也不会怕。希望你不要小瞧别人。”

万佳云这几句话说得很轻，却颇有些豪言壮语的意味。

月亮的光辉洒在她青春而坚定的面容上，像一幅被定格的画。

陈翼然说：“如果我说，我早就怕了呢？”

“你是怕了，可你不还是在这儿吗？”

陈翼然哑口无言。

他在来之前就知道，跟她说这些都是徒劳，可他没办法管住自己的脚。

许久，他点点头。

“既然你已经做了决定，那就好好干吧。”

万佳云说：“谢谢你的提醒和关心，我会加倍注意安全。”

两人折回派出所，刚跨进小院，万佳云的队友们正火急火燎地往外走。

走出来的刘兵先瞧见了陌生的陈翼然，立马又看到万佳云，喊道：“你正好回来了，我正要去找你呢，快去拿东西，安城的警方找到线索了，我们现在就过去。”

万佳云精神一振，立马跑进去，拿好自己的包和装备。出来后，她看了一眼陈翼然，没有多说什么，跟着大家匆匆上车，显然非常适应这样的节奏。

车子扬尘而去，万佳云忍不住往车窗外看，只见陈翼然还站在院子中间。

车上的队友跟万佳云低声打趣：“佳云，那个帅哥是谁啊？”

万佳云说：“以前认识的，刚好碰上。”

派出所的小院里，一个警员从楼上走下来，看到陈翼然还呆呆地站着：“咦，你怎么还在这儿？要找的人找到了？他们不是走了吗……”

陈翼然回过神来，点点头：“我先走了，改天请你吃饭。”

安城警方抓获了一个涉毒人员，意外审出了“三子”的下落。

原来，“三子”跳江后，一路逃到寿阳，窝藏到了这个人的乡下老家。这个以贩养吸的涉毒人员称，他早年的很多货都是从“三子”手里拿。

然而，等警方赶到那个农家小院时，人已连夜潜逃。

折腾了一夜，大伙儿只好回到派出所宿舍休息，才合眼休息几个小时，又被电话喊起来立即出发。

原本以为是有突发情况要去进行抓捕，没想到，车子直接开进了安城公安市局的办公大楼。

“一大早上面已经下了指示，这个案子现在由公安厅挂牌督办，我们的案子和这边的一个案子进行并案，组成跨地联合专案组。和我们之前推测的一样，‘三子’背后有一个贩毒网络，他只是其中一条小鱼，背后这大鱼有多大，我们现在还不清楚。这边的公安掌握更多背景资料和其他旁线线索，大家等会儿一起听听。”

几人均已被折腾得筋疲力尽，安静地点头，然后抓紧时间闭眼休息。

清晨的阳光透过车窗照到脸上，万佳云望着窗外出神。

宽阔明亮的会议室内，安城公安缉毒支队的几名主力成员全部穿着警服，早已入座等待。

联络人员带着刘兵几人走进来后，众人起身。

站在最中间的是负责人刘定文。

他对刘兵做出邀请手势，请他们一同入座。

万佳云一进来就看到了那张熟悉的面孔。

陈翼然穿着夏季的常服，面无表情地坐在会议桌的靠窗位置。在她进来时，他微抬下颌，瞧向她的方向。

这是万佳云多年后第一次看到他穿警服。

清新的浅蓝、挺括的衣型，综合掉他身上不羁的气质，衬得整个人更加板正英俊。

记忆深处的他，就是这副样子。

这是一个极为简单的碰头会。

刘定文向北城公安简单说了下他们此前破获的“126 贩毒案”，介绍了主犯尤雷因为罪证不够而无法定罪的情况。现在他们高度怀疑，这次的货，背后老板就是尤雷。

现在，他们需要抓捕的关键人物之一则是孔鑫。

孔鑫早些年有过涉毒前科，在里面蹲过几年，这几年很可能还是在搞这个，只是没被发现。

正是孔鑫这条线把大家牵到了一起。

刘定文用开玩笑的语气说："说起来里面还有个故事，尤雷企图对我们的民警开展打击报复。"他指指陈翼然，"这是我们队的陈翼然，之前去你们那儿待过，不知道你们认不认识？"

刘兵显然并不认识，但他昨晚见过陈翼然："是有点面熟。"

刘定文说："现在上级有了统筹组织，我们力量更强大，相信在紧密合作下，这个案子一定很快就会有更大突破。"

刘兵说："我们一定全力配合。"

初步沟通后，刘定文和刘兵讨论了下一步的侦查思路，把主力队员进行分组。

所有男人都分完组了，万佳云是吊车尾的那个。

刘定文说："没想到你们还有这么能干的女将。她就跟我们陈副队一组吧，他之前也在你们那儿学习过，说不定还认识。我们还有个队员叫闵扬，人在外面。"

刘定文问刘兵："刘组长，你觉得如何？"

刘兵看向万佳云，尊重她的意思。

万佳云说："没问题。"

刘定文嘱咐陈翼然："翼然，那她就交给你了，多多关照我们远道而来的女同志。"

中午，大伙儿一起聚餐，与上午的正经严肃不同，氛围轻松许多。

一桌人坐下来，大多是三十岁以下的小伙子，个个生龙活虎，简单聊聊就能找到共同认识的人。

万佳云坐在陈翼然对面，他全程都没和她互动。万佳云几次忍不住看他时，他都在与队友抽烟聊天。

吃完饭，大家散场，陈翼然走到万佳云身旁："拿好你的东西，下午跟着我走。我先去门口等你。"

万佳云怔住，那人已先一步离开包厢。

万佳云不知道陈翼然什么意思，只好先和刘兵汇报。刘兵说刚刚吃饭时，陈翼然跟他已沟通，下午带她分头行动。

走出饭店，其余人都回分局去了。

万佳云站在街边，左右不见陈翼然的踪影。

正准备打电话给他，路边有车开来，朝她按了一声喇叭。

驾驶座上的陈翼然摆摆头，示意她上车。

“我们去哪儿？”上车后，万佳云问。

陈翼然说：“等到了你就知道了。”

万佳云不知道他葫芦里到底在卖什么药。

迎着正午的阳光，车子在坦荡如砥的高速上一路飞驰。

孔鑫上次从姘头的住所逃脱后，那姘头一开始什么也不愿交代，嘴巴咬得很紧。

经过一番动之以情，再加威逼利诱，女人终于被攻破心理防线，把孔鑫在外面还有个女人的消息告诉了警方。

最关键的是，那个女人和孔鑫还有一个六岁的孩子。一个星期以后就是他儿子的生日，孔鑫曾告诉她，会回去陪儿子过生日。

女人恨恨地说道：“他就宝贝那个孩子，你们抓住了他的儿子，他就一定跑不了。”

警方很快查到，孔鑫的另一个女人名叫陈佳，就在隔壁的加纳市。

一路飞驰过来，万佳云跟陈翼然来到一个小区，乘电梯上到四楼。

“哈喽，我们又见面了。”一开门，里面的人微笑着对万佳云说。

是许久不见的闵扬。

万佳云显然意外，很快也反应过来，微笑地说：“你好，好久不见。”

闵扬领他们进屋。

“这是上届居委会主任的家，老主任现在不住这儿，这房子空着，说我们要办案，老党员挺热心，主动把地方借给我们。”

两室一厅的老房子，大件家具都还在。

闵扬把桌上的笔记本电脑扭转朝向他们，介绍这两天了解到的情况。

“这个女的叫陈佳，二十六岁，去年搬过来的，一个人带着孩子住在这里，开一辆高尔夫，邻居说每个月都有男人来找她几天。她邻居家有个摄像头猫眼，热心居民挺配合的，那个摄像头现在绑在我手机上，等会儿转绑给你。”

闵扬偷拍了几张照片，是陈佳带儿子在楼下的凉亭里玩耍。她看起来有些显小，头发卷卷的，穿着青春时髦。

“这女孩不上班，居委会的人说她白天不出门，太阳下山了，才看到她带着孩子出来转悠。对了，她家还有个保姆，但是不住家，就白天来给她买菜烧饭。”

闵扬带着他们来到阳台。洗衣柜上放着一台小望远镜，闵扬递给陈翼然，让他朝楼下看。

“昨天刚在网上买的，看得还挺清楚。对面的三楼就是她家，不过窗帘昨天都拉着，也看不到什么。”

万佳云接过陈翼然看完后递来的望远镜。

闵扬说：“好了，这边的情况交给你们。老刘让我今晚去一趟河北，去帮小井押人回来。五点多的票，我现在就要往火车站赶。”

闵扬留下房子的钥匙，陈翼然下楼送闵扬。

窗前，万佳云调节望远镜的时候，忽然发现那家的窗帘拉开了。

窗子是时下最流行的系统门窗，中间一大块明亮的玻璃，几乎能看清屋内所有。陈佳抱着孩子站在窗边，像是在看风景。

万佳云怕被发现，警觉地将望远镜放到一旁。

万佳云的视力一直很好，能清楚地看到穿着红色短袖的保姆走来，手里拎着一个大包，从陈佳手里接过孩子。

这副架势，像是要带孩子外出。

万佳云给陈翼然拨去电话。

“怎么了？”陈翼然问。

“她们好像要带着孩子出门，我们要跟吗？你人在哪儿？”

陈翼然说：“你来车上找我吧。”

天色已暗，陈翼然带着万佳云一路尾随跟上那辆高尔夫，跟着她们去商场转悠了两家童装店、一家女装店，吃了一顿西餐，又再次回到小区。

尽管全程就陈翼然和万佳云两个人行动，但中途并无对话。

陈翼然不与万佳云说话，万佳云也不和他说话。

回到房子后，陈翼然在客厅里打开笔记本电脑，对着屏幕敲敲打打，然后带着电脑去了房间。

万佳云走进隔壁房间。

这个空空荡荡的房间什么也没有，床上是一张发黄的床垫，没有床品，没有被子。

其实，蹲人的时候能有这样的环境称得上不错，可以休息，可以睡觉，还有空调。前几天都是藏在花坛里，一整夜喂蚊子。

万佳云简单到卫生间梳洗后，把换下的脏衣服铺到床上，当作床单。

刚刚弄好，有人轻叩门板。

万佳云开门，陈翼然朝她扔来一条小毯子，还没等她反应过来，他又回了房间。

斜对面楼的卧室窗户，窗帘拉着，里面有灯光，能看到人影晃动。

桌上的电脑屏幕里是猫眼摄像头拍下的大门画面，漆黑一片。

陈翼然有些疲惫地撑住头。

今天下午和晚上他开了六个多小时的车，这时才感到有些困乏。

陈翼然有点烦心。

原本只要烦心案子，现在还要烦心怎么安排隔壁房间的人。

上午分组的时候，他没有提出异议，是想着让万佳云跟着他也好，他可以想办法把她安排了。

为了不引人注意，晚上十一点不到，看窗外很多屋子都熄了灯，陈翼然跟着关了灯。

出去上洗手间，他发现隔壁的小房间也已同步关灯。

回到房间，他继续守着毫无动静的监控。

看监控是侦查员的必备功课，无聊、乏味，却又是不得不做的事。突破口常常会在监控里“守得云开见月明”。

后半夜，就在陈翼然的眼皮快要打架的时候，漆黑的镜头忽然亮了。

一刹那，陈翼然还以为这是自己半睡半醒间的错觉，直到镜头里的人影晃动。

猫眼摄像头拍摄的走廊安的是感应灯，出现动静才会亮灯。

只见一个男人走到陈佳的门前，门打开，男人走了进去。

由于摄像头在正对面，男人进入画面时背对着，看不到脸。

陈翼然没有多想，拿起车钥匙就往外走。

隔壁房间的万佳云突然冲出来。

“去哪儿？”万佳云问。

陈翼然有些意外，没想到她也没睡。

“有点动静，我去看看。”

“我跟你一起。”

“走吧。”

深更半夜，一个人高马大的男人最容易引人注意。但如果旁边有个女孩，就会像是年轻男女在恋爱，在深夜出没也正常。之前蹲人，万佳云经常起到这样的作用。

老小区楼旧树多，夜色下的层层树影如同鬼魅，随风晃动。

陈翼然和万佳云在黑暗里把车开到这栋楼侧面的小路上，从这个角度，可以看到楼栋进出的人。

刚停下没一会儿，真的有人从楼梯口出来，上了停在门前的一辆老捷达。

看见那人的背影，万佳云心中猛地一震：“就是他！”

“你确定？”陈翼然其实并未见过孔鑫本人，只看过照片。

“不会错。”

捷达启动后，陈翼然跟了上去。

深夜的县城几乎没有夜生活，只有路灯照着清冷的马路。

半小时后，人和灯光都越来越少。

万佳云看导航方向，再往下就是盘山公路。

马路上几乎没有其他车，再继续跟下去，很容易被发现。就算不被发现，真进了山，抓人难度会更大。

现在有两个选择：一个是冒着暴露的风险，继续跟下去，到目的地再见机行事，但这样很有风险；还有一个是现在就逼停抓人，但这样做同样冒险。

陈翼然正有些犹豫，前面的车却忽地停了。

为了不暴露，陈翼然只能放慢一点速度，拖延靠近的时间。

“带枪了吗？”陈翼然问万佳云。

“出来时，没给我配枪。”

陈翼然说：“手套箱里有根警棍，你先拿出来。”

万佳云打开手套箱，在一堆杂物里翻出一根黑色的警棍。

“老唐说你在学校的那几年练得不错，顶用吗？”

万佳云明白他的意思，看向他的眼睛闪闪发亮：“没问题，我给你做配合。”

陈翼然说：“我马上堵到他前面去，会想办法把他从车上拖下来。你待会儿先别下车，等我叫你，你再下来，把手铐备好。”

“收到。”万佳云十分服从。

陈翼然嘱咐完，一个加速，朝着前面的捷达开过去。

然而就在此时，前方静止的捷达忽然发疯般地冲了出去，像要直接逃跑。

陈翼然轻声咒骂一句，一脚油门踩到底。

万佳云在惯性下整个人往前一冲，赶忙抓紧上方的把手。

万佳云不是第一次坐队友追击嫌疑人的车，却没有一次车速快成这样，整辆车像是要在路上飘起来。

如同赛车一般，两辆车追赶着驶入无人的盘山公路，咆哮的引擎声响彻寂静的夜空。

追过山上的两个弯道后，迎面一束车灯照过来，刺得人睁不开眼睛。

从山上下来的中型卡车显然没想到深夜时会窜出两辆高速飞驰的小车，来不及应对，猛然变了方向。

在紧促的鸣笛声、尖锐的刹车声中，陈翼然本能地跟着打方向盘。

空气里接连炸开两声巨响，然后是死一般的沉寂。

捷达直直地撞上横向的卡车，没了半个车头。

凯美瑞在转向中擦着捷达的车尾侧滑向路边的护栏，撞碎一片护栏，小半个车身悬空。

一阵剧痛中，陈翼然龇牙咧嘴地睁开眼，恢复意识后，第一反应便是看身旁的人。

副驾驶座的气囊已经弹开，坐在里面的人歪着脑袋闭着眼睛，一动不动，像睡着了一样。

“叮叮……”

万佳云没有反应，陈翼然忍住身体的剧痛，挣扎着从车里爬出来，绕到另一侧。

副驾驶座的车窗整片碎裂，车门被撞凹后彻底变形，连把手都没了。

陈翼然徒手扯掉早已碎成渣的玻璃，扒住车窗，咬着牙使出全身力气拉开被撞烂的车门。

有那么几秒，万佳云整个是昏迷的。

她睁开眼时，面前是一片白茫茫的，不知道自己在哪里，就听到有人在耳边叫她。

缓慢睁大眼后，她看见白色的气囊抵着她的身体，身前是破碎的前挡风玻璃。

再慢慢转过眼，这才看到夜色里脸上流着血的陈翼然。

见她人还活着，陈翼然感觉自己快哭了。

“你还好吗？”他牢牢地看着万佳云，摸了摸她的头。

“师哥……”

逐渐恢复神志的万佳云回忆起刚刚那一幕，心头霎时漫过一阵恐惧，试着动了一下四肢。

还好，双腿双脚都在，也没有剧烈的疼痛感，只有一些擦伤的灼热感。

“我没事，但动不了。”

陈翼然回魂一般大喘一口气，鼓励她：“别怕，我把你弄出来。”

“好。”

被撞烂后的车门和车身像被焊成了一个整体。陈翼然试了一会儿，并没起什么作用。

万佳云试着自救，车头半悬着，车身微微摇晃。

“不要动。”陈翼然说。

陈翼然飞快地观察了周围，跑去路边，捡来一个被撞飞出去的铁片零件，使劲卡到车门的缝隙里，脱下身上的短袖衫裹到零件上。

他用蛮力撬铁片，顷刻间面容涨红扭曲，额上的青筋暴起。

紧接着，只听到金属的“咔咔”声，整扇车门被卸了下来。

他朝着万佳云伸出胳膊：“来……”

万佳云伸出双臂、探出身体，陈翼然连拖带抱地把她从车里拽了出来。

那头，没受什么伤的卡车司机从一堆烂铁里拖出已经失去知觉的男人。

安置好万佳云，陈翼然浑身狼狈地走过去。

横在路中央的卡车被撞得只剩一只残灯，照亮一地碎片。

男人刚好躺在那片光里，头上身上全是血，不知死活。

被前后两辆车夹击，孔鑫伤势严重，被120送往医院后，进入急救室，后转入ICU，意识模糊。

在当地警方的陪同下，陈翼然和万佳云也检查了身体。陈翼然身上除了划伤和挫伤，没有大碍。

万佳云拍完 CT 后，急诊室内，医生看完片子，问她头疼不疼。

陈翼然望向万佳云。

万佳云的额角撞青了一块，她说："不疼，有点晕。"

刚被陈翼然从车里救出来时，她只感觉浑身疼，现在除了疼，脑袋还有点发胀。

"觉得恶心吗？"

"还好。"

医生忽然问："你叫什么名字？"

"万佳云。"

"今年多大年纪？"

"二十一岁。"

戴着眼镜的医生又去看片子，面色微微凝重："看片子是有点瘀血，可能是脑震荡。"

脑震荡？万佳云回想，可能是在车里撞到了头。

"严重吗？"陈翼然的语气也有些紧张。

医生说："从片子上看是比较轻微的，脑震荡也没什么特别的治疗方法，就是这阵子要多休息，把头保护好，慢慢让瘀血消散。我等会儿给你开点药，要是头疼头晕不舒服，可以吃一点缓解。"

医生又跟陈翼然说："回去以后让她家里人给她做个四十八小时的监测，每隔几个小时问她一些基础问题，看她的反应对不对，情况有没有变化。要是感觉哪里不对，就赶紧送到医院来。"

走出急诊室，陪同的当地民警提议："要不去我们所里的招待所，那儿的环境还不错。"

陈翼然说："不用，谢谢，我们就近找地方休息。"

出了医院，陈翼然叫来一辆车，上车后报出一家五星级酒店的名字。

万佳云有点讶异："超标太多了吧……"

陈翼然点点头："你还能记得超标，看来还没傻。"

五星级酒店的大厅明亮宽敞，登记完，陈翼然拿着房卡，带万佳云上楼。

他开了一间豪华大套房，进门望去就是一面超大的落地窗，边上摆放着一只造型优美的浴缸，背后是城市闪烁而静谧的夜景，很有氛围和情调。

房间很漂亮，进来的两个人却很狼狈。

陈翼然脸上贴着创可贴，手臂上裹着止血的纱布。万佳云的额角青肿一块，脖子上戴着托住头的护颈，手指头还有扭伤。

进房间一会儿，空气里便弥漫开一股浓浓的药味。

医生说最好不要有声音和光线刺激，要让万佳云在一个相对舒缓的环境休息。陈翼然在墙边试了几下屋里的灯光，最后只留一盏稍稍昏暗的背景灯。

万佳云听到手机响起，陈翼然走去阳台接。

刘定文在电话里把陈翼然臭骂一顿，说他不听指令、擅自行动。陈翼然只好把手机远离耳朵，让对面的骂声在空气里空放。

刘定文问："小万怎么样？"

陈翼然下意识地往前看，发现阳台是反光玻璃，看不见房里的情景："头被撞了一下，医生说有点轻微脑震荡。"

"人家是从北城来的，跟你第一天就受伤，陈翼然啊陈翼然，怎么这么给我丢脸！"刘定文又是一通骂。

陈翼然眉心微蹙，感觉唾沫星子都能顺着电话线飞过来，他又默默移开手机。

等刘定文暴躁地发泄完了，陈翼然把手机移近："还有什么要吩咐的？"

刘定文说："先不说了，明天跟你联系。"

陈翼然打完电话走进来，看到万佳云还坐在沙发上。

她低垂着头，头发有些散乱，目光望着暗色的地毯。

"怎么还不去休息？"

万佳云抬眸。

陈翼然打量她一番："是不是哪里不舒服？"

"没有。"

他停了停，忽然问："五加四等于几？"

"轻微脑震荡，又不等于傻了。"万佳云说。

"等于几？"

万佳云只好说："九。"

陈翼然脸上的肌肉松弛下来："好了，你去睡吧。"

"你准备怎么睡？"万佳云问。

其实她身上到处隐隐作痛，眼皮也有些打架，之所以不躺下，是因为这个套房只有一张大床。

房间里做了一个下沉式设计的会客区，里面摆着一张沙发。

陈翼然瞄了一眼远处的大床："你睡床，我在沙发上躺一躺。"

听他这么说，万佳云不再客气："那我先睡了。"

灯光熄灭，电动窗帘缓缓合上，很快，房间里连一丝光都没了。

浓浓的黑暗里，万佳云侧过身，目光所及之处刚好是下沉的会客区。

一个黑影窝在沙发上，宽阔的背朝着她，像一只大狗。

望着那一团影子，万佳云脑子里像是放电影一样，想到刚刚他把她从车里抱出来的样子。

那是她从来没有见过的陈翼然——双眼赤红，面目紧张得有些扭曲，手臂上青筋暴起，掰弯车上扭曲变形的座椅。

将她拽出来后，他们一起倒地，他掌心护着她的头，把她拥在怀里，狠狠抱了几秒。

他的身体灼热坚实，心跳强劲有力，抱得她几乎喘不过气来。

那几秒那么短暂，又那么真实。

万佳云让自己别再多想。

万佳云不知道自己什么时候睡着的，再次醒来，整个房间还是一片黑色，像在深夜一样。

下方的沙发上已没有人，万佳云睡眼惺忪地从床上坐起来，一看手机，十二点。有一瞬间她差点分不清是晚上十二点还是中午十二点。

像是听到了她起床的动静，被遮光窗帘挡住的阳台拉门被从外打开，有人随着阳光一起走进来。

万佳云眯了一下眼，适应阳光，看见了身形宽阔、神采奕奕的陈翼然，沐浴在充沛的阳光下。

不知道他是什么体质，几个小时的休息似乎就充满了电。

“睡醒了？感觉怎么样，头还疼吗？”陈翼然浓眉轻挑，左侧脸颊上的创可贴没了，显现出一道暗红色的伤痕，英俊的脸平添匪气。

“好多了。”万佳云揉揉自己睡麻的胳膊。

“11 减 3 等于几？”

又来了。

万佳云无语地看着他。

陈翼然眼里有坚持：“多少？”

“8。”万佳云忍不住问，“陈警官，你打算问几遍？”

“四十八小时内随机抽问。”陈翼然边说边往外走，“你洗漱吧，我叫了饭，一会儿就送上来。”

“你去哪儿？”万佳云看他要出门。

“去医院。”

“孔鑫醒了？”

“他刚脱离危险，转入了普通病房。”

“我也去。”

万佳云站起来。

陈翼然扭头看她，不紧不慢地说：“在你痊愈前，哪儿也别去。要是不听话，我就想办法把你送回浙江老家。我想，找到联系方式应该不算难。”

“你……”万佳云刚要反驳，听到后一句，话硬生生地卡在喉咙里，像是被人抓住了软肋。

万母几乎在所有事情上都纵容她、放任她，唯一的底线就是她的安全。她也确实不忍让远在大洋彼岸的母亲担心。

陈翼然说完就出了门。

医院里，当地民警帮忙照看孔鑫。

孔鑫受伤不轻，胸部骨折，肝、脾破裂，经过医生持续抢救，生命体征终于稳定。

陈翼然来到医院时，他已经到了普通病房，被各种仪器环绕，脸上戴着氧气罩，处于昏睡状态。

陈翼然出来，小民警说：“中途醒了一次，又睡了。”

陈翼然问：“说什么了？”

小民警说：“没说什么，意识还算清醒，知道自己叫什么。医生说要再过两天才能问话。他女人说对他做的事不了解，他们没结婚，他每个月给她两万块钱生活费。”

陈翼然点点头。

和医生沟通后，陈翼然在电话里把情况一五一十地汇报给刘定文。

刘定文的情绪比昨夜稳定，沉吟片刻，说：“要不你带小万先回来休息几天，我有个老同学是脑科专家，帮她看看。我让小伍先去替你。”

陈翼然思考片刻：“也好。”

在酒店里，万佳云吃了陈翼然点的午餐，下午查了一些脑震荡的资料，又睡了一觉，感觉好了许多。

眼看到了下午五点陈翼然还没回来，万佳云怕是案子有什么新情况，给他打去电话。

谁想到电话接通后，那头第一句就是：“12 乘以 2 是多少？”

万佳云放弃挣扎，像个小学生一样回答：“24。”

陈翼然像是笑了一下。

万佳云知道自己被耍了，只能干巴巴地说一句：“你真无聊。”

陈翼然问：“你找我什么事？”

“想问问你几点回来，还有，准备几点退房。”

“我订了两天，明天中午十二点之前退房都可以。”

万佳云刚说完，房间外有开门的动静。

她走过去一看，打开门的正是陈某人。陈翼然从医院出来后，又去了一趟之前的小区，带回了两人随身的背包。

万佳云没好气地挂了电话。

晚餐还是在房间里吃的，中午是中式，晚上是西式。

一盏玻璃小吊灯下，两人在沙发边的胡桃木小圆桌上用餐，谈论工作。

“人还活着，医生说要过几天才能清醒。刘队派了小伍过来接替，让你回去看病。”陈翼然吃着牛排说，“他有个朋友是我们那儿的脑科专家，回去给你看看。”

万佳云用叉子把奶油面卷起来：“我感觉没问题了，不用看。”

陈翼然说：“拍个片子，看看瘀血消了没有。”

万佳云忽然停下吃面的动作，抬眸。

“你看什么？”

“我是在想，这个酒店到底多少钱一晚？是不是价格太高，你负担不起，没有台阶下，一个劲要我回去。”

陈翼然点点头，继续面无表情地切牛排：“你倒是提醒我了，回去以后请你报销这两天的房费。”

晚上洗完澡，万佳云在镜子里仔细查看额角那块青肿，一点也没消下去。

出来后，万母很突然地打来了视频。万佳云带着手机跑到外面的阳台上，找光线昏暗的地方接通。

关于她支援禁毒支队的事，她还没对母亲泄露过一丝一毫。万佳云谎称自己在出差，草草几句应付母亲的关心。

挂断电话后，她从阳台出来，陈翼然已经洗完澡，穿着干爽宽大的T恤、短裤，坐在沙发边，低头拆手臂上的绷带。

他体形宽大，身体一半在落地灯的灯光里，一半在阴影中，整个人清冷松弛，远远看着，有种孤独感。

“要帮忙吗？”

陈翼然停下动作，看着万佳云走过来。

她接过他手上的纱布。

陈翼然的左小臂上擦破了一块皮，万佳云蹲在茶几旁，剪掉胶布，揭开外层纱布，发现愈合的伤口和里层的纱布粘住了。

包扎伤口不难，难就难在换药，好在入警时，她有过训练。

“要先把这个纱布泡开，不然会撕扯到伤口。”

陈翼然放松地靠在沙发上，低垂着眉眼，任凭她动作。

万佳云一只手托稳棕色的小臂，另一只手专心地蘸取着药水，一点点浸泡纱布。

提前考虑到男女共处一室的尴尬，万佳云洗澡后穿的是正常的白色短袖和宽松的休闲裤，没有完全吹干的头发垂在单薄的双肩上。

把纱布一点点剥离伤口，万佳云怕陈翼然疼，扫了他一眼：“这样疼吗？”

陈翼然摇头。

看到伤口有些渗水，万佳云说：“你刚才不应该洗澡，水汽把纱布弄湿了……”

话音刚落，他忽然摸了摸她的头。

像是被电了一样，万佳云猛地抬起脸。

四目相对，陈翼然眼里有让人沉迷的光。

“你还愿意和我在一起吗？”陈翼然问。

万佳云先是一脸茫然，而后心口像是瞬间炸开一朵火花，浑身血液都燃烧起来。

她放下手里的工具，望着地毯上的花纹，说：“在我回答你之前，能不能先问你几个问题？”

“可以。”

“在部队、在这里……你有过女朋友吗？”

“没有。”

“有过喜欢的人吗？”

“没有。”

“想过我吗？”

“常常。”陈翼然说，“当兵的时候，出任务的时候，有时候会突然想知道你变成了什么样子。”

“既然你没有恋爱，没有喜欢的人，想着我，为什么不联系我？”她说得这样直白，是为了更直白的答案。

“不想再打扰你。”陈翼然说，“很多事情，我之前还没想好。”

“比如呢，没想好什么？”

“没想好怎样跟你开口，一起过什么样的生活。”如果说近乡情怯，那么，她就是让他羞怯的“乡”。

“你现在想好了？”

“上次回去，我只是想看看你，不想打扰你。但我现在觉得，既然你不介意过这种不安定的生活，那不如跟我在一起。”

“跟你一起，过什么样的生活？”

“跟我一起，天南海北地办案子、抓浑蛋，饿了吃泡面，困了睡车里，不小心被撞出脑震荡，也可以带你住两晚五星级酒店……”陈翼然说，“大致就这样，你觉得怎么样？”

万佳云的一颗心像是被一阵挟着柔风的细雨淋湿了，湿润又柔软。

她的嗓子堵住了，说不出话来。

刚刚操作到一半，没有继续下去，陈翼然手臂上的伤口又开始流血。万佳云无声地重新拿起工具，帮他处理。

消毒、涂药水、覆上干净的纱布，最后绑好胶带。这一次的动作没有之前温柔，陈翼然被她弄疼，手臂抽动了一下，但没有出声。

结束最后一道工序，万佳云放下剪刀，再次看向他。

陈翼然全程都凝视着她，直至她握住了他平摊在腿上的大手。

他的掌心温暖干燥，因常年训练，上面有一层薄茧。她的手精致纤细，关节柔软，白皙皮肤泛着细润的光泽。

周围的空气被落地灯晕染成淡淡的金色，绮丽温馨。

一切都像是又回到了那个秋天的街头，他第一次牵她的手，她吓得当街逃窜。

现在，她主动握住他，柔韧的力道中透出坚定，陈翼然整颗心都颤抖了起来。

五指缓缓收拢，他的大手和她的掌心紧密相贴，聚敛成心的语言。

万佳云说：“师哥，我很高兴，你终于回来了。”

第十章 / 藏蓝，藏蓝 /

“我不能轻易走向你，我要让你，坚定地走向我。”

这无疑是一个很难入睡的夜晚。

陈翼然为了保证万佳云的休息时间，很早就关了灯。

还是昨晚的格局，她睡床，他睡沙发。

万佳云心潮迭起，哪里睡得着，只好在黑暗里翻来覆去。

“怎么了？”

“睡不着。”万佳云侧过脸，看下方的沙发，“我们说说话吧。”

陈翼然也一直没有入眠，双手枕着脑后，望着黑漆漆的天花板。

“说什么？”

“说说你离开学校之后的事。”

离开学校之后的事……

陈翼然想了想，似乎无从说起。

“我离开学校就去了部队。”

“你在部队待了多久？”万佳云侧过身，更加好奇。

“两年，退伍后上了一年学，拿到毕业证就入警了。”

万佳云问：“在部队的时候，你都做些什么？”

在部队做什么？

近海泅渡、实弹射击、跨火障、穿泥潭……那些“上天入地”的日子，像是已经过去了一个世纪那么久。

刚到部队，那些从前只在游戏里见过的项目变成日常后，陈翼然心里一片灰暗。

除了战斗还是战斗，不断挑战身体极限，当时他苦不堪言，现在回想又只剩一片模糊。

印象最深刻的是，每次训练后，坐在沙滩边，大海都格外美丽，宁静又磅礴，那一瞬间会让他彻底忘记他是谁、在哪里。

“你睡着了？”万佳云看他许久不说话，轻声问。

“没有。”陈翼然说，“在部队里，除了训练还是训练，很枯燥。”

“我有一个问题。”

“什么？”

“上次回去，你为什么不住家里，而是住宿舍？你和你爸爸没有和好吗？”

片刻安静后，沙发上传来微微疲惫的声音：“他调到其他省份了，不怎么回去。我在这边，也难得回去，这几年大家碰面少。住宿舍最方便。”

万佳云看着下方一动不动的黑影，心里似乎已经明白了什么。

“还有问题吗？”陈翼然问。

“有很多，但我要想一想……”她想问的太多了，可每个问题都被他轻描淡写地回复。

“你是不是一点也不困？”

万佳云“嗯”了一声，下面的黑影忽然从沙发上坐起来，望向她。

“不困的话……我们干点别的？”

“啊？”万佳云很慌地反问了一句，脑海中闪过一些不该有的画面，心口“突突”跳地说，“我好像又有点困了……”

沙发上的黑影却真的走了过来。

心跳得“咚咚”响，躺在床上的万佳云看着黑影在床边坐下，倾身朝她逼近，紧张得屏住了呼吸。

他英俊的脸在黑暗里被放大，目光明亮锐利。

“你真的困了？”

“真的。”

万佳云只敢发出气音。

“困了怎么还不睡？”

“现在就睡。”

万佳云立马闭上眼，眼睫毛轻轻颤抖。

有些温热的呼吸一点点逼近。

就在那热源越来越近，近到她心跳如雷、大脑空白时，那热源又忽地离开了。

半晌，万佳云才睁开眼，看到那个黑影重新躺倒在了沙发上。

窗外的夜光散射进来，整个房间像被蒙上了一层梦幻的纱。

沙发上的人头枕着双臂，眼睛闭着，嘴角勾起。

开过来的车被撞得送进修理厂，陈翼然在当地租了一辆轿车，第二天一早便收拾好东西带万佳云离开。

出发前，他们前往医院，向医生询问孔鑫的恢复状况，准备回去汇报。

走廊上，负责看护的当地民警和陈翼然挥手。

走近了，见万佳云也跟着，他对她有印象，友好地说：“你的头怎么样了？还不回去休息？你们领导太不怜香惜玉。”

万佳云爽朗地笑着说：“谢谢关心，我没什么问题。”

民警和陈翼然介绍：“他昨天夜里醒了一会儿，护士查了房，上午医生也看过，说情况已经稳定。陈佳昨天申请过来看他，一大早来过了，我们没让她进来，就在病房外面看了看。”

安静的病房里，一脸病容的男人闭着眼睛躺在床上，头上绑着层层纱布，鼻子里插着氧气管，正在输液。

从医院离开前，万佳云去洗手间。

里面的隔间有人出来，站在她旁边洗手。

女人穿着雪纺的连衣裙，头发烫了卷，但脸上没有化妆，神色憔悴。

万佳云用余光扫着女人，认出她就是他们之前监视的女人——孔鑫的女人。

看来，上午来看过人之后，她没有走，一直待在女厕里。

万佳云觉得反常，洗完手，忽然转头问她：“陈佳，你怎么没回去？有需要帮助的吗？”

女人忽然被陌生人搭话，明显受惊，但又很快反应过来：“你是警察？来监视我的？”

她早就知道自己这两天一直被监视着。

“我是警察，但不是来监视你的，刚好来上厕所。”

女人的嘴唇颤了颤：“没有什么需要帮忙的，我刚刚拉肚子，在这边待得久了一点，你们不用这么紧张。”

与万佳云对视一眼，她往门外走去。

可她刚走到门口，高跟鞋的“咚咚”声停住，窈窕身影顿在原地。

一个温柔的声音再次在她身后响起：“我叫万佳云，是负责这个案子的民警。如果有需要帮忙的地方，我可以帮你。”

静默了两秒，女人回头，与面前这双真挚清澈的眼眸对视。

万佳云说：“不如，我们换一个方便说话的地方？”

一个人在脆弱时，是难以抵抗温暖的。

宽阔明亮的医院办公室内，年轻女人坐在窗边，双手捧着一杯热水，眼神呆滞无力。

万佳云坐在她对面，陈翼然坐在斜角的位置。

万佳云两天前观察陈佳时是在她家对面，此时距离拉近，发现她皮肤细腻，比远看还要年轻漂亮。

“你好，我们是专案组民警，我叫万佳云，这位是我的同事，陈翼然。”

“你好。”

女人抿了抿嘴唇，从包里拿出一部手机，解锁后，递给万佳云。

“这是他的一部备用手机，他和那些人联络，有时会用这部手机。我今天来的时候，一直带在身上。”

万佳云接过手机看了看，递给陈翼然。

“这里面的一些人，你们也许可以作为线索。他们很多对话都删除了，但以你们的技术手段，应该可以查到。”

陈翼然的目光里有淡淡的疑惑和审视：“你为什么愿意配合我们？”

女人眼睛红了，声音微微颤抖：“我以前是被他骗了，跟他在一起之后，慢慢才知道他是干这个的。我根本不同意他做这个，也不想跟他扯在一起，这两年他有时候还想找我，这种人早晚也会害死我。如果不是为了孩子，我早就走了。现在这么做也是为了孩子，我要和他彻底划清界限。”

女人哭起来，双眼通红地抽泣，既害怕又悔恨，不知道自己怎么稀里糊涂地牵扯进了这样的旋涡。

“我知道这种罪会判很重的，我每天都害怕……”

万佳云给她递上抽纸。

情绪稍稍平复后，女人说：“刚刚给你们的手机里，有个叫作‘大牙’的，是这阵子和他联系最多的人。他那天走的时候和我说，下个月中旬会过来一批货，他准备帮‘大牙’一起干，赚一票大的。”

陈翼然没想到她知道得这么多：“不好意思，你这个情况我们需要详细了解，可能要麻烦你跟我们走一趟。”

女人早有心理准备，抬起头，深吸一口气：“我既然告诉你们了，就是准备全力配合，但我没有参与过他的这些事情。我宝宝还很小，希望后面你们也能帮助我。”

陈翼然与上面沟通后，决定带陈佳返回局里。

中途他们在休息区简单吃了午饭，飞奔赶过来。

管军在楼下迎接，等三人下车后，他说：“人先交给我吧，刘队在楼上等你们去汇报。”又对陈佳说，“麻烦你跟我走，还有很多问题需要仔细聊一聊。”

见女人踟蹰，万佳云对她说：“这是负责这个案子的同事，我们待会儿会再来找你，有什么情况你可以随时打我的电话。”

女人稍稍卸下心防，跟着管军走了。

先一步得到消息的刘定文早已在办公室等待。

听陈翼然讲述完情况后，他点点头：“你们两个辛苦了，大致情况我已经了解。”又看向万佳云，“干得不错。你们刘组长现在去了桂林，他把你托付给了我们照顾。我有个老朋友是一院的脑科博士，我已经给你约好了，你明天一早就去找他瞧瞧。”

万佳云说：“谢谢刘队关心，其实我不用看，没有一点问题了。”

刘定文开玩笑地说："相信你也没问题，脑瓜子转得这么快。但还是看看吧，以防万一。"

他跟陈翼然说："佳云这两天需要好好休息，翼然，你带她去招待所开好房间。"

"好。"

离开刘定文的办公室后，两人回到办公室来找管军。

管军正在外面抽烟，看到陈翼然来了，扔给他一支。

"你们跟刘队聊过了？"

陈翼然点头，管军帮他点火。

"她怎么样？"陈翼然问。

管军说："刚开始有点害怕，我让俊俊去跟她聊了，我看聊得挺好。那部手机里的线索挺多的，估计要好好挖，已经让他们去恢复数据了。有我们在这边，刘队说今天你们先回去休息。这两天你们够累的了，有什么情况再找你们。"

管军看看万佳云的额角，体恤地说："小万还受伤了？"

"还好，只是撞了一下头。"

"你们回去休息吧。"

"我们先走了。"

离开办公室的时候是傍晚。

上车后，陈翼然插入钥匙，没有立即发动。他的手臂越过中间的挡位，牵住万佳云的手。

车子停在楼下的停车位上，不时会有穿着警服的人走过。

他的手掌粗糙却温暖，有力地握着她，万佳云觉得如同在做梦。

直到这时她才真正感觉到，他们是真的在一起了。

真正在一起。

"先去吃饭，再送你去住的地方，就在附近。"陈翼然看向她，碰了碰她的脸颊，"想去哪儿转转吗？附近有个人工湖。"

"到处都有人工湖，没意思。"

"你想去哪儿？"

万佳云似乎已有主意："我想去看看你在这边住的地方。"

陈翼然在安城租住的房子是一个老同事租给他的，上了年头的老小区，红砖外墙上爬了半片爬山虎。

家里也很简陋，和宿舍的条件差不多，只有几件老旧的家具，木地板泛着淡淡的光泽。

作为单身男人的住处，还算得上干净整洁。

大门后面挂着一个靶子，上面有很多孔洞和几支飞镖。

“你一个人住？”万佳云走进来后，左右张望。

“嗯。”

“怎么没合租？”

“清净一点。”

陈翼然独居，没有准备客人穿的拖鞋，他让万佳云直接进，万佳云不愿意。

“这样不好，把你家踩脏了。”

“没事，进来吧。”

万佳云站着不动。

陈翼然没办法，把自己的拖鞋找给她，又从鞋柜底下翻出一双掉色发硬的旧拖鞋自己换上。

万佳云嘴角微弯，心满意足地换鞋。

陈翼然说：“我倒是没发现，你还有强迫症。”

万佳云跟着他进屋。

老式的装修，四边的吊顶贴着木条，房子的层高看起来有些矮。

除去家具，他的东西确实不多。

万佳云环顾四周：“你收拾得挺干净。”

陈翼然问：“喝水吗？没有矿泉水，要烧水。”

“不喝了，”万佳云说，“等会儿去吃饭吧。”

“要不现在就去？”

万佳云摇头：“我还没参观完。”

陈翼然在餐桌边坐下：“好，大小姐你慢慢参观。”

万佳云像是来到了某处景点，好奇地四处打量，又像是来到了某个案发现场，观察着小小的细节。

窗外斜阳正好，在客厅的白墙上折映出一大片橘色的光斑，空气里弥漫着温馨的色调。

陈翼然放松地坐着，看着她的脚步走过这个房子的每一个房间，纤瘦的身影在眼前晃动。

就好像，一片废墟上，长出了一棵清新可人的苹果树。

万佳云从厨房出来，走进没人住的小房间。

陈翼然起身跟过去。

“这个房间平时不怎么用，外面带一个小阳台。”他忽然在背后说话，万佳云回头。

“晒衣服的地方？”

“偶尔。”

他轻拥她的肩头，带她走上阳台。

小阳台没有封窗，楼层不高，视野开阔无遮挡，可以看到晚霞下小区居民忙碌回家的生活景象。

晚风夹带着金色余晖温柔拂面，一切好似回到数年前。

陈翼然看着天空，忽然说："你是不是……有点紧张？"

"没有。"

"那为什么身体有点僵硬？"

万佳云咽了一下口水，白净的脸被余晖照出一层像桃子一样细细的绒毛。她看着下面的风景："可能就是……还不太习惯，习惯就好。"

陈翼然笑了，松开她的肩，牵起她的手。

凉凉的、软软的，像一块不能握紧的豆腐。

万佳云抬起脸看他，清澈的双眼透过纤长的睫毛，闪烁着羞涩又动人的光。

陈翼然逗她似的，对她笑了一下。

万佳云跟着弯起嘴角。

陈翼然松开手，探身过来慢慢抱住她。加速的心跳里，万佳云也伸出手环抱住他的腰。

陈翼然收紧双臂，用身体围拢住她，隔着碎发亲了一下她的额角。

一个格外轻柔的吻。

他呢喃一样的声音温柔地传来："习惯点了吗？"

太阳下山后，陈翼然带万佳云在附近找了餐馆吃饭。吃完饭，他开车送她去局里的招待所。

陈翼然帮万佳云开好房间后，送她上去。

"明天上午八点，我来接你去医院拍片子，你早点休息。"

"还需要去医院吗？我真的好了。"

"已经约好医生了。"陈翼然说，"去完医院，我带你去队里，明天开碰头会。"

万佳云同意了。

"我走了。"

"你慢点开车。"

万佳云送陈翼然到门口。

等陈翼然走了，万佳云关上门，一个人回到屋内。

客房内一尘不染，落地窗外车流如织。都市夜晚的绮丽灯光衬得室内更加寂静。

这几天万佳云一直和陈翼然在一起，陡然分开，她微微有点不适应，感到说不上来的落寞与孤单。

而且，她还有些想他。

分开一分钟就开始想，万佳云不禁想，自己是不是人们常说的那种恋爱脑。

思绪正飘远，门铃忽然响了。

万佳云心口一跳，快速走去开门。

刚刚离去的人又站在了门外。

他们又回了他的小屋。

陈翼然在厨房烧水的时候，万佳云忽然从背后轻轻抱住了他，有些依恋地把脸贴到他的后背上。

陈翼然没有说话，慢慢地转过身，从正面抱住她。

“可以吗？”他低沉沙哑的声音响在耳边。

万佳云在他的怀里点头。

陈翼然轻轻捏住她的下巴，凝视她的双眼，侧过头吻她。

一开始是轻吻，后来是牵动情欲的深吻。

独属于男性的炙热呼吸和发烫体温都令万佳云感到酥麻。

空气安静，接吻的声音黏腻又缠绵，意识一片迷茫，万佳云感觉自己被轻轻推到了墙上，一只粗糙温热的大手在她后背轻轻抚摸，所到之处引起阵阵战栗。

万佳云的心狂跳着，越跳越快，越跳越快。

一开始她还能勉强忍住，可随着他的攻城略地，她忍不住微微皱眉，在他的颈窝里急急地呼叫：“停一下……”

已经进入状态的陈翼然被她叫得停下来，两只手撑墙，头还埋在她的脖子里。

“怎么了？”

“我要洗澡。”

陈翼然目光迷离地看着她通红的脸：“好。”

他帮万佳云准备洗澡的新毛巾，调试好老热水器的水温，退出淋浴间。

看着镜子里满脸红晕的自己，万佳云深深呼出一口气。

她在心底对自己说，关键时刻，别㞞啊。

房间里，陈翼然懒散地躺在床上玩手机，看见万佳云洗完澡后，穿着宽松的睡衣走进来，头发带着水汽，脸蛋白里透红，清新诱人。

她真的是个很漂亮的女孩。

“你玩一会儿吧，我也去洗漱。”

陈翼然从床上爬起来，拿着准备好的换洗衣物，去了淋浴间。

他没几分钟就洗完了澡，换了干净的休闲短袖和短裤，拿着一个 Pad 躺到了床头。

床垫轻微弹动，他对僵坐在床尾的万佳云说：“叮叮你来。”

万佳云的脸已经红成了煮熟的大虾。

她靠过去，陈翼然轻揽住她的肩。

陈翼然说：“给你看我之前在部队里的一些照片。”

“是你当兵时的照片？”万佳云眼睛亮了。

陈翼然“嗯”了一声，打开相册。

屏幕上最先出现的是陈翼然在泥地里打滚、面目狰狞的画面。

万佳云“扑哧”一声笑出来，差点认不出来。

那时的陈翼然应该刚离开校园不久，但比现在更黑更瘦，脸上的轮廓也更深邃。

这些照片有在海里的、有在树林里的、有在打枪的，居然还有在驾驶坦克的。

万佳云一张张翻阅，好奇地问陈翼然是在哪里、操练什么项目。陈翼然跟着她一起回忆过往，极有耐心地解答。

他说话时，轻浅的鼻息扫在她的皮肤上，弄得她的脸痒痒的。

说到他当兵时犯错被罚的趣事，两个人一起轻轻笑起来，忽地又都停下，无意识地彼此凝视。

陈翼然的食指弯曲着刮了刮她的脸颊，万佳云眸光清澈地看着他。

她听见自己说：“我准备好了。”

陈翼然低头吻她的眼睛，然后是微微湿润的嘴唇。

很轻柔的吻，舌尖轻轻推抵她的舌尖，万佳云搂着他，慢慢适应，慢慢回应。

这个轻柔的吻结束后，周围的空气都像是炙热了，让人呼不上气。

陈翼然亲亲她的额头，抱紧她，喉结滚动。

万佳云没有说话，闭上眼睛。

陈翼然并没有下一步动作。

万佳云又睁开了眼睛。

“还紧张吗？”

万佳云双颊潮红，点点头。

陈翼然：“今天算了，下次吧。”

万佳云想了想：“你家有酒吗？”

“有点啤酒，你想喝？”

“嗯。我觉得喝点酒有可能会好一点。”

她依稀记得，上次醉酒以后，那种晕乎乎的状态还不错。

陈翼然的冰箱里常年备着几罐啤酒，他拿过来，万佳云像要英勇就义一样一口气喝了大半罐，看得他啼笑皆非。

“要不要给你搞点下酒菜？”

万佳云摇头，把一罐啤酒喝完，似乎感觉还不到位，又喝了一罐。

陈翼然也打开一罐，跟她轻轻干杯。

喝完两罐，万佳云似乎真的有了酒精上头的感觉，不喝了，重新躺了下去，主动抱住陈翼然。

然后，她的手伸进了他的衣服，轻轻抚摸。

陈翼然喉结滚动，用脸蹭了蹭她的脸。

他发现她在抚摸他胸前的那道长疤。

“师哥……”

“嗯？”

“很高兴你回来。”她轻声说。

渐渐地，陈翼然感觉抱着他的手失去力道，变成搭在他身上。

陈翼然深吸了一口气，悄然地抽身，帮她拉好被子。

万佳云似乎被吵醒，在迷蒙中半睁眼。

“已经结束了？”

“嗯。”陈翼然温柔地吻了一下她的额头，摸摸她的头发，“睡吧……”

她再次闭上了眼。

第二天一早，陈翼然开车带着万佳云去找了刘定文的医生好友。万佳云拍完片子后，发现脑部还剩一点瘀血。医生嘱咐她好好休息，压力不要过大，注重劳逸结合。

出了医院，陈翼然建议她先休息两天。万佳云怎么也不愿意，和他一起回了单位。

专案组所有人都在忙碌，陈翼然一回来就被技侦的队员叫去，同时他也不忘安排好万佳云，丢了一堆闲杂人等的口供让她帮忙整理。

万佳云坐在他的工位上，慢慢整理。

这是个四人间的办公室，陈翼然的工位在最后一张。

桌上的物品很少，除了电脑，只有几堆高高矮矮的文件、一只烟灰缸、一只做活动时赠送的玻璃杯，杯子上面还印着“禁毒支队”的红色字样。

办公室里没有其他人，万佳云工作了一会儿，走去洗手间。

回来时，她被走廊墙壁上的荣誉榜吸引了。

墙上张贴的是去年的先进个人，每张放大的证件照下都配着职务和名字。

第一个就是陈翼然。

照片上，他身着淡蓝色的警衬，面孔端正，五官深邃又精致，在红色背景的幕布下显得格外英俊。

下面是他的职务——

陈翼然，安城禁毒支队第一大队副队长。

“这小子是全队唯一长得比我帅的……”

身后忽然有人出声，万佳云回头，看到了闵扬的招牌笑脸。

“上午去医院看得怎么样了？”闵扬手里提着一个文件袋，问道。

万佳云说：“没什么事，谢谢关心。”

“陈翼然怎么还带你过来？我们刘队不是让你这两天多休息吗？”

“上午看了没事，就来帮忙打打下手。”

闵扬说：“你也太认真了。”

两人走进办公室，闵扬把材料放回柜子里：“喝咖啡不？我这儿有速溶咖啡、有茶。对了，隔壁办公室的冰箱里还有饮料。”

“谢谢，不用招待我了，你忙你的。”

闵扬说：“你别客气，有什么需要就说，毕竟这种情况还是第一次。”

“什么情况？”

闵扬说：“招待他女朋友啊。”

万佳云瞬间脸红。

他逗她：“放心，我这人嘴巴很紧。”

他以手作为拉链，做封口状。

“你俩关系很铁？”

“还行吧，天天一起出差盯人。”

万佳云说：“那你能不能和我说一说，你们那个因公牺牲的队友？”

“那小子没和你说过？”

万佳云摇头。

“就是为了劫尤雷的那批货，被他的手下暗算了，我们的同事叫欧阳鼎新，和我们一个小组，”闵扬脸上的笑意淡去，“中了一枪后，没能救回来。鼎新和我都在翼然的组，翼然是我们的组长。之后队里担心我们的心理状况，综合考虑后，安排我们去你们那儿借调学习了一段时间。就是这样，说简单也简单。”

一股说不出的情绪统辖了万佳云。

万佳云这才发现，陈翼然过去的六年对她而言是一片空白。

闵扬是个通达随性的人，脸上的愁云掠过，转为淡淡的笑容，话锋一转，他对万佳云说：“所以那小子去你们那儿的时候心情不好，有时候古古怪怪，他平时真的不这样。我们这儿有很多女孩喜欢他，人气仅次于我。”

万佳云知道他是不想让气氛如此沉重，故意在说玩笑话，但她实在笑不出来。

闵扬叹了口气：“不要愁眉苦脸，等会儿他回来了，还以为我说了什么，欺负了你。”

陈佳提供的那部手机给专案组带来了极为重要的线索，手机里孔鑫最常联系的人叫作“大牙”。通过号码查询到该机号的主人是一个叫作孙国华的男人，户籍查询孙国华已经在三年前离世，而他正是孙浩的父亲。

这两人近期每天至少通话一次，通过这个手机号，刘兵那边已经查到孙浩在江西的行踪，与当地警方联手进行了布控。

通过技术手段恢复他们的微信聊天记录后，又发现关键线索，抓获了孔鑫招揽到的两名涉案马仔。

案子算是有了一点眉目。

孔鑫是孙浩的马仔，孙浩以前是尤雷最新的合作伙伴。

尤雷被取保候审后，谁都知道他已经成为警方的重点关注对象，道上的人不想沾他。但尤雷在缅甸那边还有老关系，可以搞到好货。最近他放出要东山再起的消息，准备干一票大的，这票干完赚的钱足够退休。

现在最为紧急的情况是，孔鑫昏迷的两天里，孙浩一直没和他联系，但是下午五点的时候，孙浩给那部手机发了一条短信息，只有三个字：在哪儿。

专案组在收到这条消息时如临大敌，同时也庆幸这不是一通必须接听的电话，否则很难伪装下去。

形势紧急，会议室内烟雾弥漫，专案组的民警们你一句我一句地推理分析、提供对策。

整个案子像是一条被吃进了肚子里的鱼，线索很多、人物很多，现在要做的是把鱼刺慢慢吐出来，梳理回原来的形状。

这个会已经开了四个多小时，此时是夜里1点半。

万佳云坐在角落，手里拿着一支笔写写记记，状态投入。

陈翼然坐在她斜对面的位置，在她朝自己看来时，用下巴示意她看手机。

他们已经商量好，在案子侦破前，不和队里公布两人的关系，以免影响工作。

万佳云拿起手机，是一条微信。

CYR：累不累？

他还在担心她的脑震荡。

陈翼然看着对面的人刚刚还在认真听讲，此刻收到信息，正低着头在手机屏幕上操作。

下一秒他收到了消息：不累。

后面还跟着一个挤眼睛的笑脸表情。

陈翼然回了个消息过去，万佳云点开，看到他发来了一个“拥抱”的表情。

万佳云的脸微微红了。

陈翼然向来是个高冷自矜、玩世不恭的人，但在感情里，只要他愿意，他很会哄女孩子开心。这一点，万佳云早有过体验。

屋子里的烟气越来越浓烈，不知道是不是反光的作用，白炽灯下，眯着眼抽烟的刘定文看上去十分疲倦，头上的白发仿佛也增多了。

就在这时，审问孔鑫手下那两个马仔的民警突然敲门进来。

刘定文挑了挑眉：“怎么了？”

“刘队，有新情况！”

为了减轻刑罚，孔鑫手下一个叫作小明的马仔终于被攻破心理防线，把自己这条线上的情况全招了。

小明说，按照计划，下个月月初“雷爷”会从缅甸弄一批货过来，从云南入境。

货到了当地后，小明和另一个同伴负责在牛城下面的佳县好运来旅馆接货，然后帮着卖货。他也说不清，在此之前，货会转几道手。

审讯室内，一个满脸痘印、眼睛细长的寸头年轻人坐在椅子上，手上戴着手铐。

陈翼然听完他的供述后，问：“你怎么认识孔鑫的？”

“喝酒的时候有人介绍的，帮他打过两次人，他这个人讲义气，一次给了五千块钱。”

“你见过孙浩没有？”

“一起吃了顿火锅，他看起来人也挺好。”

“见过‘雷爷’？”

“没见过，只听说过。”

“听说了什么？”

“鑫哥说他有钱，势力很大，说他……”先前说话毫无顾忌的小年轻，忽然停下来。

“说他什么？”陈翼然问。

小年轻摸了下眉毛：“说他下面的人连警察都敢杀，要是跟他干得好了，他看中你，将来会带着出国干。”

陈翼然一言不发地盯着他，眼瞳冷沉。

空气死一般沉寂。

队友意识到了什么，看了陈翼然一眼，岔开话题：“说说看，谁来给你们送货吧……”

陈翼然默默地点起一支烟，听了一会儿后，彻底将这个烂摊子交给队友，走出了审讯室。

走廊上空空荡荡的，被夜风来回贯穿着。明明是夏夜的暖风，陈翼然全身却有说不上来的寒意。

他脑子里很嘈杂，有行动时的口令声、有枪声，还有队友临死前痛苦的喘息声。

各种声音在他脑子里循环播放，就像刚出事时的那阵子一样。

有人缓步走来，站在他身旁。

一只手轻轻牵住了他的手。

陈翼然恍了一下神，看看身边的人。

冰冷的心和那只粗糙的大手一样，似乎被温暖了，他轻轻地反握住她。

万佳云适时地说：“有一个好消息，小伍来电话了，孔鑫那边有情况，刘队正在和那边沟通。”

陈翼然点头：“但愿。”

他又说：“楼下有值班室，你先去睡一会儿。”

“我一点也不困。”

身后传来突如其来的咳嗽声，万佳云迅速松开陈翼然的手，避嫌地往旁边站了站。

陈翼然懒散地转过身，望着来人，眉眼间露出不耐烦的神色。

闵扬又清了清嗓子：“首先申明，我不是故意来破坏氛围的啊。陈队叫你，孔鑫在医院醒了，说要见他女人。”

专案组连夜带着陈佳上高速，赶往孔鑫所在的医院。在陈佳的要求下，万佳云一同前往。

到了医院，等待已久的小伍激动地迎上来，向他们简单介绍情况。

小伍带着陈佳走入病房前，万佳云说：“我们会在外面等你，有什么需要你可以叫我。”

陈佳点头。

陈翼然、闵扬和万佳云坐在走廊的长凳上，也许是因为疲惫，也许是因为焦灼，三人一言不发地看着紧闭的病房门。

深夜的住院部异常安静，护士站处的两个小护士还在配药。

半小时后，门发出响动，陈佳和小伍走出来。

三双眼睛第一时间朝他们看去。

满脸木然的陈佳走到万佳云身边，对她说：“我已经和他说好了，他愿意配合你们。希望你们也能信守承诺，最后判罪时，可以帮他减刑。”

每一个活着的人都有牵绊。在女人和孩子的牵绊下，孔鑫将自己知道的情况，一五一十全招了。

由于上一次警方的围剿，尤雷的贩毒网络被打击得支离破碎。事实上，他并不想这么快出货，但形势逼人，之前他丢了一批大货，这次刚好来了上等好货，他不想错过这个机会。

尤雷这一次也是花费了一番力气，才和孙浩找到新的下线，准备在福建、河南、湖南一带销货。

孙浩和孔鑫说，原来跟着尤雷的人死的死、蹲号子的蹲号子，还有些另谋活计去了。这一次尤雷有亲自出马的打算。

派去缅甸的马仔在当地接到货后，会从云南保山入境，最后把货运送到指定地点。

而这个指定地点是两百公里以外的白云镇明霞山上的一间客栈。

明霞山是个荒山，地形复杂，上山的路很不顺畅。但这几年随着“客栈热”，很多年轻人喜欢到荒野的地方游玩，便有人在山上投资了一间小客栈。

交易时间就在下周三。

突破了这一系列重要线索后，专案组迅速组织警力，由刘定文亲自带队，直接前往明霞山秘密开展地形勘察。

万佳云作为队里唯一的女队员，刘定文考虑过让她去和刘兵会合，刘兵的一队人马正在跟踪孙浩。

然而队里又有人提议，万佳云的女性身份其实是很好的掩饰，容易让目标人物放松警惕，不如让她也进入客栈，配合现场抓捕。

“我认为这个方案没什么必要。”陈翼然突然说话。

会议桌旁的一圈人都朝他看去。

陈翼然说：“万警官没有足够的经验，我认为这样很容易弄巧成拙。”

提议的队员说：“也不是这么说，女同志有女同志的优势。我觉得万警官的个人能力并不差，翼然，你说这个话，也要考虑一下万警官的心情吧。”

万佳云此时就坐在角落。

众人的目光看过来，万佳云说：“我不同意陈警官的看法。”

陈翼然抬眸望向她。

万佳云和他的目光短暂相接后，对着众人说：“我个人有过多次化装侦查的经验，当然，这是第一次参与这样的要案。虽然责任重大，但我认为自己可以胜任。”

刘定文说：“我们是绝对相信你的个人能力的，这个方案我们再商量商量。大家都累了，先散会吧。”

会后，万佳云在花园一角找到陈翼然。他在独自抽烟看风景，脸色郁闷。

“为什么？你为什么这么不认可我的能力？”

万佳云上来就兴师问罪。

陈翼然转头看到她，扔掉了手里的烟头，淡淡地说：“首先，我认为这个方案本身就很仓促；其次，我不是不认可你的能力，是觉得你不合适。”

“别人都能相信我，你就不能相信我吗？上次在赌船上，我不就能应付自如。我不是刚刚毕业的大学生。你今天这样当众让我下不来台，考虑过我的感受吗？”

谁也不想被人当众质疑。她是他的女朋友，但也是一名女警，有自己的骄傲。

“我希望你不要在工作中过多带入个人感情，这次的嫌疑人我接触过，我认为没有一定的工作经验，不适合近距离地和他打交道。就是这么简单。”

一向吊儿郎当的陈翼然像是换了一个人，公事公办地对万佳云说：“何况，这个案子，你们北城公安只有联合侦查的义务。你们队长都不参与主要任务，你又何必强出头。”

万佳云说：“我并没有在工作里带入个人感情，倒是你，我觉得你公私不分。”

陈翼然冷着脸瞧她。

万佳云冷静了一下，觉得自己说过火了，语气稍稍平息。

“我不是来和你吵架的。我知道你是担心我，但我这么坚持，也有我的原因。”

“什么原因？”

万佳云捏紧手心：“我想要立功。”

陈翼然怔了一下，脸上的阴郁被不解替代。

万佳云的视线与他相对：“老实告诉你吧，我们单位有意把我调去视频中心，我是好不容易才有了现在这个机会。只要这次做出成绩，我以后就能留在一线。”

陈翼然盯着她看了看，又转过脸去看风景，忽然很想再抽一支烟。

万佳云执拗地看着他，白净的面孔一洗稚气：“师哥，我会完成得很好，请你相信我。”

“我做不了这个主，你去向刘队汇报吧。”

万佳云眼中闪亮：“你同意了？”

陈翼然深吸一口气：“你要有心理准备，我之前暴露过，所以这次队里不会安排我和你们一起进去，只会在外围参与抓捕。你到时的搭档不会是我。”

万佳云脸上绽开明媚的笑容：“Yes,sir!”

明霞山几乎是个尚未开发过的景点。全面了解地形地貌后，为了不引人注意，专案组调集的二十多名队员在一个星期内分批次偷偷上山，提前做好各项预案。

此次交易的客栈叫“心悦堂”。客栈依山而建，开店不过两年多时间，一共只有九间房。每间房打开窗都能看到绝美山景，网络订单的页面下有很多年轻人的好评。

队里有过一个方案，提前把客栈的老板、员工全部替换掉，瓮中捉鳖。但又怕这样打草惊蛇，不小心走漏了风声，最后还是作罢。

经过商议，刘定文决定让万佳云和队里一个三十岁的骨干队员陆俊一起，以情侣身份入住客栈。

很不巧，天降大雨。

一大早，专案组的几个人打着伞，把万佳云送到陆俊开来的雷克萨斯前。

刘定文和陈翼然他们已经在前一天就上山进行埋伏。

陆俊在车里开着音乐，路上，他说：“到了山上，你只需要配合我就行，一切以自己的安全为主。”

万佳云说：“明白。”

没有太阳，水雾朦胧，绵延的山体在雨水冲刷下，有种冷沉的色调。车子一路往上，葱葱郁郁的树在视野中倒退。

其实，很多交易都会选择在不好布控的闹市区进行，这次不知道为什么，尤雷选择在山里交易。

客栈的前台是个三十几岁的女人，穿衣很有风格，一头时髦的中长鬈发。万佳云和她闲聊得知，她既是前台，也是老板，原本在深圳工作，发现了这个山清水秀的好地方后，和两个好朋友合开了这家客栈。

“我们后院还养了一些动物，有小鸡、小羊，还有两只猫和两只狗。”

“都是能杀了吃的吗？”陆俊故意开玩笑地问。

“当然不能。”

“老板，羊也不能吃？”

“你别开玩笑了，这些都是我们养着玩的，是我们这儿的明星店员，很多住客都喜欢跟它们拍照。今天下午，你们可以到后院坐着，我给你们泡点茶水喝。”

陆俊说：“不用客气，老板，今天下雨，店里应该没住满吧？”

女老板很自豪地说：“那你就错了，今天我们九间房都满了，供不应求。”

“哎哟，生意这么好。”陆俊说，“那肯定都是年轻人来。”

女老板说：“这不一定，住我们店的多大年纪都有，有些退了休的在网上看到我们店的图片，自驾过来的都有。”

陆俊笑了笑：“确实，你们这里的风景挺稀缺的。”

万佳云跟陆俊说：“我们先回房间休息吧，上午起得太早，我想睡一会儿。”

两人拿了钥匙回房，放下行李。

房间是木质结构，外面有个大露台，可以看到清新的雨中山景。

陆俊观察了一下房间的各个角落，关好门窗，给刘定文他们打去电话。

“我们已经进了房间了。”

“没看到。”

“对，说是住满了。”

“我们知道。”

万佳云坐在单人沙发里，陆俊和那边讲完电话，跟她说：“一切正常。”

万佳云说：“是不是有一种可能，尤雷的人在这之前已经住在了店里？”

陆俊说：“不是没有这种可能，不过没关系，货下午送到，我们只要看到马仔们把货放到哪儿，交给谁，人赃并获这事就成了。哪怕今天尤雷不在现场，以这次的证据，已经足够将他定罪。”

当然了，他们希望尤雷今天过来。

出行前，专案组给他们反复看了尤雷的照片和以前的一些监控视频。自从半年前他被无罪释放后，警方一直没有找到他。

等待的时间里，陆俊嚼着口香糖，躺在床上看视频。万佳云坐在沙发里，心不在焉地玩手机。

表面上大家很平静，但两人时不时会看看时间。

距离交易的时间越来越近了。

外面暴雨如注。

万佳云翻到今天一早陈翼然给她发的微信。

——叮警官，祝你顺利立功。

万佳云知道，陈翼然此时正和大家一起躲在客栈外的密林里，被雨水淋着。

下午三点，还待在房间里的陆俊和万佳云收到消息，缅甸那边的马仔已经带着货赶过来了。

两个马仔骑着电动车在雨中出现的时候，队员们轻呼了一口气。一个是看上去六七十岁的老头，一个是看起来只有十来岁的孩子，两个人同骑着一辆电动车，没有穿雨衣，孩子在后面打着伞。办案人员注意到，车的脚踏上有个蛇皮口袋，想必货就在里面。

老人、残疾人、孕妇、孩子……这些群体是毒贩子们最爱利用的对象。

专案组的人一面悄悄地跟随着，一面和明霞山的人马保持着联系，随时通知他们进程。

陆俊和万佳云在房间里待不住了，跟女老板说要在院子里喝茶看雨。

女老板早就准备好了："你们要在前院还是后院？后院有小动物，前院就是你们刚才停车的地方。"

陆俊说："就在前院吧，我怕我看见了羊就想吃。"

女老板笑了笑："你真幽默。"

女老板安排陆俊和万佳云在前院靠墙的茶桌边坐下，有模有样地给他们布置茶席。

万佳云放下自己带出来的精致小拎包，左右环顾，像是欣赏美景。

角落里还有两桌客人在喝茶。一桌是一家三口，中年夫妻和高中生模样的男孩，还有一桌是和他们一样的年轻"情侣"。

"这雨越下越大了，要不是下雨，你们还可以在山上转转。不过下雨在我们这儿喝喝茶、看看风景也很舒服。"她洗完茶叶，又泡上一壶，在两人的杯中注入冒着热烟的清茶。

万佳云端起杯子，抿了一小口，看了眼时间，心"怦怦"跳起来。

按照刚刚刘队的预估，还有二十分钟不到，两个马仔就要来交货。

货会交给谁呢？万佳云脑海里慢慢闪过刚刚两桌人的脸，回忆着他们身上的特质。

陆俊喝着茶，对她笑了笑："这雨真是大啊！"

"我们是不是一整天都要泡在这个客栈里了？"万佳云跟他回话。

耳机里忽然出现声音：“他们来了！”

坚定的声音中带着紧张。

就在这时，小院敞开的大门外，忽然出现了一辆电动车。

万佳云的心，猛地跳了一下。

车上下来一老一少两个人，小孩帮老人撑着伞，老人提着袋子走了进来。

坐在廊下的三桌人都望向了这两个“入侵者”。

小院上方的天空是很浓的浅灰色，他们身上、脸上都是水，脸色比天色还灰。

在屋里忙碌的女老板注意到来人，走出来，同样狐疑地问：“请问你们找谁啊？要住店吗？”

只见那中等身材的老人，说：“我是卖茶叶的，老板你们要茶叶吗？今天刚到的新鲜货。”

女老板思考了一下，以为是遇到了难缠的来“化缘”的人，开门做生意，这些都很寻常。

“不好意思，我们店里都是用的定点的茶叶，不需要。”

陆俊和万佳云显然都没意料到会有这一出，选择按兵不动。外面的人则是在等他们的指挥。

老人抹了把脸上的雨水，像是不愿意走的样子。

女老板说：“我真的不需要，雨这么大，你们还是赶紧回去，或者问问别的店吧。”

老人身边的小女孩扎着马尾，头发也早已湿了，语气很成人化地说：“老板，帮我们买点吧。”

被住店的几位客人看着，女老板感觉自己像是被道德绑架了，脸上露出为难的神色。

突然，旁边那对小情侣中的女生说：“爷爷，你卖的是什么茶叶啊？你给我们看看好了。”

一直在喝茶的陆俊抬眸，向那对小情侣看过去，慢慢放下了手里的茶碗。

谁想到那老人却顿住了。

女生说：“爷爷，那边雨大，你站到这边来，我们看看是什么茶，我们想买。”

女老板正好趁机说：“你给他们看看吧，现在年轻人都有爱心，人家想要帮你买呢。”

老人走向那对年轻情侣的时候，似是迟疑了一会儿。

等他走近后，年轻情侣隔壁那桌一家三口中的男人开口了：“老人家，你的茶叶是新茶吗？”

“是今年的新茶。”

“新茶怎么夏天卖啊？”

“刚上市时没有渠道卖，我们冷藏着的。”

一直没有动作的老人，开始弯身拆蛇皮袋。

“是上好的龙井，我们自己家茶厂里的，老板你看看。”

男人说：“你给我看看吧，不行就卖给我。”又对隔壁桌的小年轻说，“你们还在上学吧，钱留着自己花，把献爱心这种事给我们中年人做。”

两个小年轻不好意思地笑起来：“我们今年刚毕业，不上学了。”

种种迹象已经很明确。

陆俊站起来。

“老人家，我也买点，大下雨天的，不容易。”

围聚在蛇皮口袋前的几个人都朝他看过来。

万佳云知道，陆俊走过去，意味着战斗可能即将开始。她的手往下，摸出小拎包里的枪。

她想着陆俊会负责制伏那个男人，她要帮着控制住男人的“老婆”和“孩子”，只需要坚持两秒，外面的队友就会冲进来控制住场面。

然而，万佳云还没反应过来，屋檐下却爆发出了惊天动地的声响。耳边“砰”的一声枪响，然后是喊声和尖叫声，混乱中万佳云早已冲过去。陆俊半瘫在地上，被那男人用枪顶着头。

男人面目狰狞地朝她喊：“把枪放下！不然我毙了他！”

万佳云脑中瞬间一片空白，感觉后背被猛击了一下，她整个人跌倒在地。下一秒她被人强行拖拽起来，枪口顶住她的头。

收到信号的全部人马都冲了进来，举着枪把小院子里的人重重包围住。

“放下枪！不要伤害他们！”举着枪站在最前面的刘定文冲着他们喊话。

陆俊被打中了胸膛，整个人已经呈现昏迷状态，头垂着，身下有一摊血，挟持着他的是那一家三口中的男人。

万佳云站在旁边，被使劲勒着脖子，勒得她面孔涨红。挟持她的是那对情侣中的年轻小伙子。

而他们的家属早被吓得大吼大叫，被警方制伏在角落。

两名男子挟持着两人，一边喊着“不要动”，一边往院子里的一辆丰田上挪。

所有的枪口都随着他们而挪动着，却没有办法阻止他们的动作。

陈翼然眼眶红如血，枪口的准星死死对着那颗年轻的头颅。但那人始终勒紧万佳云，有意把她控制在身前，遮挡住自己。

刘定文不敢轻举妄动，只能说一些威胁性的话，眼睁睁地看着他们被拉上车。

他们先后钻进汽车，挟持万佳云的先上了车，由于陆俊已经没了意识，另一个男人上车时，动作明显卡顿。刘定文抓住这个契机开枪，一枪击中男人的大腿。男人“啊”一声摔倒在地，连着还没完全被推进车的陆俊也摔倒在地。

几乎是同时，车子咆哮着发动，猛地向门外冲去。

车后瞬间响起一片炸裂般的枪声。

陈翼然飞速奔向门外的警车追上去。

那人上车后，用枪逼迫万佳云开车。

万佳云起初不肯，他扬手就给了她一巴掌，对着她的头紧扣扳机：“快！”

冲出小院后，下山的路泥泞湿滑，车子已被打爆轮胎，一路上歪歪扭扭，连着几个弯道后，车子失控地冲向旁边的山坡，撞在树上。

男人拽着万佳云下车，挟持着她往树林里跑去。

在林间刚跑出一段，陈翼然已经从后面追上来。

“放下枪，放了她！”

年轻男人被追到，也不再跑，眼神阴鸷地望着陈翼然，加大了手上的力道。

万佳云满脸涨紫，手臂本能地微微挣扎。

“你把枪放下！”男人松开一些力气，用枪托猛地重击万佳云的肩膀。万佳云咬着牙极力忍痛，但身体还是不受控地下坠一截。

“有什么条件我们可以谈！你不要伤害她！”陈翼然端着枪，头上青筋暴起，压抑着浑身的戾气。

后面响起急促的警笛声，支援的大部队已经来到。

男人看着后面黑压压的人，对陈翼然说：“叫他们滚远点！”

陈翼然对着耳机说：“刘队，你们暂时不要进来。”

耳机里传来刘定文的声音：“翼然，等狙击手过来时间不够，你抓好契机开枪，一定要保证万佳云的安全。”

“明白。”

大雨冲刷在四周，遮挡着陈翼然的视线。

在部队、在警队，他一直是二十五米手枪速射冠军。他有这个能力将对面的人一枪击毙。

伴着“哗哗”的雨声，陈翼然的心跳了一下又一下。

准星慢慢瞄向男人的额头，他几次想要扣动扳机，却都无法下手。

陈翼然喘息着，抹了一把脸上的雨水。

该死的。

面对万佳云，他没办法做到心无旁骛。

“叫你把枪放下，听到没有！”对面的人又大喊起来。

“放下枪！”男人眼见陈翼然有所犹豫，更加张狂，甚至直接用枪指向他。

陈翼然说：“你还年轻，投降吧，你还有机会。”

“你没完没了地搞我们，我们是搞你妈了，还是搞你老婆了？卖货的那么多，有本事你都抓起来！”

雨中，男人红着眼咒骂着，似是感到大势已去，情绪崩溃地骂完陈翼然后，忽然朝着他身上开了一枪。

陈翼然应声倒地，蜷缩起来。

“陈翼然！”万佳云嘶叫一声。

趁着枪离开自己头的一瞬间，她的一只手臂突然向后用力猛击。

万佳云通过经年累月的训练，有着外表完全看不出的强悍素质。这一下的爆发力道强劲，完全是普通人没有的速度和力量。

男人显然没想到她有这一手，腹部一阵剧痛，踉跄着往后退了两步。雨后土壤湿滑，他差点滑下山坡。

红了眼的万佳云反身想再补一脚，谁知男人已很快反应过来，将手中的枪口对向她。

一瞬间，万佳云脑子里只剩一片空白。

在那片茫茫的空白背后，飞快地闪过一些画面。

那些画面里有至亲的父母、有相爱的人、有朋友。

“砰”的一声枪响，山林震动。

不知过了多久，像是只有一秒，又像是整个人生那么漫长。

耳边静得连风声都没有，呼吸几乎停止的万佳云睫毛轻颤，颤抖地睁开眼，意识到自己还活着。

近处的视野里，男人瘫倒在一片泥泞的血泊里。

万佳云在自己的呼吸声里回头，不远处，看见趴在地上的陈翼然，维持着举枪的姿势。

枪口在雨中冒着一缕轻烟，陈翼然脸色惨白地对着她笑了笑，然后倒了下去。

下一秒，万佳云嗡鸣的双耳像是被打开了开关，四面八方的警笛声、叫喊声都涌进了耳膜。

队友们全部冲了上来。

在刘定文这边收队时，刘兵一队不光同时抓获了孙浩，还抓到了一直隐藏在孙浩身边的背后大佬尤雷。

孔鑫说得没错，经过上次的失误，尤雷不再相信任何人，因此这次来接货的一个是他的表弟，一个是他的儿子。

他和孙浩进行远程控制。

多地警方跨省携手，成功破获了这起超大跨境贩毒案，缴获 5 公斤的货，且没有造成严重伤亡。

受伤最重的是中了一枪的陆俊，人已成功被抢救回来。

陈翼然因为穿了防弹衣，躲过一劫，但在子弹的威力下，造成了肋骨断裂、内脏受损。

万佳云在医院里照顾了陈翼然一个多星期。

周一一早，艳阳高照，万佳云像平时一样踏入陈翼然的病房时，房间里坐着两个人影。

尽管此前没有会过面，但万佳云一眼就认出来，他们是陈翼然的父母。

万佳云在大学里见过陈父，在操场的烈阳下，她和同学们一样，看着他当众狠狠甩了陈翼然一个耳光。那个画面万佳云怕是一辈子也忘不了。

因此，再见到陈父，万佳云心里有种天然的畏惧感。

然而让万佳云意想不到的是，陈家父母似乎早已知道她是谁。

带着和蔼笑容的陈母看到她，说的第一句话就是："是叮叮吧？"

陈母没有叫她万佳云，甚至都没有叫"佳云"，而是叫了她的小名。

万佳云顿时有些不知所措地看陈翼然。

陈翼然说："我爸妈，你叫叔叔阿姨就行。"

万佳云觉得他此时用这样的语气和她说话很不合适，但她被架住了，也只好红着脸喊"叔叔阿姨"。

陈母笑着答应，陈父也点了点头。

陈母穿着一身白色的套装，身材微胖，笑容可亲："以前经常听翼然提到你，直到现在才见到。这次翼然受伤，辛苦你照顾他了。"

万佳云说："不辛苦，他也是为了救我。"

一直没说话的陈父忽然说："这个谈不上谁救谁，你们俩是一起出任务，这不是见义勇为，只是工作。"

陈父整个人的严肃气场和万佳云印象中的一模一样，谁想到他说话的时候会这样和蔼，甚至有些慈眉善目，万佳云更加不知所措。

陈母对万佳云笑笑，对陈翼然说："翼然，我们先回你们的招待所，不打扰你们，下午再来看你。"

万佳云起身，陈母走到门口，却又回头说："对了，你的叮叮猫还在我们家，下次有空来看看它，它现在长得好肥了。"

直到人走了，万佳云还是一副惊呆了的表情。

万佳云问陈翼然："你后来把猫带回家了？"

穿着病号服的陈翼然半躺在床上，人清瘦了些，淡淡地笑着，不说话。

万佳云心头温暖，有很多话想说，一时间又不知道说什么好。

静了一会儿，陈翼然望着窗外说："叮叮，其实我跟我爸这几年没说过话，他昨晚给我打了一通电话，今天才过来。"

陈翼然以前从来不和她提起父母。

此时此刻，万佳云从他的声音里听出了一种释然。

窗外阳光明媚灿烂，陈翼然说：“我们去楼下转转吧。”

陈翼然伤了内脏，不能使力，这两天，万佳云有时会推着他在住院部楼下的花园里晒太阳。

陈翼然喜欢她推着自己，她年纪不大，却是个很会照顾人的女孩，耐心又细心，像春风一样让人放松。

小花园里有各式各样的病人，拄着拐杖的、头上缠着纱布的，身边都伴着一位家属。

万佳云推着陈翼然走了一段，停在了树下。

万佳云坐到石凳上，接上刚刚的话题：“你爸在电话里和你说了什么？”

陈翼然被太阳晒得微微眯眼，舒服地往轮椅上躺了躺，脑袋垂下去，像在夏威夷晒太阳浴一样。

住院的这段时间，他的黑发长长了，面孔柔和了一些。

他朝着她伸出手，手心向上。

万佳云握上去。

他们每天出来散步时都这样牵手。

陈翼然很意外会接到陈挺的电话。

除了他退伍时，陈挺去部队找了他一回，此后这对父子间再无交流。

用陈母的话说，他们上辈子一定是仇人，才会在这辈子成为这样的父子。

但是昨天，陈挺主动给陈翼然打了电话。

陈翼然听到他的声音时，内心本能有种抗拒。

他已经不会和父亲沟通。

一开始，陈挺问他恢复得怎么样，后来，他又问起万佳云。

他显然是了解了什么，问，那个女孩子有没有受伤。

陈翼然直接告诉他，他所说的女孩，现在是自己的女友。他们已经正式走到一起。

陈翼然似是铁了心想要再次惹怒他。

陈挺静了静，却说：“翼然，从小到大，我对你没有什么大的希望，只是希望你能成为一个负责任的人。你做到了，你让我感到骄傲。”

这通电话后，陈翼然垂下头，双肩微微颤抖。

在校园内被当众连扇几个耳光，少年的自尊与骄傲破碎一地，他没有哭。

在部队里上山下海，咬牙完成各项逼近身体极限的训练，他没有哭。

在警队里出生入死，身份暴露后被混混围殴，砍得他满身是血，他也没有哭。

直到陈挺说出那句“你让我感到骄傲”，陈翼然才意识到，人生流放般的六年，他跌跌撞撞，终于走到了头。

他为什么从小就立志做警察？

是为了父亲啊。

在心灵最深处，陈翼然和万佳云一直有着同样的企盼。

坚守你的信仰，传承你的荣光。

陈翼然享受着脸暴晒在阳光下的温暖感觉。

“叮叮，你知不知道，我爸跟你爸以前共事过？”

万佳云微怔。

“所以当年他那么生气，觉得我不懂事，欺负了你，给他丢脸。但是这次，他很高兴我们可以并肩作战，更高兴的是我们重新走到了一起。当年他也间接了解了你的个人情况，他说，他很喜欢你。”

万佳云说不清此刻心底涌出的是害羞、是心动，还是心潮激荡。

尽管她失去了父亲，可父亲幻化的光仿佛始终笼罩着她，让她时刻受到保护，常常受到喜爱。

“请替我谢谢你爸爸，谢谢他还记得我父亲，谢谢他们因为我的父亲而喜欢我。”

陈翼然闭着眼睛，把她的手拉到自己身上，微微弯起嘴角：“喜欢你的人那么多，你是不是每个都要感谢？”

万佳云笑了笑，静了会儿，也说出了一个消息。

“师哥，我下个星期就要回北城了。队长叫我回去。”

“这么快？”

万佳云莞尔一笑，点点头，又站起身，单薄的身形被阳光勾勒得闪闪发光。

“这里的案子结束了，我已经为你用掉了两个双休日加五天事假，也该回去认真工作了。”

陈翼然又好笑又好气，故意问她：“那我怎么办？”

万佳云说：“医生说了，你再休养一个星期就没什么问题了。等我不忙的时候就来看你。”

“不忙的时候？”陈翼然挑眉，“照这么说，你是准备在不忙的时候再来跟我谈恋爱？”

夏末的阳光顺着风刮到脸上，轻轻吹起万佳云的头发。

她轻轻地笑了，笑容青涩可爱：“当然了，肯定要以工作为重。”

经过为期半年的审理，安城人民法院对尤雷一案作了一审判决。

尤雷涉嫌故意杀人罪、贩卖毒品罪等多项罪名，被判处死刑。与他共同宣判的还有一条链上的二十四个人。

当尤雷被审问到最后一步的时候，他提出，想要见一见陈翼然。

陈翼然答应了。

密不透风的房间内，陈翼然坐在审讯桌前，看着被扣在审讯椅上的男人。

男人看上去五十多岁，头发半白，方方正正的脸，气质很像教师、学者。事实上，他早年也确实做过老师，下海后才慢慢被金钱蒙蔽双眼，走上这一条不归路。

相比半年前掌握的影像资料，陈翼然觉得，尤雷整个人苍老了很多。

“你就是陈翼然啊。”尤雷双眼混沌地看着陈翼然。

“你想说什么？”陈翼然问。

尤雷笑了：“我不想说什么，我就是想看看你真人长什么样子。我真后悔没有下狠手办了你，让你害死了我儿子。”

说着说着，他露出了狰狞嘴脸：“哪怕我完了，我也该先把你办了。你别得意，你走这条道跟我差不多，我干不掉你，早晚有人能干掉你。你以为你很厉害吗？”

站在外面看着监控的警员走进来，冲着尤雷厉声道：“你到死还不老实是吧？”

陈翼然眉眼英挺，眼神平静又狂傲：“不是我害死你儿子，是你自己害死了他，你干断子绝孙的买卖。你放心，我会活得好好的，看你们一个个落网，看你们断子绝孙。”

陈翼然说完就朝外走去，身后撕心裂肺的咒骂声越来越远。

判决出来的当天，禁毒大队所有人都来到了欧阳鼎新的墓碑前。

冬日的墓山上，青松傲立。

年轻的警员们穿着藏蓝色的警服，带来白酒和鲜花。

墓碑的照片上是一张端正的笑脸。

这个年轻的生命永远定格在二十八岁。

寒风里，大伙儿轮流给自己倒了一杯，把烈酒洒在墓前，齐齐举杯，将酒一饮而尽。

冬日天气严寒，烈酒入喉，烧心烧肺。

刘定文说：“兄弟，可以瞑目了，你父母都很好，今天尤雷被宣判了。”

刘定文冲着闵扬使眼色，闵扬在墓前把判决书认真地读了一遍，在墓前用打火机点燃复印件。

几缕青烟和燃后的灰烬随风而起，几位年轻警员眼眶湿润。

他们总算给了战友一个交代，给了自己一个交代。

陈翼然看着墓碑：“鼎新，案子破了，你可以安息了……”

没有再多说什么，所有警员稍稍整理着装，在墓前齐齐地敬了一个警礼。

下山的路上，刘定文问陈翼然：“听说你调动的事已经办得差不多了。”

陈翼然点头。

刘定文长叹一口气：“天下没有不散的筵席啊。尽管从队长的角度，我很想留你，但是从私人角度，又不忍心。我只是没想到，你小子会为了个女孩做这种决定。”

队里人都知道，陈翼然这次走，是为了回去和女朋友团聚。而他的异地女友，就是之前联合办案的北城女警万佳云。单身警员们好生羡慕，办案办出了女朋友。

这半年来，这对异地恋的情侣时常到对方的城市相聚。没想到，最终还是陈翼然做出让步。

走在旁边的闵扬打岔说道：“刘队，这你就不知道，人家两个在一起的时候那个腻歪劲，我都没眼看。你就别暗中作梗了，放了翼然吧。”

刘定文叹了口气，看了眼自己身后几个英俊的年轻人：“所以说，你们这些小伙子再有本事又怎么样，人家漂亮女孩勾勾手指就把你们勾走了。”

大伙儿乐了，非但不反驳，还有人顺坡下驴：“自古英雄难过美人关嘛，这也不能怪我们不是……”

“佳云，你坐在这个位置，到时候礼仪会领着你们上台。你是第一个，走到最边上，到时由陆局长给你颁奖。”

北城公安每年都会在年初举办一次表彰大会，评选出去年的优秀个人和优秀集体。

影剧院内，负责晚会流程的团委的女孩子把万佳云引到她的座位上。她获得的是“十佳公安”，是今年获奖的人中年纪最小的。

领完奖后，她要作为代表进行发言。

万佳云今天穿的是一身警礼服，双排六粒扣的西装带着腰身，彰显着她挺拔柔和的身段。黑发全部盘在脑后梳成矮髻，头上戴着一顶卷檐帽，帽徽是金色的国徽。

开场时间渐渐临近，影剧院内的警员越来越多。路为心赶到后，立马用手机给万佳云拍了几张照：“天啊，你也太美了吧！”拍完，眼看时间快到了，她又跑回自己的座位。

坐在万佳云身边的一名中年警察也赶到了，入座后，对她笑了笑：“佳云，祝贺你。”

万佳云也笑了，她脸上化了妆，笑起来比平时还要明艳：“谢谢吴队长，也祝贺您。”

下午两点半，表彰大会正式开始，一男一女两名主持人走上舞台中央。这对主持人是新组建的视频中心的主力成员，半年里几乎承包了局内的大小活动。

灯光反复地暗下去、亮起来，眼看流程过半，万佳云看看手机，又忍不住回头张望。礼堂里一片黑压压的人，她什么也看不清。

微信里，那个头像始终没跳动。

很快就到了颁发今年最重头的奖项——“十佳公安”的环节。

主持人报完一串名单，接着说了一句：“有请获奖人上台！”

礼仪小姐领着万佳云和几位民警从舞台侧面有序地走上去。

在外执行任务的陈翼然是用百米冲刺的速度跑进礼堂。

他喘着粗气地推开门，门边立即有工作人员示意他把门关上。

舞台上亮着极为璀璨的光，穿着一身警礼服的万佳云站在最边上，正在接受陆局长的授奖。

他轻靠在门边，心里舒出一口大气，总算是赶上了。

颁奖的音乐结束后，主持人说：“下面有请我们治安支队的警员万佳云作为‘十佳公安’代表发言！”

礼堂里响起一片热烈掌声，主持人走向幕后，将舞台留给那个唯一的焦点。

有些刺眼的灯光照在身上，一身警礼服的万佳云站在舞台中央，手里拿着话筒。

在出声前，她先笑了笑。

台下的人被这个纯真的笑容感染，也跟着轻轻地笑了。

站在最后一排的陈翼然也笑了。

他放下为她拍照的手机，认真地听她说话。

“各位领导、各位同事，大家好。我是治安支队的警员万佳云，今年二十二岁。”

礼堂里一片安静，只有音箱里传出年轻女孩悦耳的声音。

“一个星期之前，团委的领导让我作为代表进行发言，我觉得以我的资历，还不足以站在这个舞台上。大家之所以格外照顾我，是因为我是一名烈士子女。我的父亲在战斗中离开，他从小就教育我，要做一个遵纪守法的人，要勇于对违法乱纪的人亮剑。

“选择大学的时候，为了完成他的遗志，我选择了警校。

“无论是在警校，还是后来进入警队，我的先天条件都不算好，个子不够高，反应能力不够快，但我一直很努力，也从来没有后悔过当初的选择。我相信，只要一个人够坚定，就一定能战胜所有的困难。

“只要我们够坚定，就一定能够维护这个世上，所有的公平与正义。”

台下一双双欣慰的眼睛再次染上笑意。

陈翼然注视着台上的人，脑中浮现出大学里的一幕幕。他也从未想过，那个个子小小、安静执拗的女孩，会像今天这样，站在这个舞台上。

“我会永远……”刺眼的灯光下，万佳云心头炽热，哽了一下，“我会永远带着我父亲的光芒，走下去，做一名好警察。谢谢大家！”

台下响起雷鸣般的掌声。

颁奖大会一直到傍晚六点才结束。

散场后，陈翼然带着换上便装的万佳云去吃了简餐，又带着她去逛校园。

他们约会每每没有新鲜地方去时，就会回来逛学校。

尽管是冬天的夜晚，校园里还是有很多学生在散步。

“你今天在台上发挥得很好。”陈翼然说。

“有吗？”万佳云捧了一下自己的双颊，仿佛还在发热，“我到现在还觉得很紧张。”

陈翼然牵着她的手：“我今天看着台上的你，一下子就想到了你大一刚进校时的样子。”

万佳云笑了一下：“说到这个，你那时候是真的很讨厌。”

陈翼然说：“在你之前，我追女孩从来没失手过。”

“吹牛。”

“真的，杨园下个月回来，到时候你问他。”

万佳云静了会儿：“师哥……”

“嗯？”

“其实……”

“其实什么？”

万佳云停下，嘴角的笑容里藏着一抹狡黠：“其实，从第一次见到你，我就喜欢上你了。”

那一年的陈翼然英俊又轻狂、潇洒又阳光，没有一个女孩会不喜欢他。

万佳云说：“那一年我们全队出去比赛，你赢了，被大家举起来。我被遗忘在人群里，你看到后，伸手和我击拳，对我笑。从那一刻起，我就喜欢上了你。”

陈翼然穿着黑色的皮衣，他并不意外，但很困惑。

“喜欢我，为什么不答应我？只是因为年纪小吗？”

万佳云的声音轻轻的，如同花蕊在冬夜里悄然绽放。

“年纪小只是一方面吧。学校里很多人都喜欢你，女生喜欢你，男生也喜欢围着你转，你的眼睛很难只看向一个人。所以，”万佳云停顿了一下，脸上浮出一抹狡黠的笑，“我不能轻易走向你，我要让你，坚定地走向我。”

这世上，有高山、有深海、有远路。

可是，再高的山、再深的海、再远的路，都阻挡不了心的坚定。

只要你足够坚定，一切都会奔你而来。

冬末之夜，路灯的光晕透过银杏苍劲的枝干洒下来，纯洁又寂静。

万佳云从口袋里掏出一路握紧的手。

今天是个特别的日子，她想让这份特别，更特别一点。

在陈翼然的注视下，她纤细的五指缓缓张开。
昏黄的光线下，金属一角闪耀出淡淡的光泽。
那是一枚蓝色的校徽。
旧日时光穿越而来，一瞬间，陈翼然心弦轻颤。
他抬眸，看见面前的女孩笑容灿烂地对他说：“师哥，还给你。”

番　外　/ 他们的世界 /

他想停下来，停在这空旷的一秒。

陈翼然调回来后，在万佳云的劝说下，住回了家里。他缺席了几年，也想借此机会修复与父母的关系。

万佳云还是一个人住在宿舍，周末时常常被陈翼然带去家里吃饭，陈家父母对她的喜爱溢于言表。

万佳云第一次去陈家参观的时候，陈家父母在花园里购入了诸多新花草，空气里花香扑鼻，铁艺的院门外还挂上了两个红灯笼。

被养得胖胖的叮叮猫看见来人，迎着阳光，竖着尾巴，懒懒地走过来，蹭了蹭万佳云的脚，“喵喵”叫了两声。

万佳云蹲下，摸摸它的脑袋：“你还好吗？”

叮叮猫又嗲嗲地“喵”一声。

陈翼然牵着万佳云走进家里，看到父母的第一句话就是：“今天过年了？”

陈父坐在沙发上，泡着功夫茶，给了他一个白眼，对万佳云说：“佳云，随意坐。”

陈母对于儿子的揶揄，更是丝毫不在意，只是一个劲地与万佳云说话，让她不要客气，常常来玩，把这里当成自己的家。

万佳云是个从小被宠大的开朗女孩，对于长辈们的热情并不怯场，和陈母聊得热火朝天。一直聊到吃饭，陈母看她时已是满眼宠溺，就像看自己的女儿一样。

吃完午饭后，陈翼然才有时间带着万佳云参观自己的家。

三层的联排别墅，他的房间在三楼，外面连着一个小小的露台。

万佳云好奇地看了一圈他房间里的摆设，发现他床尾的边柜上，居然有一张她的照片。

那是一张她在警校时的照片，镜头里，她穿着警服站在秋天的银杏下，笑容比秋阳还要明亮。

万佳云拿起照片，对着正在看自己的陈翼然晃了晃：“偷偷放我的照片……”

“你误会了……”陈翼然坐在床边的小沙发上，腿上躺着叮叮猫，“我妈放的。”

自那天之后，陈翼然的父母时不时会邀请万佳云来家里吃饭。一开始会通过陈翼然，后来则是直接打电话给她。陈母还让陈翼然带着万佳云去物业输了指纹，让她出入更加方便。

这个月，老旧的警察宿舍水管爆了，加上配套设施老化严重，万佳云不得不临时搬出来。陈家父母得知这个情况，表示他们在市区还有一套空着的小房子，可以直接给她住，万佳云婉拒了。

她在单位附近租了一间小公寓。

这个星期，来A市办讲座的吕政准备来万佳云的小公寓做客。

周末里，难得不加班的陈翼然陪着万佳云一起逛超市，购买食材。

得知小政哥要来，万佳云本想拿出半个月工资好好请他吃大餐。吕政说常常看她在群里晒厨艺，想要尝尝她的手艺。

“小政哥爱吃牛排，我来看看牛排。”

“小政哥爱吃西蓝花，我们买一颗西蓝花。”

“对了，小政哥爱的番茄。”

超市里，万佳云时不时看一看自己手机里的备忘录。

里面是她提前列好的购物清单。

黑衣黑裤的陈翼然推着购物车跟在她旁边，如同一个助手，她说拿什么就帮忙拿什么。

“还有火锅，我们到火锅区。”

到了火锅区，万佳云正精心挑选着，陈翼然提议说：“拿一包虾滑。”

万佳云想也不想地嘀咕：“小政哥不爱吃虾，我来想想，还漏了什么……”

“我、吃。”耳边响起一道冷冷的声音。

万佳云回过头，后知后觉地发现陈翼然冷下来的脸。

她慢慢扬起嘴角，带着讨好意味的笑容：“Sorry……”

陈翼然扫过一个冷眼：“你继续。”

左一声小政哥，右一声小政哥。他在异地抓人抓了三天三夜，一赶回来就陪她来逛超市，连一包虾滑也不配吃？

万佳云走到冷柜边，不动声色地拿起一包福袋，看了看生产日期，嘀咕：“还要拿一包这个，翼然最喜欢。”

陈翼然目光不屑地望向别处。

万佳云扯扯他的胳膊：“别生气了，人家是客人嘛，我们是主人，当然应该好好招待。”

“走吧……”陈翼然一把搂住她的胳膊，推着车往前，“去看看你小政哥还爱吃什么。”

这些年，陈翼然在外算是练出了一手厨艺，下午在家做饭，见万佳云手忙脚乱，他只好从她手里接过锅铲，成为掌勺大厨。

万佳云在旁边偷偷拍下他的照片，发给万母。

万母回复：调教得不错。

去年过年是万母和陈翼然时隔多年后的正式见面。

陈翼然载着一车礼品去万佳云家里拜年，黑色的长款羽绒服脱下来，里面是一身笔挺的西装，还打了领带，吓得万母在厨房里悄声问万佳云：“他不是来提亲的吧？”

万佳云被问得脸红了，确实也没想到他会穿得这么正式：“当然不是，我们根本没提过这个。”

过完年之后，万佳云明显感觉到母亲对陈翼然的改观，时不时会在电话里关心陈翼然的动态。

不知道什么时候，万母和陈翼然还成了微信好友，万母发任何朋友圈，他都点赞留言。

五点，开完讲座的吕政打来电话，他已经到了。

“你到了？这么快，我现在就去门口接你，等我一下。”

万佳云一路飞奔出去，看到吕政正站在小区门前的古柏下，身上背着一个黑色双肩包。

这个一直生活在象牙塔里的人，身处何地都带着一股与世隔绝的书卷气。

“叮叮……”吕政转头看到她，笑容阳光。

“小政哥。”

万佳云走近，两人对视两秒，都笑了。

就在这一瞬间，这对青梅竹马都意识到了岁月的流逝，彼此的成长。

多么幸运，他们都已成为自己想成为的人。

回去的路上，万佳云喋喋不休。

“我们上午去了超市，买了菜，下午回来做饭，以为你要六点多才到，没想到你来得这么早。”

吕政听着这个“我们”，知道那个“们”是指陈翼然。

“他们晚上有聚会，我怕不早点走，等会儿难脱身，”吕政说，“对了，你们住在一起了？”

“没有，翼然他和爸妈住。我的宿舍前两天水管爆了，出来租了房子。”

“我听阿姨说想给你在这边买个房子。”

万佳云说：“她就喜欢买买买，我跟她说了，没有必要。以后结婚总要再买房子，现在楼市的行情又不好。”

“你们已经准备结婚了？”

万佳云很爽朗地说：“没，我们还没讨论过这个事，只是这么说。”

吕政笑了笑：“这倒是，你还不急呢，倒是那位仁兄，可能不这么想。”

万佳云被“那位仁兄”的说法逗得笑了一下，又对吕政说：“小政哥，他是我男朋友，你不可以这样拿他开玩笑。”

吕政轻轻“哼”了一声，假装不满地说：“难怪人家说女大不中留，胳膊肘会往外拐。”

“怎么能说是往外拐，他也是我的家人好不好？”

吕政说：“是不是警察都这么牙尖嘴利？”

“那你等会儿可以问一问另一位警察。”

陈翼然打开门，目光停在吕政身上，先和他问了好。

“你好。”

“你好，好久不见。”吕政说。

两人生疏而友好地握手。

“别这么客气了，快进屋。”万佳云笑着把吕政邀请进屋。

吕政多年后再一次与陈翼然见面，第一感受是，这哥们儿还是那么英俊。

星目剑眉，英姿挺拔。

和以前相比，还平添了几分沉稳。

吕家和万佳云家有个微信群。万佳云公布恋爱后，吕政父母总是逗她发男友的照片。

有一次，万佳云真的转发了一小段陈翼然接受采访的视频。

镜头里，陈翼然身穿警服，话语简洁地回答记者提问，讲述破案过程。

短短十几秒的视频，他把群里的一众老小都迷翻了。

吕政妈妈说：“这倒是配得上我们小佳云。”

晚上吃饭，万佳云给三个人都倒了红酒。

陈翼然看着酒入杯中，端起杯子，对万佳云抬抬下巴：“一起敬一杯吧。”

万佳云笑着拿起酒杯：“小政哥，我们敬你。”

陈翼然说：“欢迎以后常来玩。”

吕政端起酒杯，笑道：“放心，我会来骚扰的，也欢迎你们来上海。”

三人碰杯，空气中欢乐满盈。

万佳云没想到这顿饭的氛围会这样愉悦，愉悦到她快要醺醺然了。

原本以为陈翼然和吕政并不投机，双方只是看她的面子在敷衍，谁知道两人边吃边聊，那些男人间感兴趣的话题，反而让她插不上嘴。

一顿饭吃到九点多，两人一起出门送吕政乘车。

刚出楼梯口，万佳云接到队里的电话，队长询问案子的细节，她表情严肃地慢慢走到一旁通话。

站在绿化带旁的两个男人一起下意识地看着她，脸上情不自禁地露出呵护的笑容。

吕政说：“叮叮家和我们家是世交，小时候我们一起长大，她几乎就是我的亲妹妹。我们家人都说，她太善良、太单纯，性子也很犟，很担心她被人骗。现在好了，有你照顾她。”

陈翼然说：“以前多有得罪了。”

吕政盯了他一秒，一笑而过。

吃完晚饭，是陈翼然和万佳云散步消食的时间。

送完吕政，他们牵着手漫步在小道上。

陈翼然常年训练，手上有粗糙的茧。万佳云与他牵手时，总喜欢抚摸他掌心那层薄薄的茧，有种特别的安全感。

陈翼然小小惩罚似的用力捏一下她不安分的手。万佳云有样学样地也用力捏他，直到他又松开劲。

夏夜的绮丽晚风，在四周轻轻吹拂，两个人乐此不疲地玩着捏手游戏。

陈翼然忽然说：“我爸妈想让我买房子。”

“买房子干什么？”

“他们看你没地方住，心里急，想让我先买个房子，让你先住着。”

“不用这么麻烦。”

走到一棵银杏树下，陈翼然忽地停下步伐，抬头看看树。

万佳云不知不觉地跟着停下看树，目光收回时，她看见了一双被夜染得漆黑的眼睛。

“叮叮，”陈翼然说，“你还想再看一看吗？”

可以顺理成章地理解为他说的是站在这里继续看树，可是她知道，他说的不是树。

“看一看什么？”万佳云在错乱的心跳里听见自己的声音。

“看一看后面还有没有更好的世界，更好的人。”

万佳云眸光明亮而温柔。

她轻轻摇头：“不想。”

“那你还想再考验考验我吗？对我再多一些了解，提一些要求，或者……”

“也不想。”她打断他。

“那……”

陈翼然停顿一秒后，手有些僵硬地从口袋里掏出一个丝绒小盒子。在万佳云的清澈目光下，他单膝下跪。

“那你，想不想嫁给我？”陈翼然把戒指举在她的面前。

他周一买了戒指后，每天都带在身上。

如何求婚，他想过很多方案。

叫来同事、亲友，或者回校园，要不然再夸张一点，租一条游轮，或者租无人机在天空里组成钻戒和她的名字……

千奇百怪，或大或小的场面，他都计划过。

可刚刚走在这条被路灯曛黄的路上，牵着她的手路过这棵银杏时，陈翼然想到了在学校的那一晚——他的第一次表白。

不由自主地，他想停下来，停在这空旷的一秒。

万佳云看着单膝跪在自己面前的男人，骄矜地点了点头，对他伸出手。

“师哥，我想。”

陈翼然空洞的一颗心，瞬间变得安然、服帖，像被春天的阳光填满了。

他小心翼翼地为她戴上戒指。

女孩的手干净细长、白皙红润，在钻石的映衬下，格外精美动人。

沥青街道平坦寂静，浓密的树影之间，流淌着路灯斑驳的光。

在情人的柔声蜜语中，四下的繁杂景象渐渐变得模糊，变成深深浅浅的色块，最后，只剩下两个亲密相拥的人影。

这就是，他们的世界。